한국 고전시가의 후대 전승과 변용 연구

하경숙 지음

보고사

머리말

　이 책은 우리 고전시가의 후대전승과 변용양상을 검토한 글로 이루어져 있다. 단지 과거의 것이고 고답적으로만 여겨졌던 고전시가가 후대에는 어떠한 방식으로 전승되고 있으며, 그 변용의 양상이 무엇인지를 살폈다.

　근대에 이르러서는 시, 소설, 뮤지컬과 같은 근대적인 장르와의 결합을 통해서 우리 선조들이 고전시가를 통해서 전달하고자 하는 메시지가 어떤 것인지 점검하는 한편 현대인이 지니고 있는 사유상과 삶의 가치를 함께 모색해보고자 한다. 이를 바탕으로 고전문학을 변용하는 것은 우리 문학의 미래지향적인 자세이면서 동시에 필수적인 요건이라는 것을 강조하고 싶다.

　여기에 모은 논문들이 우리 고전시가의 가치와 진면목을 드러내는 것에 부족한 논의이지만, 고전시가를 향유하고 새롭게 재창조하고 수용하는 과정에서 고전시가는 한층 빛난다. 고전시가는 여전히 생성되고 있는 살아있는 텍스트이다. 고전시가를 통해서 선조들의 눈물과 한숨을 읽었으며 현대적으로 변용된 작품을 통해서 현대인들의 애정과 소망도 보았다. 그 속에서 인간이라면 누구나 겪는 희로애락을 보았으며 통과의례를 체험하였다. 후대인이 안고 있는 이 모든 문제들이 사실은 이미 고대로부터 시작되어 전해지고 변용되어서 정착된 것들이기에 단순히 후대의 문제만은 아니다. 그런 측면에서 선조의 가치체계를 점검할 당위성을 갖게 되었고 이 연구의 시발점이 된다.

이 책은 모두 2부로 구성되어 있다. 1부 「고대가요의 후대 전승과 변용」에서는 박사학위논문을 중심으로 수정과 보완을 하여 고대가요의 역사적 전개와 변용 양상을 중심으로 후대의 변용과 그 특질을 살펴보았다.

2부 「작품론」에서는 개별의 작품을 중심으로 서술하였다. 〈제망매가〉, 〈헌화가〉, 〈정읍사〉, 〈쌍화점〉을 작품들이 지니고 있는 실체와 후대의 수용양상을 고찰하여 원전이 지닌 세련된 가치를 규명하였다. 동시에 후대인들이 작품을 변용하고 수용하는 양상을 살펴보면서 특히 현대적 변용의 가치와 아울러 현대의 창작자들이 원전을 대하는 태도나 가치체계를 중점적으로 알아보고자 시도하였다.

이 연구가 가능할 수 있도록 우리의 고전시가를 다양한 관점으로 해석하고 재창조하려고 부단히 연구한 선학들에게 감사를 드린다. 연구를 하는 동안만큼은 나를 치유하는 과정이었다. 원래 재주가 얕고 걸음이 느려서 많은 상처와 좌절을 겪었기에, 앞으로도 묵묵히 학문의 길을 걷는 사람으로 남고 싶다. 언제나 큰 산처럼 한결 같이 나를 지켜주면서 오직 학업에만 전념할 수 있도록 최선을 다해서 도와준 남편에게 감사의 인사를 전한다.

지도교수이신 구사회 선생님께는 특별한 감사의 뜻을 전하고 싶다. 선생님께서는 학문을 할 수 있도록 길을 열어 주셨다. 또한 학자가 지녀야 할 모범들을 몸소 실천하시면서 언행으로 일깨워 주셨다. 모쪼록 선생님께 행여나 누가 되지 않을까 염려스러운 마음은 금할 길이 없다.

그리고 모교의 교수님들과 많은 은사님들은 나를 학문의 길로 인도해 주셨다. 변함없는 학문에 대한 열정과 교육에 대한 철학을 알려주신 김병균 선생님, 안병국 선생님, 손종업 선생님, 김규선 선생님. 내가 꿈을 향해 나아갈 수 있고 꿈을 가질 수 있도록 도와주신 신현규 선생님, 학문의 기쁨을 알려주신 김인규 선생님, 학자의 자세를 알려주신 강명혜 선생님, 문학적인 열정과 교육의 기쁨을 알려주신 권유 선생님, 박희 선생님. 항상 격려와 관심으로 지켜봐주신 문위 선생님, 김만호 선생님께 감사의 인사를 올린다.

무엇보다 이 책을 낼 수 있도록 기꺼이 허락을 해주신 보고사 김흥국 사장님을 비롯하여 출판사 여러분께 감사의 인사를 전한다.

마지막으로 건강한 몸과 마음을 갖게 해주신 부모님께 감사의 말씀을 전하며 비록 하늘나라에서 딸을 위해서 기도하고 계실 아버지와 올해 환갑을 맞이하신 어머니께 이 책을 헌정한다.

2012년 10월
하경숙

차 례

제 1 부

고대가요의 후대 전승과 변용 연구

고대가요의 후대 전승과 변용 연구

Ⅰ. 머리말

1. 연구목적

고대가요(상대시가)는 자신만의 고유한 특성 및 의미 구조를 지닌 채 오랫동안 사랑을 받으며 구가(謳歌)되어 온 자랑스러운 우리 민족 문화유산 중 하나이다. 우리 민족은 풍부한 유형문화와 무형문화를 두루 갖추고 있지만, 무엇보다 무형문화의 유산 중에서도 특히 고대가요는 주목할 만하다. 고대가요는 고대인들의 원시적(原始的) 사유를 통해 창조해 낸 가장 가치 있고 의미 있는 장르로 종합예술적 특성을 보유하고 있으며, 유구한 역사와 더불어 찬란한 문화유산으로 역사의 중심에 놓여 있다고 할 수 있다.

고대가요란 우리나라 선사시대로부터 향가 발생 이전의 시대에 창작되고 불리어진 시가를 총칭한다. 이 시기는 정치·사회적으로 구석기시대의 씨족사회시대로부터 부족국가 시대를 거쳐 고대국가인 고구려·백제·신라가 정립하던 시기이고, 문학사적으로 주술(呪術)노래 시대로부터 원시종합 예술체계의 존재시기를 거쳐 향찰(鄕札) 표

기의 향가(鄕歌)가 발생하기까지의 시기를 지칭한다.[1]

생산 도구가 단순하고 분화되지 않아 낙후(落後)되어 집단적인 생산 노동에 의존할 수밖에 없었던 고대인들은 생산(生産)의 활동뿐만 아니라 생활 도구나 재료까지 공동으로 사용해야 했으며, 대자연과 끊임없이 투쟁을 하면서 살아가야 했기에 집단적으로 대처할 수밖에 없었다. 따라서 개인적인 분화와는 거리가 먼 공동체적 입지 조건 하에서 생활을 영위했다. 원시 공동체의 이러한 사회적 양상은 그대로 습융되어 내용이나 형식면에서 이를 근간으로 하는 문학을 생성(生成)하게 하였다. 텍스트 생성에 있어 당대의 사회, 역사, 문화적인 컨텍스트(context)의 영향이 지배적이라는 점을 상기한다면 이러한 현상은 당연한 것이라고 할 수 있다.

고대에 형성된 신화나 신화성도 고대인의 집단 창작의 산물이다. 생산 및 소출은 적고 과학적 지식은 결핍된 원시인들은 거대하기만 한 대자연과 복잡다단(複雜多端)한 사회현상에 대하여 자신들의 영성한 경험과 제한된 지식에 의지하고 비자각적인 환상(幻想)을 더하여 해석을 가하지 않을 수 없었다. 말하자면 상상 가운데서 또 상상의 힘을 빌어서 자연력을 정복하고 지배하며 자연력을 형상화 하였던 것이다.[2] 이런 점에서 초기 노래에는 집단성, 집단적 원의(願意), 신이성, 환상성 등 그 요인이 적지 않게 투영된다.

이런 점에서 볼 때 우리 나라 최초의 문학이라고 일컫는 고대가요도 바로 당대의 역사, 사회적 배경 하에서 배제된 것임에 주목해야 한다. 따라서 이들 텍스트에는 원시적 노동을 했던 고대 사회의 생

---

1) 김승찬·손종흠, 『고전시가론』, 한국방송대학출판부, 1993, 13쪽.
2) 맑스, 『정치경제학 비판』, 민족 출판사, 1995, 44쪽.

활상이나 습성, 신화적 사고, 환상성 등이 모두 내재해 있다고 할 수 있다. 결국 고대인이 불렀던 고대가요는 고대 사회구성원들이 집단적 생산 노동이나 의식을 행하면서 생성된 집단적 힘에 그 근원 및 바탕을 두고 형성되거나 창작된 구비문학인 것이다. 그러나 이들 고대가요는 구전, 구비에만 의존할 수밖에 없었기에 원시 고대가요는 거의 소실되어 현재 전승된 것은 아주 미비한 수량에 불과하다.3)

그러나 지극히 소수임에도 불구하고 고대가요는 단순히 고대인들만의 산물이 아니라 현재까지도 널리 읽혀지고 사랑을 받으면서 중요한 의미를 시사하고 있는 살아 숨을 쉬는 생생한 문화유산이기도 하다. 이들 고대가요에는 초기 우리 민족의 집단무의식이나 의식 구조 등이 내재해 있을 뿐만 아니라 우리 민족의 원의(願意)나 당대의 생활관, 사상까지도 함축하고 반영하였기에 장구한 역사와 전통 속에서 계승되어 온 우리 민족의 생활상을 담은 민족적 형식 그 자체이자 우리 문학의 전통성을 제시하는 기반의 원류라고 할 수 있다. 따라서 고대가요는 고대인의 내면세계를 반영하는 원류 및 기반으로서의 가치를 지니면서 우리 민족의 정통성과 민족의 계승성 확보를 위한 중요한 단서를 제공하기도 한다.

허드슨(W.H. Hudson)은 '문학이란 언어를 매개로 한 인생의 표현'이라고 했다. 이 말은 문학이 우리 인생 전반의 모든 것들을 포함하고 있다는 의미인 것이다. 이런 점에서 볼 때 고대가요에는 우리 조상들의 의식구조 및 생활상, 집단의식 등이 모두 함축(含蓄)되어 있는 선조들의 귀중한 산물(産物)이 된다. 따라서 이들 텍스트는 단순히 석화된 역사적 산물이 아니라 우리 선조들의 원의와 의식구조가

---

3) 김영덕, 『중국역사와 문학』(상), 학문사, 1996, 10쪽.

면면히 살아 숨쉬는 귀중한 자산으로서 현대인에게 지표적인 역할을 할 수 있다.

그러나 현재 실상은 고대가요가 연구자들에게 연구의 대상으로만 관심의 대상이 되거나 혹은 교육(敎育)주체자(主體者)나 학습자(學習者)에게만 주목을 받을 뿐, 일반 독자들에게는 주목받지 못하고 있으며 문학사에서도 그 위치가 미비(未備)하고 그늘에 가려져 있을 뿐이다.

이런 열악한 상황에도 불구하고 고대가요가 끈질긴 생명력을 바탕으로 현대문학으로까지 지속적으로 이어진 이유는 바로 텍스트 속에 내재된 집단무의식이나 가치, 우리 민족의 원류, 집단적 소망이 부지불식(不知不息)간에 현대인에게 전달되기 때문이 아닐까하는 의문에서 이 논의는 출발한다. 사실 다양한 시도로 이루어진 고대가요의 지속 및 변용은 그것을 통하여 현실 속에서 그 이상의 메시지를 전달하고 싶은 강렬한 욕망의 보고라고 이야기 할 수 있다.

이러한 바탕 아래 고대가요의 생명력은 끊임없이 다양한 장르로의 변환을 하면서 살아 숨 쉬고 있는 것이다. 따라서 이들 고대가요는 어떤 의미를 지니고 있고, 이러한 의미를 통해 현대인에게 시사(示唆)하는 바는 무엇인지, 이들 고대가요는 어떻게 지속(持續), 변이(變異), 변용(變容)되면서 현대까지도 생생하게 존재하는 지에 대해 그 양상 및 의미와 가치, 변용된 실체 등을 살피고자 하는 것이 이 논문의 목적(目的)이다.

이들 고대가요가 현대를 살아가는 독자들에게 끊임없이 애창(愛唱)되는 문학작품이 된다면, 그 가치가 한층 빛날 것이며 선조들의 의식 구조 및 가치의 척도 등이 현대인에게 계승되어 삶을 한껏 풍요롭게 할 것이라고 기대할 수 있는 것이다.

이를 위해서는 고대가요가 지니고 있는 원천적인 주제나 원의(願

意)의 의미 등을 명확히 파악해야 하는데 이는 그리 만만한 작업이 아니다. 그 이유는 여러 가지 제약(制約) 및 장애 때문에 고대가요의 원의 및 내용을 파악하는 것은 한계점을 지닐 수밖에 없다. 이러한 한계점을 나열하면 다음과 같다.

우선, 무엇보다 고대문헌이 체계적이지 못하고 그 자료 또한 매우 미비하다는 점이다. 이런 제약이나 한계 때문에 중국의 문헌을 통해서 그 실마리를 풀어가야 하는 것이 우리의 현실상이다. 다만 우리가 고대가요를 연구할 때 원전텍스트를 삼을 수 있는 우리 문헌이『삼국사기』(1145)와『삼국유사』(1281년)인데 이 두 문헌은 12~13세기에 만들어진 것으로 고대인의 생활습관이나 그들의 기록을 세밀하게 기록하기에는 다소 무리가 있다고 판단된다. 발행 당시 작품을 대하는 작가의 의식이나 작품을 대하는 태도 등에 대한 공정성 문제에도 이의를 제기하지 않을 수 없다. 그렇기에 자료의 미비로 인한 연구자체도 어렵지만 다수의 동의를 구하기도 매우 어려운 작업이다.

둘째, 고대가요 연구자에게 있어 한문(漢文) 해독능력은 매우 필수적인 조건이다. 앞에서 언급했듯이 고대가요는 자료가 매우 빈약하기 때문에 항상 중국사와 중국문헌에 많은 의존을 하고 있는데, 사정이 이렇다보니 고대가요를 해석할 때 무엇보다 한문(漢文)원전을 완벽하게 소화할 수 있는 연구자의 실력이 필요하다고 할 수 있다. 또한 연구자에게 다양한 경전류에 대한 해박한 지식은 자료해독의 필요충분 요건임에도 불구하고 그런 자격 요건을 갖춘 연구자가 많이 양성되지 못하는 것도 안타까운 현실이다.

셋째, 단순히 고대가요에 대한 연구는 문학적 이해만 필요한 것이 아니라 다양한 시각으로 고대사를 바라볼 수 있는 총체적(總體的)인 안목이 필요하다. 무엇보다 고대 사회의 군사, 경제, 정치적 권력,

이데올로기에 의한 사회적인 억압 등을 다양하게 읽어낼 수 있는 통합적(統合的) 능력이 필요한 것이다. 고대사회에서의 이데올로기는 종교(宗敎), 신화(神話), 제의(祭儀)가 가장 큰 틀을 이루고 있다고 할 수 있다.[4] 사회 전반에 관한 다양한 이해력만이 작품을 총체적으로 이해할 수 있는 가능성을 열어준다고 할 수 있다. 문학작품은 그것을 낳게 한 환경(環境), 문화(文化), 문명(問名)들과 분리할 수 없고, 모든 문학작품은 사회적 문화적 요소의 복합적인 상호작용(相互作用)의 결과이며, 또한 그 자체가 복합적 개체(個體)로서 고립(孤立)된 형상이 아니기 때문이다.[5]

고대가요를 연구할 때 이와 같은 상황들을 고려하여 논의가 이루어져야 한다. 그러나 기존의 고대가요 연구들은 단순히 작자 시비, 작품의 성격 및 주제, 작자, 창작시기, 갈래 등에 대한 문제점만을 지적한 공시적(公示的)이고도 한정(限定)된 연구에 해당되기 때문에 단지 작품 텍스트 자체에만 중점을 두고 있다. 특히 후대 까지도 지속되고 있는 고대가요에 대해서 후대인의 이해나 전승에는 깊은 의미와 관심을 부여하고 있지 않다. 즉 통시적(通時的)인 고찰이 이루어지고 있지 않은 것이 현 학계의 실정인 것이다.

이런 점을 극복하고자 본고에서는 고대가요 〈공무도하가〉·〈황조가〉, 〈구지가〉가 후대로 전승되면서 어떤 양식과 어떤 방식으로 지속되는지 변이, 변용되는 측면을 검토하고 특히 현대에 제시되고 있는 다양한 형태로의 변용된 장르 등에 대해서 구체적으로 살펴보고자 한다. 즉, 각각의 변용된 장르들에서 제시하고 있는 작품들이 지

---

4) 차남희, 「한국고대사회의 정치변동과 무교-고대국가 건국을 중심으로」, 『한국정치학회보』 제39집 2호, 한국정치학회, 2005, 302쪽.
5) 박철희·김시태 엮음, 『문예비평론』, 문학과 비평사, 1988, 269쪽.

니고 있는 구체적인 문학관(文學觀)을 통해서 후대인들이 바라보고 있는 고대가요에 대한 의식세계를 살피고, 그 안에 내재되어 있는 시대적 상황과 문학적 장치와 더불어 문화적인 의미까지 고찰(考察)하고자 한다. 이를 위해서는 고대가요에 대한 원전 텍스트의 올바른 이해는 필수적이라고 할 수 있다. 보편적 인식(認識)과 문헌(文獻)을 기반으로 해서 작품의 필수적 의미망을 구축해 보면서 본 논의(論議)를 출발한다.

이러한 작업을 통해 '고대가요'는 단순히 고리타분하고 구시대(舊時代)의 유물(遺物)로 규정하여 방치하거나 치부되는 것에서 탈피(脫皮)하여 원전이 지니고 있는 세련된 가치(價值)를 다시 한 번 활용(活用)할 수 있는 기회(幾回)의 장이 마련될 수 있는 소중한 작업이 될 것이라고 기대한다.

2. 연구사 검토

1) 〈공무도하가〉의 경우

〈공무도하가〉를 둘러싼 핵심(核心)적 논의들은 아직까지도 해결되지 않은 채 여러 연구자들에 의해서 다양한 논의가 제기되고 있다. 연구자들의 관점에 따라 견해를 달리 하는 문제들을 살펴보면 대략 작품의 명명, 작가문제, 국적문제 등이다. 〈공무도하가〉의 작품에 대한 세밀한 분석 모두가 시가사적 의미에 막대한 영향을 줄 수밖에 없다. 〈공무도하가〉에 대한 논의는 1922년 안자산의 『조선문학사(朝鮮文學史)』에서 시작되었다.6)

---

6) 唐詩集에古朝鮮人麗玉의作으로箜篌引曲이잇으니 公無渡河公竟渡河墮河而死當

우선, 〈공무도하가〉의 명칭에 대한 문제는 이견(異見)이 분분했다. 김태준은 『조선한문학사(朝鮮漢文學史)』[7]에서 '〈공후인〉(箜篌引)'이라 이름을 붙인 것을 문제시 하였는데, '〈공후인〉(箜篌引)'[8]은 본래 악곡(樂曲)의 명칭(名稱)이므로 '〈공무도하가〉(公無渡河歌)'[9]라고 불러

奈公何/麗玉은女子로其夫子高의死를慕하야 作한戀詩니 古代婦人의貞節을可知할것이라/ 朝鮮漢詩의初는此로始하다/然이나古代에는漢字使用의史가無한대/此詩의主人은아마箕子의民이안이면漢人族으로我朝鮮에歸化한者인가하노라 - 안자산, 『조선문학사』, 한일서점, 11~12쪽.

7) 箜篌引은 四言四句로 된 짧은 樂府로서 '公無渡河 公竟渡河 墮河而死 當奈公何'라는 것이니 古朝鮮人인 霍里子高의 妻 麗玉이가 지엿다고 主張하는 者 많으며 또 古朝鮮에 移住한 漢人이 지은 것이라고 主張하는 者도 있다.

8) 〈공후인〉 이라고 명명한 연구는 다음과 같다. 이가원, 『한국한문학사』, 민중서관, 1961; 김성기, 「〈공후인〉의 제작연대고」, 『조대문학』 창간호, 조선대 문학연구실, 1986; 최신호, 「〈공후인〉이고」, 『동아문학』 제10집, 서울대동아문화연구소, 1971; 장덕순, 『한국문학사』, 동화문화사, 1975; 김학성, 「〈공후인〉 신고찰」, 『관악어문연구』 제3집, 서울대 국어국문학과, 1978; 김학성, 「〈공후인〉의인 신고찰」, 『관악어문연구』 제3집, 서울대 국어국문학과, 1980; 김학성, 「〈공후인〉의 신고찰」, 『한국고전시가의 연구』, 원광대출판국, 1980; 김승찬, 「시가의 발상과 전개」, 『한국문학연구』, 지식산업사, 1982; 진영영, 「〈공후인〉적연구」, 1987, 윤영옥, 『한국의고시가』, 문창사, 1995; 진갑곤, 「열하일기 소재의 〈공후인〉 기록검증」, 『문학과 언어』 제11집, 문학과언어연구회, 1990; 위육숭, 『한국문학에 끼친 중국문학의 영향』, 1994; 이해산, 우쾌재 공역, 아세아문화사, 1955; 이해산, 「초기 문헌자료로 본 〈공후인〉」, 『목원어문학』 제13집, 목원대 국어교육과, 1955; 김성기, 「〈공후인〉의 작가에 대한 연구」, 『고시가연구』 제13권, 한국고시가문학회, 2004.

9) 〈공무도하가〉라고 명명한 연구는 다음과 같다.
고경식, 「〈공무도하가〉소고」, 『자유문학』, 70, 한국자유문학자협회, 1963; 안병설, 「〈공무도하가〉고」, 『명지어문학』 제6집, 명지대 국어국문학회, 1964; 정병욱, 『한국시가문학사』, 한국문화사대계 5, 고려대 민족문화연구소, 1967; 지준모, 「〈공무도하〉 고정」, 『국어국문학』, 62, 63, 국어국문학회, 1973; 김현룡, 「〈공무도하가〉의 고증 문제」, 『한국학보』 제3권 제2호, 일지사, 1977; 성호주, 「고대 한역 세가요에 대한 고찰」, 『수련어문논집』 제7집, 수련어문학회; 조동일(1982), 『조선문학통사』, 지식산업사, 1979; 최두식, 「시경과 한국고시가」, 『성곡논총』 제15집,

야 한다는 주장을 제기했다. 이에 대해 서수생은 공무도하행(公無渡河行)이나 〈공후인〉(箜篌引)은 다 같이 조명(操名)이며 가명(歌名)이라고 주장하였다.10) 이는 음악의 곡조와 악부시의 명칭을 〈공후인〉이라고 하는 것이다.

유종국은 〈공무도하가〉의 음악상 명칭으로서 〈공후인〉이라 명명했는데, 민간 가요로서의 명칭은 본래 〈공무도하가〉로 일컬어졌지만, 음악의 형식상으로 악부체 가운데 하나로 보고 있다.11)

1984; 양광석, 「한국한문학의 형성과정 연구」, 고려대 대학원 박사학위논문, 1985; 김성기, 「〈공무도하가〉의 해석」, 『한중국제학술발표논문집1』, 1986; 성기옥, 「〈공무도하가〉 연구」, 서울대학교 대학원 박사학위논문, 1988; 유종국, 『고시가양식론』, 계명문화사, 1990; 윤석산, 「상대시가의 서정적 이해」, 『한양어문연구』 제9집, 한양대 어문연구회, 1991; 정하영, 「〈공무도하가〉의 성격과 의미」, 『한국고전시가작품론1』, 집문당, 1992; 이문구, 「〈공무도하가〉의 사실적 구조」, 『한국고전문학 연구 낙은강전섭선생화갑기념논총』, 창학사, 1992; 송준호, 「우리 상대 한시에 대한 일고」, 『상산 환영환박사 화갑기념논문집』, 개문사, 1993; 이완형, 「공무도하가〉와 제망매가의 만가적 성격에 대하여」, 『어문연구』 제24권 제24호, 어문연구회, 1995, 1993; 황재순, 「〈공무도하가〉의 원전과 국적」, 『고전문학 어떻게 가르칠 것인가』, 집문당, 1994; 조기영, 「〈공무도하가〉 연구에 있어서 열 가지 쟁점」, 『목원어문학』 제14집, 목원대 국어교육학과, 1996; 최우영, 「〈공무도하가〉의 발생과 그 의미」, 『한국고전시가사』, 집문당, 1997; 유경환, 「〈공무도하가〉에 나타난 물의 상징적 의미와 기능」, 『어문연구』 제97권 제1호, 한국어문교육연구회, 1998; 박정혜, 「고대시가에 나타난 부부상 연구」, 『영남어문학』 제31집, 영남대 국어국문학과, 1998; 김영수, 「〈공무도하가〉 신해석」, 『한국시가연구』 제3집, 한국시가학회, 1998; 유종국, 「공무도하가〉론 –악부의 원전 탐구를 통한 접근」, 『국어문학』 제37권, 국어문학회, 2002; 권혁건, 「나쓰메 소세끼의 몽십야(夢十夜)·제사야(第四夜)와 한국 고전문학 〈공무도하가〉(公無渡河歌)에 나타난 죽음의 이미지 비교」, 『일본어문학』 제12권, 한국일본어문학회, 2002; 조기영, 「〈공무도하가〉의 주요쟁점」, 『한국시가의 정신세계』, 도서출판 북스힐, 2005.
10) 서수생, 「〈공후인〉 신고」, 『어문학통권』 제7호, 한국어문학회, 1961, 22쪽.
11) 유종국, 「〈공무도하가〉 논–낙부의 원전 탐구를 통한 접근」, 『국어문학』 제37호, 국어문학회, 2002, 218쪽.

작가문제를 제기할 때 양재연·서수생·유종국이 〈공무도하가〉의 작자는 백수광부의 처가 원작자이며, 여옥을 정착자(定着者)로 보는 한편, 정병욱·김현용은 곽리자고의 아내 여옥을 창작자로 보고 있다. 그러나 〈공무도하가〉의 작자는 작품의 전승 과정에 대한 고찰을 통해 볼 때, 어느 특정 인물로 단정하거나 제할 수 없다는 입장이 우세하다.[12]

〈공무도하가〉의 국적문제로 최신호가 〈공무도하가〉를 중국의 고대인들이 창작한 작품으로 보고, 중국 시가로 인정해야 한다고 주장을 해서 큰 논란을 일으켰다. 이는 여전히 우리 작품인가에 대한 논쟁이 끊임없이 제기되고 있다. 최신호는 실증적이고 다양한 자료를 가지고 작품의 연대적, 지리적 배경을 고증했다. 그에 의하면 〈공무도하가〉는 진대(晉代)의 상화가(相和歌)이며 '곽리자고'는 진(晉)에 존속된 곽(藿) 마을의 고씨(高氏)가 된다고 설명하고 있다.[13] 그 뒤 지준모는 '조선진'의 위치가 평양의 대동강이 분명하다고 주장하면서도 국적과 관련해서는 작품의 작자를 한인(漢人)으로 수용하였다. 곧 낙랑군 조선현에 거주하던 중국인의 작품이라는 것이다.[14] 한편 김학성은 '직예성(直隷省)의 조선현(朝鮮縣)'에 살았던 민족은 한민족이며, 이들이 중국에 상당 부분 동화되었더라도 동북아시아 문화권에 기반을 둔 조선인 고유의 권으로 보았다.[15] 본래 조선인의 고유 독

12) 정하영, 「〈공무도하가〉의 성격과 의미」, 『한국고전시가작품론』 1, 집문당, 1992, 13~23쪽 참조.
13) 최신호, 「〈공후인〉이고」, 『동아문화』 제10집, 동아문화연구소, 1971, 217~231쪽 참조.
14) 지준모, 「〈공무도하〉 고정」, 『국어국문학』 제62·63권, 국어국문학회, 1973, 281~307쪽 참조.
15) 김학성, 「〈공후인〉의 신고찰」, 『관악어문연구』 제3집, 서울대학교 국어국문학

자적 설화와 가요이며 중국 민가로 채록되었지만 후대 조선의 문헌에도 기재될 수 있었다는 것이다. 정하영은 사랑과 이별이라는 보편적 주제를 가진 작품이기 때문에, 우리나라에서 생성되어 구전되던 것이 대중화되어 중국 채록가(採錄家)에 의해 채록되었다고 보았다.16) 김영수도 역시 동양적인 애정관을 중심으로 보편적인 심성으로 인해 사람들이 수용하는 작품으로 보았다.17) 요약하면 우리문학이 아니라는 명확한 근거가 없으므로 중국의 문학으로 규정할 필요가 없다. 이와 관련하여 남재철은 작품 속 '강(江)'의 위치와 '곽리자고'의 국적문제, '공후'의 유래 등에 대해서 구체적인 사료를 바탕으로 〈공무도하가〉의 국적 문제를 논증하고 있는데, '곽리자고'가 우리 민족이라는 가능성과 '공후'가 우리 민족의 악기(樂器)일 가능성에 많은 비중을 두고 있다.18) 이렇듯이 〈공무도하가〉를 지금까지 우리나라 시가로 간주하는 입장이 우세하다.

주제적 측면에서 가장 우위에 있는 것은 정병욱의 견해인데, 〈공무도하가〉를 하나의 신화로 해석했다. '백수광부'를 로마 신화의 바커스(Bacchus)와 같은 주신(酒神)으로 보고, 그 아내는 숲이나 강의 요정 님프(Nymph)에 해당한다고 보았다. 주신(酒神)인 남편이 술병을 끼고 다니는 것처럼 악신(樂神)인 아내는 공후를 끼고 다녔다는 것이다.19) 그러나 주신과 악신이 죽고 곽리자고와 여옥, 그리고 여

과, 1978, 190쪽.

16) 정하영, 앞의 책, 22쪽.

17) 김영수, 「〈공무도하가〉 신해석-'백수광부'의 정체와 '피발제호'의 의미를 중심으로」, 『한국시가연구』 제3집, 한국시가학회, 1998, 6쪽.

18) 남재철, 「〈공무도하가〉의 국적」, 『한국시가연구』 제24집, 한국시가학회, 2008, 191쪽.

19) 정병욱, 『한국고전시가론』, 1977, 59~62쪽.

용의 등장은 신화의 세계에서 인간의 세계로 그 관심의 영역이 변화했음을 의미한다. 이처럼 정병욱의 신화 해석적 접근은 고대 시가 해석에 있어 새로운 방향을 제시하였음은 인정하지만, 이후 연구자들의 시각을 편중된 방향으로 치중하게 하는 문제점을 야기했다는 점을 부정할 수 없다. 특히 그의 주장이 김영수의 지적처럼 백수광부가 물에 뛰어드는 명확한 근거가 설명되지 않기 때문에 설득력을 지니기 어렵다.[20]

김학성은 백수광부의 '백수(白首)'를 신령스러운 존재로 규정하면서, 신이 아니라 인간으로 보고 박수(신들린 남자 무당)라고 하고 있다. 광부(狂夫)를 무부(巫夫)가 입신 상태에 돌입한 것으로 설명하면서 이러한 상태에서 '피발(被髮)'은 당연한 것이며, '제호(提壺)' 또한 자연스러운 것으로 볼 수 있다. 그는 '호(壺)'를 술병이 아닌 보통의 호리병이라 설명하고 있다.[21] 따라서, 이 설화는 숙련되지 못한 무당(巫堂)이 행한 주술의 실패라는 비극적 파멸(破滅)담으로 규정 하면서, 나아가 초월주의자와 현세주의자와의 갈등 표출로 보았다.[22]

반면에 정하영은 백수광부를 '주신(酒神)' 또는 '무부(巫夫)'로 볼 수 있는 근거가 없다는 사실을 주장하면서 신화나 주술과 관련지어 해석할 근거가 없다고 하였다. 다만 노래의 성격으로만 살핀다면 부부 간의 갈등과 불화가 원인이 될 수도 있으므로, 배경설화가 가진 유동성과 적층성을 이해해야 한다.[23]

김영수는 정병욱 등의 연구 경향을 따르는 기존의 견해를 벗어나

---

20) 김영수, 앞의 논문, 10쪽.
21) 김학성, 앞의 논문, 193~195쪽.
22) 김학성, 위의 논문, 198~199쪽 참조.
23) 정하영, 앞의 논문, 22쪽.

야 한다고 주장하면서 어구(語句)나 문맥에 대하여 철저한 검증이 필요하고 당대의 실상에 대한 접근과 전승경위의 고찰이 중요함을 내세웠다.[24] 더불어 남북한 연구사의 대조적인 특징을 보여주면서, 북쪽에서는 현실고에 시달리는 민중의 아픔으로 볼 수 있음을 시사했다.[25] 그는『한어대사전(漢語大詞典)』을 통해 '白首狂夫', '被髮提壺', '亂流而渡' 등의 의미를 새롭게 해석하고 있는데, 광부를 남편에 대한 겸칭의 사용으로 보거나, 호리병을 강을 건너는 보조의 도구로 규정하고 있다.[26]

강명혜는 김영수의 견해에 동의하면서 시대적·지리적 배경이나 작자, 인물에 대한 해석과는 상관없이〈공무도하가〉가 죽음의 노래'라는 사실은 달라지지 않는다고 주장한다.[27] 또한 백수광부(白首狂夫)와 그 아내의 죽음, 그리고 이를 목격하고 이를 전파하던 곽리자고 등의 사건은 사실상 동시간대에 이루어진 것이 아니라고 설명한다. 그렇게 보기에는 상식적인 수준을 벗어나며, 많은 시간과 사건이 한 작품에 압축해서 제시되는 것이 시가의 특징이라는 설명이다. 그러므로 남편(백수광부)의 죽음이 있고 난 그 후 장례식에서 아내가 공후를 타며 부른 노래가〈공무도하가〉일 것으로 보고 노래의 성격을 의식요이거나 장례요로 보고 있다. 즉,〈공무도하가〉는 통과의례적 성격을 지닌 죽음과 관련된 노래로서 '인간의 죽음뿐만이 아니라, 삶과 죽음, 재생과 그 원리, 순환성, 영원성 등 인간영위의 본질성

---

24) 김영수, 앞의 논문, 6쪽.
25) 김영수, 위의 논문, 11~12쪽.
26) 김영수, 위의 논문, 16~21쪽.
27) 강명혜,「죽음과 재생의 노래-〈공무도하가〉」,『우리문학연구』제18집, 우리문학회, 2005.

등을 모두 이야기하는 것'으로 결론을 내리고 있다.[28]

2) 〈황조가〉의 경우

〈황조가〉에 대한 해석 문제도 그렇게 단순하지 않다. 시 텍스트의 표면에 드러나고 있는 단순한 내용이나 주제 외에 여러 문제가 부대 설화와 수반하여 제시되고 있기 때문이다. 이러한 측면을 염두에 두어서인지 최근 들어서 〈황조가〉에 대한 연구자들의 논의가 활발하게 이루어지고 있다. 이렇듯이 기존의 성과에 중심을 두면서도 한층 심화된 논의가 이루어지고 있다는 점이 주목할 만하다. 그 중에서 김영수, 강명혜, 임주탁·주문경, 조용호의 논의를 집중할 필요가 있다. 황조가 연구에서 특히 이견을 두고 있는 부분은 작가문제인데, 〈황조가〉의 작자를 크게 유리왕으로 규정하는 의견[29]과 작자를 유리왕이 아니거나 작자미상으로 보는 의견[30]으로 나뉜다. 이종출은 황조가의 창작자가 유리왕이며, 현존하는 노래는 후세의 한역가들에 의해 전해진 것이라고 하였다.[31] 조동일은 유리왕이 겪은 시련의 근본적인 이유로서 신화적인 질서가 무너지면서 생기는 가치관의 혼란에 있었다고 하여, 자아와 세계의 동질성이 흔들렸으므로 유리왕은 사태를 바로 이해할 수 없는 혼란에 빠져 자기의 고독만을 중심으로

---

28) 강명혜, 앞의 논문, 119쪽.

29) 김태준,『조선한문학사』, 조선어문학회, 1931, 15쪽; 조윤제,『조선시가사상』, 을유문학사, 1954, 76쪽; 이가원,『조선한문학사』, 삼화출판사, 1973, 29쪽; 장홍재,「황조가의 연모대상」,『국어국문학 연구논문집』, 청구대학 국어국문학회, 1963, 103~104쪽; 이종출,「황조가 논고」,『한국고시가연구』, 태학사, 1989, 63쪽.

30) 고정옥,『조선민요연구』, 수선사, 1949, 29쪽; 임동권,『한국민요사』, 집문당, 1981, 23쪽; 정병욱,『한국고전시가론』, 신구문화사, 1982, 53~56쪽.

31) 이종출,「〈황조가〉논고」,『한국고시가연구』, 태학사, 1989, 63쪽.

일방적인 사랑노래를 불렀던 것으로 보았다. 그래서 결코 해결할 수 없는 문제에 대한 노래이므로 그것이 곧 서정시가 되었다고 하였다.[32] 황패강은 화희와 치희 설화를 〈황조가〉와 동일한 문맥으로 추정하면서, 서사문맥이 역사적인 사실을 지향하는 것으로 보고 서정시로 설명하고 있다.[33] 성기옥은 한족과 골천인으로 나뉘는 정체 권력의 견제와 왕권 강화가 좌절 된 유리왕의 비애감을 토로한 서정시로 보고 있다.[34]

유리왕을 작가로 보는 경우에는 그 구체적인 창작 시기를 다양하게 논의하고 있다. 작품의 성격에 대해서 초기에는 유리왕이 지은 것으로 보는 것이 일반적이었지만, 전승 민요 또는 고대로부터 전해진 구애곡(求愛曲)으로 규정하거나 주술적이나 제의적인 성격이 짙은 노래로 판단하기도 하였다. 정병욱은 계절적 제례의식 중에서, 남녀가 배우자를 선택하는 때에 불려진 사랑 노래로 규정하면서 거절당한 남자의 애절한 구애곡(求愛曲)이라고 했다.[35]

작품의 갈래에 대해서도 대부분의 연구자가 서정시나 서정양식으로 보고 있으나 서사시로 보는 견해도 있다. 〈황조가〉 창작 당시의 언어에 대해서도 한역을 하였다는 의견과 처음부터 한어(漢語)로 창작된 노래라는 의견으로 나누어진다. 이명선은 〈황조가〉를 종족간의 투쟁으로 간주하고 노래가 유리왕의 치희에 대한 개인적인 미련으로 설명하는 것이 아니라 종족간의 다툼을 화해시키지 못한 존장(酋長)의 한탄을 기반으로 한 서사시로 보았다.[36]

---

32) 조동일, 『한국문학통사』1, 지식산업사, 2000, 101쪽.
33) 황패강·윤원식, 『한국고대가요』, 새문사, 1986, 15쪽.
34) 성기옥, 「상고시가」, 『한국문학개론』, 새문사, 1992, 50쪽.
35) 정병욱, 『한국고전시가론』, 신구문화사, 1977, 56쪽.

장덕순은 하나의 장르에 귀속시키기보다는 서사시에서 서정시로
지향(移向)하는 과도기적 작품으로 간주하여 서정시의 발생적 기원
으로 삼았다. 결국 황조가의 장르적 성격에 대한 논의는 하나의 관
점으로 규정되지 않고 있으며, 그 원인으로 유리왕이 존재하는 역사
적 시기가 문학과 역사의 분리되지 않은 신화의 세계와 역사의 세계
가 혼재되어 있음에 기인한다고 추정한다.

장덕순 등은 황조가의 작자를 유리왕으로 규정한 상황에서 황조가
의 장르를 논하였다.[37] 정무룡은 〈황조가〉가 유리왕의 작품이라는
사실을 증명하기 위해서 고구려 초기에는 이미 한문화(漢文化)와 어
려번의 접촉을 가진 계층이 한문을 자유롭게 구사할 수 있던 시기로
보고 작자 문제를 한문학의 유입 문제로 규정하였다.[38]

그러나 이와 반대로 황조가의 배경 설화를 사실이 아닌 허구로 보
는 연구자들은 황조가의 작자를 유리왕이 아닌 집단의 창작으로 보
기도 한다. 신화적 존재인 유리왕이 창작시를 지었다고 인정하기는
어렵다는 것이다. 김승찬은 황조가를 어떤 부족장에 의해 서정시로
창작되고 구가된 것을 후대인이 기억하고 문헌으로 정착시킨 것으로
보았다.[39] 김학성은 오래전부터 내려오던 '남녀의 사랑의 노래'라고
설명하면서 개인의 창작가요 보다는 민요적 성격을 띤 노래라고 주
장하였다.[40] 이능우는 서사시나 서사시의 흔적으로 만들어진 것으

---

36) 이명선, 『조선문학사』, 조선문학사, 1948, 167쪽.
37) 장덕순, 『국문학통론』, 신구문화사, 1960, 80쪽.
38) 정무룡, 「〈황조가〉연구」 1, 『청천강용권박사 송수기념논총』, 태화출판사, 1986,
    329쪽.
39) 김승찬, 「고대시가」, 『국문학신강』, 새문사, 1985, 34쪽.
40) 김학성, 「〈황조가〉의 작품 성격」, 『한국고전시가작품론』 1, 집문당, 1992, 29쪽.

로 설명하고 있다.[41] 김동욱은 한족과의 항쟁에 대한 서사시 중에서 근원을 찾고 서사시라고 주장하였다.[42] 현승환은 서사무가 중에 불려진 노래로 보고 있으며, 유리왕은 어떤 실제인물이 신격화되어 신화의 주인공으로 남아서 전승된 것으로 주장하였다.[43] 허남춘은 화희·치희 설화에 대하여 죽음과 재생의 계절적 풍요제에서 구술상관물이 변이(變異)한 것으로 보았으며, 제의를 부른 제의요 혹은 굿노래라는 견해를 제시하고 있다.[44]

김영수는 조선후기 〈황조가〉와 관련된 악부시들을 정리하고 당시가 아니라 통치자의 한계를 드러내는 한탄의 노래로 규정하고 있다.[45] 강명혜는 기존 연구들의 논의를 설명하면서 〈황조가〉의 부대설화를 두 가지의 의미로 설정하고 있는데 〈황조가〉의 부대설화는 겉으로는 '유리왕의 구애를 하는 노래'이지만 내부적으로는 새로운 생명의 탄생과 풍요의 기대를 묘사하고 있는 것으로 왕실의 번영이나 풍요를 기원하는 것으로 해석한다.[46]

임주탁·주문경은 〈황조가〉는 유리왕이 고독한 존재로서의 처지를 가장 효과적으로 드러내는 노래라고 지적하면서 유교적인 가치관으로 판단하면 유리왕은 부덕한 인물이라는 사실로 정의 내리고 있다.[47]

---

41) 이능우, 『고전시가론고』, 선명문화사, 1966, 26쪽.
42) 김동욱, 『국문학사』, 일신사, 1988, 35쪽.
43) 현승환, 「〈황조가〉 배경설화의 문화배경적 의미」, 『백록논총』 1권, 제주대, 1992, 110쪽.
44) 허남춘, 「〈황조가〉의 제의적 성격」, 『성대문학』 24권, 1985, 160~163쪽.
45) 김영수, 「〈황조가〉 연구 재고」, 『한국시가연구』 제6집, 한국시가학회, 2000, 23쪽.
46) 강명혜, 「〈황조가〉의 의미 및 기능-〈구지가〉·〈공무도하가〉의 연계성을 중심으로」, 『온지논총』 제16집, 온지학회, 2004, 38쪽.
47) 임주탁·주문경, 「〈황조가〉의 새로운 해석」, 『관악어문연구』 제29집, 서울대 국어국문학과, 2004.

결론적으로 〈황조가〉는 남녀가 배우자를 선정하기 위한 짝짓기 노래로 추정된다. 이 노래를 부르면서 구애했을 가능성이 높기 때문에 집단적 서정가요라고 볼 수 있다. 따라서 〈황조가〉는 자연과 인간의 교감 속에서 불려진 집단적 서정가요이며 풍요로운 생명력을 기원하는 사랑의 노래라고 할 수 있다.

3) 〈구지가〉의 경우

〈구지가〉에 대한 연구도 다양하게 이루어졌지만 〈공무도하가〉나 〈황조가〉처럼 상반된 논의들이 다수 존재하는 것이 아니다. 왜냐하면 〈구지가〉는 시텍스트와 부대설화가 상당부분 서로 연맥되어 있기 때문에, 주제가 비교적 뚜렷하게 드러나고 있으며 또한 두 고대시가에 비해 집단요적인 성향을 뚜렷하게 보이고 있기 때문이다. 단지 〈구지가〉의 성격을 어떻게 규정할 것인가 하는 문제는 그것을 가창하던 사람들이 〈구지가〉를 불렀던 까닭과 연관성을 지으면서 해석해야 한다는 문제가 남아있을 뿐이다. 〈구지가〉의 성격에 대해 논의된 다양한 견해와 소재에 대한 해석 등을 살펴보면 다음과 같다.

황패강은 〈구지가〉를 무격적, 주술적, 원시적 신앙에서 나타난 제의, 농경사회의 노동, 사회적 변화와 정치적 의의를 관련지어 설명한 바 있다.[48] 김승찬은 이제까지 제의적·발생학적·정신분석학적·토템적·사회사적·민간신앙적·수렵경제적·한문화의 영향적 측면으로 이루어져 왔다[49]고 설명하고 있다. 조윤제는 〈구지가〉가 최초에는 노동요로 발생하였으나 차츰 종교적인 노래로도 가창되었을 것으

---

48) 황패강, 「〈구지가〉 고」, 『국어국문학』 제29집, 국어국문학회, 1965, 21~48쪽.
49) 김승찬, 「〈구지가〉 고」, 『한국상고문학연구』, 제일문화사, 1978, 62~68쪽.

로 추정하였다.50) 김학성은 〈구지가〉를 이중적인 의미를 지닌 집단
제의에서 불려진 주사(呪辭)라고 규정하고 있다.51) 정병욱은 여성이
남성을 유혹하기 위하여 처음으로 불러졌던 노래가 시대의 변화에
따라 일종의 주문적인 기능을 갖게 되었고, 건국신화에까지 끼어들
었던 것으로 추정하였다.52) 이가원은 중앙집권적인 부족왕국으로
발전하는 형태를 나타내는 데 있어서 신의 신성함을 강조하기 위해
농민들에게 지시하여 불렀던 것이 나중에는 농가(農歌)로 발전했다
고 주장하고 있다.53) 박준규는 원시적인 종교가무(歌舞)와 노동요가
혼합되어 있다고 지적하면서 〈구지가〉는 주술적 요인을 지닌 노동
요의 역할을 취하고 있다고 제시하고 있다.54) 김대행은 거북을 어떤
기원과 성취의 매개물로 삼았던 관습적인 노래이며, 노래가운데서
거북은 그 실상을 구체화하기 위한 존재라고 이야기한다.55) 또한 성
기옥은 〈구지가〉의 성립을 신성한 건국신화의 형성 이전으로 거슬
러 올라가면 원시인들의 성욕에 대한 강렬하고도 소박한 표현으로
볼 수 있다고 하면서, 여성이 남성을 유혹할 때 부른 노래가 차차 시
대의 추이(推移)에 따라 일종의 주술적인 기능을 부가하여, 결국 건
국신화에까지 유입되었을 것이라는 견해를 제시하였다.56) 유종국은

50) 『국문학사』, 동국문화사, 1962, 15~16쪽.
51) 김학성, 『한국고전시가의 연구』, 원광대출판사, 1980, 62쪽.
52) 정병욱, 『한국시가문학사』(상), 고대민족문화연구소, 1967, 769쪽.
53) 이가원, 『한국한문학사』, 민중서관, 1961, 38쪽.
54) 박준규, 「1960년대 국문학 연구: 상대가요와 향가의 연구를 주로 하여」, 『용봉논
   총』 제1집, 전남대인문과학연구소, 1972, 40쪽.
55) 김대행, 「〈구지가〉에 관련한 이용후생적 질문」, 『정기호박사 화갑기념논총』,
   1991, 122~125쪽.
56) 성기옥, 「〈구지가〉 형성의 문화기반과 역사적 양상」, 『한국고대사논총』 제2집,
   한국고대사회연구소, 191~192쪽.

『가락국기』의 기술이 시간적으로 모순이 있다고 설명하면서, 한편으로는 고대국가의 성립과 독립적인 부족의 탄생을 적합하게 하고 역사를 통해서 민족의 자긍심을 고취하기 위하여 만들어진 신화라고 설명한다.[57]

〈구지가〉의 소재들에 대한 해석에서 '구(龜)'의 실체는 〈구지가〉를 논의할 때 가장 핵심적인 쟁점으로 부각되었다.[58] 장덕순은 신령스런 존재로 보고 천신(天神)으로서의 신군(神君)으로 해석하였는데, 이것은 다시 선신(善神)과 악신(惡神)으로 보는 입장으로 나누어진다.[59] 이른바 전통적인 입장을 취하는 연구자들로서 거북을 선신(善神)으로 간주하였던 것이다.

소재영은 거북이가 머리를 내민다는 의미가 토템의 출현과 수로왕의 탄강이 맞물러 있다는 것으로 설명하면서 주가라고 규정하기도 하였다.[60]

서정범과 정병욱은 거북을 남성 성기(性器)의 은유적 표현으로 풀이하면서 〈구지가〉의 의미 전체를 추적해 나갔다. 김열규는 동물적 존재로서의 거북에 대한 해석을 시도하였는데, 수로신화에 있어서 수로의 출생 과정을 신탁→희생→영신 의식의 구비전승에 대한 산

---

57) 유종국, 『고시가 양식론』, 계명문화사, 1990, 100~102쪽.

58) 거북은 하나의 상징적 존재라는 인식과 실존적 동물이라는 두 가지의 해석으로 분류될 수 있다. 전자는 거북은 단순한 동물로서가 아니라 일정한 상징기호로서 특정한 의미를 지니고 있는 것으로 보는 견해이고, 후자는 거북 그 자체가 하나의 동물적 존재일 뿐이라거나 또는 그것을 이용하여 점복의 매개물, 희생제의의 희생 제물 등 일정한 목적을 수행하기 위한 도구라는 해석이다.

59) 장덕순, 앞의 책, 84쪽.

60) 소재영, 「가락국기 설화고-그 비교적인 고찰」, 『어문논집』 제10집, 민족어문학회, 1967, 133~156쪽.

물로 보고, 거북은 희생의식을 하는 제의의 과정에서 행하는 제물이라고 보았다. 김승찬은 구복제의 때 우두머리 선정에 불렸던 것으로, 뒷날 구복점이 사라지고 거북은 식용으로만 취급하자 주가(呪歌)로 그 성격이 바뀌어졌다고 지적하고 있다.[61]

또한 박지홍·황패강은 구(龜)와 수(首)를 별개의 존재로 보고 있다. 무엇보다 황패강은 수(首)가 군주의 뜻을 가지고 있었으나, 어의상 포용성으로 인해 나중에는 신체상의 머리를 의미하는 것으로 변이되었다고 보았다. 그러나 '수(首)'의 의미에 대해서는 연구자들이 대부분 우두머리라는 상징적 의미로의 '수(首)'로 해석하고 있다.

조동일은 「가락국기」의 신화 내용이 처음에는 농사가 잘되기를 바라는 굿에서 출발한 것으로 보면서, 가락국이 국가적 모습을 완성하자 농사의 신이 건국시조라고 강조하면서 복합현상이 일어난 것으로 설명한다. 즉, 거북이로 하여금 머리를 내어 놓으라고 부른 노래가 〈구지가〉라고 설명하고 결국 번작(燔作)의 의미를 살펴보면 거북이를 불로 위협해서 분발하도록 한 의미로 해석하였다.[62]

결국 〈구지가〉는 어떤 목적의 달성을 위해서 부른 주술적 목적의 노래로 가창되었을 확률이 높다고 볼 수 있다. 상고시대의 노래는 유희적인 목적을 갖기 보다는 신과 소통할 수 있는 장치로서 초자연적인 능력을 가진 것으로 인식되어 왔다면 이와 같은 해석은 당연한 사실로 볼 수 있다. 또한 주술적 목적으로 사용하는 기저에는 샤머니즘이 깔려 있는데, 이런 모든 점을 종합해서 판단한다면 〈구지가〉는 신군(神君)을 맞이하기 위한 주술가(呪術歌)로 보는 것이 합당할

---

61) 김승찬, 『한국문학개론』, 삼영사, 1986, 49쪽.
62) 조동일, 앞의 책, 98쪽.

것이다.

3. 연구의 범위와 방법

앞에서 살펴보았듯이 〈공무도하가〉·〈황조가〉·〈구지가〉에 대해 본고는 축척된 기존 연구 성과를 바탕으로 해서 작품을 분석적, 종합적으로 고찰하여 특성을 파악한 후 궁극적으로 이들 작품이 후대에 어떤 방식과 양상으로 지속적인 전승과 변용이 이루어지고 있는지 종합적, 통시적으로 고찰함과 동시에 현대적 변용(變容)이 지니고 있는 특성 및 의미와 의의 등에 대해서 규명하고자 한다.

특히 주목할 만한 연구방법으로 고대가요의 변용적 측면에 중점을 두고 심도있게 고찰하고자 한다는 것이다. 변용(verwandlung)이란 사물들이 어떤 깊은 존재 속으로 들어가는 것이며, 시간에서 벗어나 '차원이 바뀌는 것'을 의미한다. 특히 문학에 있어서 변용의 가장 기본적인 조건은 사건의 표면적인 모습에만 집중하는 것이 아니라 내적 측면에서 함축하고 있거나 지향하고 있는 의미까지 염두에 두고 열린 세계를 지향할 때에 가능하다.

변용은 사물의 본질이 우리 안에서 '보이지 않게' 다시 살아나게 하는 것이기 때문이다.[63] 결국 변용적 특성은 표면적으로 보았을 때 원래 텍스트와는 차이를 보이는 후대의 작품이, 실은 그 토대가 되는 고대 텍스트에 기원을 두고 있다고 밝힐 수 있는 것이 하나의 방식으로 작용할 것이라고 기대한다. 따라서 변용은 지속의 또 다른 방식을 의미하는 것으로 '변용과 지속'은 마치 동전의 양면과 같다고 할 수 있다.

---

63) 강대진, 『서양의 고전을 읽는다』, 휴머니스트, 2006, 146쪽.

이런 점에서 본고는 지속 및 변용, 변이 양상을 통해서 현재에도 살아 숨을 쉬는 고대가요의 실태를 정확히 규명하고자 하는 것이며 현 학계(學界)에서 다룬 바가 거의 없는 통시적(通時的) 고찰 방식을 통해서 고대가요의 특성 및 위상을 밝히는 데 기여하고자 한다.

우선, Ⅱ장에서는 고대가요의 발생 및 역사적 전개, 현대적 변용 양상 등에 대해서 살펴본다. 고대가요가 발생하고 생성된 기반 및 그 원리를 규명해 보고 이에 대한 역사적인 전개 양상을 설명하면서 나아가서는 현대적인 전승과 변용 양상, 태도 및 의의 등에 대해서 천착하고자 한다.

Ⅲ장에서는 고대가요의 변용된 장르를 통하여 후대 창작자들이 원전을 대하는 태도 및 변용과정, 변용된 장르적 특성과 의미 등에 대해서 세밀하게 살펴본다. 〈공무도하가〉는 현대시, 현대소설 및 문화콘텐츠로의 전환을 통해서 창작자들이 역사적인 사실을 배제하지 않고 연결고리를 만들어서 작품을 재구성하고 있다는 특징을 보인다. 후대창작자들이 디지털 시대를 살아가는 현대 대중들에게 현대적인 장르를 선택하여 작품속의 세계관을 어떤 방식으로 전달하는지를 중점적으로 살피고자 한다.

이에 비해 〈황조가〉는 대개가 악부시(樂府詩)로 변용되고 있다. 〈황조가〉의 현대적 변용은 그 용례가 드문데 비해 유독 조선 후기 악부시(樂府詩)로의 장르 변환을 주로 하는 특성을 보인다. 따라서 고대가요 중 유독 〈황조가〉가 주로 악부시(樂府詩)로 변용된 이유는 무엇인지에 대해서도 살펴볼 필요가 있다. 또한 〈황조가〉가 악부시(樂府詩)로의 변용을 통해서 당대의 상황을 재현하고 있음을 주지하고 텍스트 내에서 시사하고 있는 바를 살펴보고자 한다. 또한 우리 한문학의 특질 및 성향과 민족적 정서를 역사적인 상황에 결부시켜서 비판의식을 담은 이 시기의 영사악부(詠史樂府)는 주목할 만한 우리의 민족문학적인 유산이거니와 아울러 문학적으로 다양하게 시도한 장치로 파악할 수 있다.

마지막으로 〈구지가〉의 전승과 변용 양상을 살펴본다. 〈구지가〉는 원텍스트의 성격이 탄생의 기원이나 다산, 풍요를 의미하고 있다는 사실에서 우리의 민속이나 무속(巫俗)과 연맥(緣脈)되어 지속, 변용된 듯 싶다. 따라서 기원성과 민속신앙을 중심으로 풀어가며 〈구지가〉계 작품의 제의적 성격을 파악하고 또한 현대소설, 현대시, 무용의 장르를 통해 변용된 〈구지가〉의 특질을 파악하려고 한다.

Ⅳ장에서는 고대가요의 원형적인 모습에 주목하면서 각각의 작품 속에서 당대의 사회, 역사, 문화와 같은 컨텍스트(context)적 상황이 투영되었음을 인식하고 당시의 시대적인 상황과 독자층의 의식이 수용되었을 것을 고려하여 고대인의 사유체계와 생활습성을 살펴본다. 특히 고대가요의 발생 상황과 원인, 사회적인 맥락과의 연관성을 염두에 두고 이들 작품에 투영(投影)된 가장 기본적이고도 확연한 내용을 추출하여 후대에 이르러 변용된 작품의 기반으로 삼고자 한다. 아울러 고대가요가 현대적으로 수용(受用)되는 방안과 그 특질을 살펴서 원 텍스트의 내용이나 의미, 상징 등이 어떻게 변용되고 확장되었는지를 규명하면서 현대에 변용된 내용적 특성은 무엇인지도 제시하고자 한다.

Ⅴ장에서는 후대에 전승된 작품의 문학적인 평가와 아울러 문학사적인 의미를 고찰하고자 한다. 특히 고대로부터 현재에 이르기까지 통시적인 고찰을 통해 고대가요의 변용이 각각 당대 문학사에서 어떠한 의의를 갖는지에 대해 주목할 것이다. 이와 같은 진행 방식 및 고찰을 통해서 고대가요가 지니고 있는 실체와 위상이 확연히 들어

날 것이며 우리 문학사에서 현재 차지하고 있는 고대가요의 위상이
한층 더 높아질 것으로 기대한다.

Ⅱ. 고대가요의 역사적 전개와 변용

1. 고대가요의 발생 및 역사적 전개

고대에는 아마도 고대가요와 같은 작품의 류(類)가 상당량 불려 졌
을 것이라고 추정할 수 있다. 하지만 현존하는 고대가요는 아쉽게도
단지 세 편뿐이다. 그러나 이 세 작품이 사실은 모두 상당한 가치를
지니고 있는 노래라고 할 수 있다. 우연이었는지 의도적이었는지는
확실히 알 수 없지만 공교롭게도 이들 세 노래는 인간의 통과제의(通
過祭儀)적인 특성, 즉 '사랑하고 탄생하고 죽는다'는 가장 원초적이고
도 근원적인 인간의 삶을 모두 반영하고 있기 때문이다.64)

이런 점에서 이들 고대가요는 우리의 문학사에서 상당히 중요한
위치를 차지하고 있음에도 불구하고 학계나 일반인들에게 그다지 큰
호응을 받지 못하고 있는 것도 현재의 실정이다. 이는 고대가요의
창작과 향유(享有)를 부자연스러운 것으로 인지하거나 작품의 성격
이 현실적이지 않거나 시대착오적인 생각을 하게 만드는 장르로 인
식되었기 때문일 것이다. 그러나 우리가 간과해서는 안 될 사실은
고유문자가 없던 시절에도 우리 조상들은 고대가요를 한시(漢詩)로
번역하는 등 그 노력을 아끼지 않으면서 후대인들에게 전하기 위하

---

64) 강명혜, 「〈황조가〉의 의미 및 기능-〈구지가〉·〈공무도하가〉의 연계성을 중심으
    로」, 『온지논총』 제11집, 온지학회, 2004, 7~42쪽 참조.

여 부단한 노력을 하였다는 점이다. 따라서 표면적인 의미처럼 단순
히 인간의 감정만을 이야기하려는 것이 아니라 그 이상의 메시지를
전달하고자 시도했다. 입에서 입으로 전달되기 위해서는 사실 문학
당의(文學當爲)가 필수적이다. 너무도 당연하거나 너무 복잡하거나
이해하기 어렵거나 재미가 없는 것은 전달되지 않는 것이 구전이나
구비문학의 특질임을 상기할 때 비록 한자로 표기되어 있지만 '우리
의 노래'로서 우리말로 불렸던 고대가요는 표면적 의미로만 단순히
해석되어서는 곤란하며 작품 이면에 내재한 여러 가지 의미도 고구
(考究)해야 할 것으로 사료된다. 따라서 고대가요에는 우리 선조들의
사고, 생활 흔적, 삶에 대한 태도 등이 내재해 있는 것으로 이를 통
해 현대를 살아가는 우리들에게 많은 것을 제시할 가능성이 농후(濃
厚)하다.

사실 고대가요의 발생 및 시작은 노동요(勞動謠)로서 수렵이나 농
사(農事) 등 인간의 삶이나 생활과 관련되어 형성된 것으로 보이는
데, 이는 가장 원초적인 형태이다. 두 번째 단계는 제의요(儀式謠)와
관련되어 나타나는 현상이다. 국가의 집단적인 행사를 통해 민족의
식을 고취시키고, 이른바 집단적인 정서를 중시하는 시기이다. 세
번째 단계는 개인의 서정을 드러내거나 타인과의 관계를 형성하는
단계로서 이른바 윤리의식이나 미의식을 드러내는 경우이다.[65] 고
대가요의 내용은 비교적 짧고 전형성은 없지만 그 노래가 불린 내력
이 첨부되고 있어 노래의 성격을 재단할 수 있으며 추론이 가능하다.

이렇듯이 고대 가요는 집단의 활동이나 의식(儀式)과 관련된 측면이
강해 의식요·노동요의 성격을 지니고 있으며, 집단적인 가무(歌舞)의

---

65) 김영수, 『고대가요 연구』, 단국대학교출판부, 2007, 65쪽.

형태로 존재했을 것이다. 원시인들은 죽은 영혼의 초자연적인 힘을 믿고 숭배하였다. 숭배의 유형은 인간이나 동물 혹은 자연의 영혼을 의미하는 정령(精靈)이었는데, 이들이 초월적인 힘을 지니고 있는 것으로 믿으면서 숭배하는 유형과 부족의 신을 의미하는 토템을 숭배에 따라 유형으로 구별된다. 부족들은 각자 숭배하는 토템을 중심으로 힘을 합하였다. 토템은 동물과 식물을 포함해 부족을 상징하는 여러 상징으로서, 부족은 이를 숭배하여 부족의 안녕과 평화를 기원하는 제의를 올린다. 이 제의에서 가장 중요한 비중을 차지하는 것이 춤이었으며 토템을 묘사하거나 모방하는 춤을 추었다.[66]

고대가요의 발생은 이와 같이 반복되는 원시제례의 행위 속에서, 혹은 집단 노동 현장에서 자신들의 목적에 부합되게 반복적인 언어로 노래하는 형태를 취하면서 발생되었다고 본다. 집단적 노동현상에서는 생산성의 극대화를 위한 필요성에서 리듬이 있고 반복적인 행위표현이 필요했을 것이고,[67] 원시 제례의식 하에서는 신에게 자신들의 원의를 갈망하면서 리듬이 있고 의미가 내재되어 있는 의식요가 필수적인 것으로 판단된다. 이렇듯이 초기 노래에는 어떤 필요성에 의해 시와 음악과 무용이 종합된 매체가 등장한다. 따라서 초기 노래에는 시와 음악과 무용이 어떤 리듬 안에서 통일된 삼위일체적 관계를 맺고 있게 되며, 이런 이유로 원시인의 시가(詩歌)는 주로 수렵과 전쟁, 연애, 풍자, 노동, 애정, 슬픔 등 실제 생활과 밀접한 관계가 있거나,[68] 어떤 의식 행위나 자신들의 원의를 갈망하는 제식, 풍요와 같은 내용과 밀접히 연관된다.

---

66) 권윤방 외,『무용학 개론』, 대한미디어, 2003, 34쪽 참조.
67) 구정호,『만요슈』, 살림, 2005, 86쪽.
68) 임원재,『아동문학 교육론』, 신원문화사, 2000, 21쪽.

집단요(集團謠)들은 시대가 지날수록 개인의 서정에 초점을 맞추면서 점차 개인의 감정을 중요시하는 서정시(抒情詩)의 시대로 진입하게 된다는 사실을 알 수 있다. 이것은 고대 시가에서 설화가 삽입되어 전해지는데, 이는 시가가 완전히 분리되지 않았음을 보여 주는 증거라고 할 수 있다. 즉, 고대가요는 집단적이고 서사적인 종합 예술에서 출발하여 개인적이고 서정적인 시가로 분리되면서 생성, 발전하게 되었던 것이다. 의식요나 노동요의 형태로 불려 지던 것이 개인적인 서정 문학으로 점차 분화하여 발달하게 된 것이다. 이는 〈공무도하가〉와 〈구지가〉가 동일하게 집단의 생활과 관련된 성격을 짙게 지니고 있다는 점에서도 추측할 수 있다. 개인적 서정을 읊은 〈황조가〉가 개인적 삶의 애환과 비애와 연관된다면, 그 이전의 시가들은 집단의 삶에서 일어나는 여러 가지 일들과 의식, 주술, 기원 등의 긴밀한 연계를 지니고 있는 것이다.

고대가요 〈공무도하가〉·〈황조가〉·〈구지가〉는 처음부터 완전하게 우리글로 전해진 것이 아니었기 때문에 한역(漢譯)을 통해서 이해해야만 했다. 우리나라의 고유문자가 없던 시절 우리 조상들은 구전되는 노래를 한자로 기록하거나 그것의 음과 뜻을 빌려서 기록하였기 때문이다. 원시사회는 비문자사회로서 사회 및 정치적 질서를 유지함에 있어 구비전승의 장치를 사용하고 있음은 주지의 사실이다. 많은 원주민(原住民)사회에서 전통적 가치관의 내면화, 세계관의 전승, 도덕규범의 준수, 집단의 정체성 확립 등이 구비전승에 의하여 합리화되고 강화되었던 것이다.[69] 구전되던 고대가요들은 한시로 옮겨졌기 때문에, 고대가요들 역시 한역(漢譯)을 통해서 정착된다.

---

69) 김주희, 『문화인류학의 이해』, 성신여자대학교출판부, 1991, 250쪽.

그러나 문헌으로 정착된 현재까지도 여러 장르간의 교섭을 통해서 작품의 변형이 이루어지고 있는 것을 보면 그 안에 내재된 작품의 강한 전달력은 실로 대단하다.

본고에서는 이런 점을 염두에 두고 고대가요의 후대적인 지속 양상 및 변용 양상을 추적해 보고자 한다.

2. 고대가요에 투영(投影)된 의식 구조 양상

모든 작품은 당대의 문화, 사회, 역사, 사상 등 외부적인 컨텍스트에서 자유로울 수 없다. 이는 동서고금이 모두 그러하다. 따라서 우리 고대가요에는 우리 조상의 감정이나 생활이 충분히 반영되었을 것으로 사료된다. 즉 시대를 초월해서 현재에까지 널리 가창(歌唱)되어지는 고대가요는 당대의 실생활이나, 제도, 관습과 무관하지 않은 것이다. 특히 고대가요는 여가(餘暇)나 개인의 서정을 노래하기 위한 목적으로는 지어지지 않았다고 볼 수 있다. 개인으로의 분화는 후대의 실상이기 때문이다. 따라서 고대가요는 실생활적 필요에 의해서 지어진 것이 대부분이다. 특히 살아가는 데 있어서 중요하고도 원초적인 욕망이나 요건에 대해 이야기하고자 했을 것이다. 사소하고도 충동적인 개인의 서정적 감정보다는 모두가 공감대를 형성할 수 있는 집단적인 주제나 내용이 주축이 되었을 것이다. 이러한 노래만이 오랜 동안 생명력을 이어가며 지속될 수 있기 때문이다. 이런 점에서 오늘날의 시가연구에 흔히 원용(援用)하는 은유나 상징적 개념이 근간(根幹)으로 사용되었을 가능성이 농후하다. 심도 있고 중요한 장문의 내용이 구전되기는 힘들기에 압축된 노래와 이를 설명하는 데 정보를 제공하는 서사담이 함께 제시되었을 것이라고 추정된다. 그러나 그렇다고 하더라도 작품에 대한 불필요한 해석이나 지나친 확대해석은 오히려 당대의 상황을 왜곡할 가능성이 높다. 이런 점에서 고대가요 해석에는 많은 어려움이 따르며 견해가 분분할 수밖에 없을 것이다. 본고에서는 지나친 확대 해석의 오류를 지양(止揚)하고자 하며 단순한 표면적 내용을 그대로 수용하는 태도도 자제하고자 한다.

현재 전해지는 고대가요 〈공무도하가〉·〈황조가〉·〈구지가〉는 모두 배경설화와 함께 노래를 전달하고 있어 작품의 성격이나 내용, 주제에 대한 정보는 어느 정도 설명되어 있다고 할 수 있다. 따라서 고대시가는 텍스트가 대부분 비유나 상징 등의 수사를 사용했거나 단순한 짧은 내용으로 이루어져 있어서 시작품을 이해하기가 쉽지는 않지만, 언제나 시 텍스트를 이해하기 위한 하나의 장치로써 일정한 정보가 주어지고 있는데 이것이 바로 부대설화이고, 이러한 부대설화는 이야기의 구조로 이루어져 있기 때문에 작품의 이해를 돕고 있다.[70]

이러한 점을 염두에 두고 고대가요에 대한 위상을 규명하고자 한다. 이를 위해서 우선 현존하는 고대가요인 세 작품의 문학적 소양을 바탕으로 당시의 시대적 현실과 독자층의 의식을 수용하여 작품을 구성하였을 것으로 추정하면서 작가적 시각을 규명하고자 한다. 고대가요에는 작자, 유통에 관여한 사람 및 독자 등의 작품을 담당하는 층의 의식구조 등이 응집(凝集)되어 있을 것이라 생각하기 때문이다. 본고에서는 작품 담당층의 의식을 흔히 쓰는 말로 작가의식이라 명하며 이를 알아보려고 한다. 작가의식은 작품의 지향 가치와 그것을 성취해 가는 행위의 관계를 통해 파악 할 수 있다.[71] 그러나 본고에서 지

---

70) 강명혜, 「한국시가의 변천 양상 및 의의」, 『고려속요·사설시조의 새로운 이해』, 북스힐, 2002, 10~47쪽 참조.
71) 최운식, 「김해진전」, 『청람어문교육』 제33권, 청람어문교육학회, 2006, 279~

칭되는 작가의식은 한 개인의 것이 아니라 집단적인 창작의도까지도 작가의식이라고 칭하고자 한다. 개인이든 집단이든 작품을 생성하는 어떤 의식이 필요한데, 이것을 작가의식으로 보기 때문이다. 어떠한 작품이든 작가는 당대의 핵심적이고 문제화 된 내용을 기술하기 위하여 특수한 상태, 상황, 인물 등을 서술하게 된다. 이때 인물의 행동이나 향유층의 관심, 작가의 의식까지도 당시대의 일정한 틀을 벗어날 수 없다.[72] 당대의 시대적 현실이 무엇인가에 따라 그 시대의 작가가 갖는 의식구조가 결정되기도 하며, 이러한 의식구조는 단순히 고정불변의 것이 아니라 유동성을 지니면서 유연하게 작품 속에 나타난다는 점을 인지해야 한다. 작가들은 슬픔, 눈물, 고통 등을 수렴(收斂)해 글쓰기의 동력(動力)으로 껴안으면서, 코드화되고 문화적으로 약속된 개념적인 스투디움(studium)과 다르게 주관적인 시선에 의해 감지되는 '나를 끌어당기거나 상처를 주는 어떤 세부적인 요소'인 푼크툼(punctum)을 창작의 밑바탕으로 껴안는다 하겠다.[73]

이러한 점을 염두에 두고 세 작품의 기본 정신 및 주제, 지향하는 코드 등에 대해 살펴보고자 한다.

1) 〈황조가〉의 자유연애(自由戀愛)에 의한 애정의 갈망(渴望)

〈황조가〉는 고대적 사유가 가장 잘 드러난 집단적 서정가요라고도 볼 수 있다. 이 노래를 통해 인간과 자연이 밀접한 관계를 맺고 있던

311쪽 참조.

72) 안기수, 「영웅소설의 창작기법과 작가의식 연구」, 『우리문학연구』 제17집, 우리문학회, 2004, 306~307쪽.

73) 한순미, 「문학적 감수성의 이면: 한국현대작가들의 글쓰기 경험에서 읽어본 '변형'의 치유력」, 『인문과학연구』 제24권, 강원대학교 인문과학연구소, 2010, 239쪽.

시대에 대해 사유할 수 있다. 특히 무엇보다도 인간 본연(本然)의 감정
에 중점을 두고 있다는 사실에 집중해야 한다. 〈황조가〉는 사실 고대
의 노래이지만 주술적인 내용은 감지하기 어렵다. 어떠한 해석 및 평
가가 내려지든지 남녀의 정을 위주로 하는 인간 본연의 감정을 노래한
서정적인 노래라는 것만은 분명하다. 이 노래는 사랑의 세레나데
(serenade)를 부르는 남자이거나 혹은 여자에게 사랑을 거절당한 남자
일지 모르지만 이 노래를 부르며 구애(求愛)를 했을 가능성이 높기 때
문에, 개인적 서정가요라고 보기보다는 집단적으로 통용되던 서정가
요라고 하겠다. 〈황조가〉는 계절제의에서의 불린 주술의 노래라기보
다 제의에서 불린 집단적 서정가요인 것이다. 이 노래에는 제의74)에
존재하는 명령이나 위협의 요구적 어법이 전혀 없으며, 봄의 전경(全
景)과 인간의 정감이 있을 뿐이다. 따라서 제의가를 주술적 노래라고
등식화(等式化)해서는 안 되기에 〈황조가〉는 제의가라고 할 수 있지만
주술가라고는 할 수 없다.

　태고(太古)로 부터 인간의 욕망(慾望)은 삶을 살게 하는 근본적인
힘이다. 그리고 말이 생긴 이후로 인간은 늘 자신의 욕망을 드러내
기 위한 방편(方便)으로 글쓰기를 선택했다. 대부분 인간이 가지고
있는 욕망은 공통적이고 본능적이라고 치부하지만 그 내부를 파헤치
면 그 욕망은 어떠한 조건하에서도 자유가 수반되지는 않는다. 그러
나 시공을 초월하여 인간이 추구하는 욕망 속에는 남녀 간의 애정문
제가 있다. 그것은 항상 화두(話頭)의 중심이 되고 있다. 남녀 간의
애정문제는 특정한 상황 속에 편입되면서 특수성을 표출하기도 하고

---

74) 제의를 표현하는 장르로는 음악적인 장치, 미술적인 표출, 춤과 문학적인 장치가
　어우러진 통합된 종합적인 것들이 있다는 사실을 알 수 있다.

때로는 보수성과 보편성을 수반하기도 한다. 그들이 처한 시대적 상황에 따라서 애정문제에 보내는 시선은 같지 않다. 각 시대의 문학작품은 남성과 여성, 성과 사랑, 결혼에 대해서는 다양한 태도를 보여 왔고 또 다양하게 해석되어 질 수 있지만, 사랑과 결혼에 관해서는 그 사회가 공유하고 인정하는 방식에 따라 욕망하고 그 방식에 의해 남성과 여성을 규정하고 묘사한다.75)

〈황조가〉는 남녀가 배우자를 선정하는 기회에 불려진 사랑 노래의 한 토막이다. 그렇기 때문에 작자도 사실은 누구인지 알 수 없고 제작연대로 확정할 수 없는 고대의 서정적인 가요의 한 토막이 후에 한문으로 변역되어, 유리왕의 설화 속에 끼어들었다는 정도로 생각해 두는 편이 타당하다.76) 이렇듯이 사랑의 노래를 기반으로 하고 있는 〈황조가〉는 무엇보다 인간의 본능과 감정에 충실한 노래이다. 인간이 고대부터 현재까지 생존해 오는 동안 변하지 않는 본질은 인간의 애정에 대한 갈망이다. 애정의 결실은 출산으로 이어지기에 풍요의 원리를 기반으로 한 인간의 순수한 본능 중 하나인 것이다. 또한 이는 인류의 네버엔딩 스토리 중 하나이기도 하다.

따라서 다양한 이데올로기를 걷어낸 인간 행동의 실체는 결국 애정에 대한 갈망인데, 단지 우리는 단순한 인간적인 욕구로만 치부하고 적절하게 포장하려고만 했다. 인간의식의 뿌리 속에는 신화적 상상력이 있는데, 이 신화적 상상력이 더 이상 인간의 본능을 막을 수 없는 물질문명의 시기에 다시 '재발견'되고 있다.77) 인간의 발생적

---

75) 정동보, 「「앵앵전(鶯鶯傳)」과 「서상기(西廂記)」에 투사된 사인들의 욕망과 실현
    양상」, 『중국인문과학』 제45집, 중국인문학회, 2010, 215쪽.
76) 정병욱, 앞의 책, 56~57쪽.
77) 최혜실, 『문화산업과 스토리 텔링』, 다할미디어, 2007, 85쪽.

잠재력은 해부 생리학적 측면에서 보면 생각하는 인간이 존재해 온이래, 한결같은 것이었다.[78] 이렇듯이 〈황조가〉는 인간의 본능을여실히 보여주는 노래이기도 하지만 노래를 통해 배우자를 선정하는방식은 자유연애의 한 단면을 보여주는 것이다. 자유연애는 인간이자신의 의지에 따라서 대상을 선택하고, 그 대상을 진정으로 사랑하는 것으로 순수한 목적을 띠고 있는 본능적 행위이기도 하다. 그러면서도 자유연애는 인간이 자유롭게 의사를 표시할 수 있는 하나의상징(象徵)이기도 하다. 그러므로 이는 인간의 의지가 반영된 행위이며 고대사회에서는 이미 인간이 스스로 자신의 애정을 표현함으로써인간이 지니고 있는 자유의사를 표출하고 존중하는 사회였다는 것까지 확대해서 추론할 수 있다. 또한 구애(求愛)와 사랑은 생명탄생으로 이어지는 행위이기에 의미심장한 통과의례 중 하나인 것이다.

2) 〈공무도하가〉에서의 고대인의 생사관(生死觀)과 디아스포라의(Diaspora) 비극

앞에서 살펴보았듯이 〈공무도하가〉에 대한 해석 및 연구는 상당히축적되어 있으며 그 견해도 분분하다. 그러나 누구도 수긍하지 않을수 없는 이 노래의 변하지 않는 주제는 〈공무도하가〉가 '인간의 죽음'에 대해서 다루고 있다는 점이다.[79] 사실 '죽음'은 인간뿐만 아니라무릇 생명이 있는 대상이면 그 누구도 피할 수 없는 중요한 문제 중하나이다. 또한 심각한 통과의례 중 하나인 것이다. 이러한 죽음에대해 고대인들은 어떻게 생각하고 어떻게 반응하였으며 대처했을까?

---

78) 질베르 뒤랑, 유평근 역, 『신화비평과 신화분석』, 살림, 1998, 63쪽.
79) 강명혜, 앞의 논문, 113쪽 참조.

〈공무도하가〉는 고대의 다른 시가(詩歌)들과 마찬가지로 설화에
의존하고 있는 작품이다. 이 작품은 설화와 더불어 전승되고, 설화
의 일부로서 존재한다. 따라서 작품을 이해하기 위해서는 먼저 배경
설화에 대한 이해가 우선이라고 할 수 있다. 〈공무도하가〉 및 부대
설화가 수록된 문헌 중 가장 많이 언급되고 있는 것은 『금조』와 『고
금주』이다. 그런데 이들은 내용 상서로 차이점을 보인다. 이렇듯이
여러 문헌이 서로 다른 부대설화를 수록하고 있다는 것은 〈공무도하
가〉의 부대설화가 적층(積層)되면서 형성되었다는 것을 의미한다.[80]
연구자들은 연대가 좀 더 늦게 발간된 『고금주』의 내용을 대부분 원
본으로 삼아서 해석을 하는 것이 보통이다.

〈공무도하가〉는 남편이 강을 건너가고자 할 때, 아내가 남편의 안
전을 기원하며 부른 노래이다. 따라서 이것은 안전을 기원하는 주술
성을 지닌 노래이다. 『고금주』에서는 여옥과 여용이라는 여성이 그
노래를 부르고 전승시키고 있는데, 이것으로 보아 〈공무도하가〉는
아내가 남편을 위해 부르는 노래로, 주로 '여성들이 부르는 민요'로
서의 성격을 지닌다.[81] 『고금주』에 전하는 배경설화는 다음과 같다.
『예문지(藝文志)』나 『대동시선(大東詩選)』, 『해동역사(海東繹史)』 등에
서는 모두 『고금주(古今注)』의 내용을 따르고 있다.[82] 우선 『금조』에

---

80) 강명혜, 위의 논문, 103쪽.

81) 현승환, 「〈공무도하가〉 배경설화와 무혼굿」, 『한국민속학』 제52권, 한국민속학
회, 2010, 279쪽.

82) "[麗玉] 箜篌引(古今注曰 箜篌引朝鮮津卒 霍里子高 妻麗玉所作也 詳見樂志"(韓致
奫 『海東繹史』. 제47권 『藝文志』6)
"按朝鮮卽漢時樂浪郡朝鮮縣也 麗玉所製箜篌引 古詩紀載其詞(詞見藝文) 亦曰公
無渡河 又琴操 九引有箜篌引皆本於麗玉也"(한치윤, 『해동역사』 제22권, 「樂歌」
樂舞.)

수록된 부대설화를 살펴보자.

〈공후인〉은 조선의 뱃사공 곽리자고가 지었다. 자고가 아침 일찍 배를 젓고 있을 때, 정부(征夫) 한 사람이 머리는 흐트러지고 병(壺)을 든 채 물을 건너려고 하고 있었다. 그 처가 뒤쫓으며 막으려 했으나 미치지 못해 정부는 물에 빠져 죽고 말았다. 이에 부인이 하늘을 향해 울부짖으며 공후(箜篌)를 타면서 노래 부르길, "그대여 물을 건너지 마시오. 임은 끝내 물을 건너시네. 물에 빠져 죽으니, 임을 어찌 할 것인가?"했다. 노래를 다 마친 후 물에 뛰어 들어 빠져 죽고 말았다. 자고가 듣고 가야금을 뜯으며 〈공후인〉을 지었다. 그 형상이 소리가 되니 이른바 공무도하곡이다.[83]   ―『금주(古今注)』

〈공후인〉은 조선의 뱃사공 곽리자고의 아내 여옥이 지은 것이다. 자고가 새벽에 일어나 배에 노질을 하고 있었는데, 머리가 하얗게 센 狂夫 한 사람이 머리를 풀어헤친 채 병을 쥐고는 어지러이 흐르는 강물을 건너고 있었다. 그 뒤를 그의 아내가 쫓으며 막으려 했으나, 미치지 못해 그 광부는 끝내 물에 빠져 죽고 말았다. 이에 그의 아내는 공후를 타며 공무도하의 노래를 지었는데 그 소리는 심히 구슬펐다. 노래가 끝나자 그의 아내는 스스로 물에 몸을 던져 죽었다. 자고가 돌아와 아내 여옥에게 그 광경과 노래를 이야기 하니 여옥이 슬퍼하며 곧 공후로 그 소리를 본받아 타니 듣는 이가 눈물을 흘리지 않음이 없었다. 여옥이 그 곡을 이웃의 여용에게 전하니 일컬어 「〈공후인〉」이라 한다.[84]   ―『고금주(古今注)』

---

83) 箜篌引者 朝鮮津卒霍里子高所作也 子高晨刺船以濯 有一征夫 被髮提壺涉河而渡 其妻追止之不及 墮河而死 乃 呼天噓唏 鼓箜篌而歌曰 "公無渡河 公竟渡河 公墮河而死 當奈公何" 曲終自投河而死 子高聞而悲之 乃援琴而鼓之 作箜篌引 以象其聲 所謂 公無渡河曲也『琴操』.

84) 箜篌引 朝鮮津卒霍里子高妻麗玉所作也. 子高晨起刺船而濯 有一白首狂夫被髮提壺 亂流而渡 其妻隨呼止之 不及 遂墮河而死 於是 授箜篌而鼓之 作公無渡河之歌

이 노래는 조선진졸(朝鮮津卒)인 곽리자고가 새벽에 배를 손질하다
가 머리를 풀어헤친 백수광부와 그 아내의 연이은 죽음을 목격하게
되는 비극적인 이야기를 전하는 민요이다. 또한 거기에는 원인을 규
명하기 힘든 백수광부의 죽음과 남편의 죽음을 슬퍼하며 스스로 목
숨을 던진 지극히 현실적인 아내의 인간적인 죽음이 담겨있다. 인식
의 기반을 달리하는 두 개의 대조적인 죽음이 이야기를 풀어가는 구
심점(求心點)이 된다. 따라서 이 노래는 사자(死者)와 관련된 노래다.
그 아내도 백수광부의 뒤를 쫓아 물에 빠져 죽음으로써 결국 생을 마
감하는 것이다. 그러나 인간은 죽음 이상의 것을 남기는데, 그것이
노래요, 서정시이다. 인간이 겪는 한계상황의 근원에는 죽음이 있는
것이다.

〈공후인〉은 무엇인가를 쫓다가 죽어가는 사람들의 이야기이며,
그 노래라고 할 수 있다.85) 그러나 고조선의 한 사내의 죽음이 낭만
적이고 신화적인 요소로만 설명할 수 있는 단순한 의미의 투신사건
이 아니라 보다 심층적인 이유가 있었다고 짐작 할 수 있다. 백수광
부가 위험을 무릅쓰고 목숨을 담보한 도강(渡江)을 시도한 것은 강
너머 저쪽에 어디엔가 반드시 돌아가야 할 대상이 있었는데, 그곳으
로 돌아가지 못하는 사회적 현실이 있었던 것으로 보인다.86)

원(原) 텍스트는 다음과 같다.

聲甚悽愴 曲終 自投河而死 霍里子高還而其聲語妻麗玉 玉傷之乃引箜篌而寫其聲
聞者莫非墮淚飮泣焉 麗玉以其聲傳鄰女麗容 名曰箜篌引焉.『古今注』

85) 이어령,『노래여 천년의 노래여』, 문학사상사, 2003, 224쪽.
86) 구사회,「〈공무도하가〉의 성격과 디아스포라」,『한민족문화연구』제31집, 한민
족문화학회, 2009, 22쪽.

公無渡河	그대여 물을 건너지 마시오.
公竟渡河	그대는 물을 건너시네.
墮河而死	물을 건너다가 빠져 죽으니,
當奈公何	이를 어찌하려오.

-〈공무도하가(公無渡河歌)〉

사회의 한 구성원으로서 다양한 역할과 임무 속에 타인들과 지속적인 상호작용을 하고 있는 개인들은 자신을 둘러싼 환경의 변화에 매우 민감하게 반응한다. 특히 갑작스럽게 맞게 되는 가족구성원의 죽음 혹은 정리해고로 인한 실업(失業) 등의 생활사건은 개인에게 변화된 환경에 적응을 하도록 요구하게 된다.[87] 〈공무도하가〉는 여성의 노래를 통해 현실이 지닌 고통을 잊고 이상세계를 그릴 수 있게 하는 작용을 하였다. 또한 노래를 부르면서 현실의 고난을 씻고, 자신의 서러움을 달랠 수 있는 하나의 방법인 것이다. 고대가요 〈공무도하가〉가 고조선시대부터 현재에 이르러 다시 재현되었다는 사실에 우리는 주목할 필요가 있다. 그 이유는 고대가요에서 검토된 당대의 제도나 관습, 사회상, 세계관은 현실과 이원화 시킬 수 없다는 점이다. 이런 작업을 통해서 인간이 느끼는 보편적인 정서는 세대와 시공간을 초월한다. 고대가요는 민요적인 성격을 띠는 한편, 사회의 변화, 개인의식의 자각에 의해 점차 개성적으로 변모하는 양상을 띤다.[88] 〈공무도하가〉는 고조선 당시 사회를 추정해볼 수 있는 하나의 계기가 되며, 우리말 민요를 통해 조선인들의 사이에서 그들의

---

87) 이은주, 「실업자들의 현실에 대한 사회적 구성」, 『사회이론』, 통권 제25호, 한국사회학회, 2003, 41쪽.

88) 허명복, 「고대가요에서 와카의 탄생」, 아리시마 다케오, 『모노가타리에서 하이쿠까지』, 글로세움, 2003, 71쪽.

정서가 애창되며 전승(傳承)되고 있었던 사실을 찾을 수 있다.

고대인의 생활과 의식을 구성하는 중요한 요소 중 하나는 그들의 생사관(生死觀)이었을 것이다. 인류가 인식하였던 삶과 죽음의 문제는 매우 민감한 사안이었다. 수렵과 채집의 문화에서 농경사회로의 정착은 노동력을 바탕으로 하게 되고 노동력의 효용성은 극대화된다. 따라서 고대 인류에게 있어서 새로운 생명의 탄생은 신비함에 목적을 두기보다는 자신들의 무리에 새로운 노동력이 공급되는 것으로 인식하였고, 죽음은 결국 노동력의 소실(消失)로 받아들였다. 그들은 삶과 죽음의 괴리감(乖離感)에 대해서 전혀 인지하지 못하고 있었지만, 그들이 일상생활을 하면서 필연적으로 겪게 되는 노쇠(老衰)나 질병(疾病)을 통해서 바로 죽음을 인지하게 되었다.

구성원의 노쇠나 질병 문제는 자신이 속한 집단이 이동할 때 집단의 기동성을 저하시키게 되고, 노동력 상실 등을 수반한 여러 가지의 문제들은 부양 능력의 한계와 식량부족의 문제와 연계되어 결국 집단 전체의 생존과 직결되는 문제로 등장하게 되었을 것이며, 그로 인하여 노쇠나 질병의 문제에 직면한 구성원이 집단과 격리되어지는 과정에 이르게 되었을 것이다.[89]

헤르츠는 보르네오의 '다야크족'을 연구하고 죽음은 근본적으로 사회현상으로써 죽음에 의해 사회제도의 존속(存續)이 위태롭기 때문에 그 위기에 대하여 사회가 자기방어책으로 사후 세계의 신앙을 만들어 냈다고 한다. 그러므로 사령(死靈)의 위치를 높이는 의례(儀禮)는 최소한 잠재적으로 사회제도의 영속성(永續性)과 사회구성원의 일시성 사이의 모순과 근본적인 관련이 있다.[90] 고대가요 〈공무도

---

89) 장철수, 『옛무덤의 사회사』, 웅진, 1995, 90쪽.

하가〉에서는 사랑하는 남편의 죽음과 이별의 아픔을 탄식하였다. 죽음은 소멸과 동시에 현실과 다른 공간으로의 이동이라는 인식을 바탕에 깔고 있다. 죽은 사람이 존재하는 세계가 살아있는 사람들이 존재하는 이승이 아니라 현실세계와는 다른 세계라는 인식으로 이야기를 풀어가고 있다.

중국의 은나라가 망한 후 기자(箕子)가 고조선에 망명하여 세웠다는 기자조선이 고조선을 대체한 것이라고 말하는 견해에 대해서는 부정적인 시각을 보내고 있지만, 기자가 중국의 동북부에 있던 고조선 지역으로 이주해 왔고, 그 세력의 일부가 중국과 조선의 변경지대에서 일정한 지역을 다스린 것은 부인하기 어렵다.[91] 이산(離散)을 뜻하는 '디아스포라(Diaspora)'는 원래 세계각지로 흩어지게 된 유대인을 의미했는데, 최근에는 민족과 국가와 인종의 경계가 약화되면서 삶의 한 유형을 보여주는 경향이나 현상을 설명할 때 쓰이면서 그 의미가 확장이 되어서 사용되고 있다. '문학'이 삶을 소재로 삼고 있다면 작품의 내용이나 장치, 구조 등이 시대에 따라 변하기 마련이다. 문학 작품 속에 나타난 시대 의식과 문학적 장치로서의 현실 환경은 시대에 따라 그대로 작품을 통해 분명하게 나타난다. 따라서 어느 특정 문학의 경향을 주의 깊게 관찰하면 작품들 속에서 '공통적 특성'을 표현하고 있다는 사실을 알게 된다. 그것은 일방향적인 '그 무엇'의 시각으로써 지금 시대의 현실을 살펴본다는 것이다.

'디아스포라'는 단순히 어느 특정 소수 집단만을 지칭하는 의미를 벗어났다. 최근에는 '디아스포라'를 "민족 국가의 영토를 벗어나 '바

---

90) 이은봉, 「고대 한국인의 죽음관」, 한국민속학연구론저 15: 관혼상제(冠婚喪祭), 거산, 1998, 19쪽.

91) 박기현, 『우리 역사를 바꾼 귀화 성씨』, 역사의 아침, 2007, 158쪽.

깥'에 거주하는 이산인(離散人)"을 의미하고 있지만92) 이것보다 좀
더 확장하여 논의한다면 이제 개인들은 민족성을 배제하고서도 '디
아스포라화'를 이야기 할 수 있게 되었다. 우리는 물리적인 공간에서
벗어나, 정착했으되 고립되어 있는 경계인으로 살아간다. '안'에 있
지만 '바깥'에 있는 것과 다름없고, '바깥'에 있지만 '안'에 있는 것과
다름없는 이른바 '트랜스내셔널(transnational)'한 시대에 살고 있다.
이는 어느 문화에서건 문화전반에서뿐만 아니라 실제 삶의 현실에서
도 쉽게 접할 수 있게 되었다. 이처럼 〈공무도하가〉에는 백수광부의
죽음이라는 풀리지 않는 의혹을 그들이 당면했던 시대적 현실과 결
부시켜 풀어갈 수 있다. 단순히 피안(彼岸)의 무엇인가를 쫓기 위해
투신(投身)자살을 선택한 것이 아니라 조선인이라면 누구나 공감할
수 있는 유이민의 차별과 고통이라는 당시 사회적 문제를 직시하고
있었기 때문일 것이라고 추정할 수도 있다. 다만 고조선의 멸망이라
는 비극적인 시대상을 적용해서 이 노래를 감상한다면 고조선 유민
의 굴곡(屈曲)지고 주름진 삶이 녹아서 만들어진 노래이기 때문에 고
대인들이 그토록 열광을 했고 지금까지도 추앙받고 있는 것은 아닐
까? 본고에서는 이렇듯이 〈공무도하가〉에서의 죽음을 고대인의 실
생활적 시각에서 접근해 사회구조적인 측면에서의 상실감과 아울러
죽음에 수반되는 사후의 감정 등을 기반으로 하여 〈공무도하가〉에
는 디아스포라의 비극성까지도 깊이 내재되어 있다고 본다.

3) 〈구지가〉에 대한 다산(多産)을 향한 소망의 제의(祭儀) 표출

작가들의 창작기법은 단지 문학적인 것에만 그치는 것이 아니라

---

92) 정은경, 『디아스포라 문학』, 이룸, 2007, 10쪽.

당대의 세계관과 밀접한 관련을 맺는다. 동서양을 막론하고 고대인
들은 다산(多産)을 중요하게 여겼다. 이집트와 페루 등에서 발견되는
석기시대 여인의 조각상을 살펴보면 대부분 임신한 형상을 띄고 있
다. 배와 엉덩이의 모습이 볼록하게 나와 있는 것으로 보아서 임신
한 상태라는 것을 쉽사리 알 수 있다. 이것을 통해 원시인들이 여성
의 다산(多産)을 숭배한 것으로 짐작한다. 고대사회에서는 임신한 여
인은 그들에게 은신처(隱身處)를 주고 영양분을 공급해 줄 것이라고
기대했다고 한다. 오직 생명을 잉태하는 여성의 존재만을 강조했다.
〈해가〉와 더불어 〈구지가〉는 다산과 풍요(豊饒)를 기원하는 주술적
성격을 지니고 있었다. 이들 가요에는 모두 양물로 상징되는 남성성
과 그것을 받아들여 수태 할 수 있는 여성성의 모의적인 결합행위라
는 성기신앙의 상징체계가 내재되어 있었다.[93] 성기신앙은 결국 남
녀의 결합을 통해 탄생이라는 결론에 이르게 되고 그렇다면 이것은
사실상 새로운 생명의 갈구를 원하는 열망으로 볼 수 있다. 또한 우
수한 인물이 탄생하기를 희망하고 있는 연장선상에 놓여 있다고 할
수 있다.

 고대인의 다산에 대한 관심, 많은 인류가 생성되기를 바라는 것과
아울러 자손과 안전에 관한 열망을 표현하고 있었다. 또 거기서 드
러난 것은 그 문화의 춤과 예술적 발전에 관한 지침들이었다.[94] 다
산과 생식(生殖)에의 숭배는 동서고금 어디에서나 나타나는 현상이
며 아시아 문화에서는 많은 예를 찾아 볼 수가 있다. 가슴과 엉덩이,
생식기를 중심으로 한 여성 조각들을 표현한 사실을 통해서 여성의

---

93) 구사회, 「〈헌화가〉의 '자포암호'와 성기신앙에 대하여」, 『국제어문』 제38집, 국
　제어문학회, 2006, 10쪽.
94) 오출세, 『한국민간신앙과 문학연구』, 동국대학교출판부, 2002, 53쪽.

다산은 신념으로 표징(標徵)되고 있음을 짐작할 수 있다.

무엇보다 원시 언어의 특징은 반복적 리듬이라고 할 수 있다. 송희복은 'C,G,융의 심리학적 분석에 의하면 시적 대상이 반복된 리듬 속에서 존재한다는 생각은 균형을 전제로 한 것이다'라고 하고 있다. 균형은 대상을 비관적이며 부정적인 성격으로 간주하기 보다는 낙관적이며 긍정적인 성격에 초점을 맞추었을 때 얻어지는 개념이다. 부정은 균형을 파괴하는 큰 요소가 되기 때문이다. 이러한 균형적 감각이 우주적 질서에 내포(內包)되는 집단적 무의식이 세계에 존재하는 '원형'이라는 문화적 콤플렉스의 한 형태이다. 이것이 〈구지가〉에 있어서는 강력한 초월에의 의지를 통해서 종교적 기능을 부과하면서 주술적 형식으로 나타나고 있는 것이다. 반복된 리듬이 가지는 균형 감각은 개인적인 주관성을 거부하는 자리에 서서 우주적 차원으로 승화된 신화적 이미지의 절대성을 추구한다고 이야기하고 있다.[95] 원시사회에서 혈연(血緣)공동체를 바탕으로 한 무속신앙은 강한 지배력을 가지고 존재한다. 고대국가의 기반을 다지는 시기에는 고대 국가의 지배적 이데올로기가 존재한다. 이들은 건국신화들과 결부시켜 보면 건국을 하기 위해서 하늘에서 내려와서 지배의 정당성을 확립하게 되는데 이것을 천신신앙이라고 이야기한다. 건국주(建國主)는 하늘에서 산으로 하강하는 보편적 속성을 보이기 때문에 천신신앙은 산악숭배사상과 결합되어 있다.[96]

따라서 〈구지가〉의 기본 정신 및 주제는 결국 다산에 대한 열망과 생산성, 그리고 우수한 인물의 탄생과 출현에 대한 갈망 등이라고

---

95) 송희복, 『말의 신명과 역사적 이성』, 문학아카데미, 1993, 50쪽.
96) 허남춘, 앞의 책, 206쪽.

할 수 있다.

3. 고대가요의 전승 및 변용

고전문학의 가치는 시·공을 초월하여 대중들이 공감하고, 그 강한 생명력으로 후세에까지 전달할 만한 보편적인 가치가 있다고 할 때 비로소 높이 평가 받게 된다. 오랜 세월동안 이어지면서 평가되고 불필요한 부분은 삭제되거나 첨삭되면서 꼭 필요한 부분만 전달되었을 것이기 때문에 가장 근원적이고도 중요한 내용만이 남게 되었을 것이다. 또한 이러한 노래가 시대적 배경에 따라 변이나 첨삭, 변용되면서 현대까지 지속되었을 것이라고 상정(想定)할 수 있다. 이런 점에서 볼 때 고대가요에는 그 노래를 부르고 구가했던 우리 조상들의 삶과 사고가 내재하며 각 시대에 따른 변화까지 고스란히 노래 속에 담겨서 전해진다고 할 수 있다. 무엇보다 고대가요는 여러 형식을 통해서 전달되고 변용되었다는 사실을 주지할 때 그 속에서 우리 조상들의 세계관을 분명하게 파악할 수 있을 것이다.

고대가요가 지니는 원형성이나 기본 의미는 앞에서 살펴보았지만 특성이 오랜 시간 동안 지속되어 오면서 어떻게 어떤 점이 유지되거나 혹은 삭제되거나, 첨가되었는지가 분명히 드러날 것으로 추정된다. 이것은 즉 그 시대 당대인의 세계관이나 사고, 이념과도 연계된다. 우리의 고대 가요 세편은 우연인지 의도적이었는지 이 각 편에 내재한 기본적인 주제, 사상은 사랑, 죽음, 탄생에 대한 것이며 이 세 사상은 서로 환원적으로 맞불려있다. 즉 사랑은 탄생과 연계되며, 삶은 죽음과 연계되며, 죽음은 새로운 탄생으로 이어진다는 점에서 그러하다.97) 특히 〈공무도하가〉에서 나타나는 공간적 배경은

'안개에 낀 새벽'이라는 점과 물이 가진 양가성(탄생 및 죽음 상징)이라
는 점이 이를 반증하기도 한다.[98]

　고대가요가 지니고 있는 이와 같은 죽음, 생명, 사랑과 같은 기본
적인 원형성 및 이방(異邦)의식, 사회, 일상, 노동과 같이 당시 형성
되었을 시기와 관련된 의미 등이 후대 시기에 따라 어떻게 지속, 변
용되었는지에 대해서 살핀다면 고대가요가 지니고 있는 주요한 의미
및 사상 등이 확연히 드러날 것이며 이런 점에서 고대가요는 현재와
미래의 나침반과 같은 역할을 하게 될 것으로 사료된다. 후대에 지
속되고 있는 이들 텍스트의 기본요소에 대해 좀 더 상세히 살펴보고
자 한다.

　고대가요 〈공무도하가〉와 〈황조가〉가 우리나라 고전시가의 서정
적 표현미의 고유성을 마련하였다는 의의를 지니고 있다면[99] 〈구지
가〉는 단순한 서정보다는 주술적이고 고대인들의 생명 탄생에 강한
열망의 메시지를 담고 있으며, 인간의 가장 원초적인 삶의 원형을
모두 함축하고 있다.[100] 고대가요 역시 그들의 삶을 비추어주는 거
울이므로, 그들의 일상에서 동떨어졌다고 할 수 없다. 따라서 고대
가요의 내용은 현실의 상황보다는 개선되는 방향으로의 소박한 욕구
를 반영하고 있다.[101] 이로써 전승을 통해 전달된 고대가요를 불렀
던 사람들은 모두 고대가요의 전승과 변용에 막중한 책임을 지닌 사
람들이라고 이야기할 수 있다. 이렇듯이 고대가요는 구비전승(口碑傳

---

97) 강명혜, 앞의 논문, 115쪽.
98) 강명혜, 위의 논문, 123쪽.
99) 조기영, 『한국시가의 자연관』, 도서출판 북스힐, 2005, 114쪽.
100) 강명혜, 위의 논문, 124쪽.
101) 김영수, 『고대가요 연구』, 단국대출판부, 2007, 358쪽.

承)되어서 현재까지 내려오고 있다.

고대가요 〈공무도하가〉·〈황조가〉·〈구지가〉에는 남녀 간의 애정의 관한 표현이 등장하고 있다는 사실을 살펴볼 때 고대 이래 문학 작품에 성(性)과 사랑에 관한 기술 부분은 바로 고대가요와 일맥상통(一脈相通)하는 내용이라고 할 수 있다. 이 요소는 동서고금을 막론하고 세대를 초월하여 인간이라면 누구나 가지고 있는 기본적인 욕구의 하나로서 그 지향의 궁극적 이면에는 후손의 번성들을 위한 목적이 내재해 있다. 또한 개인적으로는 체험한 적도 없고 의식을 참여해 본 적도 없지만, 인류의 집단적 기억 속에서 유전되어 온 무의식적 표상들이 있다. 그 가운데는 종교적 의식이나 전통, 문화처럼 집단의식에 속하는 것도 있고, 좀 더 심층에는 집단적 충동의 무의식적 형상에 속하는 것도 자리 잡고 있다.102) 그것은 인류가 보편적으로 지니고 있는 정서의 흐름을 반영하는 것이고 또한 탄생과 결혼, 성장과 죽음 등 인류가 걸어야 할 공통적 삶의 행적을 반영하는 것이다. 그러므로 이는 고대인들만의 사유적인 체계가 아니라 후대에까지도 이어지고 있는 가장 보편적이고 가장 원초적인 인간의 통과의례 부분이라고 할 수 있다.

'통과 의례'는 프랑스의 민속학자인 방 주네프(Arnold Van Gennep)가 세계 곳곳의 종교의례에서 볼 수 있는 구조를 통일적으로 제시하면서 사용한 용어이다. 사람이 태어나면서 죽을 때까지 거치게 되는 출생(出生)·성년(成年)·결혼(結婚)·장례(葬禮) 등에 사용되는 의례를 말하는데, 이를 '통과제의'라고도 한다. 일반적으로 '통과 의례'는 통과의례 대상자의 종교적·사회적 신분의 급격한 변화를 추구하는 의례

---

102) 박정수, 『청소년을 위한 꿈의 해석』, 두리미디어, 2011, 158~159쪽.

와 구전교육을 의미한다. 각 부족의 자연·문화 환경에 따라 정해진 일정한 시험을 거친 신참자는 통과제의 이전과는 전혀 다른 존재가 되어 사회의 완전한 구성원으로 자리 잡게 된다. 통과 의례는 '도달과 완성', '입문과 죽음'이라는 의미를 담고 있다.[103] 이렇듯이 인간이 살아가는 데 있어서 반드시 필요한 통과 의례는 당연히 오랫동안 우리 문학의 근간으로 자리를 잡게 된다. 통과의례는 인간이라면 누구나 겪어야 할 일종의 연속된 과정이기에 문학작품 내에서 다루지 않을 수 없는 것이다.

이런 점에서도 고대가요는 세대를 초월(超越)하여 읽어도 괴리감(乖離感)이 느껴지지 않는다. 그것은 고대가요가 단지 한정된 시간과 공간속에서 제한되는 문제만을 핵심적으로 다루고 있는 것이 아니라 초월적인 생명의 근원적 문제까지도 다루고 있거나 앞에서 제시했듯이 통과의례적 부분을 다루고 있기 때문이다. 이러한 통과의례적인 부분은 자연히 부지불식간에 사람들의 관심을 증폭시키고 문제의식을 갖게 하는 기폭제로 작용하게 된다. 통과제의란 인간의 삶 속에서 과거에도 존재했고 미래에도 계속 존재할 것이므로 그 누구도 부인할 수 없는 지극히 평범한 진리인 것이다.

고대가요에서 통과제의적 요소를 발견하는 것은 어렵지 않다. 고대가요 〈공무도하가〉에서는 혼돈(混沌)과 부재(不在)의 세계와 현실의 질서가 존재하는 세계를 분명하게 설명하면서 서술하기 때문이다. 그렇지만 어느 세계에 의미를 두는가 하는 문제에 관하여는 여전히 많은 고민을 하게 된다. 그러나 어떤 세계에 대한 추구를 당연한 것으로 평가하거나 그런 의미로 통과제의를 보여주는 것이 아니

---

103) 이문철, 『통과의례와 성』, 평단문학사, 2000, 21~23쪽.

라 현실의 상황을 설명하기 위한 장치로써 보여준다고 이야기 할 수 있다. 한국문학사에서 〈공무도하가〉는 〈구지가〉나 〈황조가〉와 더불어 가장 오래된 고대가요이다. 〈공무도하가〉처럼 오랜 세월 동안 널리 애송된 작품도 손에 꼽을 만하다. 그동안 고대가요에 대한 다양한 논의들에 대해서는 의견이 분분했는데 다른 고대가요에 비하여 〈공무도하가〉는 여전히 많은 부분에 있어서 합의점에 도달하지 못하고 있는 실정이다. 〈공무도하가〉는 그동안 단순히 고대가요로만 규정하면서 장르에 대한 여러 의문을 가지고 있었는데, 그 배경설화에 관한 기록과 기술에 대한 문제, 지나친 신비화와 초역사적인 해석에 대하여 의혹이 제기되고 있다.104) 최근에는 고조선의 패망에 따른 조선 유민의 슬픔과 절망을 담은 디아스포라(Diaspora)문학의 작품으로 보기도 한다.105)

하지만 〈공무도하가〉는 인간의 죽음을 다루고 있다는 점에서, 통과의례적인 요소를 함유하고 있는 노래라는 사실에 어느 누구도 이의를 제기하지 못할 것이다. 이러한 〈공무도하가〉는 통과의례 중 인간들에게 공포의 대상인 '죽음'을 다루고 있어서인지 현재까지도 가장 많은 초점을 맞추고 있다는 점에서 주목된다. 그런 의미에서 현대시나 현대소설로 가장 많이 차용되고 변용되고 있는 것이다. 뒷장

---

104) 김영수, 「〈공무도하가〉 신해석」, 『한국시가연구』 제3집, 한국시가학회, 1998; 김학성, 「〈공후인〉 신고찰」, 『관악시문연구』 제3집, 서울대국문과, 1978; 유종국, 「〈공무도하가〉론–악부의 원전 탐구를 통한 접근」, 『국어문학』 제37권, 2002; 조기영, 「〈공무도하가〉의 주요쟁점」, 『강원인문논총』 제12집, 2004; 김성기, 「〈공후인〉의 작가에 대한 연구」, 『고시가연구』 제13권, 한국고전시가회, 2004; 남재철, 「〈공무도하가〉의 국적」, 『한국시가연구』 제24집, 한국시가학회, 2008.

105) 구사회, 「〈공무도하가〉의 성격과 디아스포라 문학」, 『한민족문화연구』 제31집, 한민족문화학회, 2009, 8~24쪽.

에서 이 부분에 대해 천착해서 살필 것이다.

〈황조가〉는 사랑과 이별이라는 인간의 보편적인 속성을 지니고 있어서 시대를 뛰어 넘는 사랑을 받고 있다. 역시 통과의례와 관련된 요인 즉, 사랑의 결실＝탄생이라는 요소가 그 근저에 깔려 있다고 본다. 연구자들은 〈황조가〉를 성적 제의에서 불리어진 순수 고대 서정시라고 규정하고 있다.106) 우리말에 의한 작품표기를 정확히 표현할 수단이 없었던 우리 조상들은 〈황조가〉를 오랜 세월동안 구비전승하다가 후에는 한시로 번역 하면서 후대인들에게 널리 향유되었다. 이것이 조선후기에 들어와서는 다시 여러 문인들에 의하여 가창되고 읽혀지면서 독자적인 해석을 지니게 되었는데, 또 다른 성향을 지닌 악부시로 재현되었다. 조선전기 악부시는 각종 민가와 풍속 그리고 토속적인 풍물들을 읊는 데 적극 활용하여 각종 고사나 사화를 작품화하는 관행을 정착시키고 아녀자들의 정감과 이별의 한을 중요한 작품으로 부각시켰다.107)

조선후기에 들어와서 약 40여 종 3천 여 수의 악부시 작품들이 창작되었다. 이들은 영사악부(詠史樂府)와 기속악부(紀俗樂府)로 나눌 수 있는데, 역사적으로 중요한 인물이나 사적변화를 이야기 하고, 우리의 민속이나 풍속을 그려내면서 조선후기 여러 변화과정을 상세히 알려주는 기반이 되었다. 뿐만 아니라 당대의 시사적인 변화를 민첩하고 활발하게 그려내고 있다. 이 부분 역시 뒷장에서 천착할 것이다.

한국 고대가요의 백미로 손꼽히는 〈구지가〉 역시 강한 생명력으로 지금까지 추앙받는 작품이다. 〈구지가〉는 가락국을 건국할 당시

---

106) 이 논의는 정병욱과 김승찬의 논의를 살펴보면 된다.
107) 유해춘, 『장편서사연구』, 국학자료원, 1995, 262쪽.

를 배경으로 가락국(駕洛國)의 시조인 수로왕(首露王)의 강림신화(降臨神話) 속의 삽입가요(挿入歌謠)로, 4구체(四句體) 한역의 형태로 전해진다. 〈구지가〉는 단순한 형태와 내용에도 불구하고 여러 학자들 간의 다양한 해석과 그 성격을 규명하고자 노력하면서, 시가문학연구의 원천이 되고 있다.108) 〈구지가〉는 〈영신군가(迎神君歌)〉·〈구하가(龜何歌)〉 또는 〈구지봉영신가(龜旨峰迎神歌)〉라고도 불린다. 학자들은 〈구지가〉를 왕의 강림을 기원하는 영신군가(迎新君歌)·농경의식과 관련한 굿의 형태·고대인의 강렬한 성욕구의 표현이라고 보면서 정치, 사회, 경제, 신앙 등의 다양한 요소로 해석하고자 하였으나 그 성격의 모호성은 여전히 규명하기 어렵다. 대부분의 고대가요들이 유동(流動)과 적층의 과정을 거쳐서 확립되는데, 현재에 전해지는 것 같이 〈구지가〉도 역시 오랫동안 그 전통성을 높이 평가받으면서 현재까지도 문학의 여러 소재로 활용되고 있는 것이 사실이다.

그러나 〈구지가〉에 내재한 인간 탄생에 대한 소망, 즉 풍요의식(豊饒儀式)이나 다산(多産)과 같은 통과의례적 부분에 대해서는 누구나 인정할 부분이라는 사실에 대해서는 확고하다고 할 수 있다. 이렇듯이 고대가요에는 인간의 존재성을 내포한다고 할 수 있는 통과의례적인 요소가 모두 내재하거나 주 소재나 혹은 주제로 표현되는 점에서 주목할 필요가 있다.

고대가요의 작품에 담겨진 역사적 사실성과 문학적인 예술성, 그

---

108) 황패강, 「〈구지가〉고(考)」, 『국어국문학』 제29호, 1965; 김승찬, 〈구지가〉, 『한국 상고문학론』, 새문사, 1987; 김성언, 「〈구지가〉의 해석」, 『한국문학사의 쟁점』, 집문당, 1983; 김열규, 「〈구지가〉재론」, 『한국고전시가작품론』, 집문당, 1995; 김 동우, 「고시가의 샤머니즘적 해석」, 『향가문학연구』, 일지사, 1993; 김영수, 「〈구복가〉신해석」, 『동양학』 제28권, 단국대학교 동양학연구소, 1998.

리고 철학적인 사유체계를 동시에 구현하기 위해서 후대 창작자들은 어떻게 해야 하는가? 당연히 그 문제에 대한 해답을 정확하고 쉽사리 내리기는 어렵다. 기본적으로 사실성과 그 예술성에 주목해야 하고, 그리고 작품이 가지고 있는 진리성을 동시에 얻기 위해서 이론적인 해답을 갖는 일도 쉽다고 말하기는 어렵다. 지금까지 창작된 후대작품들이 도달한 성과를 수용하면 어느 정도 그 문제의 해답을 얻을 수는 있겠지만, 근본적으로 보다 체계적이고 심도 있는 연구의 논의가 진행되어야만 한다. 다음 장에서는 이들 고대가요가 후대 가요에서 어떻게 변용, 지속되고 있는 가에 대해서 천착하고자 한다.

4. 고대가요의 현대적 수용 양상

앞에서 제기했던 문제의식이나 필요성 등을 염두에 둔 최근 몇몇의 연구자들은 고전문학을 과거의 석화(石化)된 산물로만 치부하지 않고 현대의 문화 속에서도 비중 및 가치를 지니고 있음을 인지해서 고대가요에 내재한 원초적인 의미를 찾거나 이를 재해석하고자 하는 노력을 아끼지 않고 있다.[109]

본 장에서는 이들 고대가요가 현대까지 어떤 양상과 어떤 의미와 어떤 장르로 지속, 변용되는가에 대해 살펴보고자 한다. 우선 〈공무도하가〉는 다른 고대가요와 마찬가지로 오랜 시간 동안 구비 전승되면서 유동과 적층이 이루어졌다. 또한 우리나라 최초의 시가작품이

---

109) 성기옥, 「〈공무도하가〉와 한국서정시의 전통」, 박노준 편, 『고전시가 엮어 읽기』, 태학사, 2003; 나정순, 『우리 고전 다시 쓰기 고전시가의 현대적 계승과 변용』, 삼영사, 2005; 강명혜, 「고전문학의 문화콘텐츠화 양상 및 문화콘텐츠화를 위한 수업 모형」, 『우리문학연구』 제21집, 우리문학회, 2007.

라는 점에서 문학사적인 가치를 부여하고 있을 뿐만 아니라, 우리 시가문학의 전통성을 확립하는 데 그 의미가 있다고 평가받고 있다. 〈공무도하가〉는 그 문학적 소재가 보편적 정서를 지니고 있어서 많은 공감을 얻었고, 현재에도 다양한 측면에서 수용되고 있으며, 다양한 장르로 변형, 재창조되고 있다. 〈공무도하가〉는 고대시가 그 자체로만 존재하는 것이 아니라 여러 장르로 변형되고 있는 것이다. 현재, 〈공무도하가〉는 여러 편의 현대시, 현대소설, 영화, 드라마, 현대 대중가요, 뮤지컬, 영화, 재즈(Jazz) 등의 다양한 장르들을 통해서 다채롭고 새롭게 변형 수용되어 다매체시대를 살아가는 대중들에게 강한 메시지를 전달하면서 소통하고 있다.

〈황조가〉 역시 후대로 이어지며 현대까지도 시도되고 있는 주제소이다. 〈황조가〉는 특히 조선후기에 이르러서는 성호(星湖) 이익, 한남(漢南) 이복휴, 삼명(三溟) 강준흠과 같은 유학자들이 선호해서 많은 악부시로 재현했다는 점에서 주목된다. 어찌하여 유학자들이 상대가요 중 유독 〈황조가〉를 선호했으며 이 작품을 다루었는지에 대한 의미규명이 필요하다. 이러한 실태를 통해서 고대가요 〈황조가〉는 문학적 특질뿐만 아니라 유학자들이 작품을 바라보는 관점 및 시대적인 성향까지도 파악될 것이다. 악부시로 재현된 〈황조가〉가 지니고 있는 문예적 보편성이나 독자성을 확인하려면 무엇보다 총제적인 상황을 이해할 필요가 있다. 악부시를 통하여 유학자들은 현실을 섬세하게 재현하려고 노력하고 있으며, 조선후기 시사적인 변화를 집약적으로 설명하기도 하기 때문이다. 〈황조가〉는 최근에는 독신자가 자신의 처지를 드러내면서 배우자를 구애하는 구애민요의 성격을 지녔음을 이야기하는 주장이 제기되기도 하였다.110)

고대가요 〈구지가〉 역시 당대 고대인들이 처한 현실적인 상황을

짧지만 강렬하게 전달하고 있다. 〈구지가〉도 다른 고대가요들과 같
이 그 해석을 수로왕의 배경설화에 의존하고 있다. 기존의 연구에서
는 〈구지가〉를 영신군가와 그 내용을 근거로 하여 주술성과 노동적
인 기능으로 사용된 민요로서 평가하기도 하였다.[111] 〈구지가〉는 단
순한 형태와 내용에도 불구하고 여러 학자들 간에 분분한 해석과 그
성격의 규명을 시도하면서, 시가문학연구의 기초가 되고 있다. 〈구
지가〉는 이렇듯이 제의나 의례, 풍요성과 밀접히 관련하여서 설명할
수 있는데 후대에는 민간의례나 민속, 무속 등에서 변용을 하여서
수용하고 있는 경향이 짙다. 이들 작품들의 현대적 변용을 좀 더 상
세히 살펴보고자 한다.

Ⅲ. 고대가요의 전승과 변용 양상의 고찰

1. 〈공무도하가〉의 후대적 변용 양상

원 작품을 다양한 장르로 변형을 할 때, 그 방법에 있어서 작가가
작품을 대하는 취향이나 작품에 대한 서술자의 입장을 표명하는 방식,
그 창작을 하는 목적에 따라 각각 방향성을 달리한다. 보편 원리는
소재의 차원 뿐 아니라 구조의 차원이어야 한다. 단순히 역사물, 풍속
등의 소재를 취할 때 근본적인 가치나 미학적(美學的) 가치를 찾아낼
수 없다.[112] 고전문학은 시공(時空)을 초월하여 누구나 이해할 수 있

---

110) 조용호, 「〈황조가〉의 구애민요적 성격」, 『고전문학연구』 제32호, 고전문학연구
학회, 2007, 1쪽.
111) 김종대, 「〈구지가〉의 성격과 전승양상에 대한 소고」, 『중앙민속학』 제3권, 중앙
대학교 한국문화유산연구소, 1991, 135쪽.

는 공통의 관심사를 다루고 있으므로 이를 적절하게 활용한다면 다변화(多變化) 시대를 살아가는 독자들의 삶은 풍성해질 것이다. 첨단의 디지털 사회를 살아가는 현실과 고전문학은 불가분의 관계에 놓여있다. 고전문학은 급격한 시대 변화 속에 둔감해져가는 대중들에게 다양한 콘텐츠를 제공할 뿐만 아니라 세련된 정서적 가치를 부여해준다.

앞으로 논의할 고대가요를 변용한 현대시·현대소설·현대 대중가요는 혼란한 현실을 보여주면서 신화적인 요소를 배제하고 인물의 인간적인 모습, 고뇌와 그리움 등을 형상화하면서 아울러 구체적인 현실 세계를 재현함으로써 현재 우리가 처한 사회상을 적극적으로 이야기해 주고, 우리가 나아갈 바를 모색하고자 하는 데 정보를 제공해 줄 수 있을 것이다. 우선 〈공무도하가〉는 후대에 오면서 어떻게 지속, 변용되었는가에 초점(焦點)을 두고 살펴보고자 한다.

1) 〈공무도하가〉의 수용과정

〈공무도하가〉는 우리나라의 가장 오래된 서정가요이다. 〈공무도하가〉는 한자문화권인 중국으로 유입 되어 한대 채옹(蔡邕)의 『금조』, 진대 최표(崔豹)의 『고금주』, 동진 대의 공연의 『금조』, 진대 구양순의 『예문유취』, 당대 은안절의 『악부잡록』, 후당대 마호의 『중화고금주』, 송대 이방의 『태평어람』, 원대 좌극명의 『고악부』, 명대 풍성눌의 『고시기』, 청대 손성연의 『금조』 등의 중국 문헌에 설화와 함께 실려 있다. 〈공무도하가〉는 중국으로 유입되는 과정에서 중국의 대표적인 문인으로 추앙받는 위(魏)대 조식의 〈공후인〉, 양(梁)대 유효

---

112) 최혜실, 「한·중·일의 화해와 교류를 꿈꾼다」, 최혜실외 공저, 『신지식의 최전선』 3, 한길사, 2008, 155쪽.

성의 〈공무도하〉, 진(陳)대 장정견의 〈공무도하〉, 당(唐)대 이하의
〈공후인〉, 이백의 〈공무도하〉 등의 악부로 가창되면서 청조에 이르
기까지 많은 사랑을 받았다. 이들은 악부로 가창하면서 원 텍스트의
질서를 유지하였다. 그러나 당(唐)대에 와서 이백의 악부시 〈공무도
하가〉는 기존의 해석에 대한 질서와는 다른 요소들을 부각시키고 있
으며 중세적 해석의 전범(典範)을 보이고 있다. 백수광부에 대한 신화
적인 요소들을 배제하고 인간적인 면모에 중점을 두었다. 전반부에서
황하(黃河)와 홍수라는 소재를 사용하여 공간과 사건의 사실성을 필
도있게 재현하고자 했다. 후반부에서는 백수광부에 대한 안타까움보
다는 그를 어리석은 자로 규정하면서 비판의 대상으로 적나라하게 묘
사하고 당대의 시대적인 감성을 적극적으로 수용하고 있다.

  〈공무도하가〉는 개인의 서정(抒情)을 노래한 창작물이기보다는 오
랜 시간을 거쳐 여러 단계의 전승과정을 거친 민요적 성격이 강하다
는 의견이 다수이다. 개인의 창작에 기반을 두었다고 해도 여러 사
람들에 의해 가창되는 과정에서 기존의 소리와 가사가 변형되었으
며, 다시 동아시아 한자문화권의 민중들이 공유하던 민요의 곡조가
첨입된 한·중 공통의 정서적 기반 위에 유행하던 고대가요라고 보는
추세이다.[113]

  〈공무도하가〉에 대한 열정은 오랜 세월이 흘러도 사라지지 않고 있
다. 〈공무도하가〉와 관련된 문헌들을 살펴보면, 차천로의 『오산설립
(五山設立)』, 한치윤의 『해동역사(海東歷史)』, 장지연의 『대동시선(大東
詩選)』, 이덕무의 『청장관전서』, 박지원의 『열하일기』, 유득공의 『이

---

113) 조기영, 「〈공무도하가〉의 주요쟁점과 관련기록의 검토」, 『인문과학연구』 제12
    집, 강원대학교 인문과학연구소, 2004, 182~183쪽.

십일도회고시』 등이 있다. 조선시대에 들어와서는 성혁, 금각, 김세
렴, 유득공과 같은 뛰어난 여러 문인들에 의해 재창조된 작품들이 후
세에 전하고 있다. 그들은 중국의 의고악부(擬古樂府)창작 전통의 방
법을 수용하여 악부라는 형식을 통하여 〈공무도하가〉를 수용·계승하
였고 그들만의 시각으로 당대사회의 시대적 상황을 이야기하였으며
〈공무도하가〉를 통하여 당시 지식인들의 심정을 토로(吐露)하기도 하
였다. 이들은 백수광부의 죽음을 두고 현실에 기반을 둔 인간의 죽음
으로 규정하면서 그의 죽음에 대해 일정한 거리를 유지하는 한편, 동
정(同情)적인 시선을 두기보다는 비판적인 시선에 중점을 두고 있다.
이 노래가 악부로 채택되는 데에는 당시 사람들 사이에서 널리 애창
되었고 신령스럽거나 주술적 사연보다는 당대 민중들이 깊이 동감(同
感)하는 사연과 사회적 현실문제가 함께 내포되어 있었기 때문으로
보인다.114) 이처럼 〈공무도하가〉는 우리나라와 중국을 중심으로 한
한자(漢字)문화권에서 생활하는 이들에게 보편의 정서적 기반을 같이
하고 있는 작품이며, 시대적 감성을 여실히 보여주는 문학적인 장치
의 하나라고 짐작할 수 있다.

2) 후대적 변용 양상과 의미

고대가요 〈공무도하가〉에 담긴 전통적인 서사구조는 단지 이야기
에 그치는 것이 아니라 다양한 장르로의 변형을 통하여 새로운 생명
력을 지니며 환원(還元)된다. 따라서 고대가요 〈공무도하가〉처럼 오
랜 세월을 거쳐서 사랑받은 작품은 보편적인 정서나 전형적 인물을
선별·정리하여 새로운 작품의 소스로 활용할 필요가 있다. 〈공무도

---

114) 구사회, 앞의 논문, 16쪽.

하가〉는 인간의 죽음뿐만이 아니라 인간 영위의 필요한 본질성(本質性) 등을 모두 내포하고 있다.115) 이러한 요소들이 현재를 살고 있는 지금의 우리들에게도 전달되고 있다고 할 수 있다. 그동안 고대가요 〈공무도하가〉는 단순히 이별과 죽음이라는 소재를 중심으로 인간의 체념과 비탄만을 강조하고 있었다. 그러나 현대에 와서는 다양한 장르간의 변용을 통하여 사실적이고 구체적인 상황을 제시하면서, 작가가 지향하는 시대정신을 담고 있다. 고대가요를 과거의 산물로만 치부하고 현실에 안주하며, 새로운 모색을 하지 않는다면 현대의 대중에게 더 이상 빛나는 생명성과 감동을 주기 어렵다. 다만 고전시가를 현대적으로 변용하고자 할 때 단순히 현대와 고전 텍스트의 표피적인 만남에 그칠 것이 아니라 그 안에 흐르는 정서, 세계관, 미의식 등에 관심을 가짐으로써 원전이 가지고 있는 내적정신을 최대한 온전히 계승(繼承)할 수 있도록 하는 데 집중을 해야 한다.116) 고대가요의 변용 역시 다른 창작과 다름없는 작가의 영역이므로, 원전의 재해석을 통한 작가의 자유로운 변용이 허용되어야 한다.

고대가요 〈공무도하가〉가 지니고 있는 유연성(柔軟性)은 세대를 아울러 미래에도 그 생명력은 지속될 것이고 변함없는 관심의 대상이 될 것이라고 확신한다. 그동안은 단순히 이별과 죽음이라는 원천적인 소스를 부각했으나 다양한 시도를 통하여 재창조된 문학작품이나 콘텐츠에서는 작가가 지향하는 시대정신을 담고 있다는 사실을 명심해야 한다. 그 시대정신은 대중들의 삶과 동떨어지지 않았고 차

---

115) 강명혜, 앞의 논문, 119쪽.

116) 정인숙, 「〈정읍사〉의 공연예술적 변용과 문화콘텐츠로서의 가능성-고전시간의 현대적 변용과 관련하여」, 『한국문학이론과 비평』 제36집, 한국문학이론과 비평학회, 2007, 143쪽.

분히 재현하였으며, 앞으로의 삶에 대한 방향도 적극적으로 안내하
고 있다. 그러나 다양한 장르의 교섭을 통하여 원전이 지니고 있는
매력과 아울러 원전에서 규명되지 않은 의혹을 해결하기 위해서는
다각도의 모색이 여전히 절실하다. 또한 그동안 다가가기 어렵다고
믿었던 고대시가를 앞으로도 활성화하여 다양한 장르와 콘텐츠 개발
을 게을리하지 않아야 한다. 다만 변용의 결과물이 그 자체로 문학
성을 가지고 있다면, 작가의 해석이 어디에 무게중심을 두고 있느냐
의 문제는 작가의 몫이다. 이를 통해 새롭게 변용할 때는 책임의식
과 아울러 깊은 통찰력이 필요하다. 그것이 정치적 코드이건, 사랑
이건, 종교이건 그것의 연장선은 인간과 인간의 삶에 대한 깊이 있
는 통찰과 애정이라는 한 접점에서 모두 만난다고 보기 때문이다.
다만 그 해석이 원전의 깊이 있는 분석 위에 내려지기를 바란다.117)
고대가요 〈공무도하가〉를 통해서도 알 수 있듯이 고전물의 현대적
인 변용은 대중들에게 재미와 친근감을 부여한다. 고전이 지니고 있
는 고풍스러운 정서에 현대적인 다양한 기교가 접목되면서 원작이
지니는 가치는 한층 풍요로워 진다. 〈공무도하가〉가 많은 이들에게
찬사를 받은 것처럼 다른 고전들도 현대적 변용의 과정을 거친다면
대중에게 더욱 호응을 얻을 수 있을 것이다. 다만 원작이 지니고 있
는 특유의 작품성이 지나친 현대적 변용에 의해 가려지지 않도록 주
의해야 하며 신중성을 기해야 할 것이다.

---

117) 이희경, 「서사무가 바라공주의 현대적 재해석-전승본과 김선우의 소설 「바리공
주」비교, 영상, 게임, 무대예술로의 현대적 변용을 중심으로」, 『동서언론』 제13
집, 동서언론학회, 2010, 175쪽.

(1) 현대소설의 경우

① 현대소설 『공무도하가』

고대가요 〈공무도하가〉를 모티프[118]로 삼고 있는 현대소설은 최근에 와서는 판타지(Fantasy) 등의 기법을 활용하면서 다양한 시도를 하고 있다. 현대소설 작가들은 〈공무도하가〉를 통하여 원전이 가지고 있는 의혹이나 역사적인 측면에만 관심을 두는 것이 아니라 인간적이고 현실적인 문제에 중점을 두면서 논의하며 세밀하게 기술하고 있다. 본고에서는 구효서의 소설 『공무도하가』와 김훈의 소설 『공무도하』를 논의하고자 한다.

1991년 『문학세계』를 통해 발표된 구효서의 소설 『공무도하가』는 이미 제목에서 확인되는 바와 같이 문학적 인유(引喻)로 이루어진 작품이다. 그렇게 함으로써 작가는 감금되고 억압된 현실의 상황을 환기해 준다. 즉 신화의 세계를 변형하여 현실의 시대 상황 그리고 그 상황에 압박된 인간 존재들을 보여주고 있다.[119] 주지하다시피 〈공무도하가〉는 강에 빠져 스스로 죽음을 택한 남자를 위한 만가(輓歌)이다. 구효서의 소설 『공무도하가』는 원텍스트와 같이 죽은 한 남자를 위한 관찰을 적어 놓은 글이다. 이 소설에 등장하는 인물은 『월간문예』 편집부의 '주대섭' 기자, 그가 자주 찾는 카페의 여주인 '성애', 그리고 운동권 청년인 '박형'이다. '박형'은 구속된 동료들을 위하여 자신을 아끼지 않는 폐결핵 환자이다. 이 소설은 '박형'의 죽음을 화자인 '나'의 관찰을 통해서 일기(日記)형식으로 풀어간다. 이 소설에

---

118) 구효서, 『공무도하가』, 문학세계, 1991; 안문길, 『공무도하가』, 자유지성사, 1996; 이철원, 『공무도하가』, 세훈문화사, 1999; 곽리인, 『환희불』, 이자르, 2001; 김훈, 『공무도하』, 문학동네, 2009가 있다.

119) 양진오, 『한국소설의 논리』, 문학시대사, 1998, 105쪽.

서는 '박형'의 죽음 그 자체에 의미를 두는 것이 아니라 그 죽음을 관찰하는 '나'의 변화하는 심리에 중점을 두고 있으며 관찰자로서의 '나'는 주인공 박형에 대한 심리적 거리감을 가지고 있었다. 그 거리감은 '성애'에 대한 동정에서 비롯되었고, '박형'에 대한 이해의 부족으로 생긴 것이다. 그러나 그와의 거리감은 '박형'이 죽은 이후 사라진다. 무엇보다 '박형'에 대한 '성애'의 순수하고 절대적인 사랑의 태도에 깊이 감동을 받아 거리감은 사라진다. 그녀의 이미지는 〈공무도하가〉의 배경 설화에 나오는 광부(狂夫)의 아내를 형상화시킨다. 대학교정에서 있었던 '박형'의 장례식에서 결혼도 하지 않은 처녀의 몸으로 헌작(獻爵)을 하는 '성애'의 모습과, '박형'의 죽음을 애도하는 군중의 결집 그리고 교문 밖으로 나가는 그녀의 모습을 보면서 '나'는 시대의 아픔을 몸소 체험하게 된다. 작가는 '나'의 변화를 구체적으로 설명하지 않았지만 무기력한 소시민성에 대한 반성을 자각시키고 있다. '나'와 '박형'의 삶의 모습을 극단적으로 대비시키지 않고서도, 두 의식의 변별적 성격과 통합 가능성을 무리 없이 펼쳐 보이는 소설의 행보가 미더운 뒷맛을 남긴다.120) 이 작품에 내재되어 있는 두 개의 의미를 살펴보면 다음과 같다. 젊은이의 희생적인 죽음을 단순한 죽음으로만 볼 것이 아니라 소통하지 못하는 현실에서 반복적으로 겪게 되는 희생적 죽음으로 형상화한다는 것과, 또한 비극적인 현실로 인하여 치유할 수 없는 상처를 갖게 되는 이 시대의 아픔을 재현하고 있다는 점이다. 이 소설에서 관찰자인 '나'가 애인을 잃고 비통해하는 '성애'의 애달픈 울음소리를 설화에 등장하는 여옥의

---

120) 김종회, 「유년의 기억과 현실 체험」, 구효서 저, 『노을은 다시 뜨는가』, 책세상, 2007, 337~338쪽.

입장으로 치환시켜 슬픔이라는 원형적인 감정의 응어리를 보여줌으로써 인간이 겪는 고통과 비극은 삶에 있어서 신선한 충격이며 존재의 정화(淨化)가 절실히 필요하다는 점을 강조하고 있다.

2008년에 발표된 김훈의 소설 『공무도하』는 작가 자신이 신문기자로 활동하던 1970~80년대를 배경으로 오늘을 사는 우리들의 모습을 풀어 간다. 해망이라는 가상의 바닷가 공간을 설정하여 이곳에서 고단한 삶을 살아가는 나약한 소시민들의 전형적인 모습을 특별한 긴장감 없이 그려나간다. 고대가요 〈공무도하가〉와 마찬가지로 강을 배경으로 하고 있다는 점은 일치한다. 그러나 인물들의 설정과 삶의 태도는 지극히 현실적이다. 비정한 현실의 논리를 세상에 폭로(暴露)해야만 인정을 받는 사회부 기자 '문정수', 그의 고통을 안타까워하지만 세상의 부조리함에 어떠한 저항도 하지 않는 출판사 편집자 '노목희', 표창을 받았지만 업무상 배임과 절도를 한 소방수 '박옥출', 자신이 기르던 개에게 물려 죽은 아들의 죽음을 저버리는 '오금자', 돈에 팔려 한국인과 결혼했지만 결국 도망쳐 나온 베트남 여성 '후이', 노학연대 집행부 일급 수배자들의 은신처를 누설하고 해망에서 떠도는 삶을 살아가는 '장철수'등 그야말로 우리 주변에서 어렵지 않게 볼 수 있는 소시민(小市民)들의 모습이다.

이 작품에 등장하는 인물들의 삶은 유기적으로 얽혀있지 않고 각자가 가지는 개별의 우연과 독립적인 구성으로 이루어져있다. 특별한 미학적 장치가 없이 소시민적인 삶을 재현(再現)하듯 보여주고 종당에는 인물모두가 살아남은 채, 살아가는 것으로 마무리 되어 진다.

소설 속 '장철수'는 노동운동 연설 중 "인간은 비루(鄙陋)하고, 인간은 치사하고, 인간은 던적스럽습니다. 이것이 인간의 당면(當面)문제다. 시급한 현안(懸案)이다"라고 외친다.[121] 이 구절에 작가의 주제의식이 단적으로 집약되어 있다고 이야기 할 수 있다. 우리가 현재 살아가고 있는 현실은 시궁창같이 더럽고 암울하고 어떠한 해결방안조차 뚜렷이 제시되어 있지 않지만, 그런 세상에서 살아남은 자들은 또 늘 그랬듯이 일상을 살아가고, 그 안에서 희망을 절실히 원하고 있기 때문이다.

비록 고대가요 배경설화에 등장하는 백수광부가 강을 건너서 죽음을 택했고 그 비극성에 중점을 두고 있다면 김훈의 소설『공무도하』에서의 민중은 살아남은 자의 탄식(歎息)과 체념(諦念)이 아닌 현실을 적극적으로 수용하면서 살아가야 하는 강인함의 필요성을 극명한 메시지로 전달하고 있다. 김훈은『공무도하』를 통해 양육강식(弱肉强食)이 지배하는 비정한 현실세계에서 서로가 함께 살아가는 동반자적 삶의 필요성을 풀어가고 있다. 이 소설은 사회부(社會部)기자를 주인공으로 내세워 인간의 삶에 수반하는 여러 가지 문제를 직설적인 어조로 서술하면서 한편으로는 함께 현실을 살아가는 이 시대의 민중들이 갖는 희망을 전달하고자 했다.

현대소설로 재창조된『공무도하가』에서는 원전의 기본모티프에 충실하기 보다는 서사구조를 확대하고 다양한 인물들의 군상(群像)을 보여주면서 현실의 복잡 다양한 양상들을 표출(表出)하고 있다. 부대설화에서는 여옥이 물에 빠져 죽은 남편에 대하여 탄식하며 공후를 잡아서 애달픈 곡조를 부른 후 스스로도 죽음을 택하여 삶에 대한 무기력하고 다소 감상적인 태도를 보였다면, 구효서의 소설『공무도하가』에서는 경색(梗塞)한 시대를 살아가는 현대인들에게 삶이라는 것은 죽음이라는 피안(彼岸)의 세계 너머에 있는 모호한 환상의 세계가 아니라

---

121) 김훈,『공무도하』, 문학동네, 2009, 35쪽.

고통과 치유할 수 없는 상처를 주는 곳으로 설정하면서 그것을 극복할 수 있는 해결의 실마리를 제공해주고 있다. 또한 부정부패(不正腐敗)로 대변되는 정치적인 상황과 이념의 소용돌이 속에서 비극적인 삶을 맞이하는 젊은이들의 상심(傷心)을 보여주면서 시대적인 자각과 반성이 절실히 필요하다는 사실을 주지시켜준다. 김훈의『공무도하』에서 현실이란 늘상 비루하고, 비천하고 궁핍(窮乏)한 곳으로 설정되어 있다. 그러나 그런 현실을 외면하고 부정할 것이 아니라 최선을 다해서 살아가야하며, 진정 우리에게 필요한 삶의 태도와 반성을 설명해준다. 현실은 우리가 생각하는 것만큼 고정된 것이 아니다. '현실에 대한 사회적 구성'은 사람들이 사회적 상호작용을 통해 현실을 창조적으로 엮어내는 과정을 묘사한 표현이다.[122]

(2) 현대시의 경우

고대가요 〈공무도하가〉를 모티프로 삼고 있는 현대시[123]는 대부분의 작가들이 전면에 〈공무도하가〉를 내세우지 않고 부분적으로

---

122) Berger & Luckmann, *The social construction of reality: A treatise in the sociology of knowledge*, New York Doubleday, 1966.

123) 권혁웅, 「공무도하가」,『황금나무 아래서』, 문학세계사, 2001; 김남석, 「미처 꽃 피지 못한 상징의 언어」,『월간 문학과 창작』, 10월, 문학아카데미, 2003; 김석규, 「신공무도하가」,『태평가』, 빛남, 2001; 김종제, 「공무도하가, 물을 건너다」, 김종제님의 문학서제; 문정희, 「술마시는 남자를 위하여」,『남자를 위하여』, 민음사, 1996; 박경석, 「공무도하」,『깨어있는 바다』, 맥출판사, 1996; 박경석, 「공무도하」,『아내의 잠』, 민음사, 1987; 박수진, 「공무도하가-한강」, 1994」,『나의 별에 이르는 길』, 영하, 1996; 박진섭, 「여옥의 노래」,『달개비같은 누이야』, 삶과 꿈, 1998; 이승하, 「백수광부의 처에게」,『젊은 별에게』, 좋은 날, 1995; 정양, 「백수광부가-새벽강」,『수수깡을 씹으며』, 1984; 조예린, 「아내의 노래-〈공후인〉 별사2」,『바보당신』, 시와 시학사, 1996 등이 있다.

원용(援用)하여서 새로운 미적세계를 보여주고자 한다.

> 여보오 무슨 허망한 소리를
> 그리 하오
> 아무래도 이녁이 의심스럽소
> 조반(朝飯) 석반(夕飯) 어찌코
> 풋보리 바꿔 마신 한 잔 술에
> 이리 자진토록 애간장을 끊으니
> 여보오 아무러나
> 무슨일 있소 허망한 소리를
> 어찌 그리 하오
> 아직
> 홀로라도 발 씻을 기운
> 있고 淨한 샘물 길어
> 지을 양식
> 있고 한 간 귀틀집
> 바람벽도 든든하오
> 이녁과 내가 한 가지로 걷다가
> 죽어 돌아가얄 때 정녕
> 있으리니
> 이녁은 죄될 소리
> 다신 하지 맙소

-조예린, 〈아내의 노래-〈공후인〉별사2〉,
『바보당신』, 시와 시학사, 1996

　조예린의 〈아내의 노래〉는 작품의 원형은 훼손하지 않는 범위에
서 재창조 되었다. 〈〈공후인〉별사〉는 연작시이다. 〈백발의 노래-

〈공후인〉별사·1〉에서는 남편의 시선으로 〈공무도하가〉를 읽음으로써 고대시가에 역사적, 현실적 맥락을 부여한다. '낙랑군', '변방의 비루먹은 생'이나 '육편으로 이룬 땅 여기/토성리/구부러진 호미자루 잡고 일군 산밭 논밭 속절없이 앗기고' 등의 표현은 고조선 유이민의 고단한 삶을 설명해주고 있다. 이 시는 백수광부의 충동적인 자살이 아니라 극단적인 선택을 할 수 밖에 없었던 이유를 역사적, 현실적인 개연성으로 설명하고 있다. 한나라 무제(武帝)가 고조선을 멸망시키고 한사군(漢四郡)을 설치한 이후, 한사군의 사백여년 존속은 사실상 낙랑중심의 지배를 뜻한다. 낙랑(樂浪郡)군은 한 곳에 줄곧 자리를 잡고서 정치·경제·사회·문화의 중심으로 군림(君臨)하였다. 이에 반해 고조선의 유이민은 자신들의 의지와는 상관없이 고향으로조차 돌아갈 수 없는 절망적인 처지(處地)에 놓였으며 그들의 지배를 받으면서 겪는 망국인(亡國人)의 서러움과 절망적인 현실을 이 시에서 보여주고 있다.

이에 답가 형식으로 진행되는 〈아내의 노래-〈공후인〉별사·2〉에서는 백수광부의 아내 여옥은 강을 건너 피안의 세계로 가자는 것이 아닌 현실을 긍정적으로 바라보기를 강요하고 있다. 죽음을 어떻게 이해하고 받아들이느냐의 여부는 삶의 참된 의미를 깨닫게 하는 것은 물론 앞으로 전개될 삶의 방향과 목표를 세우는 데에 아주 중요한 관건이 된다고 할 수 있다.[124] 배경설화에서 백수광부의 행동이 그가 죽음을 죽음으로 받아들이고 있지 않다는 것, 즉 죽음과 삶의 경계가 모호했으리라는 것과 이에 비해 아내는 죽음을 비통하게 받

---

124) 김철운, 「공자-죽음에서 삶의 희망을 봄」, 『양명학』 제19권, 양명학회, 2007, 253쪽.

아들였다는 점에서 현실적인 차원에서 죽음을 수용했으리라는 것을 추측할 뿐이다. 〈아내의 노래-〈공후인〉별사·2〉에서도 아내는 죽음을 대하는 태도가 매우 현실적이고 경험적이다.[125] 작가는 이 작품을 통해 비록 소박한 현실이라도 현실의 삶에 만족하지 않고 떠도는 백수광부에게 회유(懷柔)적인 경고의 메시지를 전달하고 있다.

다음으로 아내의 만류에도 불구하고 죽음에 대한 욕망을 떨쳐버리지 못한 남편이 스스로 죽음을 신화적으로 승화시키는 〈마지막 애가-〈공후인〉별사·3〉이 이어진다. 주술적 의미가 시 전반에 흐르면서 백수광부의 죽음에 신비성과 초월성(超越性)을 부여한다. 이러한 〈공후인〉 별사 연작은 고대시가인 〈공무도하가〉를 새로운 시각으로 풀어나가면서 역사의 구체적인 상황을 이해하게 해준다.

> 늘 먼 곳만 바라보는 사나이
> 슬픈 노을만 그리워하는 사람
> 아침부터 술로 온가슴 불지르고
> 따습고 편한 것은 모두 버리고
> 흰 머리칼 강 바람에 허위허위 날리며
> 끝 모를 수심 속으로 빠져 들었네
>
> 바람의 혼에서 태어났는가
> 귀밑머리 풀고 만난
> 아내의 손목조차 견디지 못해
>
> 광풍에 덜미 잡혀 떠도는
> 백수광부, 고조선 땅 내 애인이여

---

125) 조용훈, 『에로스와 타나토스』, 살림, 2005, 48쪽.

　　오늘 서울 어느 골목에서 다시 만나
　　황홀한 몰락에 동행하고 싶구나

　　강 건너 그대 아내 땅을 치고 울더라도
　　눈부신 노을 함께 삼키고 싶구나.
　　　　　　　　　　　　-문정희, 〈술 마시는 남자를 위하여〉,
　　　　　　　　　　　　　　『남자를 위하여』, 민음사, 1996

　문정희의 〈술 마시는 남자를 위하여〉에서는 시적화자가 제 삼자
의 입장해서 발화하는 형식을 취하며 이 시를 전개해 나간다. 원전
의 신비스럽고 비극적인 상황을 대신해서 일상의 흔하게 마시는 남
자를 통해서 주인공 백수광부는 재현된다. 안락한 현실의 생활을 거
부(拒否)하고 피안의 것을 쫓기 위해 유랑하는 백수광부의 태도를 형
상화시킨 작가는 그의 고뇌와 몰락에 대하여 관찰자적 입장을 취하
면서 '동행하고 싶구나', '삼키고 싶구나'라는 구절을 통해서 부정의
시선을 보내기 보다는 그의 고뇌와 방황의 심정에 동조를 보내고 있
다. 사랑하는 사람의 손도 서슴없이 놓아버리고 현실의 이데올로기
에 적응하지 못하는 백수광부를 통해 작가 안에 잠재되어 있는 타자,
즉 욕망의 변신체(變身體)를 접하게 된다.[126] 작가는 자신의 욕망뿐
만 아니라 이 시를 통해 현실을 살아가는 민중들이 자신의 존재를
되짚어 보면서 성찰과 진정한 소통(疏通)의 기회가 마련되기를 기대
한다. 가장 소중한 가족인 '아내의 손목조차 지키지 못하는', 고통스
럽고 열악(劣惡)한 현실을 조명하면서 이 시대를 살아가는 대중들에
게 그들이 진정 결핍된 것들을 충족시킬 수 있는 하나의 매개물로,

---

126) 김진희, 「'나'를 넘어 '경계'를 지우며, 시쓰기」, 『실천문학』 제42권, 실천문학
　　사, 1996, 287쪽.

비정(非情)하지만 자유를 택한 백수광부를 대두시키면서 자유에 대한 강렬한 목마름을 촉구(促求)하고 있다.

> 그때 세상은 통화중이었습니다
> 비가 나를 혼선된 길로, 다른 세상으로
> 데려간 적이 있었어요
> 지금처럼 덥고 무거운 저녁이었죠
> 길 위에 가득 물꽃들이 피어났어요
> 머리가 허연 그분이 비틀거리며 언덕을 내려왔을 때,
> 나는 아무 말도 할 수가 없었죠
> 물결이 공무도하에서 공경도하로 넘실거리고 있었어요 물로 지은
> 조화(弔花)들이 천천히 흘러가기 시작했지요
> 빗방울이 그분을 두들겼으나
> 그 분은 눈도 깜박이지 않았습니다
> 검은 리본이 완강했습니다
> 검은 강 때문이지, 그 분이 제게 말을 건넸어요
> 누구도 건질 수 없는 강이
> 이곳까지 범람했기 때문이지
> 그는 검지로 자기 머리를 가리켰어요
> 순식간에 터져 기억을 지운
> 검은 핏줄기 때문이지
> 길 위로 가득 만장이 흘러가고 있었어요
> 그 타하이사의 거품들!
> 그는 손을 펴 보였죠 막내야,
> 이 길을 따라 너는 여기까지 온 거야
> 나는 손으로 입을 막았어요 그분은
> 오래전 나의 미래,
> 나의 주름이었던 겁니다

노란 지등(紙燈)이 일순 그의 얼굴을 비춘 듯 했습니다
고개를 떨군 나를 검은 강 아래서
한 남자가 입을 가린 채 쳐다보고 있었어요
당내공하의 물살을 가르며
차들이 순식간에
제 평생을 지나쳐 갔지요
그때 세상은 통화중이었습니다
산발한 나날들이 공후의 빈 몸을 훑어가며
울리고 있었지요
　　　-권혁웅, 〈공무도하가〉,『황금나무아래서』, 문학세계사, 2001

　권혁웅의 〈공무도하가〉는 물의 이미지를 중심으로 이야기를 엮어
가면서 몽환(夢幻)적인 분위기를 자아낸다. 이 작품에서 작가는 스스
로의 경험을 이야기하듯이 진술해가면서 물의 이미지를 적극 수용(受
用)해간다. ‘검은 강’의 이미지를 선명하게 묘사하면서 여기 ‘검은 핏
줄기’, ‘조화들’과 ‘만장’이라는 이미지들을 통해 죽음과 관련한 심상
치 않은 분위기를 만들어 낸다. 시적상황은 죽음의 분위기가 점차 심
화되면서 비마저 내리는 분위기를 이용해 한층 심화(深化)시킨다. 어
둡고 부정적인 시적정황은 ‘노란 지등(紙燈)’을 통해서 부각된다. 시
인은 백수광부를 따라 이 ‘검은 강’을 건너고 있다. 하루하루 죽음의
시간을 견디어 내던 화자는 비극적으로 삶을 마감해야 했던 백수광
부를 형상화시키면서 자신의 운명을 독자로 하여금 짐작하게 한다.
‘그는 손을 펴 보였죠 막내야/이 길을 따라 너는 여기까지 온 거야/나
는 손으로 입을 막았어요 그분은/오래전 나의 미래,/나의 주름이었
던 겁니다.’라는 구절에서 알 수 있듯이 시적화자는 백수광부를 매개
화(媒介化)하여 화자가 느끼는 다소 비극적이고 극한적인 상황을 투

영(投影)시켜 현실의 그늘지고 어두운 단면을 토로하고 있다.

시적 화자는 운명에 순응하지만 '타하이사의 거품들!'로 시적화자의 끓어오르고 있는 내면의 갈등을 묘사하고 있다. 정작 죽음 앞에서 거품으로 대변하는 갈등과 분노는 일시적인 것에 불과하다. 과거의 시적화자는 '검은 강 아래'의 '한 남자'가 되어 현재의 자신을 응시(鷹視)하다가 떠나간다. 일단 과거의 자신에 대한 결별이 가능해지자 상징적 죽음은 순식간에 진행되는 듯하다.127)

권혁웅은 이중의 저항(抵抗)을 본질로 한다. 언어의 원심력(遠心力)과 구심력(求心力)에 대한 예민한 자의식 속에서 세계는 늘 표면 뒤의 이면을, 이면 뒤의 또 다른 이면을 허용하지 않을 수 없게 된다. 그리고 그것들이 때로는 갈등하고 때로는 뒤섞이면서 세계의 새로운 개진을 표상하는 어떤 '사이'의 소음과 잡음이 탄생한다.128) 그가 〈공무도하가〉의 원전을 텍스트에 끌어 들인 것은 소극적인 패러디 차원이 아니라 갈등하고 소통하고자 하는 세계에 대한 하나의 미적 장치라고 볼 수 있다. 〈공무도하가〉를 재창조한 현대 시인들은 〈공무도하가〉를 독창적으로 새롭게 재해석하려고 노력을 하고 있다. 대부분 백수광부가 물에 빠져 투신했다는 원 텍스트의 전범(典範)에서 벗어나지 못하고, '강'이라는 공간을 통해서 이야기의 실마리를 풀어냈다는 한계는 있지만, 다양한 인물을 형상화하여 기존의 우리가 지니고 있던 〈공무도하가〉의 우울(憂鬱)하고 조소(嘲笑)적인 측면을 인간에 대한 소통과 관심으로 풀어나가고 있다. 이와 같은 시도는 시에서 보여주는 현실을 사실적이면서 객관적으로 재현하려는 노력이

---

127) 홍기돈, 『인공낙원의 뒷골목』, 실천문학사, 2006, 244~245쪽.
128) 최현식, 「파문'의 기원과 궤적-권혁웅, 『황금나무 아래서』」, 문학세계사, 2001, 543쪽.

고, 도덕적인 측면에서의 획일적인 탐구가 아니라 다양한 해석을 가
능하게 하려는 열린 장치를 부여 한 것이다. 무엇보다 백수광부의
무모(無謀)한 죽음에 초점을 맞추기 보다는 투신할 수밖에 없었던 근
본적인 원인을 규명하기 위한 노력을 곳곳의 미적장치를 통해서 쉽
게 접근하고 있다. 규범적 인간의 문제에 관심을 두고 백수광부에
대하여 비판적(批判的)인 거리를 유지했던 중세 시인들과는 완연히
다른 해석의 틀을 가지고, 현대적 인간상의 전경화(前景化)라는 점이
우리를 주목하게 한다.[129]

(3) 현대 대중가요의 경우

21세기에 이르러 인류문명은 급속도로 변화하고 있다. 특히 디지
털 기술과 정보통신망의 발달에 기반을 한 정보화의 물결은 정치,
경제, 사회, 문화라는 다방면(多方面)의 분야에서 본래의 소통 방식
을 깡그리 변화의 물결 속에 침몰시켰다. 시간과 공간이라는 제약에
의해서 분리되고 소통되지 못하여 벽에 부딪힌 개개인들이 네트워크
(Network)라는 새로운 소통체계를 통해 연결되고 이어지면서 상상하
기조차 어려운 다양한 정보를 공유할 수 있게 된 것이다. 그로 인하
여 현실은 그동안 수직적이고 폐쇄(閉鎖)적인 정보체계의 한계를 극
복하고 수평적, 개방적 형태로의 전환을 하게 되었다. 그리하여 정
보는 단순히 소수의 전유물(專有物)이 아니라 다원(多元)화된 세계 속
에서 인류 공통의 관심사가 되었다.

지식환경의 정보소통 방식이라고 해서 배제(排擠)시킬 수 있는 문
제는 아니다. 텍스트만을 우선시하던 지식은 점차 다매체 지식으로

---

129) 성기옥, 앞의 책, 40쪽.

변환되고 있으며, 전문지식의 출판이나 다양한 형태로의 소통방식으로 향유되고 있다. 지식을 저장하는 중점으로 손꼽았던 인쇄매체나 도서관은 더 이상 설 자리를 잃어가고 있다. 이제는 그 역할(役割)을 전자정보나 인터넷이라는 거대한 세계로 집중되어 가고 있다. 그렇다면 이러한 변화에 민감하게 대처하기 위해서 고대가요와 관련된 역사적, 문화적 정보와 지식들은 어떤 방식으로 소통해야 하는지에 대해 연구할 필요를 느낀다.

지난 세기에 고대가요에 기반을 둔 정보들은 전문연구자들에 의해 단순히 텍스트 형태로만 설명하고 있었으므로 상당한 규모의 지식체계가 건설되었고 확대되어 나갔다. 그러나 이는 학교나 상점, 그리고 교실(敎室)이라는 한정된 공간속에서만 모색되었다. 하지만 지식산업이 소통의 방식을 가속(加速)화시켰고 현재에도 오직 인쇄매체만을 강조하는 방식을 선택한다면 고대가요는 지식체계기반의 확대가 매우 어렵다고 할 수 있다. 지식의 구획(區劃)을 탈피(脫皮)하여 일반 대중들에게까지 고대가요의 관심을 끌기에는 텍스트라는 매체의 매력은 이제 너무나 많은 반감을 가질 수밖에 없다.

최근 들어서 고대가요는 문화콘텐츠[130]에서 많이 활용되고 있는 소스이다. 오랜 세월 동안 감상되고 연구되어 온 민족문화의 유산이 한국고전문학을 정보화 시대에 걸맞는 지식 매체로의 변이를 통해 소통시킬 수 있는 효과적인 방안을 모색하려는 것의 한 일안(日案)이

---

130) 문화콘텐츠는 무형이나 유형의 문화나 작품을 각종 대중매체를 활용하여 대중에게 널리 보급하여 상품화시키고 그것에서 얻는 상업적인 측면을 강조하는 방식이다. 사전적 의미로는 내용이나 목차를 뜻하지만, 문화산업적 측면에서는 대개 매체에 담겨 전달되는 메시지나 내용, 이야기 등을 뜻한다. 김덕수, 「문화산업으로서의 문학산업」, 『현대문학이론연구』 제25권, 현대문학이론학회, 2005, 10~11쪽 참조.

라고 할 수 있다.[131] 고대가요뿐만 아니라 향가(鄕歌)와 속요(俗謠),
시조(時調)와 가사(歌辭)는 모두 원 텍스트가 지니고 있는 문자적인
측면의 연구가 아니라 노래나 혹은 극으로 콘텐츠화 하여서 대중들
의 인기를 얻고 있다. 이 작품들은 대부분 부대설화와 연계시켜서
서사담(敍事談)을 중심으로 콘텐츠를 계발하여 대중들과 접하였다.
고대가요는 상고시대 사람들이 함께 공유하며 즐기던 예술행위였다.
그런 성격이 현재까지도 이어져 대중가수들에 의해서 현대적인 감각
으로 다시 불리고 있다. 최근에는 록(Rock)이라는 장르를 이용해 강
렬한 사운드로 부른 옵스큐어(Obscure)의 〈공무도하가〉(2009), 재즈
(Jazz)풍의 세련된 음색으로 부른 임미성 퀸뎃의 〈공무도하가〉(2009)
를 이야기 할 수 있다. 그러나 대중적으로 가장 널리 알려진 것은 가
수 이상은이 작곡하고 노래를 부른 〈공무도하가〉(1995)이다. 1995년
에 발표된 이상은의 〈공무도하가〉는 '한국 100대 명반'에 선정되면
서 이상은을 아티스트 대열에 합류하게 했고, 발표한 지 십여 년이
지난 2009년에는 애니메이션 감독 정지숙을 통해서 애니메이션 뮤
직비디오로 재탄생되어 유럽 뮤직비디오 페스티벌에서 준결승에 진
출하는 큰 성과를 보이면서 지속적인 관심과 애정이 이어지고 있다.
대중가요는 상업적(商業的) 목적을 지닌 장르이기 때문에 철저히 대
중적(大衆的) 코드를 이용하여 보다 더 깊고 넓게 대중에게 다가가야
할 의무를 지닌다. 그런 이유로 대중가요는 대중에게 예속(隷屬)되어
있다.[132] 이처럼 고대가요와 현대 대중가요는 철저히 대중을 통해서

---

131) 송팔성, 「한국고전문학 다큐멘터리의 제작 방향에 대한 제언」, 『원광대학교 인
　　문학연구소 논문집』 제6집, 원광대학교 인문학 연구소, 2005, 115~116쪽.
132) 김유미·이승하, 「한국 대중가요에 나타난 「가시리」연구」, 『대중서사연구』 제
　　24권, 대중서사학회, 2010, 445쪽.

지속되고 애정에 의해서 이어지고 있다는 유사한 점을 지니고 있다.

> 님아 님아 내 님아
> 물을 건너 가지 마오
> 님아 님아 내 님아
> 그예 물을 건너시네
> 아… 물에 휩쓸려 돌아가시니
> 아… 가신 님을 어이 할꼬
> 공무도하
> 공경도하
> 타하이사
> 당내공하
> 님아 님아 내 님아
> 물을 건너가지 마오
>   -가수 이상은의 〈공무도하가〉, 『6집 〈공무도하가〉』, 1995

이상은의 〈공무도하가〉는 원 텍스트를 변형 없이 충실하게 따른다. 원 텍스트를 그대로 사용하여 애절한 가사와 서정(抒情)적인 멜로디를 접목시키고 거기에 신비(神秘)한 분위기까지 부여한 이 곡은 대중들을 사로잡기에 충분했고, 한층 더 원곡의 분위기를 고조시켰다. 고대국가인 고조선 민중들이 자신들의 애환이나 정서를 전달하기 위한 수단이었던 고대가요와 서구화된 현실 속에서 철저히 상업적이고 흥미에만 길들여진 지금의 대중들이 소비하는 현대 대중가요가 소통과 향유라는 연결고리로 이어지면서, 원전에 대한 새로운 시선을 접하게 되었다. 원전의 기본 정서가 현대의 대중가요인 이상은의 〈공무도하가〉에도 호소력(呼訴力) 짙게 자리를 잡고 전달이 되

고 있다. 비록 고대인들이 향유(享有)하던 가요라고는 하지만 문자로
만 정보 전달을 받았던 현대인들은 세련된 감각의 뉴에이지 풍 리듬
과 더불어 몽환적인 분위기를 선사하는 이상은의 〈공무도하가〉를
통해 한층 격조(格調) 높은 감상의 기회를 가질 수 있었다. 또한 인간
이 지니고 있는 보편(普遍)적인 정서는 세대를 초월하여 사람들에게
감동을 줄 수 있다는 사실을 주지하게 했고, 우리 민족의 정서를 재
확인하는 참신한 발견이면서 가능성이었다. 고전시가가 그동안 범
접(犯接)하기 어려운 고답(高踏)적인 학문(學文)의 영역으로 인식되었
다면 이제는 옛 사람들의 생활이 녹아 있는 '삶의 흔적(痕迹)을 드러
낸 노래'로 수용하면서, 오늘날에는 그 흔적이 어떻게 우리 삶속에
자리를 잡고 있는지 확인하는 일은 무척 소중한 일이 아닐 수 없
다.133) 고대가요 〈공무도하가〉가 당시의 사회적 현실을 반영하여
당대인들에게 공감을 일으키면서 정서적인 위로(慰勞)를 주었다면
현대 대중가요인 이상은의 〈공무도하가〉는 현대인에게 정서적 정화
와 더불어 살아가는 힘을 부여하고 있다. 이런 점에서 고대가요 〈공
무도하가〉는 과거의 노래로만 한정할 것이 아니라 현재의 노래이고,
미래에도 계속 애창될 노래임에 틀림이 없다. 독자가 없는 문학은
외로운 퍼포먼스(performance)에 지나지 않는다. 시대를 향한 도전의
식이 있을 때 시너지 현상을 일으켜 독자의 의식세계를 세척시킬 수
있다. 또한 갈증을 느끼며 방황하는 독자들의 내면세계를 위로할 수
있다.134)

　〈공무도하가〉에서 백수광부가 기어이 물을 건너 다른 세계로 가

---

133) 정인숙, 앞의 논문, 128쪽.
134) 윤재천, 『퓨전수필을 말하다』, 소소리, 2010, 90쪽.

버렸듯이, 현실 세계는 광기의 발현을 용납하지 않는다. 그것이 하나의 의미체(意味體)로 형성하는 곳은 다름 아닌 문학 또는 예술 세계이다.135) 현대적인 변용으로 이루어진 〈공무도하가〉는 작품의 원형(原形)을 충실히 따르면서 거기에 구체적·역사적 의미를 덧붙임으로써 새로운 맥락을 부여하는 다소 소극적인 방식으로 전개(展開)되었다. 그러나 새로운 작가들의 시·공간을 초월한 상상력으로 구성된 새로운 작품들은 고전시가를 새롭게 읽는 즐거운 체험(體驗)의 장이 되었다. 고전작품은 '그 효용적 가치 추락(墜落)'이 이미 지적된 바 있는데, 작품 내에서 발견되는 교훈적 또는 정서적 요소를 구시대의 유물이 아니라 현대 생활에 유용한 요소로 수용할 수 있는 방법 모색이 절실하다.136)

원 텍스트는 한(恨)을 중심으로 이야기를 풀어나갔다. 떠나지 않아도 못 떠난 한이 있고, 떠난다 해도 머물지 못한 한이 남는다. 그러므로 한의 자각은 인생을 백수광부와 그 처의 양면성(兩面性)으로 본 것이고, 또 이 양면성은 부부가 한 몸이 듯 동일하게 파악한 것이라 할 수 있다. 그런데 이 한을 적극적으로 몰고 나가지 않고 소극적으로 파악했기 때문에 체념의 감정이 너무 짙은 요소를 보이고 있다.137) 그러나 무엇보다 〈공무도하가〉는 인간이 가장 두려워하면서도 공통된 관심사인 '죽음'에 관한 여러 가지를 반영하고 있기 때문에 공감을 얻는다. 사람은 언젠가 죽게 마련이라는 점(부부의 죽음),

---

135) 우미영, 「광기와 광인의 문화적 의미고찰」, 『문화변동과 인간 그리고 문화연구』, 깊은샘, 2001, 323쪽.

136) 최규수, 「고시가연구의 '현재적' 위상과 '미래적' 전망」, 『한민족어문학』 제38집, 한민족어문학회, 2001, 69쪽.

137) 이어령, 앞의 책, 224쪽.

그 죽음에는 여러 가지 사연이 개입된다는 점(새벽에 흩어진 모습으로 달려 나감), 죽음은 남은 가족들의 죽음에 이를 비탄과 애통함을 수반한다는 점(하늘을 향해 절규하는 부인), 죽음에는 이를 애도하는 어떤 의식이 필요하다는 것(공무도하가를 부름), 죽음에 대한 일반인의 반응은 그 죽음에 동조(同調)하여 동정(同情)과 비통(悲痛)함을 함께 나눈다는 것이다.138) 〈공무도하가〉는 단순히 사랑과 이별의 정한으로 국한 할 것이 아니라, 인간이라면 누구나 겪게 될 죽음에 대한 강한 인식의 표현이며 보편적인 감정을 진솔하게 그려내면서 모두가 공감하는 작품이라고 할 수 있다. 삶과 죽음은 존재의 길고 긴 흐름 가운데 하나의 과정이며, 이것들을 원환적(圓環的)인 운동으로 순환(循環) 관계에 있다.139) 또한 시공을 초월한 죽음에 대한 공포를 극복해나가는 과정일 뿐만 아니라 물이라는 매개체를 통해 상징적인 해석과 더불어 새로운 생명에 대한 기원과 희망의 열망(熱望)을 볼 수 있다.

고대가요 〈공무도하가〉를 현대적으로 재해석하면서 작가들은 전체적으로 설화에 충실하기보다는 설화의 큰 맥락(脈絡)을 전제(前提)로 하고 있지만 그 안에 형상화 된 인물과 세계는 작가 자신들만의 참신한 시각으로 구성하고 있다. 복잡한 산업사회를 살아가는 우리들의 모습을 실감(實感)나게 재현하기도 하고, 그 안에서 우리가 찾고자 하는 효용적 가치를 기대하기도 한다. 최근에는 패망한 고조선의 유이민(流移民)이라는 역사적인 사실에 중점을 두면서 우리민족의 원형적 '한(恨)'을 풀어 나가기도 했다. 그러나 작품을 변용하면서 누구나 똑같은 시각으로 풀어나가지는 않는다. 작가가 처한 현실이나

138) 강명혜, 「죽음과 재생의 노래-〈공무도하가〉」, 『우리문학연구』 제18집, 우리문학회, 2005, 115쪽.
139) 민영현, 『선과 한』, 세종출판사, 1995, 81~82쪽.

작품을 대하는 태도와 세계관에 대한 관점이 다르기 때문이다.

고대가요 〈공무도하가〉를 단순히 남녀의 이별과 애정문제 혹은 부부의 입장에서의 변용(變容)은 인간에 대한 관심을 바탕으로 하는 것이다. 그러나 설화의 신비스러움이나 주술성을 강조하면서 재창조 되는 작품은 모호하면서도 몽환(夢幻)적인 분위기를 이끌어 간다. 또한 작가의식을 대변한다는 구실(口實)로 해석의 어려움을 주며 다소 무책임하기도 하다. 그러나 역사적인 사실을 유기적(有機的)으로 연결하여 작품을 재구성하는 작가들은 시대현실에 대하여 세심한 관찰을 가지게 한다. 다매체사회를 살아가는 대중들에게 여전히 소통되지 않는 사회적 문제에 대한 관심의 촉구를 위해서 고대가요 〈공무도하가〉를 재해석하는 작업은 단순히 과거를 점검하는 의미만을 지니는 것이 아니다. 그러나 작품을 직설적으로 전달하기 보다는 적절한 은유(隱喩)를 통해서 메시지를 전달하고 있다는 점은 작품이 재창조되는 과정에서 현재 정치·경제의 여러 변화를 민감하게 수용하지 못하고, 가치관의 차이나 역사의 본질(本質)에 대한 이해의 결여(缺如) 등을 동반하면서, 원전의 생명력은 자칫 상실 될 수 있다. 원전(原典)에 대한 완벽한 이해를 바탕으로 하고 있다면 특별한 미학적 장치가 없더라도 변용된 작품들은 다소 투박하기는 하지만 원전에서 전하고자하는 인간에 대한 따뜻한 시선(視線)과 시대에 대한 통찰(洞察)을 부여받을 수 있다.

2. 〈황조가〉의 전승과 변용 양상

고대가요 〈황조가〉는 고구려 제2대 왕인 유리왕이 지은 세련된 가요이다. 오랜 세월동안 널리 애송(愛誦)되면서, 시대를 뛰어 넘어 지금까지도 한국인들에게 〈공무도하가〉와 더불어 널리 회자되고 있는 친숙한 작품인데, 그 내용은 다음과 같다. 유리왕은 왕비 송씨(松氏)가 죽자 화희(禾姬)와 치희(雉姬) 두 여인을 계실(繼室)로 맞았는데, 이들은 늘 왕의 총애(寵愛)을 얻기 위해 다투었다. 그러던 중에 왕이 기산(箕山)에 사냥을 가서 궁궐을 비운 틈에 화희(火戱)가 치희(稚戱)를 모욕하여 한(漢)나라로 쫓아 버렸다. 사냥에서 돌아온 왕이 이 사실을 듣고 말을 달려 뒤를 쫓았으나, 화가 난 치희(稚戱)는 돌아오지 않았다. 이에 왕이 탄식하며 나무 밑에서 쉬면서, 짝을 지어 날아가는 황조(黃鳥)를 보고 자신의 처지와 대비하여 노래를 지었다고 전한다.

〈황조가〉는 그동안 고대시가로만 규정하면서 장르에 대한 의문과 창작이 되던 시기의 언어, 그 연모의 대상이나 갈래의 성격에 대한 끊임없는 의혹이 제기 되고 있는 것은 사실이다.[140] 그러나 〈황조가〉에서 독신자가 자신의 처지를 드러내면서 애정을 구하는 구애민요의 성격을 지녔음을 이야기하는 주장이 설득력 있다.[141] 또한 조선후기에 이르러서는 고대가요 〈황조가〉를 성호 이익, 한남 이복휴, 삼명 강준흠과 같은 유학자들이 악부시(樂府詩)로 재현(再現)하게 된다. 그 과정에서 고대가요 〈황조가〉는 문학적 특질(特質)뿐만 아니라 유학자들이 작품을 바라보는 관점에 대한 접근(接近)이 필요하다고 판단된다. 또한 그들이 악부시를 통해 당대의 한 특질을 드러내고 있다. 이들 악부시 〈황조가〉가 지니고 있는 문예적 보편성이나 독자

---

140) 김학성, 「〈황조가〉의 작품성격」, 집문당, 1992; 강명순, 「〈황조가〉의 의미 및 기능」, 온지학회, 2004; 김성기, 「〈황조가〉의 연모 대상과 창작시점」, 『고시가연구』, 2001; 임주탁, 「〈황조가〉의 새로운 해석」, 서울대학교 국어국문학과 2004; 허남춘, 「〈황조가〉 신고찰」, 『한국가사연구』, 1999; 신연우, 「제의관점에서 본 유리왕 〈황조가〉 기사의 이해」, 한민족어문학, 2002.

141) 조용호, 앞의 논문, 1쪽.

성을 확인하려면 무엇보다 총제적인 문제 상황을 살펴야 한다. 그들은 당대의 상황을 세밀(細密)하게 재현(再現)하려 노력하고 있으며, 조선후기 시사적인 변화를 집약적(集約的)으로 설명하기도 한다.

본고에서는 악부시 〈황조가〉의 성립과정과 각각의 작품이 가진 문예적 특질(特質)을 통해서 유학자들이 바라보고 있는 〈황조가〉에 대한 안목을 면밀히 살피고, 그 안에 내재(內在)되어 있는 사적(私的)인 상황과 문학사적 의의를 점검하고자 한다.

1) 악부시 〈황조가〉의 성립 과정

악부(樂府)란 원래 중국을 기원으로 삼는데, BC.111년 한 무제가 설립한 관청(官廳)이름이다.[142] 그러나 예로부터 중국악부는 백성들을 교화(敎化)시키는 데 그 목적을 두고 있었는데 후에 악부관청은 사회의 분위기를 음란(淫亂)한 풍조(風潮)로 변형(變形)한다는 구실을 삼아서 폐지(閉止)하였다. 악부는 이미 광범위한 대중성을 기본으로 널리 유통되어 향유되고 있었다. 악부는 이제 더 이상 관청으로만 불리는 개념이 아니라 시체명(詩體名) '악부시(樂府詩)'라는 이름으로 널리 통용되었다. 악부시란 일종의 곡조가 따르는 가사이다. 넓은 의미에서 보면 주대(周代)의 『시경』도 악부시라고 할 수 있고, 후대의 사(詞)나 곡(曲)도 악부시이다.[143] 중국악부문학은 한대의 민요에 근원을 두고 향유되었는데 악부시의 개념은 이처럼 처음부터 일정한 양식적 기본으로 하지 않은 다소 모호한 양식이다. 명확히 규명이 되고 조율

---

142) 황위주, 『악부시의 개념과 양식적 특징』, 남명학연구원, 2007, 57쪽.

143) 류종국, 「〈공무도하가〉논-낙부의 원전 탐구를 통한 접근」, 『국어문학』 제37집, 국어국문학회, 2002, 205쪽.

(調律)된 용어가 아니었다. 악부관청에서 관리한 작품 혹은 그 모방 (模倣)작이라는 다소 모호한 기준을 근거로 하였다. 그런 의미에서 여전히 중국악부시의 범위에 대해서는 논란이 많다고 할 수 있다.

우리의 악부시(樂府詩)는 중국(中國)의 악부시(樂府詩)에 그 원형을 두고 있고, 그로 인해 중국의 시체(詩體)를 수용하여 큰 변형 없이 이용하였는데, 악부시(樂府詩)에서도 사정이 다르지 않다. 악부시(樂府詩)는 문학으로서 중요한 역할을 하는 것뿐만 아니라, 정치(政治)·윤리(倫理)·교화(敎化)적 또는 종합예술적인 면에 있어서도 커다란 가치를 지니고 있다. 악부는 시의 부류(部類)이며 가(歌)의 조종(祖宗)으로 시경시인 풍(風)·아(雅)의 여음(餘音)이였다. 주로 고인들의 교화에 이용했고, 군여(軍旅)에 사용했다. 때로는 그리움과 비애를 펴기도 하고, 구속에 얽매이지 않아 강개(慷慨)하고 조장(助長)한 것도 있으니 그것은 그 체가 진실로 그러하기 때문이다. 악부는 '가시(歌詩)'로서 '노래와 시의 통합체'였던 것이다. 악부의 바탕에는 관악(官樂)이라는 측면과 상악(常樂)이라는 하층 민간적 속성도 지니고 있어서, 주체적 편폭이 크고 감정유출이 다양하다는 장점을 가지고 있다. 거기에 구식(句式)과 장단(長短)에 방해를 받지 않으면서 오직 자신의 감정이나 표현내용에 집중 할 수 있다.144) 악부의 중요한 특징은 형식의 자유로움을 들 수 있다. 4언체인『시경』에 비해, 악부는 3언, 4언, 5언, 7언이 모두 있다. 말 그대로 잡언체(雜言體)라 할 수 있다. 대개는 5자구, 7자구로 전반적인 추세는 정제된 5언체였지만, 각종 구식(句式)이 섞여 있다. 악부는『시경』의 4언체를 벗어나 새로운 시

144) 조성진, 「신흠의 악부 인식과 민족시가의 재인식」, 『한국시가연구』 제25집, 한국시가학 회, 2008, 96~97쪽.

형을 만들어내었다는 점에서 의의가 있다.[145]

박혜숙은 '한국 악부시란 장르상 한시의 한 갈래이고, 창작의 주체면에서 전문적 문인(文人)의 작품이며, 소재(素材)·주제(主題)·작풍(作風)의 면에서 민간(民間)의 풍정(風情)과 자국(自國)의 토속(土俗)·역사(歷史)를 읊조리고 있고, 정서적 면에서는 시인 자신의 개인적 처지나 감회보다는 타인의 처지나 사회적 감정을 대변하는 시'라고 규정했다.[146]

황조가는 우리나라의 가장 오래된 서정가요로서 그 배경설화를 살펴보면 다음과 같다.

> 가을 칠월, 골천에 별궁을 지었다. 겨울 10월, 왕비 송씨가 돌아갔다. 왕은 다시 두 여자를 계실로 삼으니 한 사람은 화희로 골천 사람의 딸이요, 한 사람은 치희로 한인의 딸이었다. 두 여자가 사랑을 다투어 서로 좋지 않게 지내기로 왕은 양곡에다 동서 두 궁을 짓고 각각 살게 하였다. 그 뒤 왕이 기산에서 사냥하고 7일 동안 돌아오지 못한 사이에 두 여자는 서로 다투어 화희는 치희를 꾸짖으며 "너는 한가의 비첩(婢妾)으로 어찌 그토록 무례(無禮)하냐"고 하니 치희는 부끄럽고 분(忿)하여 도망갔다. 왕은 그 사실을 듣고 말을 달려 쫓아갔으나 치희는 부끄럽고 분(忿)하여 도망갔다. 왕은 그 사실을 듣고 말을 달려 쫓아갔으나 치희는 노(怒)하여 돌아오지 아니하였다. 왕은 어느 날 나무 밑에서 쉬다가 꾀꼬리가 모여드는 것을 보고 느끼어 노래하였다. 그 노래에 "꾀꼬리 오락가락 암수 서로 즐기는데, 고독한 이 내 신세 누구와 더불어 돌아갈까"라 하였다.[147]

---

145) 章培恒 駱玉明, 『중국문학사』(상), 復旦大學出版社, 2005, 233쪽.
146) 이기현, 「악부시의 범주설정과 유형분류」, 『한국시가연구』 제6집, 한국시가학회, 2000, 87쪽.

유리왕 3년 왕비 송씨가 죽자 치희와 화희라는 두 여인을 맞이하였
다. 그러나 두 여인은 유리왕의 총애를 얻기 위해 서로 다투다가 치희
가 패배하고 고향으로 돌아간 사실이다. 이 화희와 치희의 다툼을 부
족들의 싸움으로 해석하는 쪽의 입장에서는 이 치희(雉姬)의 축출은
외방족(外邦族)에 대한 사족(土族)의 승리라고도 볼 수 있다.148) 조선
후기는 왕위 계승과 관련하여 경종과 영조의 왕위에 대한 지지여부를
놓고서 벌어진 신임옥사와 영조 4년에 남인과 소론의 일부 과격파(過
激派)가 일으킨 반란으로 말미암아 남인(南人)은 노론 세력에 의해 중
앙 정계에서 일소되는 결과를 가져왔다.149) 이런 시대상황에 대한 반
성과 자각으로 실증적인 학문과 사상이 대두되었는데 그 중심에는 퇴
계(退溪)-한강(寒岡)-미수(眉叟)-성호(星湖)로 이어지는 기호남인(畿
湖南人)이 있다. 그들은 격렬한 당쟁(黨爭)을 겪으면서 성리학적인 현
실의 한계(限界)를 이른바 실학(實學)적인 측면에서 찾으려 하였고, 현
실비판적인 자세를 지녔다. 또한 새로운 사회질서와 문화의식을 배양
(培養)시키는 데 일조(一助)하였으며, 민족지향적인 모습을 보이기도
하였다. 이처럼 조선후기는 사회적으로 다양한 변화가 일어났던 시기
이다. 이 시기에는 민족의 주체성(主體性)을 고취하고자 하였는데, 그

147) 三年秋七月 作離宮於鶻川 冬十月 王妃松氏薨 王更娶二女以繼室. 一曰禾姬. 鶻
    川人之女也. 一曰雉姬. 漢人之女也. 二女爭寵不相和. 王於凉谷造東西二宮, 各置
    之. 後王田於箕山. 七日不返. 二女爭鬪. 禾姬罵雉姬曰. 汝漢家婢妾. 何無禮之甚
    乎. 雉姬慙恨亡歸. 王聞之. 策馬追之. 雉姬怒不還. 王嘗息樹下. 見黃鳥飛集. 乃
    感而歌曰. "翩翩黃鳥 雌雄相依 念我之獨 誰其與歸"(『삼국사기』, 고구려본기 제1
    「유리왕조」)
148) 김성기, 「〈황조가〉의 연모대상과 창작시점」, 『고시가연구』 제8권, 한국고시가
    문학회, 2001, 46~47쪽.
149) 구사회, 「〈황산별곡〉의 작자 의도와 문예적 검토」, 『한국언어문학』 제59집, 한
    국언어문학회, 2006, 167~167쪽.

방안의 하나로 우리나라의 역사, 풍속, 시가 등을 적극 수용하여서 주체성을 배양하고자 하였다. 그것을 통해 민중의 현실을 보여주는 수법을 사용하고 현실주의적 성취에 기여하였다. 시의 소재와 의경을 조선(朝鮮)적인 것에서 취하고, 시어(詩語)와 전고(典故)의 사용 등에 있어서도 중국적 전범(典範)을 벗어나 조선적인 표현을 추가하는 '조선시(朝鮮詩)'·'조선풍(朝鮮風)'의 창작이 강조되었다.150) 이렇게 하여 출현한 작품들에서 악부시가 논의되기도 하였다.

악부(樂府)는 개인적 처지나 감회(感懷)보다는 타인의 사회적 감정을 대변(代辯)한다고 할 수 있다. 악부(樂府)들을 살펴보면 소재나 주제 자체가 사회적인 문제들이 많지만, 그것을 수용하고 해석하는 주체인 시인 자신의 직설적인 목소리가 많이 나타나 있다. 현실을 있는 그대로 객관적으로 묘사하고 자신의 논평(論評)을 직접적으로 표출(表出)하는 경우가 대부분이다.151) 또한 악부를 통해서 역사의식을 찾을 수 있다. 가령 혁거세 탄생설화를 악부화하여서 가창하고 유통시키는 등을 통해 알 수 있듯이 고대사(古代史)에 대한 평가도 적극적으로 이루어지고 있음을 관찰할 수 있다. 단순히 고대인들의 애정관계로 치부(置簿)하고 있는 고대가요 〈황조가〉가 조선후기 악부시(樂府詩)로 다시 재현되었다는 사실에 우리는 집중할 필요가 있다. 그 이유는 고대시가에서 검토된 당대의 제도나 관습, 사회상, 세계관이 현실과 이원화(二元化)시킬 수 없다는 점이다. 오히려 이런 작업을 통해서 우리가 그 시대에 필요한 요소가 무엇인지를 정확히 짚어낼 수 있다. 잦은 왕권(王權)의 교체(交替)와 외세(外勢)의 침범(侵

---

150) 김명순, 『조선후기 한시의 민풍수용연구』, 보고사, 2005, 40쪽 참조.
151) 김미나, 「악부의 발화 양상 연구」, 『비교어문연구』 제19권, 비교어문학회, 2005, 48쪽.

犯)이라는 대외적으로 혼란한 상황 속에서 피폐(疲弊)해진 민심을 안정시키고 위정자(爲政者)들은 불완전한 시대상황에 대해서 적극적인 대안을 얻고자 동분서주(東奔西走)하였음은 자명한 일이다. 또한 혼란한 대내외적 상황 속에서 잃어가는 민족의 자긍심(自矜心)을 무엇보다 고취(高趣)할 필요를 느끼고, 문학이 지니고 있는 공동체(共同體)적인 기능을 이용하여 백성들을 교화(敎化)시킬 목적으로 〈황조가〉를 하나의 방안으로 제시하였다. 〈황조가〉는 단순히 사랑과 이별의 정한으로 바라볼 것이 아니라, 그 시대가 필요로 하고 있는 능동적이고 적극적인 새로운 인간형에 대하여 진취(進取)적인 모색(摸索)이라고 볼 수 있다.

2) 전승과 변용 양상의 의미

악부시는 조선후기에 들어와서는 약 40여 종 3천 여 수의 작품들이 창작되었다. 이들은 영사악부(詠史樂府)와 기속악부(紀俗樂府)로 나뉘면서 역사적인 중요한 인물이나 사적변화를 이야기하거나 우리의 민속이나 풍속을 그려내면서 조선후기 여러 분야의 변화과정을 상세히 알려주는 역할을 하고, 당대의 시사적 변화를 민첩(敏捷)하게 그려내고 있다.

〈황조가〉는 장르에 대한 의문과 창작 당시의 언어, 그 연모(戀慕)의 대상이나 갈래의 특성에 대한 의혹을 규명할 필요가 있는 것은 사실이다. 또한 조선후기에 이르러서는 고대가요 〈황조가〉를 성호(星湖) 이익(李瀷), 한남(漢南) 이복휴(李福休), 삼명(三溟) 강준흠(姜浚欽)과 같은 유학자들이 악부시로 표현하면서 현실을 재인식하는 계기가 된다. 그 과정에서 고대가요 〈황조가〉는 문학적 특질이 선명하게 드러나고, 유학자들이 작품을 바라보는 관점에서 새로운 변화를 보여주었으며 그들이 악부시를 통해 표현하려는 당대의 시대상이 분명하게 드러나고 있다. 이들 악부시 〈황조가〉는 문학적 보편성이나 독자성을 확인할 수 있는 계기일 뿐만 아니라 당대의 역사(歷史)적인 상황과 긴밀(緊密)하게 연결하여 풀이할 수 있다. 그리하여 조선후기의 시대적으로 민감한 사안들을 섬세한 관찰력으로 풀어나가고 있다.

① 성호 이익의 〈황조가〉

성호(星湖) 이익(李瀷·1681~1763)은 조선 후기 대표적인 실학자로서 자는 자신(子新)이다. 17세기 중후반에 허목(許穆)이 남인의 학맥(學脈)을 형성(形成)함에 있어서 지주적인 역할을 하고 있다면, 그 계보(系譜)는 이황(李滉)에서 이익으로 이어진다.

이익(李瀷)은 집안의 많은 장서를 통하여 경전과 정주학(程朱學)을 섭렵(涉獵)하고 이황(李滉)의 성리학적 입장과 유형원(柳馨遠)의 실학정신을 계승하였다. 불교와 선비의 무실(無實)한 학풍을 배격하고 수기치인(修己治人)의 학문을 강조하였으며 자득(自得)을 중시하였다. 또 역사를 인식하는 데 있어서도 종래의 주관적이며 의리(義理)·시비(是非) 위주의 인식태도에서 벗어나 객관적이며 실증(實證)적인 태도를 지녀야 한다고 믿었다. 그의 이러한 역사인식은 종래의 중국 중심의 화이관(華夷觀)에서 탈피한, 보다 합리적이고 실증적인 사관(史觀)의 근거가 되었다. 경제면에서는 중농(中農)사상에 입각한 한전론(限田論)과 사농합일(士農合一)을 주장하여 자급자족(自給自足)적인 농업사회의 이상(理想)을 성취하고자 하였다. 이 밖에도 그는 서학사상(西學思想)에 대하여 무조건적인 반대보다는 학자적인 입장에서 학문적인 관심을 통하여 연구하고 비판하였다.

築宮復築宮	궁궐 쌓고 또 쌓으니
鶻川雙嶒峋	골천의 두 대궐 우뚝하구나
一國有二妃	한 나라에 두 왕비가 있으니
寵均妬亦均	총애가 고르니 시샘 또한 고르다네
邦風重土産	나라풍속이 본토의 산물을 중시 여겨
冷視域外身	외지 출신을 냉대했다네
禾姬一怒雉姬走	화희 한 번 성냄에 치희가 도망가
一鞭徑渡淸浿濱	말타고 곧바로 패수를 건너갔네
悠悠去不返	아득히 가 돌아오지 않으니
王獨歸來影無隣	왕이 홀로 돌아옴에 따르는 그림자도 없네
枝頭忽聞睍睆鳴	나무 끝에 홀연히 맑고 고운 소리 들리니
雄飛從雌意自親	수컷이 날으매 암컷 함께 나르니 뜻이 절로 친숙하네
聲聲入耳感在心	소리마다 귀에 새겨 마음에 느낀 바가 있으니
鳥猶如此況於人	새들도 이와 같거늘 하물며 사람이랴
黃鳥兮黃鳥	꾀꼬리야 꾀꼬리야
有知應相嗔	알았으면 응당 서로 꾸짖어야 하거늘
夫昧立嫡嫌	지아비는 두 아내 두는 혐의에 어두웠고
妻失三從倫	아내는 삼종의 윤리 저버렸네
奈何箕聖墟	어찌하여 기자 성인의 옛 터에
遺敎都喪淪	남긴 가르침 모두 잃어 버렸는가
君不見鴨綠室中無媒從	그대는 못 보았는가? 압록강 집 가운데 중매 없이 따르던 것을
天荒未開猶荊榛	천지가 열리기 전에는 가시덤불과 같았다오

-이익 〈황조가〉

성호(星湖) 이익(李瀷·1681~1763)의 가문(家門)은 서울의 정동(貞洞)
을 기반으로 하던 남인(南人) 명가(名家)였다. 그의 부친 이하진(李夏
鎭)은 그가 출생하기 한 해 전에 서인(西人)이 남인(南人)을 축출(逐出)
하고 정권(政權)을 장악(掌握)하는 경신환국(庚申換局·1680)이 일어나
면서 유배(流配)되었다. 대사간(大司諫)을 역임(歷任)한 부친은 이익
(李瀷)을 낳은 이듬해(1682)에 배소(配所)에서 55살을 일기로 세상을
떠났는데, 이익에게 학문을 가르쳤던 둘째형 이잠(李潛)이 숙종(肅
宗)32년(1706) 장희빈의 아들인 세자를 옹호하며 집권당인 노론(老論)
을 강력히 비판하는 상소(上訴)를 올리면서 이익은 다시 당쟁에 휘말
린다. 이익은 집권 노론의 정치 보복으로 인하여 부친과 형을 잃었
으나 남인의 자리에서 세상을 바라보지는 않았다. 이익은 부친과 형
의 정견이 올바르다고 생각했다. 실제로 남인들의 정견(政見)은 노론
보다 객관적일 뿐만 아니라 시대정신에 부합했다. 그러나 이익은 남
인의 자리라는 현상을 뛰어넘어 부친과 형을 죽인 당쟁의 본질에 집
중했다. 당쟁의 본질에 천착(穿鑿)하다 보니 정치의 본질에 대해서는
오히려 소박한 생각을 갖게 되었다.

성호의 악부시 〈황조가〉에서는 남인(南人)과 서인(西人)으로 대변
되는 당시 상황 속에서 결국은 당쟁에 휘말리는 군주(君主)의 모습이
상벌(賞罰)을 정확히 구분하지 못하며, 덕을 잃은 무기력한 지아비의
형상으로 군주를 재현해내기도 하였다. 탕평책(蕩平策)으로 군주는
그들의 화합을 도모하려고 했지만, 묵은 원한(怨恨)을 쉽사리 완화(緩
和)시키기에는 역부족이었다. 이런 상황을 보면서 이익은 실질적인
경세에는 집중하지 않고, 자신들의 권력만을 쫓는 위정자들을 크게
치희(雉姬)와 화희(禾姬)로 규정하고 있다. 삼종지의(三從之義)를 어겼
다고 하는 것은 늘 자신의 자리를 지키기 위해 끊임없이 불신(不信)

과 반목(反目)만을 일삼으며 신하의 도리를 다하지 못하는 당시 정치 현실을 상징하는 것으로 판단할 수 있으며, 이러한 사실을 날카롭게 비판하고 있는 것이다.

또한 김영숙은 성호의 〈황조가〉를 한 인간의 실연(失戀)에서 나타난 슬픔과 고독의 정서로 받아들이는 것이 아니라 유교(儒敎)적인 사상과 인식에 입각(入閣)해 비판하기도 하였다. 집안을 다스림에 있어서 실책(失策)과 삼종지도를 어긴 치희에 대한 강한 질책과 왕실의 무도함과 풍속의 상실을 탄식하고 있다고 밝히고 있다.[152]

'백성들이 좋아하는 것을 하고, 싫어하는 것을 하지 않는 것'이 최고의 정치라는 것이다. 그러나 이런 소박한 생각이 실천되는 것은 불가능에 가까웠다. 정치는 백성들을 위해서가 아니라 정치인 자신들을 위해 존재하기 때문이다. 당쟁과 혼란(混亂)한 시대상황 속에서도 새로운 문물에 대한 관심은 대단하다고 여겨진다. 무엇보다도 그는 민의(民意)가 주도되는 정치를 원하지는 않았다. 도덕적 수양(修養)을 갖춘 지식인들이 정치주체가 되어야 한다는 유가(儒家)의 정치사상을 답습(踏襲)하였다. 이러한 정치사상은 유교의 인정, 덕치주의(德治主義)가 바탕이 되어야 된다고 강조하고 있다. 덕치를 하기 위해서는 군덕(君德)을 먼저 갖추어야 한다는 것이다.[153]

지금 사람들은 우리나라에서 태어났으면서도 우리나라의 일을 전혀 알지 못한다. 심지어 '동국통감(東國通鑑)'을 누가 읽겠느냐고 할 정도이다. 우리나라는 독자적인 나라로 그 규모(規模)와 제도(制度)가 중국과 다르다. 이것이 더욱 우리의 역사를 세워 밝혀야 하는 이유이다.[154]

---

152) 김영숙, 『한국영사악부 연구』, 경산대학교출판부, 1998, 89쪽.
153) 이성무, 『조선의 사회와 사상』, 일조각, 1999, 117쪽.

이익(李瀷)의 서학(西學)에 대한 관심과 서양 자연 과학에 대한 긍정적인 수용은 그의 역사의식에도 큰 영향을 끼쳤다. 서양 문물을 접함으로써 인식의 폭을 넓혀 중국 중심의 낡은 세계관에서 벗어나 합리적이고 실증적인 안목을 갖추게 된 것이다. 그는 종래(從來)의 주관적(主觀的)이고 의리(義理)와 시비(是非)를 가리는 것을 위주로 하던 역사 인식의 태도를 버리고 객관적(客觀的)이고 비판적(批判的)이며 실증(實證)적인 태도로 전환해야 한다고 강조하는 한편 우리 역사를 제대로 알아야 한다고 주장하였다.

악부시 〈황조가〉에서 성호(星湖)가 취하고 있는 서술법은 양자(兩者)가 분리되어 있다. 화자와 시적대상이 동일하지 않은 것이다. 성호(星湖)는 시적대상의 내면이나 심리를 곡진(曲盡)히 드러내고 있다. 그러면서 유리왕의 외면적 행위의 묘사를 통해 그 내면은 더 세밀하게 드러내거나 인물의 내면을 전지(全知)적인 입장에서 드러내고 있다. 그러나 그것은 단지 유리왕의 나약하고 패륜(悖倫)적인 면을 드러내고자 하는 것이 아니라 그가 믿고 사랑했던 영남(嶺南)지방의 풍속(風俗)마저도 퇴폐(頹廢)해진데 대하여 실망하는 마음을 드러내고자 했음을 짐작할 수 있다. 또한 그는 조선시대 유학자들이 중국 역사만 가르치고, 과거시험에서 중국사만을 시험과목으로 정하는 것은 잘못이라고 인식하게 되었다. 오히려 자기 나라 역사인 한국사를 연구하고 과거시험의 과목에도 넣어야 한다고 주장하였다.[155] 이것은 우리나라에 대한 올바른 이해를 바탕으로 자긍심을 가져야 하는 당위성을 말해주며, 학문적(學問的)·혈연적(血緣的)·지연적(地緣的)·정

---

154) 이익, 『성호선생전집』 권20, 한국문집총간, 1997.
155) 이익, 『성호선생전집』 권26, 한국문집총간, 1997.

치적(政治的)으로 복잡하게 얽혀서 자유로운 사고를 방해하고 있는 시대상황에 대해서도 경종(警鐘)을 울리는 것이라고 말 할 수 있다. 거기에는 낡고 고정적인 사고에서 벗어나서 진취적이고 실증적인 생활태도를 갖춘 군주(君主)의 도래(到來)를 염원(念願)하고 있을 뿐만 아니라 오직 자신들의 편을 가르기에 혈안(血眼)이 되어 있는 위정자(爲政者)들에게 하루빨리 낡은 생활태도를 버리고 왕권강화의 기틀을 마련할 수 있는 적극적인 생활태도를 취하기를 이야기하고 있다.

② 한남 이복휴의 악부시 〈황조가〉

한남(漢南) 이복휴(李福休, 1729~1800년)는 학계에서 널리 알려진 인물은 아니다. 뚜렷한 당파적 성격도 보이지 않고 교유(交遊)인물 또한 추측하기 어렵다. 담촌(澹村)이라는 호를 쓰기도 하는 이복휴(李福休)는 1729년 이속(李涑)의 아들로 태어났다. 1762년 34세의 나이로 문과에 급제하여 1773년 황해도(黃海道) 금천(金天)군수로 부임하고 1793년엔 예조정랑(禮曹正郎)으로 근무하면서 서원(書院)의 여러 가지 문제점을 지적하기도 하였다. 노년(老年)에는 선향(先鄕)인 수원 읍성(水原新邑)조성을 위한 예를 올리기도 했다. 또한 70세가 넘어서 통정대부의 수직을 받았다. 이복휴는『해동악부(海東樂府)』의 창작자로, 남다른 역사의식을 지니고 있다.[156] 그는 지방의 풍습과 백성의 현실을 상세히 기술함으로써 현실정치(現實政治)와 풍속교화(風俗敎化)에 기여하는 시를 쓰고자 하였고, 그래서 선택한 것이 악부시이다. 문학과 민중적 삶의 연관성을 재인식함으로써 본격적인 악부시

---

156) 김형섭, 「한남 이복휴의 화이론」, 『한문학보』 제14권, 우리한문학회, 2006, 348쪽.

의 창작이 가능했던 것이다.[157] 그의 역사의식 밑바탕에는 민(民)의 삶과 정치에 대한 현실인식이 강하게 존재하는데, 강령의 현감(縣監)으로 지내면서 민생고를 직접 체험함으로 인하여 중앙정치의 현실을 직시할 수 있었다. 이복휴(李福休)는 우리나라 역사 속에서 인물을 선택하여 역사적 전통성을 확립하는데 가장 큰 의미를 두었고, 국가경영에 일조할 수 있는 인간형을 찾고자 하였다. 조선 후기에 일어나는 많은 사회·정치·경제의 변화 속에서 대부분의 사람들이 가치관의 차이나 역사적 사실에 대한 본질적인 이해부족으로 '인물'이나 '사건'을 정확하게 짚어내지 못하고 있었기 때문이다.

이복휴(李福休)의 『해동악부』[158]에서는 주로 '사화(史話)-작품(作品)-사평(司評)'의 구성을 하고 있는 특성을 지니고 있다. 사화를 수용하여 작품을 창작하고 그 뒤에 사평을 붙여 자신의 역사적 견해를 뚜렷하게 나타내고 있다.[159] 이복휴(李福休)의 『해동악부』는 현존(現存)하는 영사악부(詠史樂府)류 중 가장 장편이며 내용의 편차도 매우 크다. 상류층부터 하층민에 이르기까지 대단히 기이(奇異)한 사건이나 현실적인 일까지 그 기준을 정하기 어렵다. 이복휴의 〈황조가〉에서는 중간부분에서 시에 대한 자신의 평을 선명하게 보여주고 있어서 시적대상의 선악 구별이 확연하게 드러난다. 특히 후반부에서 우

---

157) 박혜숙, 「이학규의 악부시와 김해」, 『한국시가연구』 제6집, 한국시가학회, 2000, 168쪽.

158) 이복휴의 『해동악부』는 「환웅가(桓雄訶)」부터 「용산노(龍山奴)」까지 260편인데 1787년 봄에 창작되었다. 김영숙의 「조선시대 영사악부연구」(영남대학교 대학원 박사논문, 1987)에서 작품명과 작품의 내용을 소개했고, 『해동악부집성』(여강출판사, 1990) 등에서 소개했다.

159) 김영숙, 「이복휴의 역사의식과 해동악부의 양상」, 『동방한문학』 제14집, 동방한문학회, 2001, 182쪽.

리나라 사람들이 단지 사기(史記), 한서(漢書), 당서(唐書)만 읽고 우리나라 역사에 대해서는 무관심한 현실에 대하여 자탄하고 있다. 이복휴의 『해동악부』는 중국의 역사는 다양한 식견을 가지고 있으면서도 우리나라의 역사는 등한시하고 밝지 못한 이들에게는 경종을 울리는 성과를 보여주고 있다. 대부분이 그러하듯이 조선 후기 문인들은 우리나라의 역사에 대한 인식보다 중국의 역사에 대하여 해박(該博)함을 늘 지적받았다. 그는 '올바르고 곧은 글쓰기 자세'를 염두에 두고 자신의 경험세계를 후대에까지 알리고자 노력하였다.

恰恰春林樹	봄 수풀 나뭇가지에서 우는 소리
有鳥鳴黃鸝	꾀꼬리 우는 소리라네
何事春風不容得	무슨 일로 봄바람을 이기지 못해
夜來飛去打別枝	밤이 오니 날아가서 다른 가지 흔드는가
凉谷瑤宮鎭二花	양곡의 궁궐안에 두 왕비 숨겨두고
萬機如夢春遲遲	정사가 꿈같으니 봄날이 더디게 가네
臨春結綺相對起	봄을 맞은 비단 궁궐 서로 우뚝 마주하니
粉脂流紅張御池	연지분 붉게 흘러 궁의 연못 넘치게 하네
蝶非鬪花花自鬪	나비는 다투지 않고 꽃끼리 서로 다투니
狼籍香風不禁吹	향기로운 바람 어지럽게 그치지를 않는구나
箕山獵騎夜不歸	기산에 사냥가서 밤마다 돌아오지 않으니
只恨人無祈招詩	다만 한스러운 것은 부르기를 비는 시 지을 사람이 없는것이네
街頭揚柳擺亂飛	길가의 버드나무 어지러이 나부끼네

韓俞有二侍女 曰絳桃 曰柳枝 俞奉使入王庭湊軍 解牛元瀷之圍其間二更歲矣 柳枝已去 韓歸家作詩云 別來楊柳街頭樹 擺亂春風不禁飛 惟有小桃園裏在 留花不結待郎歸

한퇴지에게는 두명의 첩이 있었는데, 한 여자는 강도요, 또 한 여자는 유지였다. 한유가 왕명을 받들고 왕정주의 군에 사신을 가서 우원익의 포위를 풀었는데, 그 사이에 두 해가 바뀌었다. 유지가 이미 가버리자, 한유가 돌아오는 도중에 시를 지어 이르기를, '이별한 후에 버드나무 길가의 나무여서, 봄바람에 어지러이 흩날려 날고 있네, 오직 동산 속에 작은 복숭아나무가 있어, 꽃에만 머물러 열매 맺지 못한 채 낭군이 돌아오기를 기다리네.

隔江招招恨在誰	강 건너 부르는 소리 누구의 한이런가
歸對鶻川月	돌아와 골천의 달을 대하니
下簾低羞眉	내리는 발에 부끄러운 눈썹이로구나
相彼鳥兮不失儷	저 새는 짝을 잃지 않았는데
念我之獨誰與誰	나의 홀로 됨을 생각하니 누구와 더불어 따를꼬
旣是雌棄雄	이미 암컷이 수컷을 내쳤거늘
何爲雄戀雌	어찌하여 수컷은 암컷을 그리는고
但恨不能知所止	다만 한스러운 것은 그칠 줄을 모르며
東飛西飛苦低垂	동서로 다니면서 쓸쓸이 드리우네

-이복휴 〈황조가〉

이복휴(李福休)는 은유(隱喩)적이고 함축(含蓄)적인 시어사용을 강조하기보다는 사실적인 내용전달에 비중을 두려는 창작태도를 지니고 있다. 이복휴(李福休)가 악부시를 창작하는 태도는 한국의 영사악부(詠史樂府)에 있어서 그 내용전개나 형식에 정형성을 띠고 있다고 말할 수 있다. 한남(漢南)은 무엇보다 우리의 역사를 존중하는 입장을 강하게 드러내었다. 올바른 역사적 이해를 바탕으로 도덕적(道德的)·실제적(實際的) 감정을 끌어내어 반성(反省)적인 태도를 보이는 것을 목적으로 하고 있다.

또한 이복휴(李福休)의 작품에서 폄자(貶刺)된 것으로는 실정(失政), 음란(淫亂), 무도(無道), 가렴주구(苛斂誅求), 학정(虐政), 숭불(崇佛), 권신(權臣) 등을 들 수 있다.160) 이복휴의 〈황조가〉는 전형적인 유교 사상에 비중을 두고 유리왕(瑠璃王)의 음란한 면을 부각시키고 있다. 유리왕은 이주한 지역의 통치자가 될 만한 덕을 갖추지 못한 인물이다. 유리왕대의 역사를 서술하면서 문왕(文王)을 생각한 것을 보면 서술 주체는 이 점을 특별히 부각시키고 싶었을 것이다. 유리왕뿐만 아니라 새로 맞아들인 두 여인 또한 부덕이 부족한 인물이다.『삼국사기』의 잠재적 독자들은 기본적으로 국학에서 유가의 경전을 배웠을 것이며, 문왕(文王)의 사적을 훤히 꿰뚫고 있다고 보아야 한다.161) 또한 유리왕대의 역사서술을 읽고 〈황조가〉를 읽을 때에는 문왕(文王)의 역사와「관저(官邸)」를 떠올리면서 읽을 것이다. 텍스트를 비교하면서 읽을 때 유리왕은 덕이 부족할 뿐만 아니라 덕을 쌓으려는 적극적인 모색도 보이지 않는다. 최고 통치자(統治者)로서의 자질(資質)보다는 인간의 본성(本性)을 강조하고 있는 부분에서 살피면 유리왕은 유교사상에 위배(違背)된다고 말 할 수 있다. 그러나 유리왕을 단순히 극악한 존재로만 설명하지 않는다. 그것은 그가 현실속에서 '지양(止揚)'하고자 하는 바와 '지향(指向)'해야 하는 바를 은유적으로 드러내고 있기 때문이다.

이 작품에서 이복휴는 관저작소(關雎鵲巢), 관어지재(貫魚之災), 풍건지계(風愆之戒), 상중지행(桑中之行), 이욱의 고사를 포함한 다섯가지의 고사를 인용하면서 군왕이 경계(警戒)해야 할 덕목에 대하여

---

160) 김영숙, 앞의 책, 247쪽.

161) 임주탁·주문경, 「〈황조가〉의 새로운 해석」,『관악어문연구』제29집, 서울대 국어국문학과, 2004, 447쪽.

입장을 밝히면서 강조하고 있다. 이복휴의 악부시에서 주의 깊게 읽어야 할 부분은 인물의 일대기(一代記)가 아닌 중요한 사실을 부분적으로 수용하여 쓴 것이므로 실제 작품에서는 포양(襃揚)위주 또는 폄(貶)의 기준에서 역사관과 역사의식이 뚜렷하지 못하면 쉽게 접근할 수 없는 일이다.[162] 그러나 대상의 처지와 처한 상황을 집중적으로 재현하여, 그 어려움을 극복하는 방안을 제시한다. 악부시 〈황조가〉에서도 유리왕의 부정적인 측면을 강조하고 있으나 인간이 지니고 있는 당대 핵심적 논란을 피하면서도 자신만의 주관을 가지고 의론(議論)을 전개하며 새로운 학문체계와 문학적 성과를 일구었다고 판단되는 것이다.[163] 역사 속 인물과 사건을 통해 얻은 도덕적 감흥(感興)과 성취(成就)를 악부라는 형식을 빌려서 전파하고자 하였다. 단순히 개인의 서정에만 치우치지 않고 도덕적 감명을 제시하려는 노력을 경주한 것이다.[164] 이복휴는 조선후기라는 사적으로 민감한 시기를 맞이하여 위선적(僞善的)이고 관념적(觀念的)인 군주를 고발하면서 새로운 인간형을 찾고자 노력하고 있다. 그는 미약하지만 자신만의 관점으로 현실적이고 구체적인 방안을 제시하려고 노력하고 있으며 명분만을 일삼는 사대부들에게 날카로운 비판을 가하고 있다.

③ 삼명 강준흠의 악부시 〈황조가〉

黃鳥捿兮 羽相磨   꾀꼬리가 깃듬이여 날개 서로 비비는구나

---

162) 김영숙, 앞의 책, 235쪽.
163) 김형섭, 「이복휴 역사산문에 형상화된 인물」, 『한국어문학연구』 제47집, 한국어문학연구학회, 2006, 8쪽.
164) 김형섭, 위의 논문, 32쪽.

黃鳥啼兮 聲相和	황조가 지저귐이여 소리가 서로 화합되네
風漂搖兮 失舊柯	바람 불어 흔들림이여 옛 가지 잃었구나
各東西兮 將奈何	동서로 흩날아다님이여 장차 어이 할꼬
藏金堂兮 上椒閣	궁전에 갈림이여 후비 궁전에 올라가는구나
施羽帳兮 鋪錦席	날개를 펴서 휘장을 삼음이여 비단자리 깔았네
胡不留兮 使余戚	어찌하여 머물지 못함인가 나를 슬프게 하는구나
珥明珠兮 珮華玉	밝은 구슬 귀에 걸음이여 화옥을 옆에 찼네
載淸酤兮 炙肥肉	맑은 술 있음이여 두터운 고기 구워왔구나
胡不歸兮 使余毒	어찌 돌아가지 않음이여 나를 근심하게 하네
舟于川兮 馬于路	개천에 배를 띄움이여 길에는 말을 달려왔구나
欲往從兮 不余顧	쫓아가고 싶으나 나를 돌아보지 않네
朝余愁兮 暮余思	아침의 나의 수심이여 저녁에도 쓸쓸하구나
苦莫苦兮 將告誰	심히 괴로움이여 장차 누구에게 말할까

-강준흠 〈황조가〉

삼명(三溟) 강준흠(姜浚欽, 1768~1833)은 조선 후기의 문신으로 시문에 대단한 조예를 가지고 있었다. 본관은 진주(晉州)이며 자가 백원(百源)이고, 호는 삼명(三溟)이다. 그는 남인(南人)중에서 실권을 가지고 있던 공서파(攻西派)에 속하며, 정조연간에서 19세기 전반까지 활발한 정치활동을 보였던 인물로, 여러 작품을 남겼으나 최근까지 활발한 연구가 진행되지 못하였다. 강준흠은 표면적으로는 당색(黨色)을 드러내고 있지는 않지만 그의 가문이 속한 입지와 당색은 분명히 그의 작품 속에서 녹아나고 있음을 인지할 수 있다. 이것은 그의 작품 활동에 대단한 영향(影響)을 끼치고 있으며, 언제든지 권위(權威)를 도전받을 수 있는 자신들의 위치를 다지는 하나의 방법이라고 볼 수 있다. 그는 1794년에 정시문과에 병과로 급제하였고, 1805년 정순왕후(貞純王后)가 죽자 고부사(告訃使)의 서장관으로 청(淸)나라에 다녀왔으며, 1807년에는 교리가 되었다. 1813년 수안군수(遂安郡守)가 되어 세미운반(稅米運搬) 등의 불편을 없애기 위하여 신화폐의 주조를 건의하였으나 채택되지 못하였다. 부사직을 거쳐 사간·승지를 역임하였으며, 서예에도 능하여 금석문(金石文)을 많이 남겼다. 그는 일찍이 시문에 조예가 깊어서 그와 정치적 동지였던 목만중(睦萬中)도 그의 시와 문이 모두 최고의 경지에 올랐다고 칭찬하며 자신의 묘문을 부탁하였다. 강준흠이 적극적인 공서파가 된 시점에 대해 논란의 여지가 있으나, 어느 시기가 지난 이후에 공서파의 대표적인 인물로 지목된 것이 분명하며, 이 일은 평생 그의 정치적 입지에 중대한 영향을 끼쳤다.[165]

18세기 전반기의 여러 서얼들이 여러 벌열들의 비서역할을 하였고, 벌열(閥閱)의 후원(後援)속에 자신들의 시풍을 확산시켰다면, 18세기 후반의 서얼(庶孽)출신 시인들은 바로 임금의 비서였으며, 이러한 지위를 바탕으로 자신의 시세계를 구축해 나갔다.[166] 이들이 늘 접할 수 있는 왕실 서고의 풍부한 서적(書籍)들은 이들에게 선진(先進)적인 학문과 문화(文化) 및 문물(文物)제도에 대한 압도(壓倒)적인 정보의 우위를 가져다주었으며, 여러 분야에 대한 해박한 지식과 아울러 사물과 사회를 보는 참신한 시각을 바탕으로 중국 역대 시인들의 장점을 취사선택하여 자신만의 시세계를 개척하는 데 큰 도움이 되었던 것이다.[167] 강준흠은 의고시(擬古詩)를 짓기 보다는 우리 풍

---

165) 이현일, 『삼명시화』로 본 18세기 한시사 고찰」, 『민족문학사연구』 제27호, 민족문학사연구소, 2005, 75쪽.

166) 이현일, 위의 논문, 74쪽.

167) 안대회, 『18세기 한국 한시사 연구』, 소명출판사 1999, 53쪽.

속을 읊고 현실을 직접적으로 기자하는 데 중점을 두어, 17세기 의고풍과는 변별점을 보이고 있다. 의고악부도 얼마든지 현실의 풍자적 의미를 담을 수 있다. 그러나 그 전의 어떤 시화에도 『시경(詩經)』의 정신에 근본을 두고 눈앞의 우리 민풍을 읊고 때로는 현실을 직접적으로 비판하는 작품을 중시한 경향은 없다.[168] 가장 중요한 것은 대상이 되는 풍속을 세밀히 관찰하고 정리할 수 있는 능력을 배양해야 한다는 사실이다. 강박(姜樸), 강필신(姜必愼) ― 목만중(睦萬中) ― 강준흠(姜浚欽)으로 이어지는 계보는 무엇보다 민풍(民風)에 대한 관심을 근본에 두고 있는 남인시맥(南人詩脈)의 중요한 흐름이라고 할 수 있다. 강준흠은 시적대상을 바라보는 안목이 유연한 편이며 인간본성에 호소하고 있다. 기존의 소재를 선험(先驗)적인 이념이나 난해(難解)한 전고(典故)를 배제하면서 평이(平易)하고 자연스러운 시상으로 표현해 낸 점에 주목하고 있으며, 그 기저에는 사회의 안정, 생활의 여유, 정치적 득세, 문화적 자신감이 자리 잡고 있음을 짐작할 수 있다.[169]

강준흠의 〈황조가〉에도 두 계비사이에서 갈등을 하는 우유부단한 군주의 모습을 사실적으로 그리고 있다. 군주가 갖추어야 할 위엄이나 권위는 배제한 채 오직 애정의 문제에만 전전긍긍하는 인간의 본성을 심도(深度) 깊게 보여준다. 군주는 자신이 나아갈 적극적인 방향을 모색하지 못하는 나약한 모습으로 그려지고 있으며, 그러한 상황을 뒷받침하지 못하는 현실에 대하여 울분을 토하고 있다. 다만 그 배경을 화려하게 묘사하고, 갈등의 초점을 남녀의 애정문제로 분

---

168) 이현일, 앞의 논문, 71쪽.
169) 안대회, 앞의 책, 135~168쪽.

석하고 있다.[170] 이것은 정계(政界)에서 언젠가 축출(逐出)될지도 모른다는 남인들의 불안을 우회적(迂廻的)으로 보여주는 장치인 것이며 남인의 입장에서는 군주에게 자신의 생각을 전달하기 위한 우회적인 조롱(操弄)과 경고(警告)를 담고 있다.

우리 시가문학에 있어서 악부시만큼 지속적으로 향유되기는 어렵다. 우리 악부시는 다양한 층위(層位)들을 가지는데 민간가요(民間歌謠)로부터 전이(轉移)되기도 하고 민요풍(民謠風)이나 우리의 정서(情緖)에서 느껴지는 민중의 풍속이나 사회경제적인 생활상을 세밀히 보여주고 때로는 중국 악부시제를 의방(依倣)하기도 한다. 박혜숙은 '한국 악부시는 그 미적 전유(傳諭)방식에 있어 현실주의적 특성과 낭만주의적 특성을 구유(具有)하고 있다. 전자는 역사와 사회, 백성의 생활상에 대한 합리적(合理的)·현실적(現實的) 인식태도를 그 주된 내용으로 삼고 있으며, 후자는 중세적(中世的)예교(禮敎)의 속박(束縛)을 벗어나 인간의 자연적 감정을 긍정하는 것이 주된 내용이다.'라고 하였다.

악부시 〈황조가〉에 남겨진 악부시의 전승(傳承)이나 유통(流通)을 살펴보면, 그것은 남인의 후손들이나 그들을 흠모하고 따랐던 남인 집단들과 깊은 관련을 맺고 있다. 숙종이 남인의 권력이 비대해진 것을 우려하여 1680년 경신환국(庚申換局)으로 서인을 등용하면서 남인은 정계에서 멀어지는 듯 보였으나, 1689년 장희빈의 세력을 등에 업고 다시 정국을 장악하였다. 이후 1694년 장희빈이 몰락의 길을 걷자 그를 지지하던 남인세력 역시 서인에 의해 조정에서 축출되었

---

170) 김영수, 「〈황조가〉 연구재고」, 『한국시가연구』 제6집, 한국시가학회, 2000, 37쪽.

다. 그 뒤로 영조(英祖)·정조(正祖)대의 탕평책 아래에서 오광운(吳光運)·채제공(蔡濟恭) 등의 중심인물이 있었으나, 서인·노론이 주도하는 정치세력의 판도를 뒤집지는 못하였고 정조가 승하(昇遐)하면서 중앙 정계에서 완전히 축출되었다.

　정계에서 축출된 남인들은 17세기 이후 고향에서 학문과 교육에 전념하면서 유형원(柳馨遠)·이익(李瀷)·정약용(丁若鏞) 등과 같은 실학자들을 배출하였다. 이들은 현실비판의식을 가지고 조선 후기 새로운 사회질서와 문화의식을 고취시키는데 큰 공을 세웠으며, 당시로서는 매우 광범위한 개혁론을 주장하였다. 본고에서 논의한 〈황조가〉는 악부시 작가 성호(星湖)·한남(漢南)·삼명(三溟) 이들이 혈연·학연·지연·정치적으로 판단할 때 남인(南人)의 집단(集團)과는 별개(別個)로 볼 수 없다. 게다가 고대시가로만 치부되었던 〈황조가〉에 대하여 악부시로 다시 가창을 한 것은 깊은 의미를 지니고 있다. 조선 후기 사회는 국초(國初)부터 이어온 왕조의 기본 틀을 유지하면서 혼란한 정치 환경과 사회적 배경 속에서 기존의 통념(通念)이나 사상들을 새롭게 재정립하고자 노력하는 시기였다. 그러나 집권층은 안정적인 사회분위기를 이루지 못했고 권력의 소용돌이 속에서 늘 가슴을 쓸어 내려야했다. 또한 보이지 않는 다른 세력에 대한 견제(牽制)를 늦출 수 없는 삶을 살았다.

　악부시 〈황조가〉는 작가들의 세계관이나 미적 태도를 악부라는 문예양식을 통해서 보여주는데, 기존의 관념적이고 나태한 군주상이나 관료상(官僚狀)을 서술하는 것에서 벗어나 새로운 시대상과 인간형을 보여주려고 시도하였다. 단순히 그들에게 익숙한 설화만을 바탕으로 하는 것이 아니라 그것을 자신의 관점에서 작품을 재해석하고 인식하려는 문예 의식을 함께 지니고 있었다. 작품을 악부화하면서 누구나 똑같을 수는 없고, 작자의 생각과 관점에 편차(偏差)가 있기 마련이다. 그러나 악부시 〈황조가〉는 정치적으로 조선후기 권력을 장악했던 서인세력을 견제하고 자신의 정치적 뜻을 펼치지 못한 불운(不運)의 남인 세력과 역사적 맥을 함께 한다는 점을 부인할 수 없다.

이미 남인들은 17세기 후반에 이르러 복례(復禮)를 화두(話頭)로 하여 논의된 여러 차례의 예송들, 경신환국(庚申換局)(1680)과 갑술환국(甲戌換局)(1694) 등과 같은 권력 투쟁을 겪었다. 그들이 세상을 향해 토하는 울분과 소외감이 악부를 통해서 효과적으로 전달하는 방식을 취하고 있다. 악부는 하층민으로 시작해서 상층민까지 공감하는 유연한 양식이며, 가장 민중적이고 감정의 전달효과와 폭이 크다고 할 수 있다.

악부시 〈황조가〉를 통해 성호(星湖) 이익(李瀷)은 당쟁(黨爭)으로 인한 소용돌이 속에서 상벌(賞罰)을 정확히 구분하지 못하고 오직 신하의 눈치만을 살피면서 갈팡질팡하는 나약한 군주의 모습을 부각시키고 있으며, 한남 이복휴는 선악의 구분을 분명히 하지만, 인간의 본성에 비중을 두고 있는 군주의 모습 속에서 유가(儒家)적 관점을 확대시키고, 삼명 강준흠은 진취적이지 못하고 폐쇄(閉鎖)적인 군주의 모습을 보이면서 남녀의 애정에 초점을 맞추어 서술하고 있다. 정계에서 축출되고 비주류(非主流)로 살아가는 남인 세력이었던 그들은 급진(急進)적인 개혁(改革)의 모습을 보이기보다는 우회(憂懷)적인 방법으로 가장 조선풍(朝鮮風)에 가까운 소재를 차용(借用)하여 작품을 전개하고 있다. 그렇지만 그 내면에는 17세기 후반부터 19세기 중기에 이르기까지 극히 소수를 제외하고 중앙정계에서 축출된 남인들의 소외감과 외로움을 드러내려는 장치로, 자신들의 정체성을 회복하고 그들이 지니고 있던 이념적(理念的) 정통성을 환기(喚起)시키려는 의지를 보이는 것으로 예상된다.

따라서 우리는 그들이 전체적으로 설화에 충실하게 악부화하였다고 볼 수 있지만, 이복휴처럼 부분적으로 고사(故事)를 인용하고 자신의 평가(評價)를 삽입(挿入)하여 그가 지향하는 새로운 인간형을 내보이기도 하였다. 이복휴는 조선후기의 정치 경제의 여러 변화(變化) 속에서 사람들이 갖는 가치관의 차이나 역사의 본질에 대한 이해의 결여 등으로 '인물'에 대한 이해가 부족함에도 불구하고 자신만의 역사성을 가지고 있음을 판단할 수 있다.171) 그는 일찍이 혼란한 시대에 적합한 새로운 군주형과 관료형에 대하여 관심을 갖고 그 유형을 모색을 했음을 알 수 있다.

강준흠(姜浚欽)은 시적대상에 대한 유연(柔軟)한 태도를 취하지만, 남인의 손을 들어주지 않는 임금에 대해서 강한 불만을 가하면서, 임금이 언젠가는 설자리를 잃을 수 있다는 경고를 강하게 전달하고 있다.

조선후기의 문학사는 실학(實學)사상의 발전에 직·간접적으로 영향을 맺으면서 조선조의 중세적(中世的) 질서와 이념의 소용돌이 속에서 여러 사회상을 경험하고, 다각도로 새로운 모색을 보인 것을 알 수 있다. 그들은 악부라는 문예양식을 통해서 전통적인 문학관과 현실주의적 문학의 접근, 민족의 개별성에 대한 모색, 인정세태에 대한 집중적인 관심 등을 보이고 있다.

인간이 가지고 있는 숙명과 현실과 이상 사이에서의 괴로움, 한계 등으로 인해 비상(飛上)할 수 없는 좌절을 안고 현세를 살아가는 작

---

171) 김형섭, 앞의 논문, 17~18쪽.

가에게 자유와 탈속을 향한 일종의 탈출(脫出)구 역할을 하고 있음은
분명하다. 다시 말하면 중세적 현실의 좌절과 갈등에서 빠져 나오려
는 토로이다.172) 이것을 악부라는 방식을 통해서 발견하려 했던 것
이다. 본장에서 다룬 성호 이익·한남 이복휴·삼명 강준흠은 새로운
시대현실에 대한 올바른 안목을 지니고 있는 인물로 꼽을 수 있으며,
그들은 〈황조가〉를 단순히 남녀의 애정문제로만 치부하는 것이 아
니라 유리왕이라는 군주를 내세워 급변(急變)하는 사회현실 속에서
능동적으로 대처하지 못하는 나약한 군주형에 대하여 신랄한 비판을
하고 있다. 또한 그들은 군주에게 자신들의 입장을 표명함과 동시에
민(民)에 대한 애착을 잊지 않았다. 그들은 시대현실에 대하여 깊은
통찰을 가지고 있었다. 당쟁 등의 복잡한 현실 속 모순과 그 관계의
개선(改善)을 위하여 적절한 비유를 통해서 말하고자 하였으나 적극
적인 방안제시가 부족하다는 한계가 지적될 수밖에 없다. 그들은 현
실의 모순을 정확히 볼 수는 있었으나, 그 해결의 실마리를 유교적
테두리에서 구함으로써 당대의 사회체제를 완전히 부정하지는 못했
다.173) 소위 실학적인 사고를 지니고 있어도 그 한계를 벗어나기에
는 역부족이었다.

주지하다시피 악부는 중국의 경우 당대 이후의 악부를 장르의 양
식의 개념이 아니라 특정한 시풍(詩風)으로 보았다. 우리나라의 경우
에는 독립된 장르로 규정하는 것이 아니라 일종의 시풍으로 간주해
야 한다고 하였다.174) 그동안 고대시가로만 규정(規定)하면서 장르

---

172) 정민, 『초월의 상상』, 휴머니스트, 2002, 165쪽.
173) 한창협, 「조선 후기 한시에 나타난 사실성에 대한 고찰」, 『국어문학』 제44권,
    국어문학회, 2008, 321쪽.
174) 김미나, 앞의 논문, 37쪽.

에 대한 의문과 창작이 되던 시기의 언어, 그 연모(戀慕)의 대상이나 갈래의 성격에 대한 끊임없는 의혹(疑惑)이 제기 되고 있던 〈황조가〉를 조선후기 실학자인 성호 이익·한남 이복휴·삼명 강준흠과 같은 유학자들이 악부시로 재현하게 된다. 그 과정에서 고대가요 〈황조가〉는 같은 작품을 가지고 바라보는 관점에 따라 군주에 대한 비판과 백성에 대한 애정을 찾을 수 있었다. 다만 그들이 악부시로 재현해나가는 과정에서 주목할 만한 사실은 그들이 미수 허목(許穆)을 중심으로 계보를 잇는 남인계열로, 악부시를 통해 당대의 상황을 세밀하게 재현하려고 노력하고 있으며, 조선후기의 민감한 변화를 집약적(集約的)으로 설명하기도 한다.

서인(西人)의 세력에 의하여 정계에서 축출되고 은거(隱居)하며 살아가는 남인들에게 현실은 그리 녹녹치 않았고 그것에 대한 해방구를 문학에서 찾고자 하였다. 여러 차례의 예송(禮訟)논쟁과 환국(換局)을 겪은 남인들은 일시적으로 조정에 등용되는 기회를 얻기도 하지만, 정조의 서거로 인한 축출과 몰락(沒落)이라는 비운(悲運)을 맞이한다. 그들은 분열(分裂)과 부침(浮沈)을 반복하면서 그 내면에는 다시 중앙정계로 진출하여 자신들의 적통(嫡統)성과 정치의지를 보이고자하는 결속을 도모하기도 하였다. 그 하나의 대안으로 악부라는 문예양식을 선택하였다. 잦은 왕권 교체와 외척의 세도(勢道)정치, 빈번한 외세의 침범이라는 대외적으로 혼란한 상황 속에서 피폐해진 민심을 안정시킬 방안을 강구하였고, 정치가들은 그러한 시대상황을 극복해나가는 방안을 얻고자 하였다. 이런 맥락에서 정치·사회적인 혼란(混亂) 속에서 무엇보다 잃어가는 민족의 자긍심을 고취할 필요를 실감하고, 백성들을 교화시키기 위하여 악부시를 선택했다. 악부시는 우리민족의 다양한 감정을 유연하게 표현하고 형식에 크게 얽매이지 않는 문예양식이기 때문으로 추측된다. 악부시 〈황조가〉를 단순히 표면화된 사랑과 이별의 정한으로 바라볼 것이 아니라 그 시대가 진정 필요로 하고 있는 진취적인 인간형에 대한 모색의 방안으로 보아야 한다. 왕권을 바로 세우기 위한 필수조건인 진정한 군주상의 확립하기를 소망하는 발로(發露)라고 할 수 있다. 남인계열이 아무리 진보적이라고는 하지만 시대현실과 동떨어질 수 없는 처지를 감안(勘案)하여 문학을 통해서 이야기하고자 하였고, 그것을 수용하는 과정에서 악부를 사용하고 유통시킬 수밖에 없었다. 조선시대의 주요 계층인 사대부가 신분상승의 목적을 이루기 위해서 악부시 〈황조가〉를 통해서 우의(寓意)적인 수법으로 소외된 자들의 욕구불만, 그 욕구불만의 반동(反動)현상으로 나타나는 특정계층의 불만 등이 강하게 폭발할 수 있는 개연성을 가지고 있는 것이다.175) 악부라는 장르를 통해서 〈황조가〉를 표현한 작가들은 소외된 자들의 욕구불만을 적극적으로 표출(表出)하면서 사회구조적 문제점 등을 보여주고 있다. 복합적으로 얽혀있는 무질서한 당시대의 현실을 직접 체험하면서 한 시대를 살아가는 선비의 고난을 수렴(收斂)한 것으로 볼 수 있다. 작품에서 주인공이 겪는 고난은 사대부의 고민이자 사대부의 정신적 체계를 표출하고 있는 것이다. 이를 통해서 작가의식의 적극적인 단면을 보여주고 있다. 우회적인 수법으로 자신들의 소망을 표출하는 방법을 동원하여 수용하는 향유층에게는 재미를 제공하고 있다.

　또한 여기에서 우리가 주목해야 할 점은 악부가 단순한 시풍으로 그치는 것이 아니라 본래의 작품을 나름대로 수용하여 이를 역사적

---

175) 안기수, 앞의 논문, 325쪽.

인 관점으로 주체적인 재해석을 하고 있다는 점이다. 성호·한남·삼명의 악부시 〈황조가〉는 소재·주제·작풍의 면에서 민간(民間)의 풍정(風情), 우리의 토속(土俗)과 역사를 그려내고 있다. 또한 정서적인 면에서는 기존의 사대부들이 지니고 있던 자신들의 개인적인 처지(處地)나 감회(感懷)를 탈피(脫皮)하여 불안정한 시대 속에서 민족의 처지나 사회적 감정을 대변하고 있다. 또한 그 나아갈 바를 규정(規定)하여, 정계에서 소외와 축출의 불우한 삶을 살았던 남인들의 적극적인 저항(抵抗)으로 볼 수 있다.

3. 〈구지가〉의 전승과 변용 양상

고대가요 〈공무도하가〉와 〈황조가〉는 우리나라 고전시가의 서정적(抒情的) 표현미(表現美)의 고유성(固有性)을 마련하였다는 의의를 지니고 있다.[176] 그러나 〈구지가〉는 단순한 서정보다는 주술(呪術)적이고 고대인들의 생명탄생에 강한 열망의 메시지를 담고 있으며, 인간의 가장 원초적인 삶의 원형을 모두 함축하고 있다고 할 수 있다.[177] 고대가요 역시 그들의 삶을 비추어주는 거울이므로, 그들의 일상(日常)에서 동떨어졌다고 자신할 수 없다. 따라서 고대가요의 내용은 현실의 상황보다는 개선되는 방향으로의 소박한 욕구를 반영하고 있다.[178] 고대가요 〈구지가〉 역시 당대 고대인들이 처한 현실적인 상황을 짧지만 강렬(强烈)하게 전달하고 있다. 〈구지가〉 역시 다른 고대가요들과 같이 그 해석을 수로왕의 배경설화에 의존하고 있

---

176) 조기영, 『한국시가의 자연관』, 도서출판 북스힐, 2005, 114쪽.
177) 강명혜, 앞의 논문, 124쪽.
178) 김영수, 앞의 책, 358쪽.

다. 기존의 연구에서는 〈구지가〉를 영신군가와 그 내용을 근거로 하여 주술(呪術)성과 노동(勞動)적인 기능으로 사용된 민요(民謠)로 평가하기도 하였다.179)

고대시가의 사상적 근간(近間)은 시가의 주제성(主題性)과 이원화 할 수 없는 문제이며, 작가(作家)층의 기능을 분명히 밝힐 수 있는 문학사적 이해의 매개체가 될 수 있다. 〈구지가〉는 우리나라의 가장 오래된 서사시(敍事詩)이다. 〈구지가〉는 『삼국유사(三國遺事)』 제2권 기이(紀異)편 「가락국기(駕洛國記)」조에 실려 있다.

후한의 세조 광무제 건무 18년(서기 42) 임인 3월, 액을 덜기 위해 목욕을 하고 술을 마시던 계욕일에 그들이 사는 북쪽 구지(이는 산의 이름인데 열 봉새가 엎드린 모습이기 때문에 구지라고 불렀다)에서 누군가를 부르는 이상한 소리가 들려왔다. 2,3백 명의 사람들이 모여들었는데, 사람 소리는 있는 것 같으나 모습은 보이지 않고, "여기에 사람이 있느냐?" 하는 말소리만 들렸다. 구간 등이 "우리들이 있습니다." 하자, "내가 있는 데가 어디냐?"고 하였다. "구지입니다."하자, 또 "하늘이 내게 명하여 이곳에 나라를 세우고 임금이 되라 하시므로 여기에 왔으니 너희는 이 봉우리의 흙을 파 모으면서 이렇게 노래하여라. '거북아 거북아 머리를 내밀어라. 내어 놓지 않으면 구워서 먹겠다.' 이 노래를 부르면서 춤을 추어라. 그러면 곧 대왕을 맞아 기뻐 날뛸 것이다."라고 하였다. 구간 등이 그 말대로 즐거이 노래하며 춤추다가 얼마 후 우러러보니 하늘에서 자주색 줄이 늘어져 땅까지 닿았다. 줄 끝을 찾아보니 붉은 보자기에 금합을 싼 것이 있었다. 합을 열어보니 알 여섯 개가 있는데 태양처럼 황금빛으로 빛났다. 여러 사람들이 모두 놀라 기뻐하며 수백 번 절하고 다시 싸서 아도간의 집으로 가져갔다. 책상 위에 놓아두고 각기 흩

179) 김종대, 앞의 논문, 135쪽.

어졌다가 다음날 아침에 사람들이 다시 모여 합을 열어보니 알 여섯 개
가 모두 남자로 변하였고, 용모가 매우 거룩하였다. 이어 의자에 앉히고
공손히 하례하였다. 그리고 공경을 다해 모셨다.[180]

우선 전체의 문맥(文脈)으로 보아 〈구지가〉는 다수의 대중들이 '거
북'이라는 대상물을 통해 소망을 토로하는 형식의 노래이다. 물론 이
러한 해석의 성립을 위해서는 「龜何龜何」의 「何」를 「~야(아)」라고
해석하는 전제가 있어야 한다. 그러나 거의 모든 연구자의 경우 「구
하(龜何)」를 「거북아」로 보는 견해가 일치되어 있다.

그렇다면 소망의 표출대상인 '거북'의 상징성과 '거북의 머리'에
대한 해석은 〈구지가〉를 풀어나가는 핵심의 틀이라고 볼 수 있다.
선행 연구자들이 대체적으로 '거북'은 소망을 비는 주술적 힘이나
'원시적(原始的) 기도'의 대상으로 파악하기도 하였다. 수로왕의 강
림을 위해 불렀다고 전해지는 〈구지가〉는 우리나라 최초의 서사시
로 고대문학사에서는 큰 비중을 차지하고 있다. 지금까지 〈구지가〉
에 대해 다양한 의견이 있었으나, 최근에 와서는 남녀 간의 성적인
결합에서 느끼는 희열(ecstasy)을 표현한 것이라는 해석에 비중을 두
고 있다. 무엇보다 〈구지가〉에서 보여주는 시대적 현실이 모계(母系)

---

180) 屬後漢世祖 光武帝 建武 十八年 壬寅 三月 禊洛之日 所居北龜旨(是峯巒之稱 若
十朋伏之狀 故云也) 有殊常聲氣 呼喚衆庶 二三百人集會於此 有如人音 隱其形 而
發其音曰 此有人否 九干等云 吾徒在 又曰 吾所在爲何 對云 龜旨也 又曰 皇天所以
命我者 御是處 惟新家邦 爲君后 爲玆故降矣 你等須掘峯頂撮土歌之云 龜何龜何
首其現也 若不現也 燔灼而喫也 以之蹈舞 則是迎大王 歡喜踊躍之也 九干等如其言
咸欣而歌舞 未幾仰而觀之 唯紫繩自天垂而着地. 尋繩之下 乃見紅幅裹金合子 開
而視之 有黃金卵六·圓如日者 衆人悉皆驚喜 俱伸百拜 尋還裹著抱持 而歸我刀家
寘榻上 其衆各散. 過浹辰 翌日平明 衆庶復相聚集開合 而六卵化爲童子 容貌甚偉
仍坐於床 衆庶拜賀 盡恭敬止, 『삼국유사』, 卷2, 「가락국기」.

적 양성평등(兩性平等) 사회라는 점이 다소 충격적이다. 이미 여성들이 남성의 성기를 희롱할 목적으로 부른 노래라고 규정한다면 지금과는 상당히 다른 사회적인 분위기를 짐작할 수 있다. 거북의 머리를 남성의 성기(性器)로 규정하는 것은 현대적인 해석과 맞물려 상당한 설득력을 지닌다. 가야국(伽倻國) 여성들이 남성(男性)의 성(性)을 노래로 가창(歌唱)할 만큼 성적평등의 권리를 당당하게 즐기고 있었다는 사실로 미루어 추리할 수 있는 부분이다. 가야국(伽倻國)의 여성은 성적(性的)으로나 사회적(社會的)으로 평등한 존재로 볼 수 있으며, 다양한 측면에서 남녀(男女)의 권리(權利)가 동등(同等)하다고 이야기 할 수 있다.

1) 〈구지가〉의 기원성과 민속신앙

〈구지가〉는 현재까지도 전해지는 주술적 노래로서는 가장 오래되고, 깊은 주술적 전통을 가지고 있는 작품으로 볼 수 있다. 이의 문맥상 해석이 여러 상황으로 나뉘어 다양한 해석을 필요로 하고 있지만, 표면(表面)에 나타나는 진술(陳述)의 방법은 매우 간결하고 단순한 형태를 보이고 있다. 원문(原文)은 다음과 같다.

龜何龜何	거북아 거북아
首其現何	머리를 내어라
若不現也	내놓지 않는다면
燔灼而喫也	구워서 먹으리라.

-〈구지가〉(龜旨歌)〉

수로왕(首露王)의 강림(降臨)이라는 주술[181]적 목적을 획득하기 위해, 주술의 대상을 불러내어(첫째 구) 명령하고(둘째 구) 목적을 하는 바가 성취되지 않을 경우를 가정하여(셋째 구) 위협하는(넷째 구)식으로 순차적(順次的)인 진행이 이루어지는 일련(一連)의 사건 과정을 그대로 행하는 진술의 방식을 보여주고 있다. 그러므로 〈구지가〉에 보이는 주술적 진술의 구조는 기본적으로 '호칭(呼稱), 명령(命令), 가정(假定), 위협(威脅)'으로 전개되는 짜임을 나타내고 있다. 추상적인 표현의 뒷면에는 항상 가장 대담(大膽)한 은유들이 있게 마련인데, 은유는 모두 낱말에 기초한 놀이이다. 결국 인간의 삶을 표현함으로써 시적인 제2의 세계를 창조하는 것이다. 고대 우리 민족은 시가(詩歌, 歌謠)에 언령(言靈)이 있다고 믿었다. 다시 말하면 노래는 무엇을 움직이는 힘이 있다고 생각하였던 것이다.[182] 다시 말해서 초신성(超新星)한 신에게 소원을 성취(成就)해달라고 간구(懇求)하는 태도와는 다르게 노래 자체가 언령(言靈)의 기능을 수행하고 있다. 그리하여 그 기원을 바탕으로 하여 현실에서 실현이 이루어질 확률이 높다. 이와 같이 언령주술(言靈呪術)은 고대시가에 흔히 나타나는 사상(思想)중 하나로 보아야 할 것이다.[183]

---

181) 배만규는 '영국의 인류학자, 민속학자이자 고전학자인 J.G Fraser 『황금가지(the Golden Bough, 1890)』에서 인간 관념의 변화체계는 주술에서 종교로, 종교에서 과학으로 발전해 나간다고 설명하면서 주술에 대한 이론을 이야기하였다. 주술(magic)은 믿음의 표현이자 신성으로서 특정한 목적을 위해 초자연적 존재(신 혹은 정령)나 힘의 도움을 빌려 여러 가지 현상을 일으키려는 행위 또는 신앙 체계로서 서구에서 오랫동안 기독교만을 참된 종교로 보는 관점에서 타문화권의 상이한 신앙과 관습을 고대적이고 주술적인 것, 덜 세련되고 덜 진화된 저급한 것으로 지정할 때 사용하는 가치판단적 용어인 미신(super- stition)과는 구별된다'고 이야기하고 있다.

182) 오출세, 『한국민간신앙과 문학연구』, 동국대출판부, 2002, 85쪽.

183) 나정수, 『향가의 해부』, 민속원, 2004, 172쪽.

이러한 주술적 구조가 〈구지가〉에만 적용(適用)되는 것이 아니라 한국의 주술적인 성향을 띠고 있는 시가문학을 대표할 수 있는 주술 유형이라고 이야기할 수 있으며, 이러한 주술의 형태가 후대에 이르러는 어떤 방식으로 전승되는 지를 살펴볼 필요가 있다. 인간문화의 초기 발전단계에 인간은 자연스럽게 아이를 임신(姙娠)하고, 생산(生産)을 할 수 있는 여성과 어린이의 모습을 흠모(欽慕)하게 되었다. 이후에 초기의 모계(母系)중심에서 점차 부계(父系)중심으로 전환(轉換)됨에 따라 남성상과 그 역할이 더 중요해져 갔고, 사람들이 생리학(生理學)적 기능의 발달을 이해함에 따라 남성 생식기는 민간신앙(Totem)이 되었고, 다산(多産)의 보편적 상징으로 자리 잡게 되었다.[184] 성기숭배(性器崇拜)는 민간신앙(民間信仰)의 일종으로 우리 민족문화의 소박함과 원초적인 본질을 밝히는 중요한 요소로 해석된다. 성을 자연과 인간을 번성(繁盛)시키는 근원적이고 신비스러운 힘으로 이해했던 고대인에게 성기 그 자체가 신앙이 대상이 되었던 것은 지극히 당연한 일이었다. 민간에서는 남성의 우뚝 선 성기를 공동체의 풍요(豊饒)와 번영(繁榮)을 기원하고 악귀의 침입을 막는 표상으로 사용한다.[185]

여성과 남성의 성적(性的) 결합(結合)을 대지(大地)와 씨앗의 결합 원리와 같은 것으로 생각하였다. 그래서 그들은 여성(女性)의 성기(性器)를 강조하면서도 항상 남성(男性)의 성기(性器)를 강조하기도 했다.[186]

성기신앙은 사회의 저변 깊숙이 숨어 있다. 따라서 비교적 오래된 형태로 세계 각지에 남아 있는 것이다. 민간 신앙으로서 성기신앙이

---

184) 오출세, 앞의 책, 50쪽.
185) 오출세, 위의 책, 41쪽.
186) 오출세, 위의 책, 133쪽.

계속 이어지는 이유는, 원시 시대부터 현대까지 인류의 성에 대한 기본 의식이 변하지 않았기 때문이다.[187] 원시사회에서 종족(種族)의 번식(繁殖)과 수렵(狩獵), 채집(採集)의 풍부는 그들의 간절한 염원이었다. 그들은 이미 수태(受胎)의 신비를 염원하였을 것이고 이는 성생활(性生活)의 내면적 의의가 인식됨에 따라 사회적·문화적 기능의 중요한 유산으로 전승되었을 것이다. 이러한 성기숭배는 무엇보다 농사일에서 가장 필요한 인력을 생산하기 위해서 나타나는 성의 신앙(信仰)이다. 태초(太初)에 인간들의 삶의 목적은 살아남기 위한 풍요와 다산이며 이는 종족의 번영과도 상통(相通)된다. 그러기 위해서는 공동생활에서 중요한 일 중의 하나가 집단(集團)의 구성원을 늘리는 것으로 그것은 당연한 일이었다. 그리하여 생명에 대한 신비함을 느끼고, 그것이 남녀의 성기에 대한 경외심으로 이어졌을 것이다. 특히 달의 움직임과 월경(月經)을 겪는 여성의 자궁(子宮)은 자연의 신비한 힘과 연관이 있다고 생각했을 것이다. 따라서 생명을 잉태하고 출산하는 여성의 자궁은 어떠한 신비한 능력이 지녔을 것이라는 생각을 가지게 했고, 이것이 성기신앙을 낳게 하는 기본 사고(思考)였을 것이다. 그리고 이 사상들 속에 내포되어 있는 것 중 주목해야 할 것이 음양의 조화를 꾀하고자 노력했다는 사실이다.

2) 〈구지가〉계 작품의 제의적 성격

고대시가의 원형은 신화(Mith) 혹은 제의(Vital)에서 찾아야 한다. 특히 제의(祭儀)는 자동적인 그리고 무의식적인 반복일지도 모를 순수한 주기적 서술로 향하는 경향이 있기 때문이다.[188]

---

187) 오출세, 위의 책, 28쪽.

(1) 〈해가〉

龜乎龜乎出水路	거북아 거북아 수로부인을 내 놓아라.
掠人婦女罪何極	남의 부인을 앗아간 죄 그 얼마나 큰가.
汝若悖逆不出獻	만일 네가 거역하여 내놓지 않는다면
入網捕掠燔之喫	그물로 잡아내어 구워서 먹으리라.

〈해가(海歌)〉는 신라 선덕왕 때 동해 바닷가에서 동해용왕이 미모의 수로부인을 납치(拉致)하자 이를 구출하기 위해서 주변의 사람들을 불러 모아 부른 주술(呪術)적인 노래이다. 〈해가〉역시 주술적인 특징들을 거의 그대로 수용하면서 전승해 온 전형적인 〈구지가〉계에 속하는 작품이다. 〈구지가〉와 〈해가〉는 같은 가요의 양식에 속하며 〈해가〉는 전자의 전승(傳承)이라는 사실을 확인할 수 있다. 역사적으로 주술가요는 대부분 반복해서 불러지며, 형태가 달라져도 그 구조는 그대로 사용되고 있다. 다만 이들 노래가 사회·문화적 배경이 달라지면서 각각의 처한 상황에 따라 수로왕(首露王)을 맞이하는 노래로, 또는 납치된 수로부인을 구출하는 노래로 목적이 달라졌을 뿐이다. 그렇지만 노래 자체가 구성되는 과정에서 자리를 잡은 이들의 원형적 상징은 그대로 수용되고 있다. '호칭, 명령, 가정, 위협'이라는 〈구지가〉의 대표적인 주술의 구성요소를 이어가고 있다. 수로 부인의 구출이라는 목적을 성취(成就)하기 위해서는 도덕적인 당위성(當爲性)에 바탕을 두고 이루어 내려는 뜻을 담고 있어서, 어법의 변화가 생겼다. 그러나 나머지 세 구가 〈구지가〉의 구조를 지속적(持續的)으로 사용하고 있으며, 둘째 구에서 행해지는 설득의 어

---

188) 나정수, 앞의 책, 350쪽.

조는 기존의 위협적인 어조와는 다른 양상을 띠는 것으로 보아 이것
은 한역(漢譯)의 과정에서 수반된 것으로 추측된다.

(2) 〈석척가(蜥蜴歌)〉

蜥蜴蜥蜴	도마뱀아 도마뱀아
興雲吐霧	구름을 일으키고 안개를 토해라
俾雨滂沱	비를 퍼붓게 하면
放汝歸去	너를 놓아서 돌아가게 하리라

〈석척가〉(蜥蜴歌)에서도 역시 〈구지가〉와 같은 서술의 방식을 사
용하고 있다. 다만 부정(不正)과 위협(威脅)의 요소가 긍정과 희망의
분위기로 전환되었다는 사실을 알 수 있다. 〈석척가〉는 기우제(祈雨
祭)에서 불리어진 노래이다. 이 행사는 조선 왕조 태종7년(1407)에
처음으로 시행되었으며, 임진왜란(壬辰倭亂)이 발생하기 전까지 왕실
을 주축으로 이루어졌다. 궁궐(宮闕)의 연못에서 물을 긷는 것에 사
용했던 항아리 속에 도마뱀을 가둔 후에 푸른색 옷을 입은 수십 명
의 아이들이 버드나무 가지로 항아리를 두드리면서 이 노래를 부르
고, 비가 오기를 소망했던 기우주술(祈雨呪術)이다.

〈구지가〉의 원 텍스트에서는 머리를 내놓으라고 했으나 〈석척가〉
에서는 구름과 안개를 내놓으라고 변형되었으며, 아울러 위협의 상황
이 긍정의 가정문(假定文)으로 전환되었다. 이것을 바탕으로 문장구조
는 원텍스트와 달라지지 않았음을 알 수 있다.

제장의례에서 기우(祈雨)행위가 끝나면 참여자들은 신성한 시공간
에서부터 탈피하여 일상으로 복귀하는 통합의례를 행한다. 이 과정
은 제장(諸將)에서 행하는 비의적 분리의례인 음복(飮福)을 통하여 시

간적 분리를 시도하고 마을에 내려와서 주민들과 함께 행하는 음복을 통하여 공간적 분리를 시도한다. 그리고 마을 주민들과 어울리는 시·공간속에서 제장의례 참여자들은 일상으로 안전하고 완전(完全)하게 복귀하게 된다. 이 과정에서 주민들은 불안한 사회심리적인 상황과 공동체의 위기상황을 사회 통합적 상황으로 전환시키면서 새롭게 재질서화 된 공동체로 통합된다. 마을 기우제는 지독한 가뭄이 가져다 준 비정상적인 공동체를 온전한 것으로 재생시켰다. 이것으로써 마을기우제는 마을공동체의례로써 극심한 가뭄으로 인해 마을 주민들이 겪고 있는 심리적 사회적 불안감과 위기상황을 극복하고 새로운 사회질서를 획득하기 위한 사회문화적 기제(基劑)임을 확인할 수 있게 되었다.189)

(3) 〈용주술〉

龍雨龍雨	용아 비 오게 해라 용아 비 오게 해라
龍雨龍龍	용이 비 오게 해야 용이 용이지
龍不雨龍龍	용이 비 오게 못하면 용이 용인가
龍雨龍雨	용아 비 오게 해라 용아 비 오게 해라

대응주술 또는 반감주술이라고 할 수 있는 방식은 자연물을 그 자체로 살아있는 것으로 보지 않고 자연에 일정한 신격이 별도로 깃들여 있다고 보는 것이다. 그 일정한 신격(神格)은 비를 관장하는 것이 용이었다. 용이 깃들여 있다고 믿는 용산(龍山)이나 용소(龍沼)에서 용(龍)을 염두에 두고 주술을 하는데, 대부분 용을 위협하여 비를 내

---

189) 이기태, 「마을기우제의 구조와 사회통합적 성격」, 『한국민속학』 제46집, 한국민속학회, 2007, 297쪽.

리도록 만드는 것이다. 그 대표적인 기우제가 안동시 길안면 용계동의 도연(陶淵)기우제이다.190)

중국의 고대문헌인『설문해자(說文解字)』에서 '용(龍)은 비늘 달린 짐승의 우두머리이다. 모습을 마음대로 바꾸거나 보이지 않게 할 수 있는 힘을 갖고 있으며 봄이 오면 하늘로 올라가고 가을에는 물 속 깊숙이 들어간다.'라고 언급 하였다.191)

이 노래는 기우제에서 쓰였던 주술적 노래로서, 이 역시 기우주술의 노래이다. 또한 이 노래는 〈구지가〉의 주술적 체계를 그대로 유지하면서 전승해 온 작품이다. 기존의 〈구지가〉계 작품들과는 달리 그 변이의 폭이 크고, 호칭과 명령의 구조가 한 구 안에서 거듭해서 반복(反復)적으로 사용될 뿐만 아니라, 넷째 구에서 다시 반복되는 변이의 현상과, 둘째와 셋째 구에서 일어나고 있는 가정적 위협의 변이 현상을 보게 된다. 모든 구조에서 변이가 일어나고 있기 때문에 그 차이를 체감할 수 있다. 그러나 변이(變移)의 폭이 크다고는 하지만 그것이 주술구조에 막대한 영향력을 행사하지는 않는다. 용은 눈을 뜨는 것으로 자연의 힘의 복귀(復歸)를 알려 주므로 용은 자연 생산적인 수분의 힘에 대한 상징이 되었으며, 온화한 비나 폭우에 의해 모든 자연을 새롭게 하는 봄의 상징이 되었던 것이다.192) 비를 자유롭게 조율(調律)할 수 있는 용의 초자연적 능력을 믿지 않겠다는 것은 바꾸어 말하면 용의 권위에 대한 확고한 위협에 해당하다고 할 수 있다. 기우제에 대해 음사라고 혹독한 비판을 가하지 않은 것을 보면 농사와 밀접한 관련이 있는 기우(祈雨)는 관상이나 풍수와는 차

---

190) 임재해,『민속문화의 생태학적 인식』, 당대, 2002, 268쪽.
191) 龍 鱗蟲之長 能幽能明 能細能巨 能短能長 春分而登天 秋分而潛淵『說文解字』.
192) C.A.S. 윌리암스·이용찬 외 공역,『중국문화 중국정신』, 대원사, 1989년, 338쪽.

원을 달리해서 이해했다고 할 수 있을 것이다.[193]

(4) 동요 〈두껍아 두껍아〉

두껍아 두껍아
헌집 줄게 새집다오
두껍아 두껍아
헌집갖고 새집줘라

동요 〈두껍아 두껍아〉는 누구나 알고 있는 단순하면서도 따라 부르기 쉬운 노래이다. 대체로 아이들이 모래성을 쌓는 놀이를 하면서 부르는 소박한 노래이다. 〈구지가〉와 비교했을 때 위협(威脅)적인 어조는 사라졌으나 이 노래에서 두꺼비는 화자의 소망을 이루게 도와주는 긍정적인 매개체로 볼 수 있다. 두꺼비는 화자의 소망을 전달해주는 친숙한 대상이기는 하지만 〈구지가〉에서와 마찬가지로 매개자에게 위협을 가하여 목적하는 바를 이루게 하려는 간접적인 전달자의 역할을 하는 것이다.

'헌집 줄게 새집 다오'에서 가사의 의미를 살펴보면 민중을 이끌어줄 수 있는 새로운 인물이 출현(出現)하기를 갈망(渴望)하는 민중의 노래라고 볼 수 있다. 이 노래가 오래전부터 민중에게 구비전승된 것으로 짐작할 때 그 안에는 전달하고자 하는 메시지가 있다. 그것은 평민들이 무엇보다 주거(住居)에 대한 안정을 갈망하고 있다는 점을 알 수 있게 한다.

이들 주가는 〈구지가〉의 경우와 마찬가지로 모두가 사적인 소망

---

193) 김영미, 『18세기 전반 향촌 양반의 삶과 신앙』, 이화여자대학출판사, 2007, 48쪽.

을 강조하기 보다는 공(公)적인 형태로 일정한 제의 과정이 따른다. 주술적 행위란 기본적인 의식(儀式)이 동반되어서 이루어 가는 것이 지배적이다. 주술이 예술이라고 규정할 수 없듯이 주술적인 양상(樣相)을 띠는 노래 또한 그 자체가 예술적인 성격을 가진 문학작품이라고 보기는 어렵다. 주술의 전통이 예술의 전통과 다르듯이 주술적 노래의 전통 또한 그 자체가 언어예술로서의 서정시 전통과 동일시될 수 없는 것이다.194)

〈해가(海歌)〉에서도 해안의 백성들을 모아서 노래를 부르며 막대기를 두드리는 행위가 수반된다. 다만 여기에서 주술적 의례의 목적이 수로부인의 구출에 있기 때문에 수로부인은 한 개인의 아내라는 신분으로 규정하기보다는 공적이라는 명분을 앞세워 백성들을 선동하며 모았다고 볼 수 있다. 〈석척가(蜥蜴歌)〉에서는 제의의 성격이 분명하게 드러난다. 수십 명의 어린 아이에게 푸른 옷을 입히고, 버드나무 가지로 항아리를 두드리며 노래 부르는 행위는 왕실을 주축으로 하는 기우제에서 실시하는 것으로, 기우제라는 국가의 공식적인 행사라는 사실을 통해 그 성격을 분명히 알 수 있다. 〈두껍아, 두껍아〉의 경우는 전해지는 정확한 기록을 알 수 없어서 정확한 사안을 짐작할 수 없지만, 소망을 표출하는 양상으로 보아서 제의적인 성격을 갖추고 있음을 알 수 있다.

마지막으로 이들 주가는 백주술195)의 범위에 속하면서 모두 사회 구성원들에 이익을 줄 수 있도록 소망을 구하는 주술의 형태를 지니

---

194) 성기옥, 「감동천지귀신의 논리와 향가의 주술성 문제」, 『고전시가의 이념과 표상』, 최진원 교수 정년논총간행위원회, 1991, 60쪽.

195) 주술에는 백주술과 흑주술이 있다. 백주술은 사회를 위한 생산적·방어적인 주술이다.

고 있다. 〈구지가〉는 새로운 왕의 강림을 소망하는 주술적인 기능을 가진다. 노래를 불러 임금을 맞이하고, 임금을 통하여 나라의 무사 안위를 소망하는 현상은 신화의 핵심적인 요소로 설명할 수 있다. 이 때 구간이 군왕을 맞이하면서 행하는 가무(歌舞)가 단순히 군왕을 맞이하는 기쁨을 수반할 뿐만 아니라 의무이며 동시에 군주를 모시는 하나의 수단으로 볼 수 있다. 구간이나 가락국 백성들이 거북에게 수로왕의 강림을 요구하거나, 동해용왕에게 납치당한 태수(太守)의 부인을 구출하기 위해서 거북에게 수로부인을 내놓을 것을 요구하기도 하며, 가뭄을 극복하기 위한 한 방편으로 조정의 신하들이나 마을의 주민들이 도마뱀이나 용(龍)을 통해서 비를 내려달라고 기원하는 행위는 그들이 겪고 있는 현실적인 어려움이나 고통을 극복하기 위한 절실한 소망이라고 이야기할 수 있다.

그리고 이들이 주술적 목적을 이루어 달라고 요구하는 주술의 대상은 인간에게 도움을 줄 수 있다고 믿으며, 주술적 해결의 방안을 가질 수 있는 경이롭고 신비한 존재로 규정하고 있다. 다시 강조하면 현재 처한 각자의 상황에 따라 관념적 상황 보다는 구체적으로 주술의 목적을 강조하고 있으며, 주술의 대상을 달리하면서 이들은 모두가 신이한 존재에게 강구한다. 또한 자신들이 소망하는 바를 얻을 수 있는 결과를 가져오기 바라는 주술적 욕망을 설명하고 있다.

이러한 일들을 기반으로 설명한다면 〈구지가〉의 주술적 전통은 오랫동안 강한 파급력을 가지고 견고하게 전승되어 왔다고 이야기할 수 있다. 이천여 년 동안이나 동일한 주술구조와 더불어 동일한 주술적 규범을 유지하면서 전해지고 있다는 사실은 〈구지가〉식의 주술적 사고가 단순하지만 내면에는 견고한 규칙으로 내재되어 있어서 인간의 욕망이나 기원을 사실적으로 보여줄 수 있는 실증적 증거라고 말할 수 있다.

　고대가요에는 대부분 고대사회를 지배하는 이데올로기가 동반되어 있다. 제신(祭神)의 대부분이 산신(山神)이라든가 서낭신 등의 자연을 신격화한 사실을 알 수 있다. 그리하여 문화적·사회적인 관계에 얽힌 필연적인 존재들이 아니라 자연을 향한 외경사상(畏敬思想)에 그 근간을 두고 있다. 또한 인간이 신에게 친근감을 부여함으로써, 신과 인간이 사회 속에서 느끼는 거리감을 좁힘과 동시에 오히려 신앙심을 돈독하게 하여 신인합일(神人合一)을 추구하면서 공동체사회 속에서 친목을 목적으로 하는 사회적인 행사로 그 의미를 가지게 된다. 고대국가에는 다양한 제천행사가 있었는데 이 행사를 통해서 대동정신을 실현했다고 볼 수 있다. 부여의 영고(迎鼓), 고구려의 동맹(東盟), 예의 무천(舞天), 전한의 소도(蘇塗) 등이 대동(大同)196)의 공동체를 지향하는 염원으로 채워진 축제였다. 이 축제를 통해 갈등과 대립을 극복하고, 슬픔을 기쁨으로 승화시키며 삶을 긍정적으로 발전시켜 나갔다.197) 대동주의의 핵심은 우리 민족의 순수성과 통일성에 지향을 둘 수 있다고 이야기 할 수 있다. 고대로부터 우리 민족은 천신신앙이나 자연신앙간의 결합, 농경문화와 해양문화의 접촉에서도 갈등과 극복을 앞세우기보다는 상호소통하는 원만한 모습을 전체적으로 지향했다. 대립의 현실을 무시하기보다는 현실의 부조리를 극복하고 본래의 순수한 모습으로 회귀하고자 하는 욕망을 실현하기 위하여 노력했다고 볼 수 있다.

---

196) 김운태는 대동주의는 화의 원리에 기초해서 친화, 경애, 홍익, 공동체의 이념을 강조한다. 대동으로 이기주의와 분파주의를 극복하고, 공화주의적 전통, 공동체주의, 민족의 통합과 단결을 뒷받침 할 수 있다.

197) 서성교, 『한국형 리더쉽을 말한다』, 원앤원북스, 2011, 214쪽.

3) 전승과 변용 양상의 의미

고전 작품 속에는 당면한 시대적 상황의 이데올로기가 환경과 맞닿아 앙금처럼 남아 있다. 그래서 고전소스를 이용하여 문학적인 변용을 한다고 했을 때, 그 시각을 현대적인 시안으로 변화시키는 것은 언제나 가장 큰 난관(難關)으로 차지하게 된다. 그러나 작품을 각색하거나 현대적인 장치로 작품의 분위기를 전환시킬 때 오히려 고전 작품은 현대화(現代化)되고 세련되어 진다. 또한 고전작품은 그 속에 안주하고 싶은 편안함과 열망을 갖게 하는 매력을 지니고 있다. 명료한 언어 속에 지금은 사람들이 표현하지 않는 이분법적 세계와 열정이 여과 없이 드러나기도 한다. 그래서 고전작품을 훼손(毀損)하지 않고 고전을 있는 그대로 재현하여 현대화하려는 욕심을 창작자들이 갖게 마련이다. 고대가요는 서사적인 잠재력을 지닌 채 숨어있었음을 알 수 있다. 현대 작가들이 이 서사를 다양하게 해석하고 변용시키고 있는 것도 그 안에 잠재된 내적 의식을 외부로 끌어내는 작업이며 노력이다.

① 현대소설
이문열의 『귀두산에는 낙타가 산다』

로버트 스콜스는 소설양식에서만 인물의 내적인 삶에 실제로 접근할 수 있다는 점에서 소설가의 탁월(卓越)한 능력을 인정하고 인물창조에서 가장 본질적인 요소는 바로 이 내적인 삶(inward life)이라 하였다.198) 이처럼 모든 서사에서 주인공의 성격은 주인공의 내적인

---

198) 조남현, 『소설신론』, 서울대학교출판부, 2005, 225쪽.

삶과 다른 등장인물들과의 관계 속에서 형성된다.[199]

  이문열의 소설 중, 단편 작품 속에서 풍자 소설이 차지하는 비중은 실로 크다. 대중들과 비평가들에게 큰 호응을 받지 못했던 작품으로『귀두산에는 낙타가 산다』(1982)라는 단편소설이 있다. 이 작품에서 작가는 특유의 풍자적 성향을 비교적 상세히 드러내고자 노력하였다. 이 작품에서 작가는 희극적인 필치로 시정세태를 신랄하게 풍자하고 있다. 현대 사회는 성(性)에 대한 관념이 자유로워졌고, 각종 미디어 매체에서도 성에 대해 개방적이고 열린 태도로 일관하고 있다. 그리하여 인간의 가장 큰 욕구 중 하나인 인간의 성(性)은 현대 대중들에게 있어 가장 흥미 있는 관심의 대상이다. 이 작품에서 작가는 '눈이 쬐끄만 사내'가 서울 근교의 산에 등산을 갔다가 '낙타 부대'한테서 겪는 이야기를 익살스러운 태도로 그린다. 이 작품에서 작가는 성(性)을 하나의 상품으로 간주하는 현실의 세태를 신랄하게 지적한다. 이 작품에서 배경이 되고 있는 '귀두산(龜頭山)'은 서울 근교에 위치하고 있다는 가상공간이다. 작가는 이 산을 '귀두산(龜頭山)'으로 표기하고 있지만 그 '귀두'라는 말은 '귀두(龜頭)'라는 의학 용어에서 온 것으로 거북의 머리 모습을 연관시키는 남근(男根)의 한 부분으로 이해할 수 있다. 고대 시가 〈구지가〉와 연관시키면 그 의미를 분명하게 이해할 수 있게 된다. 작가는 이 작품에서 낙타나 보자기의 경우처럼 성(性)과 관련한 상징이나 이미지를 많이 사용한다.[200] 이문열에게 소설이란 특히 희극적 서사란 이 숭고한 '양반'과 즐거운 '이야기꾼'간의 부조화, 때때로의 타협이 그려

---

199) 박영호, 「아기장수전설의 현대적 변용 연구」,『한국언어문화』제44호, 한국언어문화학회, 2011, 214쪽.
200) 김욱동,『문학을 위한 변명』, 문예출판사, 2002, 242쪽.

내는 동선과 한가지이다.[201] 이 소설에서는 삼인칭 서술화법을 사용하여 인간의 욕정과 사회적 관습의 괴리 속에서 보통사람들이 욕정(欲情)을 해소해 가는 방법을 적나라하게 묘사(描寫)하고 있다. 소설을 읽고 공감하는 독자들은 소설속의 인물들처럼 상황에 따라 사회적인 관습을 배제하고 은밀한 방법으로 욕정을 해결할 개연성을 찾게 될 수도 있다. 인간의 욕망이란 결코 채워지지 않는 것으로 이 작품을 향유하는 독자들은 현실세계와의 괴리를 더 절실하게 느낀다. 이에 그들은 억압된 욕망을 작품을 읽으면서 발산하고 노출하게 되는데, 그들의 억압된 성적 욕구에 대해서 적극적으로 표출하고 있는 것으로 볼 수 있다. 두 상황은 각기 반대의 사회적인 요소를 부각시키고 있는데, 하나는 사회의 긍정적인 윤리에 적합한 것이고, 또 다른 하나는 사회의 윤리를 부정적으로 거스르는 것이라고 해석할 수 있다.

이 작품에 있어서 작가는 현실세계에 대한 강한 집념(執念)을 표출하면서, 사회현실에 대한 억압의 심리를 과감하게 털어 내고자 한다. 또한 현실세계를 억지로 미화시키거나 승화시키지 않고, 그대로 받아들이면서 현실세계에 대한 분노를 성적인 코드를 사용하여 여과 없이 배출하려고 한다. 고대가요 〈구지가〉에서 '성'을 근간으로 하여 자신들의 욕망을 분출하고 있는 것과 마찬가지로 소설『귀두산에는 낙타가 산다』도 일맥상통하다고 할 수 있다.

---

201) 황호덕, 『프랑켄 마르크스』, 민음사, 2008, 292쪽.

② 현대시

가. 김민정, 〈거북속의 내 거북이〉

최근의 젊은 시인들은 시어를 세련되게 만들고 문장을 정돈하여 문단을 조정하고 구조를 조율하는 일련의 작업에 대해서 매우 회의적인 반응을 보이기도 하며, 만일 이러한 작업을 중시하는 작가들이라고 이야기해도 그 조율하는 방법이 예전과는 사뭇 다르고 그 비중도 매우 축소되었다고 할 수 있다. 이러한 특성은 시간이 지날수록 더욱 확산(擴散)되어 사용되어지고 보편화되고 있는 추세이다. 이제는 집약적인 구조의 틀을 벗어나서 확산적인 구조에 대한 관심과 의견이 만연해지고 있다.

거북이가 사라졌어 거북이가 사라져서 나는 내 거북이를 찾아 나섰지 거북아 내 거북아 그러니까 〈구지가〉도 안 불렀는데 거북이들이 졸라 빠르게 기어오고 있어 졸라 빠르게 가는 건 내 거북이 아냐 필시 저것들은 거북 껍질을 뒤집어 쓴 토기 일당일걸? 에고, 거북아 내 거북아 그러니까 내가 거북곱창 테이블에 앉아 질겅질겅 소창자를 씹고 있어 씹거나 뱉거나말거나 토끼들아, 너희들 내 거북이 본 적 있니? 거북이는 바다 속에 거북이는 어항 속에 아이 참, 창자 뱃속에 든 것처럼 빤한 예기라면 토끼들아, 차라리 하품이나 씹지 그러니 거북아 내 거북아 그러니까 거북하니? 속도 모르고 토끼들은 활명수를 내미는데 내 거북은 정화조 곳 비벼진 날개의 구더기요정 날마다 여치를 뜯어 먹고 입술이 푸릇푸릇한 내 거북은 전적으로 앵무새만의 킬러 내 거북은 바지를 먹어버린 엉덩이의 말랑말랑한 괄약근 내 거북은 질주!질주밖에 모르는 저 미친 마알……오오, 예수의 잠자리에 사지가 찢긴 채 매달린 저 미친 말을 내 거북은 미친 듯이 사랑 했다지 난생 처음 사랑이라고 발음하면서 내 거북은 얼마나 울었을까 그러니 이제 그만 뚝! 하고 머리를 내밀어라 거

북아 내 거북아 그러니까 왜 이래 왜 이래 하면서 텔레비전에서 거북이
세 마리가 노래하고 있어 저렇게 노래 잘하는 건 내 거북이 아내 내거북
은 염산을 타고마시고 목구멍이 타버려서 점자처럼 안 들리는 노래를
부르지 내가 너를 네가 나를 껴안고 뒹굴어야 온몸에 새겨지는 바로 그
쓰라린 노래 자자, 이래도 안 나오면 내 머리를 구워 먹을 테야 거북아
내 거북아 그러니까 삐친 자지처럼 내 거북이 머리를 쪽 내밀고 있어 선
인장을 껴안고 선인장 가시에 눈 찔린 채 너 지금 뭐하고 있니 언제나
선인장이 있어 선인장에게 죄를 묻고 마는 내 거북이, 불가사리처럼 내
안에 포복해 있는 붉은 네 그림자

-김민정, 〈거북속의 내 거북이〉,
『날으는 고슴도치 아가씨』, 열림원, 2005

처음과 중간을 구별하기 쉬운 장문(長文)의 시이다. 일단의 줄거리
는 이렇게 이야기 할 수 있다. 화자는 거북이가 사라져서 〈구지가〉
를 불렀으나 거북이는 오지 않고 토끼들이 등장한다. 거북곱창이 있
는 데서 화자는 토끼들에게 거북이의 거처를 묻는다. 거북하냐고 물
으면서 언어유희를 보이지만 실상은 거북이를 성적인 코드와 결부시
키는 것이다. 또한 거북이를 예수의 어떤 부분과 결부(結簿)시켜서
다시 〈구지가〉를 부른다. 텔레비전에서 노래하는 거북이의 이야기
를 하다가 잠자리에서의 행위를 거북의 머리와 상징적으로 연결시키
면서 거북이가 자신 안에 있다고 말한다.

이 시는 유기적으로 연결고리를 갖고 이어지지는 않는다. 이 시에
서 거북이는 많은 연상(聯想) 작용들을 가져오며 이것은 환유(換喩)적
인 수법이다. 여기서의 문제는 이것이 환유나 연상 작용 혹은 에피
소드의 취합(聚合)이냐가 아니라, 이러한 구조가 과연 전통적인 구조
의 대체물이 될 수 있는 가이다.[202] 위의 시를 환유(換喩)의 시각에

서 살펴보고 있을 때 〈구지가〉, 토끼와 거북이, 거북곱창, 속이 '거북하다'는 등의 일련의 사건들을 엮는 중심은 '거북'이다. 그런데 이 거북은 단순한 의미로서의 거북만을 이야기하는 것은 아니다.

그러나 고대가요의 의식을 이러한 어법(語法)과 장치(裝置)로 변환한다면 과연 시의 효용(效用)성을 가져올 수 있을 것인가에 대한 물음을 할 수 있다. 다만 이 시의 강점을 꼽자면 순발력이 돋보인다는 사실이다. 화자는 거북곱창에서 텔레비전을 보는 행위로 시작하여 결국은 토끼를 끄집어내어 성행위까지 연상을 시키면서 '성'이라는 장치를 이용해서 이 시를 쉽게 이해하도록 순발력을 기반으로 하고 있는 것이다.

다만 이 시에서도 성적인 코드는 배제하지 않는다는 사실을 주지할 수 있다. 텔레비전 등의 미디어 발달을 기반으로 하고 있는 현대 사회에서 성애(性愛)는 거리낌 없이 표현되고 있다. 은유적인 표현이지만 그 수법은 더욱 대담(大膽)해지고 사실적이다. 고대가요의 〈구지가〉에서는 부재상황을 이야기하면서 원시인들의 강렬한 성의 욕망, 혹은 제의의 욕망을 은근히 드러내고 있지만 이 시에서는 현대인의 욕망을 사실적으로 이야기하고 있다. 현대인의 우상중의 하나는 성에 대한 욕망이다. 푸코(Foucault)에 의하면 '성적욕망은 개인이 자아를 스스로 관리하게 하고, 사회가 성을 통해 사회 구성원을 통제하는 중요한 기제'라는 표현으로도 알 수 있는 문제라고 생각된다.203) 과거의 사회에서 성적인 측면은 쾌락(快樂)의 수단이기 보다는 일종의 사회 현상으로 가장 핵심적 사안을 종족보전에 두고 있었

---

202) 김남석, 「젊은 시인들의 의식세계」, 『2000년대 해석의 징후들』, 해석과 판단 해석공동체 외, 산지니, 207쪽.

203) 정태섭, 『성 역사와 문화』, 동국대학교출판부, 2002, 42쪽.

다. 그러나 미디어가 발달 된 현실사회에서 성(性)은 유희의 대상으로 변질(變質)되었으며 다양한 측면으로 담론을 이어가고 있다.

현대인들은 많은 인구가 집중되어 있는 도시에서 서로 불가분의 관계 속에서 접촉을 하면서 살아간다. 도시생활에서 오는 혼란과 복잡은 현대인에게 가중한 스트레스를 부여하고, 그 스트레스로 인하여 많은 불안감이 조성되어 있다. 그러나 인간관계의 친밀성(親密性)을 바탕으로 현대인은 안정감을 얻고 긴장(緊張)에서 벗어나게 된다. 역설적(逆說的)으로 들릴지 모르지만, 현대인의 인간관계가 소원하면 소원할수록 우리는 육체적인 결합을 한층 더 필요로 한다.[204]

나. 권혁웅의 〈거북아 거북아〉

거북아 거북아
너를 닮은 언덕 위에 오늘도 저녁은 내리는데
둥근 알전구를 켜든 집들은 이마를 맞댄 채
그저 평화롭지 거북아 거북아 12월이야 오늘은,
산등성이 골방에서 난초나 국진을 키우고 싶은 그런 날인데
화투치은 소리처럼 겨울비는 땅바닥을 두들겨 댔는데
거북아 거북아 그 소리에 따귀를 댄 듯
마음만 따가웠지 생각해 보면
빗물 듣는 자리마다 숟가락이 놓인 듯
한입거리씩은 군침이 고였는데, 거북아 거북아
나는 너처럼 그저 웅크리고 있었지 가령
지나온 길마다 가로등처럼 여자들을 세워두고
어떤 식으로든 빛났으면 좋겠네 생각했지만
圍離安置된 삶에 별일이야 있겠니?

---

204) 데스몬드 모리스, 박성규 역, 『인간의 친밀 행동』, 지성사, 2003, 185쪽.

돌아보면 벽지마다 빗물에 들떠 곰팡이를 피워냈는데
그렇게 나도 무언가를 피워낼 수 있을까 생각했어
거북아 거북아 네가 기어다니면
내가 바라던 손님이 우산을 쓰고 나를 찾아올까?
그를 위해 내 두 손을 적셔도 좋을까?
나는 비와 光이 만나는
사소한 역설에 놀라고 있었을뿐인데
젖은 이불처럼 눅눅한 마음도 잘 익는다면
거북아 거북아 네가 머리를 들 수도 있겠지
그렇지 않으면 구워 먹을 거야…… 나는
웅얼거리다 피박을 쓰듯
이불 덮고 잠이 들었지 거북아 거북아
　-권혁웅, 〈거북아 거북아〉, 『황금나무아래서』, 문학세계사, 2001

　권혁웅의 시세계에서 독서의 힘은 꽤 큰 자리를 차지한다. 특히 그의 시에서 자주 발견되는 패러디가 이와 긴밀한 연관이 있는 것으로 여겨진다.[205] 이 시는 〈구지가〉와 이육사의 〈청포도〉를 패러디한 작품으로 볼 수 있다. 고대가요 〈구지가〉와 현대시 〈청포도〉는 민중적인 소망의 발로로 보여 지는 노래이다. 모두 현실의 벽을 넘어서 그들을 구원할 새로운 영웅(英雄)의 출현(出現)을 기다리는 것이다. 이 시 역시 협박의 수법을 통해서 화자가 처한 현실의 암울(暗鬱)함을 보여준다. 12월에 화투(花鬪)를 치면서 골방이라는 부정적인 공간속에 있다는 사실을 보여주며 민중이 처한 시대적 현실이 부정적이면서 희망이 없음을 상기시키고 민중들이 소망하는 현실이 무엇인지를 보여준다. 과거의 인식을 살피다보면 현실에 대한 대안과 마주

205) 엄경희, 『빙벽의 언어』, 새움, 2002, 69쪽.

하게 되기도 한다. 고대인들이 주술적인 언어로 자신들의 소망을 이
루어 낸 것처럼 시인은 현실을 살아가는 민중들이 시를 바탕으로 주
술적 힘을 발휘하여 그들의 소망을 기필코 이루어 내기를 갈망하는
것이다.

다. 서정주의 〈처녀가 시집갈 때〉

가야국 시조 김수로왕의 아내 허황옥(許黃玉)이 시집을 올 때 산길에
접어들자 입고 있던 그 비단 속바지를 벗어서 신랑(新郞)에게보다도 먼
저 산신령(山神靈)께 고즈넉이 절하고 바쳤었나니, 그네의 여직껏의 연
인이 산신령(山神靈)이었음이사 말로는 더 물을 것까지도 없도다. 그런
데도 수로 쪽에서 한 마디의 타박도 없었던 걸로 보면, 그 산신령은 아
마 전혀 솔바람 소리나 떡갈나무 바람 같은 무슨 그런 플라토닉 러브꾼
이었을 것이다.

그것도 아니면 수로(首露)야말로 산신령 같은 자(者)와의 혼전(婚前)
정사(情事)는 묻지도 않노라는 식의 그런 애정의 사내였거나…

－서정주, 〈처녀가 시집갈 때〉,
『미당 서정주 시전집』, 민음사, 1994

이 시는 〈구지가〉와 직접적인 연관을 짓기보다는 원전 설화에서
수로왕이 허황옥(許黃玉)을 왕후로 맞이하는 부분을 소재로 하여 만
든 작품이다. 허왕옥은 아유타국(阿踰陀國)출신으로 서기 48년 배를
타고 가락국에 도착하였다. 그 배에는 20여명이 타고 있었으며 많은
결혼 예물도 실려 있었다. 수로왕과 결혼한 허황옥은 여러 자녀를
낳았고 그들이 오늘날 김해 김씨(金氏)의 조상이 되었다. 허왕옥 일
행의 한국 도착은 고대 세계의 이민과 물물교환을 의미하는 것이다.
뿐만 아니라 한국인의 몸속에 외국인의 유전(遺傳) 인자가 스며들게

된 사건이 되었으며 그와 함께 외국의 문화인자도 한국 문화 속에 섞이게 되었다. 이때 쌍어 신앙이 메소포타미아로부터 인도와 중국을 거쳐 한국에 도착하였다.[206]

역사적 기록물을 바탕으로 하고 있는 이 시속에서 '상대 은유'를 사용하는데 그것은 상대적 사건을 은유적으로 해석하거나 이해로만 그치는 것이 아니라, 독자들에게 특정한 의미나 인식을 바탕으로 하여 읽기를 강요하는 작가의 수법이 드러나고 있다. 이 시는 또한 원전설화를 충실하게 재현하면서 개방적인 성애(性愛)의 태도를 보여주고 있다. '혼전정사'와 같은 시어를 채택하는 것으로 보아 작가의 성의식이 직접적으로 표출되어 있다. 그러나 '신령', '플라토닉' 등의 시어의 사용으로 미루어 '성'에 대한 신성성을 내포하고 있다.

라. 정일근의 〈황옥(黃玉)의 사랑가〉

바다 건너 동쪽나라에 하늘에서 알이 되어 내려왔다는
수로(首露) 그대가 산다는 이야기를 들었습니다
더 먼 나라 나사렛에서 내어난 야소(耶蘇)라는 남자가
죽은지 사흘 만에 다시 살아났다는 이야기도 들었습니다
내어나고 죽는 일이 하늘에 있고
죽어서 다시 사는 일이 하늘에 있다면
제가 그대에게로 가는 것도 하늘이 정한 일이라 생각했습니다
우리 사랑이 하늘의 신탁(神託)이라면
그대는 그 나라에서 저를 기다리고 있겠지요
어머니가 주신 붉은 속곳을 준비하여 저는 자꾸만 붉어집니다
그래서 바다를 건너는 두려움은 잊기로 했습니다

---

206) 김병모, 『김수로왕비의 혼인길』, 푸른숲, 1999, 2쪽.

이만 오천 리 뱃길 내내 초야(初夜)의 뜨거움을 꿈꿀 것입니다
첫날밤 그대가 열 여섯 내 나이를 묻는다면
붉은 속곳보다, 바다를 건너며 붉어진 내 몸보다
더 붉은 처녀의 피로 답할 것입니다
내 배 안에서 하늘의 흰 피와 땅의 붉은 피가 섞여
새로운 나라 새로운 왕조(王朝)의 피를 만들고
그 피 세세년년 붉게 이어지길 바라겠습니다
건강한 남자로 곧추서서 저를 기다려주시겠습니까
지금 아유타국에서 허(許)씨 성을 가진 황옥이
물고기 두 마리 문양을 증표로 수로, 그대에게 갑니다
　　　　　-정일근, 〈황옥의 사랑가〉, 『누구도 마침표를 찍지 못한다』,
　　　　　　　　　　　　　　　　　　　　시와 시학사, 2001

　정일근 시인의 여섯 번째 시집 『누구도 마침표를 찍지 못한다』는 그가 죽음의 문턱에서 돌아와 쏟아 부은 시이기 때문에 그 어느 시보다도 생의 감각(感覺)이 살아있는 시집이라고 볼 수 있다. 그래서 근원(根源)에 대한 성찰이 반복적으로 이루어지고 있음을 알 수 있다. 작가는 죽음 뒤의 세상에 대한 궁금증 보다는 이승의 삶에 더 질긴 궁금증을 가지고 있다.[207] 신화의 세계나 고대의 역사적 내용을 시적으로 형상화하고 있는 작품들이 상당히 있는 것도 근원에 대한 추구와 연관이 되는 사항이다.[208] 이 시에서는 그 근원을 생명성에 바탕을 두고 있다. 고대가요 〈구지가〉에서 원시인들의 강렬한 성의 욕망을 이야기하고 있다면 이 시에서는 혼인의 본격적인 시작인 첫날밤을 형상화하면서 현대적인 시각으로 해석하고 있다. 황옥의 처

---

207) 박종석, 『현대시 분석 방법론』, 역락, 2005, 17쪽.
208) 고현철, 『탈식민주의와 생태주의 시학』, 문학시대사, 2005, 42쪽.

녀성을 '붉은'이라는 선명한 색상의 시어로 드러내고 있다. 인간의 가장 원초적이며 금기시하는 처녀성을 작품 속에 직접 드러내면서 남녀의 대담한 성애를 보여주고 있다. 또한 처녀의 피로 설명하고 있는 처녀성은 인간의 가장 내밀한 부분의 토로이며 그것을 통해서 우리는 남녀의 결합에 의한 새로운 생명의 탄생까지도 기대하고 소망하게 한다. 이 시를 통하여 독자들은 생명의 본질과 신비로움까지도 수용하게 된다.

③ 현대무용

가. 백현순 무용단의 '〈구지가〉'

무용은 크게 사회, 국가 그리고 문화권에 따라 여러 가지 기능을 갖는데, 수많은 형태와 다양한 목적들, 그리고 판이한 기능들을 가지고 있다.[209] 현대무용은 각자의 개성을 살리는 예술이며, 개성의 신장을 기초로 하여 정신적인 내용을 신체의 움직임을 통해 표현하는 예술이다. 이런 표현을 통해서 현대의 사상이나 감정이 드러나게 되며, 또한 시대적인 상황까지도 연출할 수 있게 된다.[210]

2011년 4월 21일부터 4월 25일 아르코예술극장 대극장에서 열린 '춤 신화(神話)전'은 한국전통문화원형의 소재적 콘텐츠개발을 통해 관객의 이해를 넓히고자 기획되었다. 이 테마에서는 한국역사 및 전통설화 등 한국적인 소재를 토대로 한 창작 작품이 등장했다.

신화는 핵심 신화소를 갖지만 그것의 상징성을 실증적으로 풀어내

---

209) 신일수, 『극장 상식 및 용어』, 무대예술전문인 자격검정위원회, 교보문고, 2000, 68쪽.
210) 양정수, 『한국현대무용사』, 대한미디어, 1999, 239쪽.

는 해석을 하기에는 명확하지 않다. 그러므로 많은 작업이 수반되어야 하는 것이 사실이며 이것은 신화 해석에서 늘상 있는 난관이기도 하다. 이 점에서 〈구지가〉도 일맥상통한다고 할 수 있다. 잡귀를 쫓거나 우두머리를 내놓으라고 하는 집단적인 주술, 혹은 신맞이 굿의 희생 재물을 두고 부르는 노래, 성적인 욕망을 재현하는 등의 주장은 매우 다양하다. 이런 주장들이 모두 사실의 가능성을 배제할 수는 없는 것이다. 이것 또한 신화가 가진 특성이기 때문에 다양한 검증의 시도가 필요하다.

백현순의 〈구지가〉는 거북신과 대중들에게 구전되어 온 삼신할미를 연결해서 오늘날의 사람들이 가지고 있는 욕망을 비판하는 입장을 취하고 있다. 고대시절에 거북 제의를 벌이던 사람들은 욕망의 덩어리로 돌변하고 이런 상황을 극복하기 위해 삼신[211] 사상을 기본 틀로 굿춤을 벌이는 것으로 보아 〈구지가〉는 잡귀를 몰아내기 위해서 불렀던 주술가라는 사실에 비중을 두고 있음을 알 수 있다.

백현순 무용단의 〈구지가〉는 한국춤의 다양한 구도와 조형을 형상화했다고 볼 수 있다. 또한 이 작품은 고전의 신화소를 작품의 소재로 활용하는 한편 오늘날의 시각으로 접근하는 방법을 보였다. 창작 춤의 창의적 가치와 전통의 보존이라는 책임을 동시에 가지고 있는 백현순 무용단의 〈구지가〉는 '거북아 거북아', '삼신과 인간의 욕망', '오늘의 염원'등의 3부로 구성된다. 또한 탄탄한 짜임새와 연마

---

211) 아기의 출산과 성장 등을 관장하는 신으로, 무속신(巫俗神)이자 가신(家神)이다. 인간은 삼신의 점지로 태어나고, 수명은 칠성신(七星神)이 맡는다고 한다. 삼신은 삼신할머니, 삼신단지, 삼신바가지, 삼신할망, 삼신할아버지, 세준할머니, 지앙할매 등으로 불린다. 여기서 지앙은 제왕(帝王)으로, 세준은 세존(世尊)을 각각 이르는데 이는 불교가 가미된 제석신을 의미한다.

된 춤 연기, 하나가 된 단원들의 단합된 면모는 작품의 예술적 가치를 고취시킨다.

1부는 '거북아 거북아' 편이다. 시원(始原)의 근저, 원시의 광막함을 알리는 저음이 깔리는 징소리와 더불어 거북이 모양으로 한곳에 앉아 모여 있는 춤꾼들이 그 시작을 알린다. '거북아 거북아, 거북아 거북아' 소리에서 서서히 꿈틀거린다. 등이 푸른 거북이가 움직임을 시작하고, 사물놀이의 장단에 맞추어 사방의 자연과 하늘을 향한 경건한 배례가 올려 진다. 사막이 벗겨지면 그 속에 가득 들어 있는 거북이의 모습과 베일의 묘미가 이어지며 하늘을 향한 경배는 신명을 불러온다. 춤 진법(陣法)과 퍼레이드는 다양한 볼거리를 제공하며 비장미마저 관객들에게 부여한다.

2부는 '삼신과 인간의 욕망' 편이다. 푸른빛이 감도는 대나무 밭에 장대를 든 삼신의 비장한 등장은 백성들의 무지를 깨우치고, 무명을 밝히면서 그들의 소망을 들어주어야 한다는 깊은 의미를 지니고 있다. 또한 서사의 틀이 만들어지는 장엄무(莊嚴舞)와 긴 호흡으로 맞서는 삼인(三人)이 출현하는데, 그 흐름의 자체만으로 춤은 이미 감동으로 전이(轉移)된다. 엄청난 깊이를 지닌 삼인의 죽무에서 방울은 늘 수호신처럼 잡귀를 쫓는다. 느린 걸음으로 대지와 하늘을 향해 벌이는 '와호장용'(臥虎藏龍)이 보여지는데, 백현순 특유의 비쥬얼로 관객의 시각을 사로잡는다. 신들의 고뇌를 끌어들이는 테크닉 위로 바닥을 치면, 소극적이고 나약한 분위기는 금방 사라지고, 에너지가 충만한 역동적인 춤들이 보여 진다.

3부는 '오늘의 염원' 편이다. 무엇보다 〈구지가〉를 현대적으로 해석하는 데 그 초점을 맞추고 있다. 경쾌하고 가볍게 현대리듬이 번져 나오는 사운드와 '삼신할매'로 상징하는 여인이 사시나무를 떨면

서 등장하게 되는데 백성들을 향한 염원송과 기원이 구술로 전달된
다. 거북이 등과 같은 바닥 색깔을 깔고 한 줄기 굵은 빛에 앉은 사
람들의 모습은 토속신앙과 무속신앙이 혼합된 원시시대의 모습이면
서 아울러 그 위에 우리 민족의 고유한 종교인 불교적인 색채가 섞
인다. 또한 나무 주변으로 나무와 같은 모습으로 변한 백성들이 자
연을 닮아 있다.

　이렇게 원 텍스트와 비교했을 때 몇 가지 유사한 점은 다음과 같
다. 현대 무용 〈구지가〉에도 여전히 자연을 경외하는 태도를 보이고
있고, 또한 현대에 와서도 여전히 〈구지가〉는 잡귀를 쫓는 무속의
모습으로 보여지고 있다. 현대 무용 〈구지가〉역시 우리 문화의 특수
성을 존중하고 그 가치를 부각시킴과 동시에 거기서 보편성을 끌어
내고자 하는 상호문화성의 관점으로 이해할 수 있을 것이다.[212]

　고대가요 〈구지가〉를 현대적 작품으로 변용한 현대시에서는 고대
적인 삶과 사건을 기반으로 하여 그와 가장 유사한 현실의 상황을 재
해석하려는 데 의미를 부여하고 있다. 다만 원전에 집착하지 않고,
기존의 해석에 의존하지 않은 채 작가만의 시각으로 세계관을 구축하
며 유사성의 원리에 따라 현재와 많은 거리감을 좁히려고 시도하였다.
그러나 그런 의도와는 달리 이러한 '상대적 은유'는 진정한 삶의 가치
탐구보다는 인간적 세속(世俗)주의[213]를 강조하는 데로 귀결되고 있

---

212) 신현숙, 「연극에서 문화상호주의에 관산 소고(1)」, 『인문과학연구』 제4권, 덕성
　　여대인문과학연구소, 1998, 7~8쪽.
213) 인간적 세속주의(secularism)라는 용어는 원래 내세적 삶이 아니라 현세의 삶을
　　지향하는 종교·사회운동을 가리키는 것으로서 르네상스 이후 신중심 사고에 대
　　한 반발과 그로 인한 휴머니즘의 발전과정에서 나타난 용어라고 할 수 있다. 무
　　엇보다 삶과 생명 그 자체를 중시하는 자족적이고 자은하는 성향을 가리키는 것
　　으로 규정한다.

다. 원전을 바탕으로 무절제한 나열이나 반복을 기인하기 보다는 지나치게 일회적인 삶에 대한 절대성의 집착에서 오는 세속주의 추구에 있다고 할 수 있다. 무엇보다도 가장 중요하게 짚어야 할 부분은 당대 현실에 대한 긴장이 부재하고 있다는 사실이다.214)

디지털 시대가 되었다고 하지만, 아직도 우리 주위에서 창작되고 향유되는 작품들은 신화의 자장 안에서 그 영역을 재생산하고 있는 측면이 더 강하다. 그래서 많은 시인들은 고전적 인간관과 서정성을 존중하고 단시(短時)적 완결성을 지속적으로 추구하고 있다.215) 독자들은 늘상 '근원(根源)'에 대한 귀소본능을 갖고 있다.

전통적인 삶의 방식이나 그에 대응되는 고대적인 인간상의 재현을 통해 우리의 삶에 대한 원형적인 가치를 탐구하려는 의지가 있는 것이다. 〈구지가〉가 현대적으로 변용된 작품들을 살펴보면 모두 민족적 삶의 원형과 가치를 파악하고 전통적인 제의 또는 민족의 의식을 한층 강하게 하려는 장치를 지니고 있지만, 고대인이 겪었던 일들이나 서사를 연계하여 현재적인 삶의 원형과 가치를 분석하려는 노력을 보여주는 것이다. 무엇보다 창작자의 특정한 시각을 중심으로 독자들을 유도하면서 자신이 보여주고자 하는 문학적 장치 혹은 세계관과 이데올로기적 사고를 드러내고 있다.

'전통(傳統)' 또는 '순환성(循環性)'으로 추앙받는 작가의 이데올로기는 그 시대의 문학적 권력과 지식의 종합체로서 기능하고 있다는 사실을 주지해야 한다. 개인적인 공동체로 회귀하려는 내면성의 강조가 실상 에리히 프롬이 말한 '자유에 대한 공포'와 일정하게 연결

---

214) 임동확, 『사람이 꽃 보다 아름다운 이유』, 코나투스, 2005, 198~199쪽.
215) 유성호, 『한국 시의 과잉과 결핍』, 역락, 2005, 14쪽.

되어 있으며, 생존 또는 물리적 힘에 대한 숭배 또는 역사에 대한 냉소주의(冷笑主義)가 '압도적'으로 강한 권력에 복종함으로써 자아를 점멸시키고자 하는 욕망과 연결되어 있다.[216] 그러나 현실과 가장 동떨어진 것으로 보이는 작품이 사실은 현실적인 삶에 가장 밀접하게 존재하면서 생생한 의미를 부여하고 있다고 할 수 있다.

고대가요 〈구지가〉는 자신의 정체성을 확인하는 과정이고, 성적인 욕구를 표현함으로써 자신의 힘과 아름다움을 직설적으로 드러내기 위한 하나의 구애적 장치라고 볼 수 있었다. 그러나 변용된 현대소설 이문열의 『귀두산에는 낙타가 산다』에서는 독자들에게 설득의 방법을 은폐하고 있다. 작가가 규정하고 있는 세계관은 지극히 자기중심적인 세계이다. 그러나 완전한 유토피아에 대한 열망으로 가득 차 있다고 할 수 있다. 이 소설에서는 '의도'와 '일깨움'의 장치를 부여하기 위해서 전통적인 소재를 차용하여 설명하고 있다. 고대가요에 나타난 〈구지가〉에서는 성(性)이야 말로 노동력을 제공하고 인간의 풍요를 기반으로 하는 가장 가치 있고 신성한 의식임을 드러내주고 있는데 반해, 이문열의 소설에서는 성(性)이 타락한 현실을 보여주는 장치이며 아울러 퇴폐의 온상을 사실적으로 묘사하고 있다.

Ⅳ. 고대가요의 전승과 변용 양상의 의미

모든 문학양식은 이중적인 성격을 지닌다고 할 수 있다. 그것은 바로 인간에 의해 만들어지지만 한편으로 그것을 만들어 낸 인간의 정신을 좌우한다. 전자가 향유집단의 의식에 대한 결과물로서의 문

---

216) 앙리미셸, 『파시즘』, 탐구당, 1998, 210쪽.

학이라면, 후자는 문학의 교육적 기능과 밀접한 관련이 있다. 즉 향유집단이 가진 의식에 영향을 미치는 형태의 문학인 것이다. 문학을 전승하는 다음 세대는 문학 속에 반영된 조상들의 사고와 의식을 접하면서 다양한 체험을 하게 된다. 그 체험은 몰랐던 지식을 알게 하고, 새로운 세계를 접하게도 한다. 또한 사고방식의 변이(變移)와 확장(擴張)을 경험하고 가치관을 교정하기도 한다. 아리스토텔레스는 그의 『시학(詩學)』에서 다음과 같이 설명하고 있다.

"역사가는 실제로 일어난 일을 서술하는 데 반하여 시인은 일어날 수도 있었을 일에 관해서 쓴다는 데에 있었을 것이다. 그러므로 시는 역사보다 더 학문적이고 의미가 심장(深長)하다."[217]

고전작품의 가치에 따른 지속적인 생명력은 현대에 와서도 끊임없이 독자의 관심과 애정의 대상이 되거나 현대 창작자들에 의해 재창작되는 과정을 통해 증명(證明)된다. 이렇듯 고전작품이 현대작품으로 재창작이 되는 글쓰기 방법에는 여러 가지가 있다.

첫째 원전(原典)의 시대와 공간을 그대로 수용하면서 다시쓰기
둘째 원전(原典)의 시대와 공간을 현대로 변용하면서 다시쓰기
셋째 원전(原典)의 시대와 공간을 현대의 시대와 공간으로 병치(竝置)시키면서 다시쓰기
넷째 원전(原典)에 대한 사건의 일부 혹은 모티브만을 형상화하여 다시쓰기
다섯째 고전의 여러 모티브를 하나의 현대작품으로 통합하여 다시

---

217) 아리스토텔레스, 『시학(詩學)』, 문예출판사, 2002, 13쪽.

쓰기218)

이처럼 다양한 방법이 시도되고 있다.

고전문학의 변용(變容)은 한국 고전 문학에 미래지향적태도이고 성찰(省察)의 기회를 부여하고 있다. 이와 아울러 전통적인 문학 속에 내재된 가치가 창조적인 변혁의 필수적인 요소임을 판단할 수 있다. 그리하여 그것에 기반을 둔 새로운 인식이 필요하다는 사실을 주지하게 된다. 이것은 단순히 문학의 미래만을 위한 문제가 아니라 오늘의 과학기술문명이 갖고 있는 폐단(弊端)과 위기(危機)의 대응방안이다. 또한 새로운 해법을 얻기 위한 문화적인 가치로서 그것을 수용하기 위하여 무엇보다 시급한 방안이라는 점을 상기해야 한다.

한국 사회의 미래적 발전을 위해 우리가 지향(指向)해야 할 한국 문화는 전통 문화의 단순한 복구(復舊)일 수는 없고, 그것은 전통문화에 뿌리박고 있으면서 동시에 전통의 부단한 쇄신(刷新)과 변혁(變革)을 통하여서 끊임없이 새롭게 창조되어야 하는 것이다.219)

고대가요의 경우에도 마찬가지로 끊임없이 새롭게 창조되어야 한다. 고대가요의 전승과 변용 양상은 후대적 수용의 특질로 설명된다. 아울러 변용 양상의 의미는 새로운 장르로의 개척과 문화 콘텐츠의 개발로 논의를 확장시킬 수 있다.

---

218) 심치열, 「『구운몽』의 현대적 계승과 변용 연구 -한승원의 『꿈』을 중심으로-」, 『고소설연구』 제16집, 한국고소설학회, 2003, 166쪽.
219) 신옥희, 「한국 문화의 현대적 변용과 여성의 윤리적 과제」, 『한국여성학』 제13권, 한국여성학회, 1997, 195쪽.

1. 고대가요 후대적 수용의 특질

'재현하다(reproduce)'라는 의미는 다시(re)와 만들어 낸다(produce)
는 합성어로 무엇인가를 다시 만들어 낸다는 의미이다. 그것은 다분
히 현재로 다시 재해석한다는 의미도 담겨있다. 그 기반에는 행위자
가 현실을 중점으로 하고 있다는 사실을 환기(喚起)시켜준다. 원시,
고대사회에서 숭배의 대상, 기원의 대상 등 실물을 대신하는 형상은
대상과 같은 에너지, 가치, 정신이 이입된 제2의 숭배 대상이 되었
고, 전통적인 모방론의 시각에서 대상과의 유사함으로 가치와 영향
력을 보여 준다.[220]

재현된 체계 속에서의 이미지는 원래의 실체를 반영한다. 그렇다
면 가장 충실하게 원래의 실체를 재현하고 있는 이미지가 가장 완벽
한 이미지가 된다. 결국은 원래의 실체가 가장 훌륭한 자기 자신의
재현 이미지가 될 것이다.[221] 고전작품의 현대화나 배경 전환은 문학
감상의 영역을 더욱 넓혀 주는 것이다.[222] 현대가 비록 자유의 시대
라고 해도 삶이 가져야 할 모종의 질서는 있다고 본다든지, 다소간
정형화된 문화의 모습으로 드러내기를 추구할 때 대체로 일정한 틀
속에 들어가서 그 형식미를 즐길 수가 있다.[223] 우리는 일반적이고
경험적인 현실의 틀 속에서 삶을 영위하고 있다. 반면에 다른 시각으
로 바라본다면 우리 주변의 많은 변화와 현상들은 일반적이고 선험적

---

220) 정주화, 「재현이미지의 존재방식에 대한 연구: 현실과 가상세계의 분화과정을
　　　중심으로」, 수원대학교 석사학위논문, 2004, 4쪽.
221) Jean Baudrillard, 하태환 엮음, 『Simulacres et Simulation』, 1994, 민음사,
　　　15쪽.
222) 김성곤, 『김성곤의 영화기행』, 효형출판사, 2002, 275쪽.
223) 김대행, 『문학이란 무엇인가』, 문학사상사, 2001, 201쪽.

인 것들을 변용하고, 현실에 적용하는 것이라고 설명할 수 있다.

1) 일상성의 추구

문학은 구체적인 사건이나 인물을 표면에 내세우지 않더라도, 어떤 방식을 구현해서 현실의 부분을 담고 그것에 대한 발언을 한다. 그러나 어떤 작품들은 그러한 재현방식을 포기하고 현실을 은폐하고 호도(糊塗)하게 함으로써 현실에 안주(安住)하게 만들기도 한다.

후대의 작가들은 고대가요를 자신들의 현재적 관점에서 의미화하려는 노력을 보여준다. 그 바탕에는 지향적 세계를 갈망하는 작가들의 노력이 숨어 있다. 개별의 작가들은 고대가요가 지니고 있는 그 정체성이나 전통성을 분석하려는 것이지 단지 문학적인 질서만을 찾으려고 하는 노력이 아니라, 그들이 살아가야 하는 지향적인 세계에 중점을 두고 있다. 이런 이유를 근간으로 하여 고대가요가 지니고 있는 장구(長久)한 역사는 그것을 뛰어 넘어서 현실의 시대를 살고 있는 독자들에게 힘을 실어준다. 같은 맥락에서 고대가요에 대한 작가들의 관심은 단순히 그 당대 현실에만 기반을 두는 것이 아니라, 역사의 총체적인 사항에 관심을 두는 것이라고 본다. 그들은 처한 현실을 단순히 현재의 것으로만 인식하는 것이 아니라, 역사는 이어져오고 있으며 그 속에서 방안을 찾고 모색하려고 한다.

문학에서 일상성은 '비속(卑俗)한 것'이나 '사소한 것', 그리고 '개인의 주관적 경험의 외화(外畵)'와 같은 것들이 주요한 특징으로 거론된다.[224] 〈구지가〉계열 작품의 검토를 통하여 알 수 있는 사실은 누구도 관심을 가지지 않았던 것을 날카로운 시선과 관찰력으로 포

---

224) 한수영, 『소설과 일상성』, 소명출판사, 2000, 99쪽.

착해 냈다는 것이다. 일상적인 행위를 통하여 문학적으로 형상화 하려는 것이다. 이렇게 같은 상황에 대해서도 바라보는 관점에 따라 작품의 형상은 전혀 다르게 조명된다. 무관심으로 넘겼던 평범한 사실들이 여러 상황으로 되짚어 볼 때 특별한 의미를 부여할 수 있다. 〈구지가〉계열의 작품에서 보면 우리가 현실에서 손쉽게 만날 수 있는 단순한 소재들을 가지고 독특한 의미부여와 시선을 두고 있다. 거기에 자신의 경험을 근간으로 하여 새로운 해석체계를 만들기도 하였다.

그렇다면 후대 작가들이 일상에 집중을 할 수 있었던 특별한 이유는 자신들의 근심을 잊기 위한 하나의 방편으로 볼 수 있다. 그렇다면 그 근심의 근간은 과연 무엇일까? 악부시 〈황조가〉에서는 양반의 신분으로 시대의 조류(潮流)에 편입하지 못하는 자의 서러움이 집약되어 있다. 끝내 자신의 방식을 버리지 못하고 악부라는 형식을 택하여, 관료체제에 편승하지 못한 채 묻히고 말지도 모른다는 불안과 고민이 절실하게 드러나지만 그 구체적인 방안은 제시하지 못한다. 다만 그들이 취한 태도는 자신의 현재 삶에 더 집중하고 있는 것뿐이다. 무엇보다도 잡다한 일상사에 대한 상세한 묘사와 현실생활에 대한 깊은 관심, 그에 대한 사실적, 구체적 표현은 사실주의 정신의 매개항(媒介港)이 된다는 점에서 근대성이 반영된다.[225]

〈공무도하가〉의 현대소설의 작가들 역시 소통하려던 세계가 일상과 동떨어진 곳이 아니라는 사실을 주지하게 한다. 그들은 고대가요에서 그 소재를 차용하여 고유한 세계 인식과 미의식을 설명하고 있

---

225) 강명혜, 「고전문학의 문화콘텐츠화 양상 및 문화콘테츠를 위한 수업모형」, 『우리문학연구』 제21집, 우리문학회, 2006, 12쪽.

다. 그들은 전통으로의 회귀를 통해 경험 세계의 비진정성을 고발함과 동시에 세계인식이나 미의식에 있어서 자기 동일성을 확립하고자 하는 경향을 보이고 있다.226)

2) 세태의 불안감

최근에 와서 극단적 개인주의, 지역이기주의가 공동체 전체의 이익을 훼손하는 일이 빈번히 발행된다. 위이즘(we-ism)보다는 미이즘(Me-ism)이 사회적으로 보편화되는 추세이다.227) 사회의 현실은 안중에 두지도 않고 오직 자신만이 성공을 하면 된다는 생각, 조직의 안위(安危)에는 집중하지 않은 채 나만 성공하면 된다는 인식의 틀이 현실의 주류를 이루고 있다. 이런 이기주의의 팽배로 인하여 우리는 과거로의 회귀(回歸)를 소망한다. 과거에 우리는 공동체의 역사와 문화적 전통을 지니고 있었기 때문이다. 전통적인 소재를 단순하게 계승하거나 그것들의 소재를 차용(借用)하여 부분적으로 이용하는 것은 단순히 과거의 문제로만 치부하고 넘어가는 것이 아니라, 현실의 문제를 극명하게 인식하고 있다고 보아야 한다. 고대가요는 인간의 잠재의식이나 언어, 문화적 유산을 기반으로 전승된 경험적 현실의 일부를 설명하고 있을 뿐만 아니라 문학창작의 원천으로 작용하고 있다. 또한 동시대를 살아가는 사회구성원들의 의식을 지배하는 수단이 된다. 이런 전통을 지향하는 창작 태도가 등장한 것은 역설적으로 말하자면 그 시대가 이미 위기에 직면해 있는 사회라는 사실을 입증해 준다. 이 때 두 가지의 부재(不在)를 설명할 수 있는데 하나는 사

---

226) 서성교, 『한국형리더쉽을 말한다』, 원앤원북스, 2011, 185쪽.
227) 서성교, 앞의 책, 212쪽.

회적 의식의 불안이고 또 다른 하나는 인간 주체의 의식 불안이다. 현대사회에서 가치의 척도는 과거에 두지 않고 미래에 기반을 두고 있다. 과거적 공간이나 존재에 대한 친화적 경험을 바탕으로 동일성 (同一性)의 확인은 과거적인 존재의 지속인 현실 인식의 계기가 된다. 다른 한편으로 살펴보면 과거적 존재의 단절에서 오는 비동일성을 확인하는 것은 현실적인 주체와 더불어 그 실존적 상황을 다시 한 번 인식하는 기회가 된다. 과거적 존재와 현재적 주체 사이의 간극이 과거적 경험 세계의 해체된 현실로서 현재를 인식할 수 있기 때문이다.[228)

사라져가는 고대의 공간과 삶의 방식들에 대한 지속적인 관심은 현실의 위기를 타파하려는 인식의 산물이다. 토속(土俗)적인 민간신앙이나 주술요, 애정 가요 등의 방법을 통하여 전통적인 질서에 귀의(歸依)하려는 태도는 자신들의 현실을 객관적으로 인식하려는 창작자들의 노력일 뿐만 아니라 당대의 현실 속에서 부재하는 가치들을 찾아보려는 적극적인 시도이다. 현재에서 충족될 수 없는 결핍의 요소들을 찾아보려는 노력이다.

그것의 해결방안으로 동양의 대동사상에 의미를 둘 수 있다. 공자의 대동사상(大同思想)에서 유래한 이 사상은 모든 사람이 평등하며, 공동소유와 공동분배의 원칙을 지키면서, 인간 도덕의 실천을 특징으로 하는 인류의 가장 이상적인 철학이다. 이는 원시사회와 유사한데 우리 건국신화나 고대국가의 축제(祝祭) 등을 통해서 행했던 제천의식 등이 그것이다. 현실에서 충족될 수 없는 부의 편재나 심각한

---

228) 최정숙, 「한국 현대시의 민속 수용양상 연구: 백석·서정주를 중심으로」, 경희 대학교 박사논문, 2003, 187쪽.

인간소외의 문제 등을 공동체식 해결방안에서 치유할 수 있다.

3) 유토피아 의식의 발로

현실의 각종 문제들은 작품 창작에 동기를 부여하고 소재를 제공하여 작품에 직접적인 영향을 미칠 뿐만 아니라 작가의 인생관·가치관을 형성하는 데 영향을 준다. 작가가 처한 시대가 혼란스러웠는지 안정되었는지에 따라 작가들의 사상경향이나 행동경향이 달리 표현되는 것은 당연한 것이다. 따라서 현실이 안정된 시기에는 현세에 만족하며 태평성대를 노래하는 작품이 주류를 이루며, 불안한 시대에는 현실을 비판하고 이상향을 추구하는 작품들이 많이 창작된다.[229]

루카치는 현대 사회를 선험적 고향 상실의 시대로 보면서, 이것은 자기로부터 그리고 사회로부터의 내재적 총체성으로부터 인간의 절대적 소외의 시대라고 이야기하고 있다.[230] 에리히 프롬은 인간은 자신을 이질적인 존재로서 인식하는 경험의 한 유형으로 설명한다. 우리는 이를 인간이 그 자신으로부터 소원하게 되었다고 말할 수 있을 것이라고 밝히고 있다.[231]

고대가요를 후대에 전승한 작가들은 당대의 현실에 대한 부조리한 삶과 존재의식을 다루는 치열한 작가의식을 지니고 있다. 그들이 다루는 현실은 더욱 주체적이고 폭넓게 가속화되어서 이루어진다. 고대가요를 악부시로 가창하거나, 제의의식이나 기우제를 통해서 표현하거나 현대시, 소설, 대중가요, 무용 등의 문화적 콘텐츠를 기반으

---

229) 이종록 외, 『21세기 사회와 종교 그리고 유토피아』, 생각의 나무, 2002, 313쪽.
230) 전용숙, 「황석영 소설의 유토피아지향성연구」, 대구대학교 교육대학원 석사학위논문, 2002, 8쪽.
231) 에리히 프롬, 이용호 역, 『건전한 사회』, 백조출판사, 1983, 157쪽.

로 하여 창작을 하는 작가들은 그들의 작품 속에서 유토피아에 대한 열망이 내재되어 있음을 간과 할 수 없다.

유토피아(Utopia)라는 의미는 영국의 르네상스기의 학자인 토머스 모어의 저서『유토피아』에서 유래한다. 이 말은 그 어원 자체가 가지고 있는 두 가지 뜻 때문인지 부정과 동시에 긍정의 의미를 지닌 것으로 받아들여져 왔다. 부정적이라고 할 때 이는 곧 '그 어디에도 없는 곳'을 이야기하므로 비현실적이고 실현 불가능하다는 의미를 함축(含蓄)하고 있다. 긍정적이라고 할 때는 인간의 가장 고귀한 꿈이 실현되는, 인간의 행복을 방해하는 모든 것이 제거되어 욕망과 성취사이에 그 어떤 긴장과 대립도 존재하지 않는 '이상(理想)적인 곳'을 가리킨다.232) 이런 이상향을 형상화하거나 지향하는 심리에는 당대의 사회적 상황과 긴밀한 관련을 가지고 있을 것으로 추측된다. 유토피아의 시간은 인간 해방의 유일한 장으로 여겨지는 미래를 향해 나아간다는 긍정적 가치를 함축하고 있다.233)

고대가요 〈황조가〉를 악부화한 성호 이익·한남 이복휴·삼명 강준흠은 사회와 역사에 대한 비판의식을 현실의 정치적인 변화와 혼란 속에서 형상화 하였다. 그들이 처한 사회적인 현실과 체제는 혼란과 분열의 연속이었으나 좌절하기보다는 이상사회에 대한 강한 열망을 악부(樂府)라는 장치를 이용하여 피력(披瀝)하고 있다. 조선후기의 모순된 체제는 그들에게 소외의식을 심화시켰다. 작가들이 악부시를 창작하면서 강한 비판의 태도를 유지한 것도 아니고, 방관자적 자세만을 취하는 것도 아니다. 그들의 상황은 사회적인 문제와 별개

---

232) 임철규, 『왜 유토피아인가』, 민음사, 1994, 11쪽.
233) 임철규, 위의 책, 18쪽.

로 볼 수 있는 것이 아니라 유기적으로 촘촘하게 얽혀져 있다. 정치적으로 조선후기 권력의 우위에 있던 서인세력을 견제하고 자신의 정치적 기반을 강건하게 하지 못한 불행했던 남인의 정치적인 상황과 맥을 함께한다.

그러한 사대부들의 현실이 부조리한 정치적 상황의 세부적인 고발과 함께 그들이 가진 정치적인 야망까지도 우회적으로 보여주지만 무엇보다 그들의 현실을 토로한다는 사실을 주목할 필요가 있다. 그것은 현재라는 현실적 가치와 더불어 과거의 경험과 미래에 대한 기대로 점철(點綴)되는 것이기 때문이다. 미래에 대한 소망은 현재의 현실과 불가결(不可缺)의 요소로 설명된다.

삶과 정신의 진보적 상태가 계발과 자각의 결과임이 틀림없다면 문학은 비생명적이며 반인간적인 여러 요인에 언제 어느 때나 맞서서, 동시대의 사람들과 더불어 바람직한 인간조건을 세우는 데 한 치라도 가까이 가야 할 것이다.[234]

구효서의 소설 『공무도하가』와 김훈의 소설 『공무도하』에서 알 수 있듯이 그들의 작품에는 저항적인 서사와 아울러 유토피아에 대한 소망이 밑바탕에 깔려 있다. 그 기저에는 산업화라는 커다란 배경을 등에 업고 있다. 산업화는 개인에게 폭넓은 기회와 자유를 주어 사회적으로는 대규모 생산을 달성하고 개인에게는 능력에 따른 풍요를 선사하였다. 하지만 부(富)의 불균형을 심화시켜 사회적 불평등을 낳으며 도시의 인구급증, 노동자계층의 소외, 상대적 빈곤감의 증대와 박탈감의 형성과 아울러 범죄생성과 환경파괴, 후진국의 선진국 종속 등의 문제점을 낳았다. 이러한 역기능은 문학에 있어서도 큰 저

234) 황석영, 앞의 책, 121쪽.

항을 가져오게 했다. 그들은 이런 부조리하고 각박한 현실세계를 떠나서 이상향으로 도달하기를 염원할 수밖에 없는 실정이다. 그러나 창작자들은 유토피아의 모습을 구체적으로 형상화하거나 어떤 묘사도 하지 않는다. 다만 미래는 유토피아가 도래할 수 있을 것이라는 무한한 가능성과 확신만을 제시한다.

4) 독자의 문학적 치유의 열망

현대인이 혹은 현대 세계가 앓고 있는 병은 마음의 병으로서 존재론적이고 형이상학적인 난치병을 앓고 있다.[235]

"이것은 무엇보다 마음의 병이기 때문이다. 이것은 마음에서 시작되어, 마음의 근원마저 공격하게 되었다. 이제 세계가 검은 장막에 둘러싸여 있다는 것이 놀랍지 않은가?"[236]

과거에는 민족으로 속한 공동체적 구성원, 곧 사회적 존재로서 친족체계, 이웃들과 함께 살아야만 하는 구조였다. 그러나 현대 산업사회에서 인간은 공동체의 관계에서 밀려나면서 분리된 하나의 개체로 설명되며, 개별성과 자유가 공동체적인 성향보다 더 우위를 차지하였다. 이리하여 현대사회에서 인간은 점점 개인적인 자유를 보장받는 한편, 점점 더 고독과 상실감에서 허우적거리고 있다. 현대인들은 외로운 독서가들이다. 개인과 개인의 관계를 들여다보면 우리의 눈으로만 볼 때 원만하고 좋은 관계가 유지되지만 그 내면을 관

---

235) 진교훈 외, 『인격』, 서울대학교출판부, 2007, 396쪽.
236) Jacques Maritain, *The Range of Reason*, charles scribner's son, 1952, 122쪽.

찰하면 유기적으로 얽히거나 서로에게 구속이 되는 존재가 이루어지는 것에 부담을 느끼고 있다.

문학이 고통과 맞설 수 있다는 믿음은 상당히 오랜 역사를 가지고 있다. 중세의 문학은 새로운 영적 투쟁을 위해 꼭 필요한 치료와 복원의 힘을 지녔다 하여 신앙심 깊은 반대자들의 공세로부터 보호되었다. 중세의 의사들은 흔히 역병에 걸린 환자들에게 가장 효과적인 약으로 웃음과 재미있는 이야기를 처방해 주었다.[237]

적절한 조건만 갖춰진다면 언어는 충분히 치유의 힘을 가질 수 있다. 문학이 개인적인 인간의 목소리가 얼마나 중요한지를 다시 상기시킬 수 있다면 말없이 고통과 혼란 속에 빠져 있는 요즘의 많은 사람들에게 큰 도움이 될 것이다.[238] 문학이나 예술이라는 것이 인간에게 여전히 유희와 감동을 주는 것 이상으로 위로와 치유의 열망이 우리의 삶속에 있다.

작가들은 감정을 움직이고 인식을 변화시키는 특별한 기술 덕분에 고통의 창조 혹은 파괴를 도울 수 있다. 다시 말해서 그들은 도덕 공동체의 경계를 확대시킬 수 있다. 우리가 평소에는 보지 못하던 고통을 인식하도록 강제하기도 한다.[239] 이런 사실을 기반으로 독자들은 현실의 세계에서 받은 상처를 치유하고 싶은 열망에 사로잡히게 된다. 그러기 위해서는 시대현실을 먼저 직시해야 한다. 미국에서부터 시작된 글로벌 금융위기는 대중들을 미래에 대한 불안, 정치권에 대한 강한 불신, 공교육의 부재, 이분법적인 사고의 확대로 비

---

237) Glending Olson, *Literature as Recreation in the Later Middle Ages*, Ithaca, N.Y; Cornell University press, 1982.
238) 아서 클라인만, 비나다스, 안종설 역, 『사회적 고통』, 그린비, 2002, 66쪽.
239) 아서 클라인만, 비나다스, 안종설 역, 앞의 책, 70쪽.

롯된 사회적인 갈등의 양산, 빈부의 격차로 갈수록 심각하게 확대되었다. 빈부의 양극화, 어떠한 대안도 보이지 않는 문화시장, 해소되지 않는 청년실업, 심리적인 불안과 우울로 인한 자살자의 확산 등은 대중을 좌절의 구렁텅이로 몰고 있다. 이런 현실에서 개인은 어떻게 해서든 위안을 받고자 했고, 살아남은 자의 마지막 선택이라 할 수 있는 자기치유의 열풍이 거세게 불었다.[240]

고대가요의 현대적인 변용 작품 속에는 인간이 지닌 삶의 태도와 신념이 절실하게 드러난다. 현대사회는 각박하고 분주하며 인간성을 상실한 퇴폐적이고 향락적인 공간이다. 그런 사회 속에서 대중들은 끊임없이 무엇인가를 갈구하면서 소망하고 치유를 원한다. 구효서의 소설『공무도하가』와 김훈의 소설『공무도하』에서는 현대인들의 상처받은 내면이 여실하게 드러난다. 그러나 작가는 그들에게 특별한 치료나 대안을 부여하지는 않는다. 다만 그러한 현실을 은폐하거나 미화하지 않는 대신 현실의 모습을 여과 없이 보여주면서 그들이 소망하는 현실세계를 이해하고 고통을 덜어주기 위해 적극적으로 표현한다. 특수한 장치를 부여하지 않아도 소설 속에 형상화 된 인물들은 우리가 살고 있는 현실세계와 동떨어지지 않은 삶을 살고 있다는 것을 구체적으로 제시한다. 이것은 삶에 대한 애착과 동질(同質)감을 갖게 한다. 그러나 작가는 억지로 현실을 창조하거나 이해를 구하는 장치를 마련하는 것이 아니라 편안함과 마음의 안정을 찾도록 돕는다. 그런 힘을 바탕으로 대중은 삶에 대한 강한 의욕을 얻을 수 있게 된다. 더불어 자신만이 겪고 있는 상처라고 믿고 있던 사실이 결국은 현대인이라면 누구나 가지고 있는 상흔(傷痕)임을 자각하고 대중

---

240) 한기호,『우리가 사랑한 300권의 책 이야기』, 교보문고, 2011, 387쪽.

들은 재충전할 수 있는 기회가 마련된다. 그것은 현대를 살아가는 대중들에게 자신의 삶을 이끌어가게 하는 가장 큰 원동력이 되면서 희망으로 내면 깊숙이 자리하게 된다.

5) 환상성의 추구

서양에서 '환상적'(fantastic)이라는 단어는 실제로 라틴어 'phanta -sicus'에서 파생되었다. 이 말은 그리스어인 'phantasein'에서 나온 말로 '나타나 보이게 하다' 혹은 '착각을 주다'라는 의미였다.[241]

과거의 텍스트를 문학의 소스로 활용하여 환상성(幻想性)을 통해 기존의 작품을 창조적으로 변용 혹은 모티프를 원용한 경우도 문학의 영역을 확대시키는 또 다른 예가 된다.[242] 환상성은 단순히 초월적이고 신비한 세계에 대한 상상이나 공상이 아니라 어떤 방식으로든 현실 세계나 현실적인 원칙과 관련을 맺는 것이다.[243] 인간의 현실을 둘러싸고 있는 세계와 우주는 늘 정확히 규명할 수 없는 일들이 부지기수를 이룬다. 세상은 모두 풀어나가야 할 상징들로 덮여있고, 그 불가사의한 문제들이 요구하는 난해한 물음들로 인하여 인간은 늘 두려움과 공포의 대상으로부터 자유로울 수 없다. 인간은 저너머 피안의 세계를 추구하는 욕구로 분주하다. 그것을 '문학'이라는 장르와 결합시키면서 이승과 저승, 현실과 환상의 세계라는 모호한 경계를 드나든다. 이처럼 해방감과 상상력의 세계에 빠져들면서 내면에서의 움직임은 시작된다. 인간은 피안의 세계를 상상하면서 망

---

241) 최기숙, 『환상』, 연세대학교출판부, 2003, 7쪽.
242) 구보학회, 『환상성과 문학의 미래』, 깊은샘, 2009, 27쪽.
243) 안민정, 「한국 전기소설의 환상성 연구—금오신화의 경우」, 선문대학교 대학원 박사학위논문, 2011, 12쪽.

상에 빠져 들기도 한다. 외부와 내면을 안정시키려는 소망, 꿈과 상상력이 조화롭게 이어지면서 문학에 무한한 특수성을 부여한다. 죽음의 신비스러움과 그것을 응시하는 태도가 특수한 상상력을 창조해 내고 미학적인 원리는 두드러지게 드러난다.

고대가요 〈공무도하가〉에서는 현실세계와 죽음이라는 피안의 환상계가 작품 속에서 모두 공존(共存)하고 있다. 이 작품에는 두 세계가 존재하고, 그 세계에는 삶과 죽음이라는 팽팽한 심리적 긴장감이 있다. 두 세계는 환상성의 발현공간으로 주인공과 독자와의 망설임과 머뭇거림으로 나타난다.244) 구효서의 소설 『공무도하가』에서도 역시 두 세계의 정서가 나타난다. 그 정서는 일상적인 질서로 설명할 수 없는 것이다. 죽음과 삶으로 나누어지고 저승과 이승의 변별을 두면서 두 곳의 단절을 확실하게 보여준다. 또한 죽음이라는 마지막 여정 속에서 삶의 가장 소중한 가치를 깨닫게 되는데, 죽음이라는 요소를 단순히 기존의 통념으로 설명하는 것이 아니라 통념을 전복(顚覆)시키면서 피안의 너머까지 작품의 중요한 구성으로 설명하고 있다.

로즈메리 잭슨은 "현대적 환상은 고대의 신화·신비주의·민담·요정담·로망스 등에 뿌리박고 있다"고 이야기 했다.245) 그것들을 바탕으로 하는 현대적인 변용은 환상성을 제시한다. 저 너머 세계로 가고자 하는 인간의 욕망을 불러일으킨다. 그것이 '고전'이라는 장치와 조합을 이루면서 현실과 꿈, 이승과 저승, 산 자와 죽은 자, 과거

244) 환상문학에 대하여 본격적인 이론을 정립시킨 사람은 츠베탕 토도로프이다. 그는 환상성을 규정할 수 있는 기본적인 요소는 작중인물과 독자와의 머뭇거림, 의심, 불안감이라고 설명하고 있다.

245) 로즈메리 잭슨, 서강여성문학연구회 옮김, 『환상성─전복의 문학』, 문학동네, 2001, 13쪽.

와 현재와 미래, 인간과 사물의 차별과 경계가 허물어지는 환상은
이제 거의 모든 예술의 미학적 구성에 있어서 핵심요소로 기능하고
있다.[246]

2. 새로운 장르로의 개척과 문화 콘텐츠 개발

현대 사회는 시시각각 눈부신 변화를 하고 있는 디지털 시대이다.
디지털 기술을 바탕으로 문화콘텐츠 산업은 눈부신 발전을 이룩하였
다. 문화콘텐츠란 각종 유무선 통신망을 통해 매매(賣買) 또는 교환
(交換)되는 디지털화된 정보의 통칭, 예를 들어 인터넷이나 PC통신
을 통해 제공되는 각종 프로그램이나 정보 내용물, 비디오테이프,
연극, CD에 담긴 영화나 음악, 만화, 애니메이션, 게임소프트웨어
등을 모두 지칭한다.[247]

이런 인터넷, 전자정보, 모바일, UCC(User Created Contents)를 기
반으로 하고 있는 정보들은 누구나 장소와 시간에 구애를 받지 않고
구하고자 하는 정보를 손쉽게 얻을 수 있다. 이런 문화산업은 국가
가 장려하는 주요한 산업으로 고부가 가치를 획득할 수 있는 주요한
정책으로 추앙(推仰)받고 있다. 따라서 문학 분야에서도 시대의 흐름
에 맞추어 변화에 뒤쳐질 수 없다. 문화콘텐츠는 단순한 '문학작품'
으로 끝나는 것이 아니라 시장에서 유통되는 '상품(商品)'이기 때문에
시장(市場)의 생존에 알맞은 콘텐츠를 기획할 수 있는 '안목(眼目)'이
선행되어야 한다. 이는 단순한 창의력과는 다른 부분으로 문화시장

---

246) 문홍술, 『형식의 운명 운명의 형식』, 역락, 2006, 23쪽.
247) 강명혜, 앞의 논문, 3~31쪽.

을 읽을 수 있는 기획역량이 가장 핵심이 된다. 그러나 고전문학은
고전에 대한 거부감과 아울러 원전(原典)에 대한 올바른 해석의 어려
움이라는 난관에 부딪혀서 대중화와 상업화에는 다소 어려움이 있다
고 이야기되어 왔었다.

  반면에 고전 문학 속에 담겨진 다양한 함의(含意)는 독자들이 갖는
관심의 영역이 되었다. 그것을 바탕으로 원 소스 멀티유스(One Source
Multi Use)248)라는 전략에도 이용할 수 있는 계기가 되었다. 고전소설
이나 고전시가의 소스를 바탕으로 현대적인 장르로 재해석하거나 변
용하여서 제작된 콘텐츠는 이미 여러 분야에서 성공을 거두었다.249)
향가 〈처용가〉는 뮤지컬 「처용향가」로 〈도솔가〉는 음악극인 「일식」
과 「도솔가 짜라투스트라는 이렇게 말했다」로 변용되었다. 향가 〈서
동요〉는 뮤지컬 「서동요」로 가사 〈사미인곡〉은 뮤지컬 「사미인곡」으
로 각색되어 공연되었다. 백제가요 〈정읍사〉는 연극 「정읍사」와 가무
악극 「정읍사」, 오페라 「돌하 노피곰 도드샤」 등으로 여러 차례 무대에
오르기도 하였다.250)

---

248) 이 용어는 하나의 고유자원 콘텐츠(One Source)를 활용하여 이와 관련된 분야
    에서 다양한 문화상품(Multi-Use)으로 재생산함으로써 부가가치를 극대화하는
    산업의 총체적 개념으로 부상하고 있다. 우수한 OS원작의 요소를 차용하여 다른
    매체로 전이하는 MU콘텐츠개발은 기획, 제작, 보급에 이르기까지 전 과정을 총
    괄하는 자본 및 산업 네트워크를 구축하는 것을 특징으로 한다. (한영림, 「원소스
    멀티유스(OSMU) 콘텐츠로서의 셰익스피어 애니메이션」, 『문학과 영상』 제10권
    제1호, 2009.4, 219쪽)
249) 소설 『춘향전』의 소재를 차용하여 「쾌걸춘향」과 「향단전」으로 드라마화 되어서
    인기리에 방영한 적이 있으며, 최근에는 「방자전」이라는 영화를 통하여 흥행몰
    이에 성공을 거두었다.
250) 정인숙, 「「정읍사」의 공연예술적 변용과 문화콘텐츠로서의 가능성: 고전시가의
    현대적 변용과 관련하여」, 『한국문학이론과 비평』 제36집, 한국문학이론과 비평
    학회, 2007, 127~149쪽.

인간의식의 뿌리 속에는 신화적 상상력이 있다. 이 신화적 상상력
은 더 이상 인간의 본능을 막을 수 없는 물질문명의 시기에 다시 '재
발견'되고 있다. 인간의 발생론적 잠재력은 해부 생리학적 측면에서
보면 생각하는 인간이 존재해 온 이래, 한결같은 것이었다.[251]

장르개척의 의의(意義)는 단지 전통예술 형식의 현대화나 그 내용
에 있지 않다. 기존의 문학 장르에 남아 있을 일말의 긍정적인 요소
까지 송두리째 부정하는, 극단적인 형식 추구 내지 그것에 대한 강
조가 지닌 의미이다.[252] 우리가 고대가요에 가치를 두는 것은 단순
히 전통의 비판적 계승이나 우리 민족과 민중문화의 고취(高趣)를 위
한 것만은 아니다. 물론 그러한 사실을 바탕에 두고 있기는 하지만
더 근본적인 이유는 단순히 원전의 내용을 차용하는 것만이 아니라,
장르를 넘나들어 보여주는 현실을 통해서 철저하게 변용과 수용을
시도했던 문학의 혁신성에 있다. 단지 부조리하고 억울한 현실 상황
을 풍자(諷刺)하고 비판하기 위한 수단으로 사용하는 것으로 보기에
는 다소 무리가 따른다. 기존의 우리가 선험 했던 예술이나 혹은 우
리가 기피했던 형식이나 장치를 적극적으로 반영함으로써, 미처 과
거에는 접하지 못했던 예술 개념의 확장이나 개척에 그 목적이 있다.
나아가 문학만이 예술의 고유한 장르라고만 주장하던 시대는 소멸했
다. 비록 잔혹함을 주거나 파괴적인 장치를 사용하더라도 그 장치가
독창성과 자율성을 수반하고 있다면 그 가치는 상당히 높아진다.[253]
기존의 정형화되고 습관화된 장르에서 버려진 된 것들 중에서 우리
가 적극적으로 수용할 수 있는 장르를 되살려 사용한다면 그것은 매

---

251) 질베르 뒤랑, 『문화산업과 스토리텔링』, 다할미디어, 2007, 85쪽.
252) 임동확, 앞의 책, 313쪽.
253) 임동확, 위의 책, 313쪽.

우 가치 있는 작품이 될 수 있다는 신념이 필요하다.

고전문학을 그대로 복원하고 콘텐츠화 하는 것도 의미가 있다. 그 것은 단순히 고전문학을 읽고 교양을 쌓는 것 이상으로 전통을 계승 하며 지키는 것과 통한다. 그러나 과거는 단순히 우리의 과거이기에 중요한 것이 아니라 현재와 미래를 연결시키는 고리이기 때문에 더 욱 중요한 것으로 인식된다. 다시 말해 고전문학은 고전이자 문화적 창조의 원천이다.

고전 속의 다채로운 소재들과 개성적이면서 전형화된 캐릭터들은 현대적 감각에 맞게 재창조되고 콘텐츠화 되어서 우리의 문화를 더욱 풍요롭고 다양하게 만들어 줄 수 있다. 뿐만 아니라 보는 이들로 하여 금 친숙함을 기반으로 하면서 새로움을 전달해주기 때문에 더욱 효과 적이다. 그런 측면에서 고전문학은 내용적인 측면, 방법적인 측면 등 을 통틀어 끊임없이 재구성하고 재해석하는 것이 요구된다.

구비전승에서 역사와 문학으로 이어져오던 이야기의 중심 무대는 이제 콘텐츠로 옮겨가고 있다. 문화콘텐츠는 어느덧 현대 서사의 가 장 매력적이고 또한 권력을 가진 하나의 통로(通路)로 자리 잡고 있 다. 고대가요를 새로운 장르로의 개척을 할 때 영화라는 장르를 적 극 활용할 수 있다. 영화는 전통적인 이야기를 새로운 시각(視覺)으 로 재현(再現)을 할 뿐만 아니라 마샬 맥루한(Marshall Mcluhan)이 이 야기 한 바와 같이 '인간의 오감(五感)을 확장하는 매체'로서 '새로운 비전과 인식을 제공'해준다.[254] 무엇보다 고대가요가 지니고 있는 신화적인 요소를 부각시킬 때 다른 장르보다는 영화를 통해 서사의 확장을 표현할 수 있다. 고대가요에서 가장 기본적인 구조가 서사라

---

254) 한국서사학회, 『영화서사 자세히 읽기』, 한국문화사, 2011, 10쪽.

는 사실은 모두가 동의하므로 이런 새로운 장르의 대한 모색을 통해
다양한 영역에서 서사의 지속과 확장을 가능하게 할 수 있다.

우리의 미래는 현재에서 첨단이라고 불리는 것들이 발전하고 변화
하는 방향으로 모색될 것이다. 그리고 문학에서 콘텐츠화 할 수 있
는 것들의 창고는 대부분 과거의 문학이라고 이야기 할 수 있다. 고
전문학을 현대적으로 계승하여 다양한 변용을 거쳐 한국 문학의 상
상력에 새로운 지평을 넓히고 있을 뿐만 아니라 고전의 확대 재생산
을 보여주었다. 또한 고시가, 향가(鄕歌), 무가(巫歌), 신화(神話), 고
소설(古小說), 판소리 사설 등 다양한 장르를 수용한 통합소설로 다
시 탄생시켜, 장르 변용을 통한 창작방법론의 확장이라는 독특한 성
과도 보여주었다.255) 신화는 현대의 디지털 환경, 영상매체의 발전
과 판타지 문화의 성장 등과 맞물려 오히려 가장 현대적인 문화 영
역에서 새롭게 재생산된다. 소설, 영화, 드라마, 만화, 애니메이션,
게임 등에서 신화에 대한 수요와 관심은 나날이 증대하고 있는 추세
다. 문화 콘텐츠의 보고로 신화를 바라보는 입장에서는 신화의 상징
적인 세계야말로 문화적 창조력의 원천인 셈이다.256)

그러나 변용의 정도가 적은 단계에서는 최대한 신화의 본래적 의
미를 살려야 한다. 그 신화를 새로 쓰기 차원으로 재해석하고 많은
변용을 꾀하는 데 있어서는 보다 그 기준이 자유로워야 하고 또 그
렇게 될 수밖에 없다는 생각 때문이다.257) 고전문학을 소스로 한 콘

---

255) 임금복, 「고전문학의 현대적 계승과 장르적 변용 연구–박상륭의 소설 「칠조어
   론」을 중심으로–」, 『한국소설연구』 제22권, 한국현대소설학회, 2004, 11쪽.
256) 오세정, 『설화와 상상력』 제이앤씨, 2008, 241~317쪽.
257) 김유진, 「〈원천강본풀이〉의 신화적 성격과 현대적 변용 양상」, 『아동청소년문
   학연구』 제6권, 아동청소년문학연구학회, 2010, 395쪽.

텐츠의 개발은 문학성과 아울러 예술성을 바탕으로 해야 한다는 점을 강조하고 싶다. 원전의 창의적인 수용과 아울러 매체의 창조성이 결합되어 생성된 콘텐츠가 독자의 문학적인 감상력을 풍부하게 해준다면 진정한 의미의 문학적인 교감과 경험이 생성된다고 이야기 할 수 있다. 그러나 현대적인 변용을 할 때 그 중심에 있는 대중성과 상업성만을 강조하면 여러 가지 폐단을 가져올 수 있다. 고전문학의 장기적인 발전을 위해서 무엇보다 신중한 태도가 필요가 있다. 고전문학에 기반(基盤)을 둔 콘텐츠들은 이미 검증(檢證)된 보편성과 호기심을 바탕으로 당장은 대중의 시선을 사로잡을 가능성은 높지만 단지 상업성과 대중성에만 몰입(沒入)하다보면 그 관심은 지속되지 못한다. 원작에 대한 기대는 오히려 대중들에게 반감을 불러일으키고 작품들을 졸속(拙速)으로 제작하는 현실로 변화시켜 고전문학의 역량을 약화시킬 수 있다.

V. 문학사적 의미

고대가요는 시대와 공간을 넘어 공감하고 계승할 만한 보편적인 가치를 지녔다는 전제를 가질 수 있다. 이를 어떻게 활용하느냐에 따라 디지털 시대를 살아가야 하는 우리의 삶은 풍요로울 수 있다. 디지털 시대는 고전문학에도 큰 변화를 기획(企劃)했고, 미래에도 그 변화의 양상(樣相)은 계속 될 것으로 확신한다.

무엇보다, '고전 텍스트'가 다양한 장르로 변용되어 수용된다. 많은 고전문학의 소스가 디지털화되어 변용되었다. 또한 앞으로도 디지털화될 것으로 확신할 수 있다. 디지털이라는 유용하고 가변적인 방법은 고전문학을 다양한 장르와 매체로 변환시키는 과감한 장르적 변용을 가지고 왔다. 고전은 단지 읽는 인쇄매체에 불과했던 장르였음에도 불구하고 이제는 복합적이고 총체적인 장르로 변환되고 있다. 장르 간 결합현상은 장르에 대한 하틀리(Hartely)의 정의에서 충분히 예견되는데 그는 장르란 '끊임없이 변형되는 매우 유동적인 패러다임'이라고 보았다.258)

문자 매체의 물질적 실체가 그전 텍스트의 지적 권위를 이끌었다면, 디지털 문화의 임의성, 가변성, 상호구성성은 텍스트 내적 의미를 자기 동일성을 회의하게 만들고 있다.259)

여전히 현대인들이 선호하는 것은 고대로부터 내려오면서 현재까지 되풀이 되고 있는 원형적인 이야기라고 할 수 있다. 원형적인 이야기는 동서고금을 막론하고 사람들의 마음과 정서, 감정을 움직이는 힘의 근원이 되고 있다. 이런 점에서 오랜 시간동안 생명력을 유지하면서 지속된 것이다. 고대가요는 후대에 와서는 외형만 달리할 뿐이지 공통의 주제는 동일한 것의 반복으로서 사람들에게 지속적으로 호응을 받게 된다. 원형으로서의 주제는 인간이라면 누구나 공감할 수 있고 관심의 대상이 되는 것이다. 대표적으로 인간의 통과의례적 측면과 관련이 깊은, '죽음', '사랑', '이별', '새 생명 탄생' 등일 것이다. 이러한 주제는 결국은 네버 앤딩 스토리(never-ending story)에 해당하는 원형담이다. 현존하는 시가 중 가장 고대의 것으로 알려진 상고시가의 주제도, 결국은 '사랑과 이별'(황조가), '새 생명의 탄생'(구지가),

---

258) 강윤혁, 「TV프로그램의 장르확장에 관한 연구」, 『한국콘텐츠학회 2007 춘계 종합학술대회 논문집』 제5권 제1호, 2007, 1쪽.

259) 최인자, 「디지털 시대, 문학 고전읽기 방식-고전 변용 텍스트의 상호매체적, 상호문화적 읽기를 중심으로」, 『독서연구』 제19호, 2008, 99쪽.

'죽음과 재생'(공무도하가)이다.[260]

고대가요는 시대별로 상호보완(相互補完)적인 기능을 갖고 있었다. 〈공무도하가〉에서는 유이민의 고통과 현실에 대한 분노의 표출로 볼 수 있었다. 〈황조가〉에서는 악부를 사용하여 집권층에 대한 신랄한 비판을 보여주면서 그들만의 갈등을 형상화하고 현실체제에 편승하고자 하는 이중적인 태도를 보여준다. 〈구지가〉에서는 후대(後代)에 이르러서 '굿'이라는 장르로까지 확장된 사실로 미루어보아 민중들의 다양한 소망의 성취를 위한 욕망이라는 사실이 드러난다.

〈구지가〉는 고대부터 제의(祭儀)에 사용되면서 소망을 드러내던 성격이 후대에도 이어져서 지속적인 소망의 발로라는 형태로 나타난다. 〈구지가〉는 다른 고대가요에 비하여 후대에 이르러 다양한 장르로의 변형을 시도하기 보다는 주술적인 양상을 띠면서 전승되고 있다. 그러나 인간의 보편적 속성인 성(性)에 대한 관심이 후대에서도 여전히 그 성격이 지속되고 있으며 한층 더 심화되었다. 동서고금을 막론하고 성에 대한 관심은 어느 사회에서든지 존재하는 필수적인 요소이다. 다만 시대마다 노출과 개방이라는 차이일 뿐 영구히 변하지 않는 관심의 영역이기도 하다. 현대에 이르러 개방화 된 성 풍조와 더불어 〈구지가〉 역시 기존의 생명성에 대한 강조와 지도자가 출현하기를 갈망한다는 전범(典範)적인 해석에서 벗어나 섹슈얼리티(sexuality)[261] 적

---

260) 강명혜, 「〈黃鳥歌〉의 의미 및 기능」, 『온지논총』 제11집, 온지학회, 2004; 「상대시가의 의미 및 기능」, 『한겨레어문연구』 제2집, 한겨레어문학회, 2003; 「죽음과 재생의 노래 〈공무도하가〉」, 『우리문학』, 18집, 우리문학회, 2005.

261) 섹슈얼리티라는 개념을 단지 성적 행위나 성적 욕망 그 자체로만 규정하기 보다는 성에 대한 지식, 관념, 성적 행위의 방식들을 당시의 사회적, 문화적, 역사적 조건과 결부시킴으로서 좀 더 폭넓은 개념으로 사용한다. (이에 대한 구체적인 논의는 졸고, 「기녀시조속에 나타난 섹슈얼리티 양상」, 선문대학교 대학원 석사

인 측면을 결부시켜서 많은 비중과 해석을 두고 있다. 그러나 성(性)의 개방화 속에 살고 있는 현대인이 단순히 성적 유희와 쾌락을 강조한다고 오해하기 쉽지만 그런 측면만을 강조하는 것이 아니다. 그 속에 담겨진 성의 가장 고유하고 신비로운 기능인 생명탄생에 대한 경외심이 현대인의 내면에 여전히 존재하기 때문이다.

또한 성을 상품화하고 퇴폐적인 상황으로 몰고 가는 사회분위기 속에서 현대인은 과거와 같이 성을 숭배(崇拜)하고 추앙(推仰)하는 시대로의 회기를 꿈꾸고 있다. 이러한 사실을 염두에 둔다면 〈구지가〉의 변용은 후대인이 갖는 열망의 표출이라고 이야기할 수 있다. 후대에 와서 변용된 〈구지가〉는 민족적 삶의 원형과 가치를 파악하고 전통적인 제의와 민족의 의식을 한층 강하게 하려는 장치를 지니고 있다. 후대 창작자들은 단순하면서도 친근한 소재를 이용하여 풀어가면서 독자들에게 자신이 보여주려고 했던 문학적 장치나 미적 세계관을 통하여 이데올로기적 사고를 전파하고자 노력하였다.

〈공무도하가〉는 하나로 규정하기 어려운 다양한 성격의 노래로 신비하고 환상적인 성격을 지니고 있다. 이별과 죽음에 관한 노래이면서 때로는 무당의 노래이기도 하고, 낭만성과 비극성을 두루 갖춘 노래이다. 그러다보니 후대에 와서 가장 많은 장르에서 그 소재가 통용되고 있다. 그 이유는 아마도 서로가 단절되고 경직된 사회에서 살고 있는 현대인이 추구하는 소통과 유연을 지니고 있는 작품이기 때문이라고 짐작된다. 그 소통과 유연의 중심에는 항상 사랑과 이별을 얻으려는 정서가 포함되어 있기 때문이다. 이 정서는 전 인류의 공통된 욕망이며 인간의 보편적인 정서이다. 그러한 인간의 정서는

논문, 2004, 4쪽 참조.)

스토리의 원형들로 형성화될 수 있다.

　후대에 와서 변용된 〈공무도하가〉는 현재를 살아가는 대중들의 삶의 모습을 차분하게 형상화하였다. 앞으로의 삶의 방향에 대하여 적극적으로 제시하면서 또한 다양한 장르와 교섭을 통하여 원전이 지니고 있는 사랑의 노래라는 매력을 살린다. 또한 후대 창작자들은 원전에서 규명하지 못한 죽음의 이유에 대한 그 의혹을 해결하기 위해서 다각도로 모색을 하고, 전승과 변용은 고루하고 편협한 것으로 치부하던 고대시가를 활성화하여 대중이 공감하는 보편적인 장르와 콘텐츠를 개발할 수 있다는 가능성을 시사한 것은 높이 평가할 수 있다.

　〈황조가〉는 최근에 들어서 현대의 장르에서 그 원천소스를 찾기도 하지만 다양한 접근이 이루어지고 있지 않다. 고대가요 〈황조가〉에서 유리왕은 인간적인 감정을 중시하는 시대로 접어드는 길목에 서 있는 한 인간이 겪는 역사 속의 군주의 모습이 아니라 가장 인간적인 모습으로 '한'을 지니고 있는 상황을 형상화하고 있다. 또한 조선후기 악부시를 통해서 〈황조가〉를 재현한 것은 시대상의 고발과 아울러 그들의 사고의 내면에 존재하는 왕에 대한 끊임없는 관심과 애정이 숨겨져 있기 때문이다.

　고대시가에서 보여주는 당시의 제도나 관습, 사회상, 세계관은 현실의 재현이다. 이런 검토를 통해서 우리는 결핍의 원인을 찾고, 필요한 요소들을 점검할 수 있다. 조선후기 잦은 왕권 교체와 외세의 침범이라는 대외적으로 불안한 사회현실 속에서 권력자들은 민심의 안정과 새로운 돌파구가 필요 했다. 그러한 강구책으로 백성들이 잃어가는 민족의 자긍심을 강화하기 위한 하나의 방안으로 위정자들은 문학이라는 방법을 선택했다. 그들은 문학이 지니고 있는 공동체적인 기능을 이용하여 백성들을 교화할 목적으로 〈황조가〉를 새롭게 해석하여 악부라는 장르를 활용했다. 악부는 자유로움과 섬세한 필치를 가진 장르로 그들의 정치적 목적을 달성하기 위한 가장 뛰어난 방안이기도 하다.

악부시 〈황조가〉에서는 작품을 단순히 사랑의 세레나데로만 인식하는 것이 아니라 정치적인 목적을 가지고 사용되었다는 사실을 주목할 수 있다. 특히 가장 핵심이 되는 권력층의 상부인 왕권을 강화시키기 위한 충성에서 나온 하나의 발언(發言)이면서, 그 안에는 민중에 대한 변함없는 애정과 관심을 드러내어 그들의 안정과 국가 발전을 위한 진취적인 모색의 한 단면이다.

고대가요에서는 욕망(慾望)을 보여준다. 그리고 그 욕망 때문에 주변의 상황과 갈등을 빚고, 소통과 단절을 하기도 한다. 때로는 욕망을 이루기 위해 죽음을 선택하는 식의 잘못된 길을 걷기도 한다. 또한 애정을 갈구하면서 자신의 행복을 성취(成就)하기 위해 노력을 하기도 한다. 이처럼 우리 고대가요 속에는 인간의 삶의 모습과 숨겨진 진실(眞實)이 생생하게 담겨져 있다. 또한 오늘날의 우리 현대인에게 더욱 건강하고 행복하게 해줄 해답이 담겨 있다. 고대가요는 인간의 내면을 이해하고, 상처 입은 마음을 치유할 수 있다는 가능성으로 인하여 현대인에게 호응을 얻을 수 있는 문화의 원형적인 부분을 담고 있다.

고대가요는 점차 세분화되어 가는 문화현실이 있는 지금에 이르러 디지털콘텐츠를 풍부하게 할 뿐만 아니라 인문학적 가치를 부여하기도 한다. 이는 멀티미디어 시대를 살아가는 현대인으로 하여금 기계적이고 비인간적인 요소들을 상쇄해준다. 반면 고대문학은 그것을 인쇄본으로 읽기 힘겨워하는 현대사회의 대중들에게 전승의 한계라는 난관에 봉착(逢着)하게 할 뻔 했으나 디지털 콘텐츠의 원천자료로 활용함으로써 오히려 대중에게 쉽고 편하게 향유할 수 있는 방안이 되었다. 새로운 매체들의 등장과 발달로 인하여 서사에 대한 욕구가 증가하면서 전통서사에 대한 관심도 높아지고 있다. 특히 전통서사를 원천소스로 활용하여 각종매체에 합당한 서사로 변환하는 작업은 이제 매우 보편적으로 사용되고 있다.

현대인은 각종 이야기 구조에 대부분 길들여져 있다. 정보화시대에서 활동하고 있는 현대인은 설명이나 논증보다는 서사(이야기)에 쉽게 호응된다. 비단 생활적 측면만이 아니라 문학 또한 인터넷 문학, 인터랙티브 서사 등 다양한 디지털 서사가 소개되고 있다. 이렇듯이 지금 우리가 살고 있는 세상 어디에서도 쉽게 '이야기'를 찾을 수 있는 시대가 도래 한 것이다.[262]

우리의 근대는 풍요와 번영을 누리며 문명을 자랑해 왔지만, 이상기온이나 환경파괴와 같은 자연계의 변고를 맞이하게 되었다. 이 위기(危機)를 대처하는 방식은 과연 무엇인가? 아직도 끊임없이 무엇인가를 생산하고 쉴 새 없이 소비하는 가운데 인간의 번영과 풍요가 있다고 믿는 오만한 현대인을, 자연계의 조그만 징후에도 경계와 조심을 하면서 하늘의 뜻을 따라 겸허하게 행동했던 고대인들과 심성을 비교하게 되면 우리의 가야할 방향을 모색할 수 있지 않을까? 오래된 과거에서 미래의 방안을 찾을 수 있다. 고대가요 속에 함축된 고대인의 삶과 노래는 지금도 우리의 삶을 분발하도록 채찍질을 한다. 그렇다고 해서 고전을 베끼거나 표절하거나 모방해서는 안 되며, 다만 작가 자신이 현재 당면한 문제를 해결할 열쇠만을 가져오면 된다.[263]

---

262) 강명혜, 「고전시가와 스토리텔링」, 『온지논총』 제16권, 온지학회, 2007, 130쪽.

그것을 통하여 대중들은 작가가 모색하고자 하는 현실에 대한 따뜻한 시선과 통찰력을 부여할 필요가 있다. 단지 고대가요는 과거에만 한정되는 삶의 모습이 아니라 현재와 미래에도 지속될 삶의 단편이 이루어지는 것이기 때문이다. 그것은 흡사 우리가 늘 그리워하는 모성(母性)과 같은 이치이다. 인간은 누구나 고통과 어려움을 겪을 때 항상 어머니를 떠올리고 그리워하는데 모성에는 지혜(智慧)와 해답(解答)이 있어 그것을 얻기도 하고 위로를 받는 것처럼 고대가요 역시 그러하다고 본다.

고대가요는 인간이 고통을 겪으면서 험난한 삶을 헤쳐 나가는 상황에서 근원적인 위로와 기쁨이 필요할 때 다시 찾을 수 있는 것이다. 그 이유는 무엇보다 그 원천이 될 수 있는 탄생과 죽음, 만남과 이별, 사랑과 고독, 낭만과 비극, 소통과 단절이 있기 때문이다. 또한 이들은 우리가 찾고 있는 일상의 것들을 아우르면서 인간이 겪어야 할 모든 소스가 그 속에는 존재하고 있으며, 우리가 대응해야 할 해답을 지니고 있기 때문이다.

VI. 맺음말

본고는 현존하는 우리나라 최초의 고대가요인 〈공무도하가〉, 〈황조가〉·〈구지가〉가 후대에 지속적으로 변용되어 오면서 현대까지도 여러 장르에 지속적으로 사용되고 있다는 것에 주목하여, 이들 작품들의 근본적이고도 보편적인 의미를 규명하고, 이 세 작품이 후대에 변용되어 현대에까지 이어 오고 있는 여러 양상을 살펴보았다. 우리

---

263) 김성곤, 『글로벌 시대의 문학』, 민음사, 2006, 120쪽.

나라 고전문학을 변용(變容)하는 것은 고전 문학의 미래지향적인 성찰의 기회를 부여하면서, 창조적인 변혁의 당위적인 요소이다. 현대에 있어서 이러한 작업은 상당히 필수적인 요건이라고 할 수 있다. 또한 그에 따른 새로운 인식이 필요하고, 새롭게 창조되어야 한다는 점에서 출발했다.

고대 가요 세 작품은 여러 가지 측면에서 이견(異見)이 분분했지만 누구나 부인할 수 없는 기본 요인이나 주제소들을 지니고 있었다. 그것은 사랑, 이별, 죽음, 디아스포라적 성향, 생사관 등과 같은 측면을 지니고 있다는 점이었다. 본고에서는 이와 같이 인간의 삶에 있어서 필수불가결한 요인이며 통과제의적인 요인들이 후대에 와서는 어떻게 지속되고 변용되고 있는가에 대해서 살펴보았다. 우선 고대가요 작품은 다음과 같은 의미를 지니고 있었다.

〈황조가〉는 남녀가 배우자를 선정하는 기회에 불려진 사랑의 노래로 인간본연의 감정에 충실한 노래이면서 자유연애의 한 단면을 보여주기도 했다. 그것은 구애와 사랑을 바탕으로 하여 생명탄생으로 이어지는 행위로 볼 수 있는데 통과의례의 한 단면인 것이다. 〈공무도하가〉에서는 죽음을 고대인의 실제 생활과 결부하여 사회구조적인 측면에서 겪는 상실감, 죽음에 수반되는 사후의 감정 등을 바탕으로 하면서 유이민의 굴곡진 삶을 보여주는 디아스포라적 비극성이 깊이 내재되어 있었다. 또한 〈구지가〉에서는 무엇보다 다산에 대한 고대인의 열망과 노동력을 바탕으로 하는 생산성을 강조하면서, 한편으로는 우수한 인물의 탄생에 대한 소망 등을 표현하는 것으로 볼 수 있었다. 이러한 요인이 후대에 어떻게 어떤 장르로 지속, 변용되고 있는지에 대해서도 천착해 보았다.

우선, 〈구지가〉계열 작품에서는 생활 속의 평범한 소재들을 가지고 독특한 의미를 부여하여 참신한 시각으로 바라보고, 자신의 경험을 근간으로 하여 새로운 해석체계와 소망을 기원하기도 하였다. 악부시 〈황조가〉에서는 시대에 편승하지 못하는 자의 서러움을 악부라는 장르를 택하여 표명하지만 그 구체적인 해결방안을 설명하지 못한다. 그러나 그들은 자신의 현재의 삶에 더 집중하고 일상다반사(日常茶飯事)에 대하여 사실적이면서 생생한 묘사를 한다는 의미를 부여할 수 있었다.

〈공무도하가〉의 현대소설 작가들은 고대가요에서 그 소재를 차용하여 고유한 세계 인식과 미의식을 설명하고 있었다. 그들은 전통으로의 회귀(回歸)를 통해 자기 동일성을 확립하고자 하는 경향을 보이고 있었다. 또한 사라져가는 고대의 공간과 삶의 방식에 대한 지속적인 관심을 보여주는 것은 현실적인 위기를 타파하려는 노력의 산물이라고 할 수 있다. 그것은 현재에서는 충족될 수 없는, 결핍을 해소하려는 것에 바탕을 두는데, 그들은 현실에서 충족될 수 없는 부의 편재 혹은 심각한 인간소외의 문제 등을 작품 속에서 치유(治癒)하고자 노력하였다.

고대가요를 악부시로 가창하거나, 제의의식이나 기우제(祈雨祭)를 통해서 혹은 현대시나 소설, 대중가요, 무용 등의 문화적 콘텐츠를 중심으로 하여 다양한 장르로의 변용을 꾀하는 작가들은 그들의 작품 속에서 유토피아(Utopia)에 대한 열망을 엿볼 수 있다. 이상향을 형상화하거나 지향하는 심리에는 당대의 사회적 상황과 긴밀한 연결고리를 가지고 있는데, 고대가요 〈황조가〉를 악부화한 성호(星湖) 이익·한남(漢南) 이복휴·삼명(三溟) 강준흠은 사회와 역사에 대한 비판의식에서 시작하여 현실을 역사적인 변화와 흐름 속에서 설명을 하였다. 그들은 이상사회에 대한 강한 소망을 악부(樂府)라는 장르를 통해서 피력하고 있었다.

구효서의 소설『공무도하가』와 김훈의 소설『공무도하』에서는 저항적인 서사를 보여주면서 산업화라는 배경을 중심으로 부조리한 현실세계를 떠나서 이상향에 도달하기를 염원하게 된다. 그러나 작품 안에서 유토피아를 사실적으로 묘사하거나 형상화하지는 않고, 다만 유토피아의 도래와 무한한 가능성만을 보여줄 뿐이다. 또한 이런 현실 속에서 대중들은 끊임없이 무엇인가를 갈구하고 소망하면서 치유하기를 희망한다.

구효서의 소설『공무도하가』와 김훈의 소설『공무도하』에서는 현대인들의 상처받은 내면을 상세히 보여주지만 작가는 특별한 치료나 대안(代案)을 부여하지는 않으면서, 현실을 과감하게 재현하고 있었다. 구효서의 소설『공무도하가』에서는 죽음과 삶이라는 두 세계의 정서가 나타나는데, 죽음에 대한 기존의 관념을 전복시키면서 환상적인 요소로 보여주고 있었다. 현대적인 작품들은 그 변용을 통해서 새로운 환상성(幻想性)을 제시하는데, 인간의 욕망과 아울러 그것이 '고전'이라는 장치와 조합을 이루면서 현실과 꿈, 이승과 저승, 산 자와 죽은 자, 과거와 현재와 미래, 인간과 사물의 차별과 경계가 허물어지는 환상을 보여주고 있었다.

이렇듯이 후대의 작가들은 고대가요를 자신들의 시대적 현실에서 의미화하고, 지향적인 세계를 갈망하고 있었다. 그들은 단순히 그 당대 현실에만 기반을 두고, 외부적인 사항에만 관심을 표명하는 것이 아니라 이어져오는 역사 속에서 그 방법을 찾고자 했던 것이다. 그 핵심을 일상(日常)적인 것에 두고 면밀히 관찰하면서 무관심으로 넘겼던 사실들을 여러 상황과 결부시켜 의미를 부여하고자 노력했다.

고전문학은 대중이 가진 고전에 대한 강한 거부감과 원전에 대한 올바른 해석의 어려움이라는 난관에 부딪혀서 대중화와 상업화에는 적합하지 않다고 이야기되어 왔지만, 그 속에 담겨진 다양한 함의(含意)는 독자들의 관심의 대상이 되었고, 원 소스 멀티유스(One Source Multi Use)라는 또 다른 시도를 가능하게 하였다.

고전소설이나 고전시가를 현대적인 장르로 재해석하거나 변용하여서 제작된 콘텐츠는 이미 여러 분야에서 눈부신 발전을 거두었다. 우리가 고대가요에 가치를 두는 것은 장르를 넘나들면서 철저하게 변용과 수용을 시도했던 문학적 혁신성이다. 우리가 선험(先驗)했던 예술이나 기피했던 형식과 장치를 적극적으로 반영함으로써, 기존의 정형화되고 습관화된 작업에서 소외된 것들을 적극적으로 활용할 때 작품은 매우 가치 있는 것으로 평가받을 수 있다.

고전문학은 고전 그 자체로 볼 것이 아니라 문화적 창조의 원천으로 대해야 하는 것이다. 다양한 소재들과 인물들을 현대적인 감각에 맞게 재해석하여 콘텐츠화 한다면 그 친숙함 속에서 새로운 메시지를 전달받을 수 있을 것이다. 이런 상황과 연결해서 생각한다면 고전문학은 내용적인 측면, 방법적인 측면 등을 통틀어 끊임없이 재구성하고 재해석하는 작업이 필요하다.

구비전승에서 역사와 문학으로 이어져오던 이야기는 이제 문화콘텐츠로 옮겨지면서 어느덧 현대 서사에서 가장 매력적이고 영향력을 가진 장치로 변화하고 있다. 고전문학을 소스로 한 콘텐츠의 개발은 문학성과 예술성이 바탕이 되어야 한다. 원전의 창의적인 수용과 아울러 매체의 창조성이 결합된 콘텐츠는 독자의 문학적인 감상력을 풍부하게 해주고 문학적인 교감과 경험을 생성하게 한다. 그러나 현대적인 변용에 있어서 신중한 태도가 무엇보다 필수적이다. 고전문학에 기반을 둔 콘텐츠들은 검증된 보편성과 호기심을 바탕으로 당장은 성공을 거둘 수 있지만, 상업성과 대중성에만 치중한다면 원작에 대한 기대는 오히려 대중들에게 반감을 사게 된다.

고대로부터 문학은 항상 개인, 사회, 세계를 대상으로 많은 담론을 다루게 되는데 때로는 날카로운 칼날이 되어 부정적이고 모순된 사회나 현실 세계에 대해 냉정한 비판과 평가를 가하기도 하면서 개인의 부정적이고 허구적인 실상을 파헤치기도 한다. 또한 현재 우리가 살고 있는 문명에 대해서도 가혹한 질책을 하기도 한다. 뿐만 아니라 사회의 억압과 차별에 대한 암유(暗喩)를 가하는 경우도 있으며, 뛰어난 직관으로 미래를 꿰뚫어 보기도 하지만 비판을 가하기도 한다.

따라서 고전은 단순히 고전으로 끝난다고 할 수 없다. 고전 속에 스며들어 있는 선험적 지혜와 보편적 인간의 정서, 다양한 삶의 원형은 '문학적 관습'으로 지금 우리가 접하는 문학 작품 속에서 불가분의 관계를 맺고 있기에 결코 단절되지 않는다. 이는 인류의 근본적인 사고가 인간 정신의 기저에서 결코 이원화되지 않는다는 사실을 입증한다. 고전의 연결고리는 인류의 원형의식, 통과의례적인 인간의 보편적인 정서, 노랫말이 가진 미적인 특질 등 문학적인 상상력을 바탕으로 유기적으로 연결되어 있으며 장구한 생명력을 지닌다. 이에 작가들은 상상력을 바탕으로 지혜가 연결되기를 희구(希求)하는 작업을 위해 부단한 노력을 해야 할 것이다.

고대가요는 이미 다양한 장치로 현대시, 현대소설과 문화콘텐츠 등에 자리 잡고 있다. 디지털로 이루어진 수많은 문화적인 양상들이 새로운 의미들을 모두 수용한다고 해도 그것의 많은 부분은 모두 과거에 그 근원을 두고 있음을 염두에 두어야 한다.

이 같은 현실에서 우리는 우리의 고대가요를 무한한 소재를 함유하고 있는 보고(寶庫)로 인식하는 자세가 무엇보다 절실하다. 고대가요는 초월적이면서 생명의 근원적인 문제를 다루고 통과의례적인 부분을 지니고 있기 때문에 끊임없이 관심의 대상이 될 수밖에 없는 것이 사실이다. 이처럼 전통서사를 효과적으로 활용하기 위해서는 창작기법을 개발해야 하며, 이를 위한 전략도 새롭게 모색되어야 한다. 그런 상황에서 고대가요의 재창조는 작가입장에서 의미의 재생산으로 이어져야 할 것이다.

고대가요를 소재로 한 많은 작품들이 던지는 시사점들은 무엇보다 시대나 작가자신의 삶의 방향을 모색하는 것이 절대적이어야 한다. 이런 상황 속에서 고대가요는 계속해서 새롭게 태어나고 있는 것이다. 이처럼 고대가요는 끊임없이 독자가 작품의 의미를 생산하는 일에 참여하는 열린 텍스트라고 할 수 있다. 또한 완결된 텍스트가 아니라 생성중인 텍스트이며, 우리가 고대가요를 읽고 추구하는 것은 고대가요의 또 다른 메시지나 의미 특질 등을 새롭게 탐구하는 일과도 상통된다.

제 2 부

작품론

향가 〈제망매가〉의 실체와 현대변용의 면모

Ⅰ. 머리말

〈제망매가〉는 신라 제35대 경덕왕(景德王, ?~765년, 재위: 742년~765년) 때에 승려인 월명사가 죽은 누이의 명복을 빌면서 지었다는 10구체 향가이다. 이 노래는 죽음을 맞이한 자신의 친혈육인 누이의 명복을 기원하기 위한 것이다. 그 명복(冥福)은 단지 관념적인 것이 아니다. 월명사 자신이 승려라는 신분이기 때문에 사후의 세계를 불교적으로 구현하고 있으면서, 서방극락정토를 염원하며 죽음을 초월하여 영원한 삶의 세계로 가기를 희구한다. 〈제망매가〉는 일찍이 불교적 측면에서 망자(亡者)의 명복과 극락왕생(極樂往生)을 기원하는 의식가이며, 월명사가 누이의 죽음을 겪으면서, 죽음에 대한 의식을 표현한 서정시로 현존하는 향가 작품 중에서 가장 뛰어난 서정성을 보이고 있다고 추앙받고 있는 작품이다. 〈제망매가〉에서 설화적인 요소, 종교, 역사적인 요소들이 어우러지면서 그 신비성과 초월성이 강조되고 있다.

그동안 연구자들은 〈제망매가〉에 대해서 많은 논의와 더불어 무엇보다 〈제망매가〉가 지니고 있는 문학성에 초점을 맞추어서 어느 정도 연구의 성과를 얻을 수 있었다.[1] 그렇다고 해서 〈제망매가〉에 대한 연구가 매듭을 지을 수 있는 것은 아니다.

〈제망매가〉가 지니고 있는 문학적 소재가 보편적인 정서를 지니고 있으며, 인간이라면 누구나 겪게 되는 통과의례의 마지막 여정인 죽음이라는 소재를 통해서 서사(敍事)하고 있다는 사실에 대해서는 그 누구도 부정할 수 없다. 이를 바탕으로 현대에 이르러서는 다양한 장르로 변형(變形), 재창조가 되고 있다. 창작자들이 동일한 모티프를 반복하여 다룬다는 것은 그들의 삶이나 소통방식에 있어서 깊은 관련이 있다고 이야기할 수 있다. 동일 모티프를 바탕으로 창작을 하는 작가들은 어떤 강한 메시지를 내포하고 있다고 할 수 있다. 그런 측면에서 〈제망매가〉는 단순히 향가 그 자체로 향유되는 것이 아니라 여러 장르로의 변형을 통해서 수용되고 있다. 그 중에서 대표적으로 현대소설, 현대시, 뮤지컬 등을 통해서 다양하고 새롭게 변용되어 소통되고 있다. 이를 통해 다매체시대에 길들여진 대중들에게 흥미를 유발하면서 그 위상을 한층 더 높이 드러내고 있다.

본고에서는 향가 〈제망매가〉가 변용된 장르를 검토하면서, 작품이 지니고 있는 의미에 대하여 파악하고자 한다. 또한 현시대를 살아가는 작가들이 바라보는 〈제망매가〉에 대한 의식을 규명하고 작품 속에 내재되어 있는 실체들을 점검하고자 한다. 그리하여 원전의 가치를 다시 한번 규명하고자 한다.

1) 윤영옥, 『신라시가의 연구』, 형설출판사, 1981; 김승찬, 『향가문학론』, 새문사, 1987; 임기중, 「향가문학과 신라인의 의식」, 『문학과 언어』 제23집, 문학과 언어학회, 2001; 박노준, 『신라가요의 연구』, 열화당, 1981.

Ⅱ. 〈제망매가〉의 수용 양상

〈제망매가〉는 『삼국유사』 권5·감통7 「월명사 도솔가」조에 실려 있다. 월명사와 그 누이에 관한 기록에 의하면 〈제망매가〉는 죽은 누이의 명복을 비는 노래로, 월명이 죽은 누이를 위해서 재(齋)를 올리며 이 노래를 지어 불렀더니 홀연히 바람이 불어서 지전(紙錢)이 서쪽방향으로 사라졌다고 한다. 이 지전은 죽은 자가 저승으로 갈 때 필요한 노자(路資)로 보는데, 지금도 장사를 지낼 때 볼 수 있는 광경이기도 하다. 「월명사 도솔가」조에는 〈도솔가〉와 그 배경기사만 수록되어 있는 것이 아니라 〈제망매가〉도 수록되어 있다. 뿐만 아니라 월명사의 신이한 행적이 수록되어 있으며, 나아가 신라의 사람들이 향가를 숭상한 지 오래되어 천지(天地)와 귀신(鬼神)을 감동시킨 것이 한 둘이 아니라는 기록과 함께, 그러한 이유로 해서 향가가 중국의 시송(詩頌)과 같다는 일연의 평까지 실려 있다.[2]

> 월명이 또 일찍이 죽은 누이를 위하여 재를 올리고 향가를 지어 제사하니, 홀연히 광풍이 불어 지전을 날려 서쪽으로 향해 없어졌다.…… 월명이 항상 사천왕사에 있어 저를 잘 불었다. 일찍이 달 밝은 밤에 저를 불며 문앞 큰 길을 지나니 달이 가기를 멈추었다. 이로 인하여 그 길을 월명리라 하였다. …… 신라사람이 향가를 숭상한 자가 많았으니 대개 향가는 시송(詩頌)의 종류인가. 그러므로 능히 천지귀신을 감동시킴이 한두 가지가 아니었다. 찬하노니 '바람은 지전을 불어 저 세상에 가는 누이의 노자를 삼고 부는 피리는 명월을 움직여 향아를 머무르게 하도다.'
> −『삼국유사』, 「월명사 도솔가」조[3]

---

2) 이완형, 「〈월명사 도솔가〉조의 이해와 도솔가의 성격」, 『어문학』 제88권, 한국어문학회, 2005, 205~206쪽.

향가 〈도솔가〉는 『삼국유사』에 한역가(漢譯歌)와 함께 실려 있다. 동아시아 공동문어인 한문을 사용했던 고대시대로부터 한글 창제 이전까지는 한자를 표기수단으로 한 한역시의 형태로, 한글창제이후에는 이전 양식 그대로 한역시를 생산해 내는 쪽과 한글을 표기수단으로 한 국역가(國譯歌)가 두루 보인다.[4] 향가 역시 한역의 형태를 통해서 전해지고 있으며, 우리 문자가 없던 시절에 향찰(鄕札)이라는 표기수단을 통해서 문자화한 것도 놀라운 일이지만, 본래작품이 있는 우리말의 노래를 번역했다는 점을 집중할 필요가 있다. 한역(漢譯)을 하는 이유는 분명히 존재할 것이고 그 자체로 분명한 목적의식이 존재하고 있다는 점도 간과해서는 안 된다. 이를 통해 우리문학의 원형을 확인할 수 있는 소중한 기회를 제공받을 수 있다.

〈제망매가〉의 제작연대를 742~765년으로 추정하는데, 현존 향가를 보면 이들 노래가 불교를 전교하기 위한 목적에서 불렀거나 또는 지어진 것이기 때문에, 이들 노래가 어떤 한 개인에 의하여 독창적으로 창작·가창 되었다고 보기는 어렵다. 집단의 종교의례나 여러 사람의 합동 작업에 의한 것으로 볼 수 있다. 또한 예로부터 구전되어 온 전송(傳誦)가요와도 같은 성격을 띠기 때문에 이 노래가 정확히 언제 지어졌는지는 알 수 없다.[5] 향가(鄕歌)라는 명칭은 한국 고유의 노래라는 뜻으로 넓게는 삼국 이전의 시가로부터 좁게는 〈서동요〉를 포함한 신라의 정형가요를 일컫지만 학술적 용어로는 향찰(鄕

---

3) 明又嘗爲亡妹營齋 作鄕歌祭之 忽有驚飈吹紙錢 飛擧向西而沒 …… 明常居四天王寺 善吹笛 嘗月夜吹過門前大路 月馭爲之停輪 因名其路曰月明里 羅人尙鄕歌者尙矣 盖 詩頌之類歟 故往往能感動天地鬼神者非一 讚曰 風送飛錢資逝妹 笛搖明月住姮娥.

4) 김혜은, 「번역시가로서의 소악부 형성과정과 번역방식고찰」, 『한국시가연구』 제31집, 한국시가학회, 2011, 248쪽.

5) 최철, 『향가의 문학적 해석』, 연세대학교출판부, 1990, 29쪽.

札)로 표기된 신라가요만을 지칭한다. 한자의 소리와 뜻을 빌어 우리 말을 표기한 문자가 향찰인데, 이 향찰 문자로 기록된 향가는 우리 의 노래를 우리의 표현방식으로 기록한 최초의 문학형태이고, 노래 마다 그 배경설화가 함께 기록되어 있어 그 작품의 시대적 배경 내 지 상황적 배경을 바탕으로 노래 감상에 이해를 드높인다. 이러한 향가는 곧 시가와 역사가 함께 어우러진 문학예술이다.6)

〈제망매가〉역시 다른 가요와 마찬가지로 오랜 시간 동안 구비전 승 되면서 유동(流動)과 적층(積層)이라는 과정을 통해서 이루어진 작 품이다. 우리나라 최고의 서정성을 지닌 세련된 향가작품이라는 점 에서 문학사적인 가치를 지니고 있을 뿐만 아니라, 크게는 고대 동 북아시아의 사유(思惟)상을 짐작할 수 있는 작품이라고 할 수 있다.

고대 한반도의 언어와 문화에 큰 영향과 형성을 끼친『만엽집』에 는 우리말의 '가을바람(秋風)'에 해당하는 '아키카제(あき-かぜ)'라는 말이 56개 정도나 된다.7) 그리고 '가을바람'을 배경으로 하는 시의 내용이 대부분 그리운 이성이나 혹은 사별(死別)한 배우자에 대한 강 렬한 정서를 형상화 한다고 설명할 수 있다. 이와 같은 성격의 노래 가 신라 시대의 향가로는 〈제망매가〉가 있다. 〈제망매가〉의 핵심어 구인 '가을바람'을 배경으로 한 서정성은 중국의 6조나 당나라 초기 의 한시에서도 나타난다. 이를 통해 고대동북아시아의 세 나라는 '가 을바람'을 근간으로 하는 서정성을 기반으로 하고 있다.8) 신라 향가

---

6) 시대문화사 편집부, 『동화와 설화』, 시대문화사, 2003, 35쪽.
7) 만엽집의 표기어순은 지금의 일본어 어순과 같다고 보면 된다. 또한 표기 방법은 크게 두 가지로 나뉜다. 즉 한자의 훈독으로만 되어 있는 것, 한자의 음독으로만 되어 있는 것이 있다. 만엽집의 표기방식과 신라 향가의 표기 방식은 종종 비교 연구의 대상이 된다.
8) 강태권, 『동양의 고전을 읽는다3』, 휴머니스트, 2006, 180~181쪽.

인 〈제망매가〉는 한자문화권에서 살고 있는 이들에게 시공을 초월한 보편적인 감성을 전달할 뿐만 아니라 고대 동북아시아의 관념까지도 구체적으로 형상화하고 있다.

또한 〈제망매가〉는 다른 시가(詩歌)들과 같이 설화에 기인하고 있다. 이 노래는 설화를 통해서 전승되고, 설화의 일부분으로 전달되고 있다. 월명사는 훌륭한 중이요, 또한 시인이었지만 전통적인 불자 사상을 이루고 있는 자가 속세의 연(連)을 끊음으로써 죽음의 번뇌에서 벗어나려고 하는 것과는 정반대의 태도를 보인다. 한 가지에서 낳았다는 그 속세의 인연(혈연)에 도리어 강한 집념을 보인다. 그가 도를 닦는 이유는 죽을 수밖에 없는 인간 존재의 문제가 아니라 여동생과 다시 만나겠다는 세속적인 희망인 것이다.[9] 그러나 신라시대 한 승려가 누이의 죽음을 불교적이고 서방정토(西方淨土)에서의 만남만을 강조한다고 설명할 것이 아니라 인연을 집착하면서 불러야 했던 무엇인가가 존재할지도 모른다는 사실은 생각해 볼 사안이다. 원 텍스트는 다음과 같다.

生死路隱	삶과 죽음의 길은
此矣有阿米次兮伊遣	여기 있으니 두려워지고
吾隱去內如辭叱都	나는 간다는 말도
毛如云遣去內尼叱古	못 다 이르고 어찌 가는가
於內秋察早隱風未	어느 가을 이른 바람에
此矣彼矣浮良落尸葉如	여기저기 떨어지는 나뭇잎처럼
一等隱枝良出古	한 가지에 나서
去奴隱處毛冬乎丁	가는 곳을 모르는구나!

---

9) 이어령, 『신화속의 한국정신』, 문학사상사, 2003, 85쪽.

阿也 彌陀刹良逢乎吾   아, 미타찰에서 만날 나
道修良待是古如   도를 닦으며 기다리련다.

신라 향가인 〈제망매가〉가 신라시대부터 현재에까지 가창되고 있다
는 사실에 우리는 주목을 해야 한다. 또한 많은 신라향가 작품 중에서
유독 〈제망매가〉가 현대적으로 변용(變容)된 사례가 많다는 사실도 집
중하여 관찰할 필요가 있다. 단순히 과거사로만 치부할 것이 아니라
향가에서는 신라인의 시대상과 생활양식을 현실적으로 보여줄 수 있
다. 뿐만 아니라 오늘날까지 전해지는 문학작품에서는 그 소재나 장르
의 다양함을 통해서 시대의 복잡다단한 함의(含意)들을 여러 측면에서
다양하게 그려내고 있다. 면면히 이어져 온 우리의 문학작품 속에도
여러 시대를 거쳐 오면서 문학의 형식이 일정하지 않아도, 문학 소재의
선호도가 바뀌어도, 그 안에는 우리 민족의 총체적인 삶이 응축되어
전통으로 살아 숨 쉬고 있다[10]는 사실을 주지해야 한다.

Ⅲ. 〈제망매가〉의 현대적 전승과 특성

〈제망매가〉를 다양한 장르로 변형(變形) 하는 방법에 있어서 작가
가 작품 속에서 드러내고자 하는 방향이나 취향 혹은 작가가 서술자
의 상황을 구현하는 방법과 그 창작을 하는 목적의식에 따라 각각의
지향은 같을 수 없다. 고전문학은 시·공을 초월하여 누구나 동의할
수 있는 보편적인 관념을 내포하고 있다는 사실을 인정하지만, 이를
어떠한 방식으로 수용하는지에 따라 문제가 될 수 있다. 디지털 시

---

10) 이금희, 『한국 문학과 전통』, 국학자료원, 2010, 308쪽.

대와 고전문학은 불가분(不可分)의 관계를 가질 수밖에 없다. 다양한
콘텐츠의 보고(寶庫)로 불리는 고전문학은 시시각각 변해가는 현대
인의 생활양식을 다양하게 재현함과 동시에 인문학의 위신을 높이기
도 한다.

앞으로 논의할 현대소설·현대시·뮤지컬에서는 현대인의 구체적인
삶의 모습을 보여주면서 종교적인 요소를 강조하기 보다는 작품 속에
서 드러나는 현대인의 인간적인 모습, 고뇌와 그리움 등을 형상화하는
방법을 살펴보고자 한다. 아울러 구체적인 현실의 시대를 재현함으로
써 현재 우리가 살고 있는 현실의 상황을 상세히 풀어나가면서, 우리가
지향해야 할 바를 점검하고자 하는 데 중점을 두려고 한다.

1. 현대소설 〈제망매가〉 - 고종석 『제망매』

고종석은 원 텍스트와 같이 누이의 죽음을 소재로 작품을 전개하
고 있다. 다만 원전은 친혈육(親血肉)의 죽음을 기본으로 삼고 있는
것에 반해 고종석의 소설『제망매』에서는 이종사촌이라는 관계를 설
정하고 있다. 다소의 거리감은 있지만 주인공들이 유년 시절의 경험
을 함께 공유(共有)하고 있다는 사실을 알 수 있다. 그러나 주인공들
은 사상과 정서를 바탕으로 흡사한 사회적 태도를 지니고 있고 그것
은 사랑의 감정으로 전환하는 것으로 보아 형제애(兄弟愛) 이상의 관
계로 볼 수 있다. 그 내면에는 그들의 유대감과 깊은 교감을 바탕으
로 동지의식, 모성적인 이해가 내재되어 있다. 주인공 진우에게 혜
원은 타인과는 달리 모든 것을 수용하고 포용해주는 관용과 사랑의
대상이었다.

고종석의 『제망매』에서 주인공 진우는 누이 혜원의 죽음 앞에서

궁극적으로 초연(超然)한 태도를 보이지만 이것은 죽음의 비극성을
극대화 시키는 장치이다. 진우는 혜원의 죽음을 통해 생의 끝을 달
관의 자세로 일관하고 짧은 생애 동안 박애(博愛) 정신을 실천했던
누이의 숭고한 정신을 비로소 깨닫게 된다. 결국 죽음에 대한 인식
이 전환되어 혜원의 죽음을 현실화 시킬 수 있는 것이다.[11] 다만 원
텍스트의 불교적 윤회(輪廻) 사상과 초월(超越)의식이 주인공 혜원의
태도를 통해서 이어지고 있다는 사실을 파악할 수 있다. 주인공 혜
원이 파리의 한 전시장에서 로봇과 나누는 대화를 통해서 이 소설의
작가의식을 짐작할 수 있는데, 작가는 '미타찰(彌陀刹)에서 만날 나
도(道) 닦아 기다리겠다.'는 월명의 죽음을 초월하는 숭고한 태도가
혜원의 죽음으로 투사(投射)해 확장시키고 있다.

또한 원 텍스트의 미타찰에서 만나기를 희망하는 극락왕생의 희구
를 주인공 진우가 프랑스로 이민을 가는 상황으로 치환(置換)시키고
있다. 프랑스는 우리나라를 기준으로 삼아서 서쪽방향에 자리하고
있는 나라이다. 작가는 현대적인 적용을 하기 위한 하나의 조건으로
프랑스라는 공간을 선택한다. 현실적인 서방정토는 주인공 진우의
답답함과 억눌림을 해방하고, 새로운 세상으로 나아가기 위한 적극
적인 대안이라고 설명한다. 이는 원 텍스트에서 희구하는 서방정토
와 다를 바 없다는 사실을 주지하게 해준다. 이처럼 원 텍스트를 가
장 현실적이고 구체화한 소재를 사용하여 현대적인 변용을 충실하게
이행하고 있음을 알 수 있다.

현대소설로 재창조한 고종석의 『제망매』는 원전의 기본모티프에

11) 나정순, 『우리고전 다시 쓰기-고전시가의 현대적 계승과 변용-』, 삼영사, 2005,
68~69쪽.

매우 충실하게 변용하면서 현실의 미묘하면서 규정하기 어려운 사안들을 직설적으로 표현하고 있다. 부대설화에서 월명이 죽은 누이의 대한 슬픔을 탄식하면서 종교적인 차원에서 그 죽음을 승화하고 있는 것에 반하여 고종석의 소설 『제망매』는 종교적인 요소들은 모두 배제하면서 이야기를 전개 한다. 그러나 소설속의 주인공인 혜원을 독실한 불교신자로 형상화하여 자신의 죽음 앞에서 초연하고 달관한 자세를 보이는 것은 원 텍스트의 월명이 지닌 태도와도 일관되었다고 할 수 있다.

또한 이 소설에서는 무기력한 삶을 살아가고 있는 현대인들에게 죽음이라는 것에 대한 의미를 부각시킨다. 죽음을 단지 종교적인 초월로 극복해야 한다는 다소 추상적이고 관념적인 것을 강요하기 보다는 매우 현실적이고 실제적인 삶에 대한 방안을 강구하는 것이 옳다는 사실로 설명한다. 또한 우리사회의 70~80년대 격동(激動)의 시기를 상세하게 서술하여 한국사회의 모습을 사실적으로 묘사하였다. 작가는 대중이 처한 현실에 대해 해결책을 마련하기를 적극적으로 서술하여 설득하고 있다.

2. 현대시 – 〈제망매가〉

향가 〈제망매가〉를 모티프로 삼고 있는 현대시[12]는 대부분의 작

---

12) 고은, 「월명」, 『두고 온 시』, 창작과 비평사, 2002; 기형도, 「가을무덤–제망매가」, 『사랑을 잃고 나는 쓰네』, 솔 출판사, 1999; 김규중, 「제망매가, 딸 아이의 추억」, 『내일을 여는 책』, 2002; 김명인, 「누님의 가을」, 『머나먼 곳 스와니』, 문학과 지성사, 1988; 김석규, 「신 제망매가」, 『태평가』, 빛남, 2001; 김성동, 「제망매가」, 『영화』, 철학과 현실사, 2004; 김승일, 「제망매가」, 『내안에 나를 가두다』, 신아출판사, 2000; 김영산, 「제망매가」, 창작과 비평, 1990; 김인육, 「다시

가들이 전면에 〈제망매가〉를 내세우기 보다는 소재의 측면에서 원
용(援用)하여서 독자들에게 새로운 시적 세계를 선사하고 있다.

1) 기형도 〈가을무덤 − 제망매가〉

누이야
네 파리한 얼굴에
철철 술을 부어주랴

시리도록 허연
이 零下(영하)의 가을에
망초꽃 이불 곱게 덮고
웬 잠이 그리도 길더냐.

풀씨마저 피해 나는
푸석이는 이 자리에
빛 바랜 단발머리로 누워 있느냐.

부르는 제망매가」, 시선사, 2004; 김하기, 「제망매가」, 『천년의 빛3』, 고도,
2002; 리영, 「제망매가」, 『시간은 누구의 것도 아니다』, 자유지성사, 1992; 박병
래, 「제망매가」, 『소망, 그 평범한 노래』, 아선미디어, 2000; 박제천, 「월명」,
『세 번째 별』, 고려원, 1983; 박희진, 「제망매가」, 『산화가−신향가집』, 불일출판
사, 1988; 송정란, 「신제망매가」, 『허튼층 쌓기』, 고요아침, 2003; 여영택, 「제
망매가」, 『어랫광대 너네들은 모른다』, 그루, 1983; 염산국, 「제망매가」, 『우리
는 섬에서 살기로 했다』, 강세환외, 인문당, 1987; 이성선, 「산시.60−제망매가
운」, 『현대시학』, 1995; 이세룡, 「제망매가」, 『우리들의 슬픈 사랑이야기』, 김
원호 엮음, 예전사, 1988; 이승욱, 「제망매가1, 2」, 『지나가는 슬픔』, 세계사,
2004; 이승하, 「제망매가」, 『욥의 슬픔을 아시나요』, 세계사, 1992; 이재금, 「제
망매가」, 『부끄러움을 팝니다』, 시인사, 1988; 이향아, 「신곡조 향가−제망매가」,
『껍데기 한칸』, 오상사, 1986; 전도천, 「신제망매가」, 『만경강가에』, 분지출판사,
2004; 조기영, 「제망매가」, 『사람은 가고 사랑은 남는다』, 살림터, 2000; 최성각,
「부용산」, 『부용산』, 솔출판사, 1998.

헝클어진 가슴 몇 조각을 꺼내어
껄끄러운 네 뼈다귀와 악수를 하면
딱딱 부딪는 이빨 새로
어머님이 물려주신 푸른 피가 배어나온다.

물구덩이 요란한 빗줄기 속
구정물 개울을 뛰어 건널 때
왜라서 그리도 숟가락 움켜쥐고
눈물보다 찝찔한 설움을 빨았더냐.

아침은 항상 우리 뒷켠에서 솟아났고
맨발로도 아프지 않던 산길에는
버려진 개암, 도토리, 반쯤 씹힌 칡.
질척이는 뜨물 속의 밥덩이처럼

부딪히며 하구(河口)로 떠내려갔음에랴.
우리는
신경(神經)을 앓는 중풍환자(中風病者)로 태어나
전신(全身)에 땀방울을 비늘로 달고
쉰 목소리로 어둠과 싸웠음에랴.

편안히 누운
내 누이야.
네 파리한 얼굴에 술을 부으면
눈물처럼 튀어오르는 술방울이
이 못난 영혼을 휘감고
온몸을 뒤흔드는 것이 어인 까닭이냐.

-기형도, 〈가을무덤-제망매가〉,

『사랑을 잃고 나는 쓰네』, 솔출판사, 1999.

기형도의 시 〈가을무덤-제망매가〉는 가을밤에 죽은 누이의 무덤에서 쓴 글이다. 원 텍스트와 같이 누이의 죽음을 소재로 하고 있다는 점에서는 같다고 할 수 있지만 여러 시적인 표현에서는 다른 점을 찾을 수 있다.

원 텍스트와 달리 기형도의 시에서는 유년(幼年)의 삶을 구체적으로 부여하고 있으며 가난한 삶을 형상화 하는데 이 시는 기형도가 어린 시절 겪은 죽음에 관한 아픈 기억으로부터 비롯된다고 할 수 있다. 특히 중학생 시절 누이의 죽음은 기형도에게 평생 지울 수 없는 아픔으로 남아 있었고, 그것을 바탕으로 소중한 것에 대한 상실의 아픔을 알았고, 삶과 더불어 시작되는 죽음의 아픔도 체험하게 되었다.13)

작가가 부제를 '제망매가'로 단 것은 하나의 미묘한 가능성이다. 칡, 도토리를 누이와 함께 놀고 만지면서 자연과의 합일(合一), 도시와 자연, 도시를 뚫고 자연 생태계와의 합일을 갖게 된다면 작가는 분명 향가의 제망매가와 같은 초월적인 시적 세계로 다시금 창조적 차원의 변화를 할 수 있다고 본다.14) 〈가을무덤〉과 향가 〈제망매가〉를 비교하여 살펴 볼 때, 기형도의 작품에서 사용된 시어나 작품의 분위기는 전혀 다르지만, 시의 흐름이나 모티프에서는 원 텍스트의 내용과 일맥상통(一脈相通)하고 있어 기형도의 작품은 다시 쓰기에서 소재를 차용하되 창조성을 부각시킨 작품이라고 볼 수 있다.15) 또한 이 시는 원 텍스트의 미타찰에서 만나기를 희망하는 다소 관념적인

---

13) 장준영, 「이하와 기형도, 그 죽음의 미학」, 『외국문학연구』 제27집, 한국외국어대학교 외국문학연구소, 2007, 294~295쪽.

14) 김지하, 『한예감에 가득 찬 숲 그늘』, 실천문학사, 1999, 44~45쪽.

15) 나정순, 앞의 책, 63~64쪽.

방법과는 달리 현실의 비참함과 힘겨운 생활상을 매우 사실적으로
설명하고 있다. 작가는 이 시를 통해서 현실의 비참함과 어려움을
죽음 이상의 것이라는 사실로 확장시켜서 설명하고 있다.

2) 복효근 〈제망매가 풍(風)으로〉

> 희게 눈부신 좌변기에
> 한 가닥 치모가 떨어진다 버리고 떠나듯
> 먼저 가노란 말도 없이 세월의 한 부스러기가
> 내 치부의 내 욕망의 일부였던 것이
> 이미 한 발은 죽음에 담그고 있다는 것을 알려주듯
> 내 몸을 빠져 나간다
> 생사의 길이 예 있으매 두려워
> 오줌을 누다가 아닌 추위에 나는 몸을 떤다
> 그러나 죽음이여
> 고백하건대 내 뇌수의 9할은 정액이다
> 어쩔끄나 비아그라가 시판 된다더라
> 치모가 버리고 간 살아있는 나는 또
> 카타르시스와 오르가슴을 꿈꾸며 살 것이다 말하자면
> 누군가 버리듯 남기고 간 빵을 되도록 되도록 맛있게
> 씹으며 씹하며 죽을 때까지는 살아갈 것이다 나는
> 그래 죽음보다는 살아있음이 두렵다
> 도는 닦아야 되나?
>
> ―복효근, 〈제망매가 풍(風)으로〉,
> 『새에 대한 반성문』, 시와 시학사, 2000.

복효근의 〈제망매가 풍(風)으로〉는 매우 현대적이고 강렬하면서도
에로티시즘[16]적인 어휘를 사용하여 독자들의 감각을 자극한다. 이

시에서는 에로티시즘을 직접적으로 묘사해가면서 원 텍스트의 종교
적이고 근엄한 요소들을 배제시키고 있다. 작가는 시적화자의 몸에
서 치모 한 가닥이 떨어져 나가는 행위로 이야기를 시작해서 풀어간
다. '치모'는 화자의 몸이고, 생명의 일부였으며 생명활동의 증거였
던 것으로 볼 수 있다. 그것은 화자의 몸과 생명이 아닌 죽음에 속한
것으로 판단할 수 있다. 화자는 죽음과 그리 멀지 않다는 것과 죽음
이 화자의 일부였다는 것을 파악하게 되면서 극도의 두려움을 갖게
된다. 죽음은 언젠가 화자에게 닥칠 것이 확연하지만 그것이 이미
화자에게 내재되어 있다는 발견이 오히려 두려움을 갖게 하고 있다.

그런데 시적화자는 죽음을 발견하면서도 여전히 살아있는 상태이
므로 성행위를 꿈꾸고 정서의 정화(淨化)뿐만 아니라 육욕(肉慾)으로
희열(喜悅)의 극점까지 꿈꾸고 있다. 또한 기꺼이 어떤 치욕(恥辱)으
로든 생명을 유지하면서 만끽하고자 한다. 결국 죽음으로 그 모든
사실을 초월할 수 있음에도 불구하고 단지 살아있다는 사실만으로
어쩔 수 없이 모든 치욕을 겪게 된다. 오히려 죽음보다 더 두려운 것
이 현실에 대한 힘겨움이라는 사실을 형상화하면서, 지극히 현실적
인 모습에 초점을 맞추고 있다.

월명사는 이승의 모든 영욕(榮辱)을 뛰어넘어 미타찰에서 누이를
만나기 위해 도를 닦겠다는 종교적인 태도를 취했지만, 이 시의 화
자는 그럴 자신이 없을 뿐만 아니라 도를 닦는다고 해서 모든 치욕
을 초월할 수 없다는 무기력한 태도로 일관하고 있다. 결국은 원 텍
스트와 달리 생(生)과 사(死), 도(道)에 대해 그 어떤 태도도 취하지

---

16) 에로티즘은 사랑과 관계된 모든 것을 의미했지만 일찍부터 감각적이고 육체적인
   사랑의 뜻으로 전문화되었으며, 지금은 사랑과 에로티시즘과 음란·퇴폐 문화의
   구분이 어렵게 되었다. (민용태, 『에로티즘 시학』, 고려원, 1990, 62쪽.)

않은 채 의문형으로 시를 열어두면서 마치고 있다. 현대시 〈제망매가 풍으로〉와 향가 〈제망매가〉를 비교하여 살펴 볼 때, 복효근의 작품에서 사용된 시어나 시적 분위기는 매우 색정(色情)적이고 현실적이다. 시의 흐름이나 모티프에서는 원전의 내용과 일치하기 보다는 인간의 가장 원초적인 부분에 바탕을 두고 있다. 복효근은 제목을 차용하되 새로운 분위기와 인간중심의 욕망을 가장 창조적으로 형상화시킨 작품이라고 볼 수 있다.[17] 원 텍스트를 충실히 이해하지 못했다는 지적과는 달리 현대인의 감각에 맞게 매우 현실적인 모습으로 일관하고 있는 이 작품은 오히려 대중들에게 정서적인 호소력을 높일 수도 있다.

3) 김인육 〈다시 부르는 제망매가〉

누이야/오늘은 한나절 내내/사천왕사(四天王寺) 뒷산 솔숲에서/접동새가

울더니/십리 밖 네 무덤까지 연분홍 복사꽃이 흩날리고/꽃비를 따라/나도 어디론가 자꾸만 가고 싶어/분분한 낙화에 발이 저렸다//번뇌의 끝은/어디쯤인가/오늘도 네 생각으로 달이 돋고/너를 보내는 몇줄 진혼 제문을 엮는 동안/

적적하여라, 새벽을 알리는 닭소리 한번 울리지 않고/축시를 넘어선 월명리 하늘에 별빛이 우련 성기다//속연을 저어하며 피리를 불며/나무 관세음/

나무아미타/바라밀다발원 하노니/계림의 복사꽃이 얼마를 더 피고 져야/오고가는 행적에 내가 아프지 않겠느냐/사바의 연들이 다 법(法)으로 맑아지겠느냐//

---

17) 나정순, 앞의 책, 63~64쪽.

　　서천으로 가는 고운 달빛에 젖어/원왕생 합장한 손끝이 밤새 시린데/
누이야/
　　너는 달그림자 밟고 용케 피안에 당도 했느냐.
　　　　　　　　　　　　　　　　　－김인육, 〈다시 부르는 제망매가〉,
　　　　　　　　　　　　　　　　『다시 부르는 제망매가』, 시선사, 2004.

　　김인육의 〈다시 부르는 제망매가〉는 원 텍스트를 가장 충실하게
재현(再現)한 작품이라고 볼 수 있다. 원 텍스트의 시대 상황과 시적
분위기와 정서를 충실히 보여주고 있다. 그렇지만 시의 정서적 호소
력을 높이기 위해 시의 어조를 단일화(單一化)하고, 시적 소재를 다
양화함으로써 원전과의 차별화를 꾀한 작품이라고 볼 수 있다.18) 위
의 시는 원 텍스트와 관련된 부대설화 속에 나오는 지명을 그대로
이용하면서 시적 분위기를 이끌어가고 있다. 죽은 누이에 대한 그리
움을 불교적으로 승화한다는 종교적 의미를 강조하는 원 텍스트인
향가 〈제망매가〉의 주제를 충실히 이행하고 있다. 이 시는 시적 화
자의 심정을 누이에게 무조건적으로 전달(傳達)하려는 청자를 중심
으로 전개되고 있다는 사실에서 원전과의 차별(差別)성이 드러난다.
그리고 '죽음'과 죽은 누이에 대한 '그리움'의 분위기를 전통적이고
상징적인 시어를 통해서 보여주고 있다. '접동새, 복사꽃, 닭소리,
별빛, 달빛' 등의 친근하고 소박한 시어는 서정적 분위기를 고조하여
원 텍스트가 지니고 있던 정서적 거부감을 줄였다.

---

18) 박경수, 「현대시의 고전시가 패러디 양상과 담론－〈제망매가〉와 〈청산별곡〉의
　　패러디를 중심으로」, 『국제어문』 38집, 국제어문학회, 2006, 77쪽.

4) 김석규 〈신 제망매가〉

슬프다, 피지도 못한 봉오리 돌개바람에 꺾이었으니/너는 한 번도 배꼽을

내놓지 않았고/손톱에 물감칠을 하지도 않았으며/삼백예순닷새 그 많은 날

하루도 틈이 없어/광안리나 해운대 바닷가에도 나가지 않았으니/깜박거리는 흐릿한 불빛 아래 밤 늦도록/재봉틀 앞에 붙어 앉아 촘촘히 꽃다운 나이

만 박더니/하늘의 어느 자리인들 여기보다 못 하랴만/늦은 밤 돌아와 식은

밥 찬물에 말아먹는 이승/알겠다. 이슬 타고 내리는 별빛은 밤새도록 부르는 소리임을

-김석규, 〈신 제망매가〉, 『태평가』, 빛남, 2001.

김석규의 〈신 제망매가〉는 재봉일을 하면서 고단한 삶을 살았던 어린 여직공의 비극적인 죽음을 형상화한 작품이다. 김석규의 시는 원 텍스트의 제목을 그대로 계승(繼承)하면서 이승과 저승의 명확한 구분을 보여주고 있다. 그리고 시적 화자가 죽은 누이를 청자로 규정해서 이야기하는 시적구조를 그대로 취하고 있지만, 원 텍스트와 확연히 다른 점을 보이고 있다. 이 시에서는 핵심이 되는 종교적 요소를 완전히 배제하고 있다. 또한 처한 환경을 실제적이고 사실적으로 설명하면서 현재를 살고 있는 우리의 모습을 서술한다. 힘없고 가난한 여직공은 우리가 흔히 볼 수 있는 우리 사회의 빈곤층의 모습에 해당하는데, 시인은 이런 현실의 사안에 집중을 하고 있다.

이시는 원 텍스트와는 달리 죽음을 초월해야 하는 다소 추상적이고 관념적인 사실에 집중하지 않는다. 다만 죽음에까지 이른 비극성

에 초점을 두고 있다. '늦은 밤 돌아와 식은 밥 찬물에 말아 먹는 이 승'이라는 구절은 작가가 현실의 고단함과 삶에 대한 안타까움을 직 설적으로 표현한 것이다. 다시 말해서 작가는 죽음을 종교적 차원의 해석과 누이에 대한 그리움의 문제로 보는 정서적인 사안에 매달리 는 것이 아니라 죽음에 이르게 한 가난하고 비참한 현실과 현재의 당면(當面)한 사회상을 구체화하여 실증적으로 보여주면서 인간에 대한 관심의 요구와 현실의 변화를 촉구하고 있다.

〈제망매가〉를 재창조한 현대시인들은 〈제망매가〉를 참신하게 재 해석하고자 노력을 하고 있다. 그러나 창작자들이 대부분 월명사가 죽은 누이를 위하여 제를 지내고, 미타찰에서 만나고자 하는 염원과 불교적 승화로 생사를 초월하겠다는 종교적인 사상을 근간으로 하는 원 텍스트가 지닌 내용에 집착하고 있는 것은 사실이다. 다만 시적 인물을 다양하게 풀어내어 기존의 우리가 가지고 있던 관념(觀念)에 대하여 인간이 지니고 있는 본성(本性)과 현실적인 문제와 생활상에 초점을 맞추고자 노력한 흔적이 엿보인다. 이와 같은 시도는 시에서 보여주는 현실을 사실적이면서 객관적으로 재현하려는 노력이 도덕 적인 측면에서의 획일적인 탐구가 아니라 다양한 해석을 가능하게 하는 열린 장치로 부여한 것이다.[19] 〈제망매가〉를 현대시로 변용한 작가들은 단지 죽음을 종교적인 차원에서 보는 숭고한 사실로 승화 하는 것이 아니라 그 내면에 존재하고 있는 삶의 고통까지 이해하고 감수해야 한다. 이는 하나의 통과의례로 볼 수 있으며 우리가 받아 들여야 할 사실이다.

---

19) 하경숙, 「공무도하가의 현대적 변용 양상」, 『동양고전연구』 43권, 동양고전학회, 2011, 112쪽.

현대시로 재해석한 〈제망매가〉는 단지 죽은 누이에 대한 슬픔을 불교적 귀의로 초월한다는 종교적인 의미에 초점을 맞추기 보다는 인간이 지닌 가장 근원적인 그리움과 육친(肉親)에 대한 정을 통해서 작가들이 인간에 대한 따뜻한 성찰과 관심을 알 수 있다. 또한 향가 〈제망매가〉가 지닌 기존 해석의 틀이 종교의 초월에서 벗어나 변용된 현대시에서는 인간에 대한 관심으로 작품이 변모하고 있다. 이를 통해 과거인은 사유(思惟)의 중심이 종교(宗敎)와 관념(觀念)이었지만, 현대인은 사유의 중심이 인간(人間)과 현실(現實)이라는 사실을 알 수 있었다. 또한 현대인은 관념적인 것에만 집착하는 것이 아니라 현실적인 문제에 집중을 하면서 그들이 지니고 있는 사유의 가치와 삶의 변화가 시시각각 이루어지고 있으며, 그 실제적인 상황을 이해하고자 노력한다.

3. 뮤지컬 - 〈쌍생〉

STT뮤지컬컴퍼니에서는 블루뮤지컬 〈쌍생〉을 선보였다. 2003년 부산 가마골소극장에서 5개월 동안 기획과 공연이 되었던 〈박현철 연극전〉의 마지막 작품이기도 한 〈쌍생〉은 눈 먼 오빠와 쌍둥이 여동생과의 지독한 사랑을 그리고 있는 다소 해석이 난해(難解)한 작품이라고 할 수 있다. 작부(酌婦)로 일하는 '이성'은 오빠 '이정'을 사랑하게 되고 '난다'라는 가명(假名)으로 오빠에게 접근한다. '이정'은 '난다'의 밉지 않은 애교에 마음의 문을 열게 되고, 두 사람은 연인 사이로 발전하여 하룻밤을 함께 보낸다. 극은 극적으로 눈을 뜨게 된 '이정'이 '난다'가 불치병에 걸린 여동생 '이성'이라는 사실을 알고 충격에 빠진다는 내용이다. 〈쌍생〉은 관객들의 강렬한 호응과 함께

대중문화의 수위에 의문을 던진 화제의 작품이며, 문화의 경계선상
에 선 공연으로 기대(企待)와 힐난(詰難)을 동시에 받으면서 그 찬반
을 가늠하기 어려웠던 문제작이라고 할 수 있다.

눈먼 오빠와 작부로 살아가는 누이동생간의 근친상간(近親相姦)을
소재로 한 작품은 힙합, 재즈, 트로트 등 다양한 장르의 음악과 현대
적 감각의 댄스, K1(이종격투기)을 연상시키는 격투, '중경삼림' '아비
정전' 등의 영화를 모방한 패러디에 이르기까지 혼재되어 철저하게
B급을 지향하는 작가정신과 코믹 발랄한 연출이 어우러져 있는 작품
이다.20) 하지만 현대인의 내면에 존재하는 금기(禁忌)라는 소재를 대
중(大衆)의 입맛에 가장 잘 맞게 각색한 작품이라고 할 수 있다. 근친
상간에 대한 해석과 이에 대한 제재조치(制裁措置)는 사회에 따라 다
르지만 근친상간의 금기는 동서고금을 통해 가장 보편적인 현상이라
고 볼 수 있다.21)

현대인들은 물질적 풍요를 바탕으로 쾌락만을 충족하고자 한다. 육
체적·정신적 쾌락을 추구하고자 하는 욕구는 현대인들로 하여금 정
상적인 것들에서 만족을 얻지 못하고 자극적이고 충동적인 상황에까
지 집착하게 한다. 그리하여 사회적으로 가장 금기시 되고 있는 문제
들도 그들에게는 자극(刺戟)과 충동(衝動)의 대상이 된다. 그러다보니
가장 대중적이고 상업성을 띠어야 하는 뮤지컬이나 공연예술에 있어
서는 대중의 호기심을 충족하지 못하거나 보편성만을 강조하다 보면
결국은 수익창출에서 밀려나기 때문에 스스로 자극적이고 금기시 된

---

20) http://news.naver.com/main/read.nhn?mode=LSD&mid=sec&sid1=103&oid=001&aid=0
   000668943
21) 허련화, 「김동리 소설의 근친상간 모티프 연구」, 『한국현대문학연구』 제34권, 한
   국현대문학회, 2011, 161~162쪽.

소재들을 수면위로 떠오르게 하기도 한다. 공연예술은 영화(映畵)와 라디오, TV에 밀려 급격히 위축된 모습을 보이기 때문에 대중성의 문제는 모두가 풀어야 할 중요한 화두(話頭)로 남아 있었다.22) 그러나 지나친 대중성에 대한 집착과 대중과의 소통이라는 과도한 욕심은 위험한 행동을 불러온다. 무엇보다 원 텍스트에 대하여 충분한 이해를 바탕으로 한 공연예술로의 전환이 시급하다. 그런 선행 작업이 이루어지지 않은 작품은 모호성만을 남길 뿐이다. 그러다보니 소비적 오락물 내지는 상업적 제품으로 전락하고 말 것인지, 아니면 진지한 문학성을 겸비한 대중적 예술품으로 격상될 것인지는 그 두 요소간의 적절한 배합(配合)과 조율(調律)에 달려 있게 마련이다.23)

뮤지컬 〈쌍생〉은 원 텍스트와는 달리 내면의 금기된 욕망을 풀어나가고 있다. 상업성에 치중하는 공연예술이 지닌 한계가 있기는 하지만, 오직 인간이 가지고 있는 본성을 강조하고 있다. 누이동생과 오빠의 관계로 설정된 주인공을 근친상간이라는 금기와 비정상적인 상황들과 결합하여 뮤지컬의 흥미를 부여하는 동시에 현대인의 은밀한 호기심을 자극하고 있다. 현대의 많은 사람들에게 가족의 전통적인 의미와 규범적인 성격은 퇴색하고 개인의 행복과 자아실현을 위한 수단으로 바뀌었으며, 자유로운 선택과 계약에 기초한 하나의 생활양식으로 전락하였다. 전통적으로 안정과 다정함 그리고 평화를 상징하던 가족, 사랑, 친교라는 의미가 이 시대에 깊은 불안과 갈등 그리고 부담으로 변하였음을 보여준다.24)

---

22) 김옥란, 「여성연극의 상업성과 진정성-여성 극작가 김숙현을 중심으로-」, 한국 미래문화연구소, 『문화변동와 인간 그리고 문화연구』, 깊은샘, 2001, 300쪽.
23) 김중철, 「영화의 대중성과 소설의 확장 가능성」, 위의 책, 191쪽.
24) 이혁구, 「탈근대사회의 가족변화와 가족윤리」, 『한국가족복지학』 4호, 한국가족

뮤지컬 〈쌍생〉에서도 역시 현대인의 억눌리고 비틀어진 사고의 한 단면을 보여주고 있다. 가장 존중받고 보호받아야 할 관계인 혈육애 (血肉愛)를 비틀어진 시각과 관계로 치환(置換)시키면서 더 이상은 전통적인 관계의 가족상을 찾을 수 없게 한다. 다만 인간이 지니고 있는 본성을 신랄하게 표현하는 것에 중점을 두고 있다. 또한 비타협적이고 반사회적인 인물을 통해서 현대인의 억눌린 '아웃사이더'의 모습을 재현하고 대중은 제도와 일상적인 현실에서 벗어난 이들의 모습을 통해서 다양한 경험과 대리만족을 얻는다고 착각하게 만든다. 그러나 이처럼 사회적인 일탈(逸脫)로 간주되는 내용이 등장하는 것은 매스 미디어의 상업적 성격에 기인한 것이라고 볼 수 있다. 하지만 사회상을 반영한 매체를 통해 근본적으로 그 일탈의 범위에 대해서 고찰하고자 하는 시도라고도 볼 수 있다.[25]

뮤지컬 〈쌍생〉에서는 기존의 원 텍스트를 차분히 이행한 작품이 아니라 현대인의 삶의 고통과 비참함을 극대화시켰다고 지적할 수 있다. 그러나 변질된 가족의 관계성을 되짚어보면서, 현대인의 단절된 의식이 얼마나 비극적인 결과를 가지고 오는지에 대하여 설명하고자 한다. 또한 죽음을 지나치게 종교적인 의미로 규정하여 숭고한 의식세계를 보이는 것으로 설명하지 않고, 현실에 입각한 그들이 처한 상황을 실제적으로 보여주고자 한다. 이를 통해 현대의 대중들에게 구체적인 삶의 방향을 제시하면서 삶에 대한 올바른 선택과 판단을 요구하고 있다.

사회복지학회, 1999, 219~220쪽.

[25] 김명신, 「한·일 드라마 비교를 통한 문화읽기 : 한국과 일본 여성의 일과 사랑, 근친혼, 원조교제 비교로 본 문화적 접근성과 차이」, 동의대 대학원 석사논문, 2005, 52쪽.

Ⅳ. 현대적 변용의 의미

　　고전문학의 가치는 시·공을 초월하면서 대중성을 바탕으로 하여 생명력을 기반으로 후세에까지 전하고, 그 보편적인 함의를 지닐 때 비로소 추앙될 수 있다. 오랜 시간을 거치면서 고전문학은 삭제(削除)와 첨가(添加)라는 반복적인 작업을 통해서 근원적이고 핵심적인 부분만이 남아 있다고 할 수 있다. 이러한 상황을 구체화 했을 때 분명히 어떤 시대적 배경이나 환경이 큰 요인으로 자리하고 있음을 추리할 수 있고, 현재까지도 전해지고 있는 작품에는 분명히 우리 조상의 생활관이나 가치관이 포함되어 있어 현재에도 영향을 끼칠 수 있다고 판단된다.

　　문학의 일상성을 이야기할 때 '비속한 것'이나 '사소한 것', 그리고 '개인의 주관적 경험의 외화'와 같은 것들의 담론이 주요한 특징으로 거론된다.[26] 또한 문학의 소재도 시대별로 그 호응도가 달라진다. 즉 종교나 제의와 같은 형이상학(形而上學)적인 문제에 대해서 담론(談論)을 벌이다가도, 현실적인 문제에 대하여 적극적으로 논의하기도 한다. 가령 이성간의 애정문제를 중심으로 논의를 하다가도 군신(君臣)관계를 우위에 두면서 논하기도 한다. 또한 정상적인 사랑에 열광하기보다는 오히려 일탈(逸脫)되고 비정상적인 애정문제에 열광하기도 한다. 이 모든 것은 시대가 낳은 비극이기도 하다. 그러나 인간이 살아가면서 반드시 필요하고 변하지 않는 것이 있는데 그것은 통과의례(通過儀禮)적 요소이다. 그러다보니 통과의례는 당연히 오랫동안 우리 문학의 근간으로 자리 잡고 있기 때문에 문학작품 속에서 다루지 않을 수가 없는 문제이다. 현대인들이 선호하는 것은 고대로부터 이어오면서 현

---

26) 한수영, 『소설과 일상성』, 소명출판사, 2000, 99쪽.

재까지 되풀이 되고 있는 원형(原型)적인 이야기라고 할 수 있다. 원형
적인 이야기는 동서고금을 막론하고 사람들의 마음과 정서를 비롯하
여 감정을 움직이는 근원이다. 이런 점에서 오랜 시간동안 대중성을
확보하면서 지속된 것이다. 후대에 와서는 외형만 달리할 뿐이지 공통
의 주제는 동일한 것을 반복함으로써 사람들에게 지속적인 관심을 받
게 된다. 원형으로서의 주제는 인간이라면 누구나 겪고 있는 공통의
관심이 되는 것으로 판단된다. 대표적으로 인간의 통과의례적 사실과
관련이 깊은, '죽음', '사랑', '이별', '새 생명 탄생'에 해당하는 원형담
이다.27)

　향가 〈제망매가〉 역시 인간의 죽음을 다루고 있다는 점에서, 통과
의례의 요소를 내포하고 있다는 사실은 자명(自明)하다. 이러한 〈제
망매가〉가 통과의례 중 인간들에게 늘상 공포의 대상인 '죽음'을 다
루고 있고, 그 누구도 알 수 없는 사후(死後)에 대한 궁금증과 호기심
을 자극한다는 점에서 현재까지도 많은 관심의 대상이 되고 있다.
이런 사실을 바탕으로 현대시나 현대소설로 가장 많이 차용되고 있
다고 판단된다.

　또한 산업화의 발달로 인한 급속한 도시화는 사람들로 하여금 다
양한 직업군으로의 기회를 제공하였다. 그러한 기회를 부여받은 사
람들은 점차로 개인의 삶을 강조하게 되었다. '나'에 대한 자아의식
이 '우리'에 대한 공동체 의식을 압도하는 세태가 된 것이다.28) 이처
럼 현대 대중들은 개인주의에 익숙해져 있어서 타인을 배려하고 존

---

27) 강명혜, 「〈황조가〉의 의미 및 기능」, 『온지논총』 제11집, 온지학회, 2004; 「상대시
　　가의 의미 및 기능」, 『한겨레어문연구』 제2집, 한겨레어문학회, 2003; 「죽음과
　　재생의 노래 〈공무도하가〉」, 『우리문학』 제18집, 우리문학회, 2005.
28) 김태길, 『공자 사상과 현대사회』, 철학과 현실사, 1998, 3쪽.

중하는 일에는 무뎌져 있다. 이런 이유로 무엇보다 삶에 대한 회의 (懷疑)와 불신(不信)속에서 스스로 자괴감과 외로움에 휩싸여 있다. 이런 상황 속에서 현대인들은 스스로 정서적인 불안과 고통 속에서 살아가고 있다. 이 무서운 고독감을 극복하는 근본적인 방법은 자기 본래성(本來性)을 자각하고 타인의 정서에 공감하면서 사람과 사람 사이의 동질성을 회복하고 서로 사랑하는 것뿐이다.29) 그 동질성(同質性)을 회복하기 위해서는 무엇보다 가족 안에서의 관계 회복이 가장 시급하다고 할 수 있다. 그 중심에는 여성(女性)의 역할이 가장 중요하다고 판단되어진다. 가족구성원으로서 여성은 무한한 사랑과 자기희생을 의미한다. 국가가 위기에 처하거나 집안이 어려움에 처했을 때 그녀들의 고통과 역할은 더욱 증대된다. 이러한 여성은 가족애(家族愛)를 상징하면서, '어머니', '아내', '딸', '누나', '누이'의 모습으로 구체화 된다.30) 그중에서도 인간은 유독 모성(母性)에 대한 강한 집착을 지니고 있다. 모성은 인간이 고통과 어려움을 겪을 때 항상 그리워하는 대상이고, 지혜와 해답을 부여하며 위로를 해주는 강한 존재이기 때문이다. 현대인이 겪는 대립과 대결의 구도에서 화해와 평화를 추구하는 경향이야말로 지배적인 새로운 세기의 비전으로 부드러운 모성적 정서가 손색이 없음을 인지시켜 준다.31)

이런 모성은 여성형제인 '누이', '누나'로 전이(轉移)된다. 여자형제는 어머니에게 학습된 특유의 섬세함과 자애(慈愛)를 가진 존재로 무

---

29) 이상호, 「성설을 통한 현대인의 삶의 분석」, 『유교사상연구』 제35집, 한국유교학회, 2009, 283쪽.

30) 조제웅, 「정지용 시의 여성상 연구」, 『한민족어문학』 제56권, 한민족어문학회, 2010, 314쪽.

31) 구명숙, 「김후란 시에 나타난 "가족"의 의미와 현실 인식-『따뜻한 가족』을 중심으로- 」, 『한국사상과 문화』 제51권, 한국사상문화학회, 2010, 104쪽.

한한 위로와 휴식을 줄 수 있다고 판단되어졌다. 이런 사실로 본다면 향가 〈제망매가〉는 누이의 죽음을 슬퍼하는 서정(抒情)적인 감정에 중점을 둔 텍스트라고 규정하지만, 현대에 변용된 작품들은 모성적 측면을 현실적인 관심과 연관시켜서 서술하고 있다. 그것은 모성에 대한 근원적인 그리움이 누이로 전이되었다는 사실에 바탕을 들 수 있다. 기본적으로 모성은 근원적이고 깊은 이해와 애정을 바탕으로 하고 있기 때문이다. 이러한 〈제망매가〉가 현대적인 변용에 자주 이용되는 이유는 모성의 근원이 되는 '누이'를 소재로 하고 있다는 점과 모성에 대한 그리움이 어머니에서 전이된 '누이'라는 존재를 통해서 위로와 위안을 얻을 수 있다는 기대심리로 작용한다고 볼 수 있다. 이런 선험적 지혜와 보편적 인간의 정서, 다양한 삶의 원형은 '문학적 관습'으로 지금 우리가 접하는 문학작품 속에서 불가분의 관계를 맺고 있기에 결코 단절되지 않는다.32) 〈제망매가〉가 현대적으로 변용된 작품에서 극명하게 가시화(可視化)되지는 않았지만 사랑과 생명, 평화 그리고 인간에 대한 애정과 연민이라는 휴머니즘의 바탕이 여성성을 통하여 구현하고 있으며 그것을 긍정적으로 인지하는 기회를 마련하고 있다.33) 또한 대립과 마찰을 대신하여 포용(包容)으로 존재하고 있는 모성의 정서는 현대인의 불안의식과 황폐해진 내면에 하나의 대안으로 자리하고 있다.

32) 하경숙, 「고대가요의 후대적 전승과 변용 연구- 〈공무도하가〉·〈황조가〉·〈구지가〉를 중심으로」, 선문대학교 박사학위논문, 2011, 154쪽.
33) 구명숙, 앞의 논문, 109쪽 참조.

V. 맺음말

신라 향가 〈제망매가〉를 현대적으로 변용한 현대 창작자들은 신라 향가에서 그 소재를 차용하여 창작성을 기반으로 고유한 작품세계와 미적 특질을 설명하고 있다. 그들은 사라져가는 과거의 공간과 삶의 형상에 대하여 단절(斷絶)이 아닌 지속적인 관심을 보여주고 있다. 그러나 고전 작품을 현대적으로 변용할 때 고전작품 속에 담겨진 역사적 사실성과 문학적인 예술성, 그리고 철학적인 사유체계를 동시에 실현하기란 매우 어려운 일이다. 또한 후대창작자들이 고전작품에 가져야 하는 태도로 정확하게 설명하기가 어렵다. 기본적으로 작품이 부여하고 있는 사실성과 예술성에 집중을 해야 하고, 작품이 가지고 있는 진리성을 동시에 획득 할 필요가 있는데 명확히 규정하여 이야기하기는 단순하지 않다.

현대소설로 재창조한 고종석의 『제망매』는 종교적인 신념을 철저하게 배제하고 있다. 그러나 오빠와 누이 동생이라는 관계를 구도화하여 원 텍스트의 기본 구도를 계승하고 있다. 그러나 원텍스트가 부대설화에서 월명이 죽은 누이동생을 추모하면서 부른 노래라는 서정성을 염두에 둔다면 고종석의 『제망매』는 철저한 현실적인 문제에 입각하고 있다는 것을 알 수 있다. 이 소설에서는 격동의 70~80년대 우리 사회의 단면을 그려내면서 그들이 처한 현실의 모습과 문제점에 대한 적극적인 해결을 도모(圖謨)하고자 하였다.

기형도의 시 〈가을무덤-제망매가〉는 사용된 시어나 작품의 분위기는 원 텍스트와는 전혀 다르지만, 시의 흐름이나 모티프에서는 원 텍스트를 충실히 따르고 있어서 그 창조성이 부각되는 작품이다. 복효근의 시 〈제망매가 풍으로〉으로는 시어나 시적 분위기는 매우 현

실적이고, 원 텍스트와는 별개(別個)로 인간의 가장 원초적인 부분에
바탕을 두고 있다. 이것은 현대인의 감각에 맞게 매우 사실적인 모
습으로 일관하고 있어서 오히려 대중들에게 정서적인 호소력을 높일
수도 있다.

김인육의 〈다시 부르는 제망매가〉는 원 텍스트를 가장 충실하게
재현한 작품이라고 볼 수 있지만 시의 어조를 단일화하고, 시적 소
재를 다양화함으로써 원전과의 차별을 두고 있다. 그러나 관련된 부
대설화에 나오는 지명을 그대로 사용하면서 죽은 누이에 대한 그리
움을 불교적으로 승화한다는 원 텍스트를 충실히 이행하고 있다.

김석규의 〈신 제망매가〉는 종교적인 요소를 완전히 배제하고, 처
한 환경을 사실적으로 설명한다. 죽음의 종교적 초월과 누이에 대한
그리움이라는 정서적인 문제는 별개로 가난하고 비참한 현실과 현재
의 사회상을 구체화하고 현실에 대한 변화를 갈망(渴望)하고 있다.

〈제망매가〉를 재창조한 현대 시인들은 죽은 누이에 대한 슬픔을
불교적 귀의로 초월한다는 종교적인 의미와 육친에 대한 애틋한 정
을 설명하는 전범(典範)적인 해석에서 벗어나 작가들은 인간과 현실
에 대한 따뜻한 성찰과 관심을 표명하고 있다. 또한 기존 해석의 틀
이었던 종교의 초월에서 벗어나 이제 그 관심의 대상이 인간으로 옮
겨 오고 있다는 사실에 대하여 우리는 집중할 필요가 있다.

뮤지컬 〈쌍생〉은 현대인의 내면에 존재하고 있는 가장 은밀하면
서 금기시된 소재를 수면(水面)으로 끌어올리면서, 현대 대중들의 입
맛에 가장 잘 맞게 각색한 작품이다. 근친상간이라는 화두(話頭)를
중심으로 이야기를 풀어가면서 작가는 현대인의 변질(變質)된 가족
의 관계를 생각하고 인간에 대한 소통과 관심에 대하여 문제를 제기
하고 있다.

　이처럼 〈제망매가〉를 현대적으로 변용한 창작자들은 신라의 향가를 자신의 시대적 현실에서 규정화하고, 지향적인 세계를 희구(希求)하고 있다. 그들은 단순히 그 처한 현실에만 기반을 두고, 외부적인 상황에 관심을 표명하지 않는다. 과거로부터 이어져 오는 역사의 현실 속에서 그 방법을 제시하고자 하였던 것이다. 그들은 일상의 현실에 기반을 두면서 현대인의 생활상을 세밀하게 관찰하고 무관심과 방치로 일관했던 사실들에 대하여 여러 정황과 관련을 시켜서 넓은 의미를 부여하고자 했다. 또한 그들은 고전을 그 자체로만 보는 것이 아니라 문화적인 창조의 원천으로 삼고 현대적인 감각에 맞게 재해석하려는 참신한 발상을 보이기도 했다.

　최근의 몇몇 연구자들은 고전문학을 과거의 석화(石化)된 산물로만 치부하지 않고 현대의 문화 속에서도 비중과 가치를 지니고 있음을 인지하여 고전작품에 내재한 원초적인 의미를 찾거나 이를 재해석하고자 하는 노력을 아끼지 않고 있다. 그 내면에는 최첨단이라고 불리는 것들의 끊임없는 변화와 새로운 시도 속에서 한국 문학의 상상력에 새로운 지평을 가하면서 자극제가 되는 것이 바로 고전문학이라는 자원이다. 신라 향가 〈제망매가〉를 점검하면서 알 수 있듯이 고전물의 현대적인 변용은 대중들에게 친근감과 흥미를 유발하지만 주의할 점은 원작이 지니고 있는 작품 특유의 고유성을 배제한 채 지나친 현대적인 변용만을 강조해서는 안 된다는 것이다.

〈헌화가〉의 현대적 변용 양상과 가치

I. 머리말

〈헌화가〉는 신라 제33대 성덕왕(聖德王, 690년~737년, 재위: 702년~737년)때에 어느 견우노옹이 지은 4구체 향가이다. 이 노래는 성덕왕 때 강릉태수로 부임하는 순정공의 아내 수로부인이 천 길이나 되는 바닷가 절벽 위에 꽃을 탐내자 길을 가던 신원 미상의 소를 몰던 노인이 꽃을 꺾어다 바치면서 이 노래를 불렀다고 한다. 〈헌화가(獻花歌)〉는 『삼국유사』 권2 〈수로부인(水路夫人)〉조(條)에 〈해가(海歌)〉와 함께 실려서 전하고 있는데 그 신비성과 흥미를 바탕으로 오랫동안 대중들에게 향유되고 있는 작품이다.

삼국유사에 의하면 화자를 '암소 고삐를 잡고 있는 노인-不知何許人-건장한 청년들도 감당하지 못한 어려운 일을 능히 해낸 인물'로 설정하고 있다. 이렇듯 노인의 존재는 해석의 어려움을 가져오는 인물로 설정되면서 〈헌화가〉가 가진 노래의 성격을 명쾌하게 규정짓는 일에도 장애를 가져오게 만든다. 그러나 이 노래의 성격을 단지 수로부인의 아름다움에 도취한 시골의 늙은 노인이 자신의 여러 상황을 잠시 판단하지 못하고 상대방 미모의 수로부인을 마음속으로

짝사랑하면서 부른 가요로 해석하는 것이 일반적이다.[1] 그러나 〈헌
화가〉는 향가 작품 중에 고도의 상징적인 코드와 철학이 담겨져 있
다. 〈헌화가〉는 대단히 규정하기 어려운 작품으로 설화적인 요소,
문화, 심리, 이념의 텍스트들이 얽혀서 그 신이성(神異性)을 강조하
고 있다.

  그동안 연구자들에 의해 〈헌화가〉에 대한 많은 논의와 더불어 70
여 편을 상회하는 논문이 발표 되었고, 가요해독과 관련해서는 백
여 편이 넘는 연구성과를 이루었다.[2] 그렇다고 해서 〈헌화가〉에 대
하여 그 어떤 기술이나 논의가 확정되었다고는 이야기 할 수 없는
처지이다. 지금까지의 논의들은 여전히 어떤 합의에 이르지 못하고
있으면서 그 논의는 점차 확대되고 있는 실정이다. 기존의 연구자들
은 〈헌화가〉를 사랑의 노래, 의례(儀禮)와 관련된 무속(巫俗)적인 노

  1) 박노준, 「향가, 그 현대시로의 변용(Ⅰ)-「헌화가(獻花歌)」, 「서동요(薯童謠)」를
     대상으로」, 『한국시가연구』 제5집, 한국시가학회, 1999, 85~86쪽.
  2) 임기중, 『고전시가의 실증적 연구』, 동국대학교출판부, 1992; 윤영옥, 『신라시가
     의 연구』, 형설출판부, 1982; 박노준, 『신라가요의 연구』, 열화당, 1982; 김학
     성, 『한국고전시가의 연구』, 원광대학교 출판국, 1980; 김광순, 「헌화가」, 김승
     찬, 『향가문학론』, 새문사, 1989; 최철, 『향가의 문학적 해석』, 연세대학교출판
     부, 1990; 성기옥, 「〈헌화가〉의 신라인의 미의식」, 『한국고전시가작품론』 1, 집
     문당, 1992; 김사엽, 『향가의 문학적 연구』, 계명대학교출판부, 1979; 윤경수,
     「헌화가의 제의적 성격」, 『향가 여요의 현대성 연구』, 집문당, 1993; 예창, 「헌화
     가에 대한 시론」, 한국시가문학연구, 『백영 정병욱 선생 환갑기념논총』 2, 신구
     문화사, 1983; 신영명, 「〈헌화가〉의 민본주의적 성격」, 『어문론집』 37권, 민족어
     문학회, 1998; 현승환, 「〈헌화가〉배경설화의 기자의례적 성격」, 『한국시가연구』
     12집, 2002; 이승남, 「수로부인은 어떻게 아름다웠나-삼국유사 수로부인조의 서
     사적 의미소통과 헌화가의 함의」, 『한국문학연구』 37집, 동국대학교 한국문학
     연구소, 2009; 유경환, 「헌화가의 원형적 상징성」, 『새국어교육』 63권, 한국국어
     교육학회, 2002; 신현규, 「수로부인 조 수로의 정체와 제의성 연구」, 어문논집
     32집, 중앙어문학회, 2004.

래 혹은 불교적 요소와 관계가 있다는 다양한 견해를 이루고 있다. 그러나 최근 구사회의 연구에서는 〈헌화가〉가 다산(多産)과 풍요(豊饒)를 기원하는 주술적 성격을 지니고 있으며, 성기신앙의 상징 체계가 내재되어 있는 노래라고 주장하였다.[3] 이 논의를 바탕으로 〈헌화가〉에 대하여 한층 진화되고 활발한 연구가 진행되고 있다.

문학은 인간의 모습을 가장 충실하게 반영하고 있다. 무엇보다 서사적 줄거리를 지닌 경우 삶의 형태를 구체적으로 드러낼 수 있다. 이런 사실을 기반으로 구성된 배경설화는 그 이야기를 중심으로 하여 현대에 다양하게 전승(傳承)되어 수용되고 변용되었다. 〈헌화가〉에 담긴 문학적 소재는 단순히 규정할 수 없는 신이성과 흥미성을 바탕으로 하여 현대에 까지 이르렀고, 다양한 장르로의 소통을 통하여 대중들에게 전달되고 있다. 하나의 모티프를 지속적으로 사용하여 작품이 재창조된다는 사실을 통하여 우리는 그 속에 내재된 삶의 방식이나 가창(歌唱)을 이해하게 된다. 그런 측면에서 〈헌화가〉는 단순히 향가로만 설명되는 것이 아니라 다양한 장르로의 변용(變容)을 통하여 대중들에게 삶의 방향과 가치를 전달하고 있다. 시공을 극복하여 문화적 환경이 변화하고 급속한 매체의 발달에도 불구하고 〈헌화가〉는 그 내용이 축소되거나 소멸하는 것이 아니라 오히려 변화에 민감하게 적응하여 주제가 확장되고 그 위치를 확고하게 지켰다. 그 중에서 현대소설, 현대시, 뮤지컬을 통해서 새롭게 재조명되고 있는 〈헌화가〉의 실체를 살피고자 한다. 이를 통하여 첨단 과학의 시대에 살고 있는 대중들에게 흥미와 스토리를 재현하면서 그 위상을 높이

---

3) 구사회, 「〈헌화가〉의 '자포암호'와 성기신앙」, 『국제어문』 제38집, 국제어문학회, 2006, 201~233쪽.

고 원전에 대한 가치를 증진시킬 수 있다.

본고에서는 향가 〈헌화가〉가 변용된 장르를 살피면서, 작품이 지니고 있는 함의(含意)에 대하여 서술하고자 한다. 또한 현실을 살아가는 창작자들이 〈헌화가〉를 재현(再現)하는 방안과 이해의 안목을 살피면서 〈헌화가〉에 대한 상징적 의미체계를 파악하고 작품 속에 내재되어 있는 가치를 파악하고자 한다. 그리하여 원전을 적극적으로 활용할 방안을 모색하고자 한다.

Ⅱ. 〈헌화가〉의 수용 양상

문학작품은 수용하는 계층의 가치관을 사실적으로 보여준다. 무엇보다 문학적인 텍스트와 우리가 살아가고 있는 사회적 텍스트 사이의 길을 여는 행위야 말로 텍스트를 위해하기 위한 필수조건이라고 할 수 있다.4) 물론 텍스트 자체의 논리 때문이라기보다는 독자들과 시대의 요구 때문이라 할 수 있다. 그리고 다시 쓰기는 이제 활자 텍스트의 차원을 넘어 다양한 장르에 걸쳐 몸 바꾸기(remaking)를 거듭하면서 이를 텍스트의 구성 원리로 구조화하고 있다.5)

향가의 시정신은 면면히 우리의 혈관 속에 타고 흘러, 고려속요(高麗俗謠)와 시조(時調)를 거쳐 마침내 현대시에까지 녹아들었다. 향가(鄕歌)의 시대는 타락하지 않은 언어의 힘이 어떠한지를 잘 보여준다.6) 향가는 우리말로 된 최초의 기록문학으로서의 가치를 존중받

---

4) R. 스콜스·김상욱역, 『문학이론과 문학교육』, 하우, 1996, 32쪽.
5) 조성면, 「상품의 미학과 리메이크의 계보학: '삼국지'의 경우」, 『21세기 문학』, 2007, 58~59쪽.

고 있다.7)

〈헌화가〉는 『삼국유사』 권2·〈수로부인〉조(條)에 실려 있다. 〈수로부인〉조에는 〈헌화가〉와 그 배경설화만 수록되어 있는 것이 아니라 〈해가(海歌)〉도 함께 수록되어 있다. 향가 〈헌화가〉 역시 다른 노래와 마찬가지로 오랜 시간동안 구비(口碑)전승 되면서 유동과 적층을 통해서 대중들에게 전달된 작품으로 향가 〈헌화가〉는 다른 시가(詩歌)들과 마찬가지로 설화를 바탕으로 이해를 증진할 수 있다. 향가의 배경설화 혹은 배경담으로 불리어 온 삼국유사의 서사문맥은 단순히 향가의 창작 배경만이 아니라 향가의 전승 과정과 작가의식, 편찬자의 시각 등 다양한 정보를 포함하고 있다.8) 향가는 구전(口傳)되다가 고려 중기에 와서 일연(一然)에 의하여 문자로 정착되었다는 점을 생각할 때 그것을 신라 시대의 언어나 곡조(曲調)라고만 주장할 수 없다. 향가는 고려시기에 정착되면서 개중에는 개별 작품의 이름이 붙여진 것도 있다.9)

성덕왕 때 순정공이 강릉태수(지금의 명주)로 부임하는 도중에 바닷가에 가서 점심을 먹었다. 그 곁에는 바위 봉우리가 병풍처럼 둘러쳐서 바다를 굽어보고 있는데, 높이는 천길이나 되는 그 위에는 철쭉꽃이 활짝 피어 있었다. 공의 부인 수로가 이것을 보더니 좌우 사람들에게 말했다. "누구 꽃을 꺾어다가 줄 사람은 없는가." 그러나 종자들은, "그곳에는 사람의 발자취가 이르지 못하는 곳입니다." 하고 아무도 안 되겠다

---

6) 박노준, 『향가여요의 정서와 변용』, 태학사, 2001, 29쪽.
7) 조동일, 『한국문학통사』 1, 지식산업사, 1982, 127쪽.
8) 서철원, 「삼국유사 향가에서 수용의 문맥과 서정주체」, 『한국문학이론과 비평』 제37집, 한국문학이론과 비평학회, 2007, 29쪽.
9) 최철, 『향가의 문학적 해석』, 연세대학교출판부, 1990, 15쪽.

했다. 그 곁으로 한 늙은이가 암소를 끌고 지나가다 부인의 말을 듣고 그 꽃을 꺾어 와서는 또한 가사를 지어 바쳤다. 그 늙은이는 어떤 사람인지 알 수 없었다.　　　　　－『삼국유사』, 〈수로부인〉 조(條))[10]

향가 〈헌화가〉는 『삼국유사』에 한역가(漢譯歌)의 형태로 함께 실려 있다. 한역의 형태를 띠면서 전달되고 있는데, 우리 문자가 존재하지 않던 시대에도 향찰이라는 표기수단을 활용해서 우리의 감정(感情)과 사상(思想)을 담은 우리 문학을 계승하기 위하여 노력한 점은 매우 가치가 있는 일이다. 또한 본래의 작품이 있는 우리의 말을 한역(漢譯)하고 있다는 사실로 살핀다면 그 속에는 분명히 어떠한 필요성과 뚜렷한 목적의식이 잠재(潛在)되어 있다는 것을 추리할 수 있다. 이를 통해 우리 문학의 근원을 확인할 수 있는 의미 있는 기회를 부여받고 있다.

〈헌화가〉는 신라 성덕왕 때 지어진 것으로 추정(推定)하는데, 현존 향가를 보면 불교를 전파하기 위한 목적으로 창작된 것이기 때문에 개인에 의하여 독창적으로 지어진 것으로 보기에는 다소 무리가 있고 집단이나 의례에서 가창된 사실로 미루어 짐작할 뿐 그 정확한 창작시기를 알기 어렵다.[11] 다만 신라 향가인 〈헌화가〉는 시공을 초월한 서정(抒情)성과 시대적 감성을 전달할 뿐만 아니라 신라인의 사유(思惟)상 까지도 읽을 수 있는 노래이다. 길을 가던 노옹(老翁)이 위험을 무릅쓰고 절벽에 올라 꽃을 꺾어다가 바친 이유는 단순한 애정

10) 聖德王代, 純貞公赴江陵太守, 今溟州, 行次海汀晝饍. 傍有石嶂, 如屛臨海, 高千丈, 上有躑躅花盛開. 公之夫人水路見之, 謂左右曰, 折花獻者其誰, 從者曰, 非人跡所到.皆辭不能.傍有老翁牽牸牛而過者, 聞夫人言, 折其花, 亦作歌詞獻之, 其翁不知何許人也.
11) 최철, 앞의 책, 29쪽.

문제만이 집약된 것은 아니라고 판단할 수 있다. 그 속에 그들의 특수한 문제가 존재할지도 모른다는 사실에 의미를 부여해야 한다. 원텍스트는 다음과 같다.

紫布岩乎邊希   자줏빛 바위 가에
執音乎手母牛放敎遣   잡고 있는 암소 놓게 하시고
吾肹不喻慚肹伊賜等   나를 아니 부끄러워하시면
花肹折叱可獻乎理音如.   꽃을 꺾어 바치오리다.

향가 〈헌화가〉는 신라시대부터 현대에 이르기까지 지속적으로 불려지고 있는 노래이다. 또한 많은 신라 향가 작품 중에서 정확한 작품의 성격이 규명되지 않은 〈헌화가〉가 현대적으로 변용된 작품이 많다는 사실은 매우 흥미롭다. 이것은 현대인의 생활상과 변모(變貌) 상을 알 수 있는 부분이기도 하다. 또한 현대에까지 이어지는 우리의 문학작품 속에는 여러 상황을 겪어 오면서 체득한 그들의 삶의 방식이나 생활상이 그대로 녹아있다는 사실을 주지해야 한다.

Ⅲ. 〈헌화가〉의 현대적 변용

〈헌화가〉는 세계 혹은 사회 속의 존재로서 우리가 마주하게 되는 다양한 갈등이나 존재에의 근원적 물음을 제기하는 한 테마이며, 또한 여러 가지 삶의 가치를 보여주는 원형(原形)적 이야기이다.[12] 이런 〈헌화가〉를 화석(化石)화 된 가치로 치부하지 않고 작품의 다양한

---

12) 김현실, 『한국 패러디 소설연구』, 국학자료원, 1996, 102쪽.

변모(變貌)와 수용(受用)을 거쳐 작가나 대중이 인지하는 시대와 현실의 가치를 알게 한다. 또한 작품을 새롭게 모색하면서 끊임없이 재생산하는 과정을 반복해서 진행되고 있다. 이런 의미에서 〈헌화가〉는 완결된 텍스트라고 보기 어려운 현재까지도 계속해서 생성되고 있는 미래지향적인 텍스트라고 할 수 있다.

앞으로 논의할 〈헌화가〉를 변용한 현대소설·현대시·뮤지컬에서는 현대인의 실제적인 삶의 가치를 보여주면서 애정문제와 신비스러움을 강조하기 보다는 작품 속에서 재현되고 있는 현대인의 솔직한 삶의 욕망과 복잡한 현실의 가치를 관찰하고자 한다. 아울러 문학 속에 내재되어 있는 삶의 법칙들과 상황을 상세히 살펴서 현실을 살아가는 우리의 모습을 서술해보고자 한다.

1. 현대소설 – 박범신 『은교』

박범신의 소설 『은교』는 향가 〈헌화가〉와 마찬가지로 애정 문제를 이야기하고 있지만 욕망(慾望)을 중심으로 풀어가고 있는 작품으로 젊음에 대한 욕망, 애정에 대한 욕망, 성공에 대한 욕망으로 점철(點綴)된 작품이다. 〈헌화가〉를 모티프로 삼고 있는 소설 『은교』의 줄거리는 다음과 같다. 문단에서 유명한 시인 '이적요'가 죽은 후 일 년이 지나고 변호사 Q는 이적요가 남긴 노트를 읽으면서 이야기가 시작되는데 이적요의 유언대로 일 년 뒤에 공개된 노트에 적힌 내용은 그가 사회적으로 매장될 만큼 매우 충격적이었다.

소설 『은교』는 시만 전문으로 쓰는 '이적요'와 무능한 제자인 '서지우', 같은 동네에 살고 있는 소녀인 '은교'와의 '삼각관계'를 다룬 소설이다. 일흔살의 노시인인 이적요는 천재적인 재능을 시에만 쏟은 사람으로 문단과 대중들에게 많은 찬사와 존경을 받는다. 서지우는 대학교 때 우연히 수업을 청강(聽講) 한 후 문학의 매력에 빠져서 자신의 전공을 버리고 이적요의 제자가 된다. 서지우는 스승의 가르침과 노력에도 불구하고 늘 문학적인 한계를 느낀다. 이적요는 어느 날 자신의 집에서 낯선 소녀를 발견하고 그 소녀를 아르바이트로 고용한다. 이적요를 만나기 전부터 서지우와 은교는 이미 육체적인 관계를 나누는 사이였다. 서지우는 이적요 시인의 허락 하에 스승의 소설을 이용하여 베스트셀러 작가가 되고 또한 욕심이 과해져서 후에는 허락도 없이 스승의 미공개 단편소설을 훔치기도 한다. 그런 사이 이적요는 은교에게 사랑을 느끼고, 이런 사실을 알게 되는 서지우는 은교에게 질투심을 갖게 된다. 이적요 역시 서지우와 은교의 사이를 알게 되고, 또한 서지우가 자신의 소설을 훔친 사실도 알게 된다. 결국 이적요는 차를 고장 내서 서지우를 그 차에 태우게 되고 그를 교통사고로 죽게 만든다. 그러나 모든 사실을 알았던 서지우는 이런 현실을 받아들이고 순응하고 만다. 하지만 스승인 이적요는 그런 사실을 전혀 모르고 죽음을 맞이하게 되고 1년이 지나서 Q변호사와 은교는 이적요의 노트와 서지우의 일기파일을 가지고 만난다. 사람들은 그 노트를 주목했고, 이적요의 유언과 마찬가지로 대중들은 일기를 공개하기 원했다. 하지만 은교가 이적요의 노트를 서지우의 일기와 함께 불에 태우면서 이 소설은 끝난다.

이렇듯 이 작품에 등장하는 인물들의 삶은 유기적(有機的)으로 얽혀있다. 또한 각자가 지니고 있는 개별의 상황을 설득력 있게 보여준다. 특별한 미적 장치를 사용하지 않은 채 평범하고 일상적인 상황을 보여주지만 결국에는 살아남은 자가 모든 것을 해결하는 것으로 마무리 되어진다.

　소설『은교』에서 이적요와 서지우가 올라간 산 정상에서 서지우가
은교의 손거울을 절벽에 떨어뜨리게 되는 부분에서 원 텍스트가 등장
한다. 은교는 "엄마에게 선물을 받은 안나수이(Anna Sui) 거울"이라며
울상을 짓는다. 서지우는 "그깟, 손거울. 내가 사줄께"라며 대수롭지
않게 여기지만 은교는 "똑같은 것을 사도 똑같지 않아요"라며 표독스
럽게 이야기한다.13) 이때 이적요가 사오미터 됨직한 위험한 절벽을
아슬아슬하게 내려가 은교의 거울을 주워 주면서 이적요는 향가 〈헌
화가〉를 외운다. 원 텍스트에서 성덕왕 때 순정공이 강릉태수로 부임
하러 가는 길에 그의 아내인 수로부인이 바닷가 절벽 위에 피어있는
철쭉을 탐냈으나 험한 바위 때문에 아무도 선뜻 나서는 사람이 없었
는데 이때 소를 몰고 지나가던 한 노인이 기꺼이 올라가 꽃을 꺾어
바치며 이 노래를 지어 불렀는데14) 노옹이 꺾던 꽃을 이 소설에서는
젊은 여인들이 지니고 있는 '안나수이'15) 브랜드의 거울이라는 소재
(素材)를 내세워 원 텍스트를 가장 현실적이고 구체화하여 현대적인
변용을 이행하고 있다.

　현대소설로 재창조한 박범신의『은교』는 원전의 기본모티프를 충
실하게 변용하기보다는 현실에서 지니고 있는 미묘한 감정과 사안들
을 욕망이라는 화두(話頭)로 풀어나가고 있다. 부대설화에서 늙은 노
옹이 수로부인에 대한 규정하기 어려운 애정과 신비스러우면서도 다
소 감상적인 태도를 보이는 것에 반하여 박범신의『은교』에서 노인

---

13) 박범신, 『은교』, 문학동네, 2010, 320~321쪽.

14) http://news.zum.com/articles/2211640?c=07.

15) 미국 뉴욕에서 활동하는 중국계 미국인 패션디자이너 안나수이의 브랜드로 패션
　　전반인 의류, 향수, 화장품, 액세서리 등을 취급하는 상표로 유럽, 미주, 아시아,
　　중동 등 전세계 50개국의 매장에서 판매를 하고 있는 글로벌 브랜드이다.

의 모습은 적극성과 구체성을 지닌 인물로 설정하고 있다. 기존의 문화적 담론에 의하면 노인들은 두 가지 유형으로 나누어지는데 생산(生産)능력을 상실한 잉여적(剩餘的) 존재로 죽음을 강요받는 부정적 존재, 혹은 노인의 기억이나 경험·부를 인정하여 능력자로 받아들이는 긍정적인 존재16)로 이루어졌다면 박범신의『은교』에서는 젊음에 대한 동경과 규정할 수 없는 관계에 대한 미묘한 사안들을 중심으로 적극성을 띠는 새로운 노인형을 보여주고 있다.

또한 이 소설에서는 각자 다양한 욕망을 지닌 인물의 단상(斷想)을 보여주면서 현실적이고 생동감있게 서사하고 있다. 그동안 양지(陽地)로 떠오르지 않았지만 음지(陰地)에서 곪아가고 있던 한국사회의 현 세대가 지닌 모습을 자화상처럼 사실적으로 보여준다. 노인의 성적욕망과 메커니즘(mechanism), 청소년 성(性)매매, 작품 대필(代筆) 등을 통해 늘상 가려져 있던 현대인이 가진 삶의 단면을 실제적으로 조명하면서 현시대 대중의 반성(反省)을 유도하고 있다. 뿐만 아니라 소설『은교』에서는 현재 우리사회를 인간존엄의 가치가 전도된 세상으로 규정하면서 우리를 가두고 있는 것은 사회적 제도가 아니라 고립(孤立)을 통한 안정의 추구라는 무의미하고 수동적인 삶에 익숙해진 우리 자신이라는 사실을 보여주고 있다. 또한 인간으로서의 가치를 박탈당한 비극적이고 부조리한 현실에서 벗어나 서로간의 소통을 통해 삶의 의미를 되찾고 소외와 고립된 생활로부터 벗어나는 것이 현대인에게 주어진 과제라는 것을 시사해준다.17) 이를 통해 복잡한

16) 이은경, 「죽음과 노년에 대한 문학적 연구-김태수 희곡작품을 중심으로」,『드라마연구』제36호, 드라마학회, 2012, 140쪽.

17) 김영지, 「'소외'의 감옥에 갇힌 현대인들-원고지와 동물원 이야기를 바탕으로」,『동서비교문학저널』제24호, 한국동서비교문학학회, 2011, 35쪽.

현실을 살아가는 대중들에게 욕망의 가치를 파악하게 하는 한편 우리가 처한 시대의 문제점을 적극적으로 해결하기 위한 실천적 방안이 필요하며 욕망으로 인한 현실의 소외와 불행을 벗어나기 위해서는 무엇보다 실천적 용기와 적극적인 의지의 구현이 필요하다는 사실을 주지시켜 준다. 대중에게 이런 현실을 외면하고 부정할 것이 아니라 최선을 다해서 살아가야 하며, 진정 우리에게 필요한 삶의 태도와 반성의 필요성을 설명해준다.[18]

2. 현대시

향가 〈헌화가〉를 모티프로 삼고 있는 현대시[19]의 대부분이 원 텍

18) 하경숙, 「〈공무도하가〉의 현대적 변용 양상」, 『동양고전연구』 제43권, 동양고전학회, 2011, 105쪽.
19) 곽재구, 「헌화가」, 『사평역에서』, 창작과 비평사, 1983; 구석본, 「헌화가」, 『노을 앞에 서면 땅끝이 보인다』, 시와 반시, 1998; 권영해, 「헌화가」, 유월에 대파꽃을 따다, 모아드림, 2002; 권척학, 「누가 알랴-수로부인1」, 『가이아 부인은 와병중』, 뿌리, 1994; 권천학, 「수로부인1」, 『서동에서 등잔까지』, 시문학사, 1991; 김규화, 「수로부인」, 『춘사』, 을유문화사, 1975; 김석규, 「신헌화가」, 『태평가』, 빛남, 2001; 김수목, 「헌화가」, 『나이테의 향기』, 문학아카데미, 2001; 김원태, 「연가7-헌화가」, 『마음은 거기 가 있다』, 푸른사상, 2001; 김호숙, 「헌화가에 답하여」, 『그리움이 아름다움일 수만 있다면, 천산』, 2003; 문충성, 「헌화가」, 『방아깨비의 꿈』, 문학과 지성사, 1990; 문효치, 「나의 수로」, 『서동에서 등잔까지』, 시문학사, 1991; 박수진, 「헌화가-사랑을 위하여」, 『나의 별에 이르는 길』, 영하, 1996; 박제천, 「수로」, 『달은 즈믄 가람에』, 문학세계, 1984; 박진섭, 「수로부인」, 『달개비같은 누이야』, 삶과 꿈, 1998; 박진숙, 「헌화가-혜초일기81」, 『혜초일기』, 문학세계사 2004; 김현숙, 「수로부인」, 『쓸쓸한 날의 일』, 청하, 1987; 박성웅, 「수로부인」, 『새』, 문학마을사, 2003; 박진섭, 「수로부인(水路夫人)」, 『달개비 같은 누이야』, 삶과꿈, 1998; 신술래, 「수로부인(水路夫人)」, 『밤나무는 여기 참나무는 저기』, 심상사, 1987; 양점숙, 「서울의 水路부인」, 『모나리자에게 고함』, 오감도, 2001; 양준호, 「수로부인」, 『비녀와 간』, 신태양사, 1986; 여영택, 「수로 부인」

스트의 일률적인 상징에서 벗어나서 다층적인 해석의 면모를 보여주고 있으며 문학적 가치를 적극적으로 활용하고 있다.[20)

1) 복효근 〈헌화가에 부쳐〉

아무렴 그렇지/헌화가는 노인네가 불러야지/대가리 새파란 놈이 남여편네 예쁘기로서니/

언감생심 마음에 담았다간/그게 불륜인 게여, 의업(意業)인 게여/보라/

타는 진달래는 여인의 속살빛깔로 고운데/때마침 훈풍에 서른 예닐곱 여인네 살내음 스쳐보아라/다시는 오지 않을지도 모를 봄은 돌아왔는데/어디선들 힘이 솟구치지 않으랴/

아무렴 절벽은 높을수록 장관이지/백발은 세어 이제는/죽음도 대수롭지 않을 푼수는 되어서/스쳐간 거쳐간 사랑도 욕되지 않을 빛깔쯤은 되어서/ 잡은 암소 놓아도/제 외양간으로 알아서 돌아갈 이력은 되어서/어느 어여쁜 외간여자에겐들/헌화가 한 소절 못 부르랴/

그 노래 어찌 아름답지 않으랴/함께 진달래 만발한 산굽이 돌다가/ 아내 곁에 두고/

『엇가락』, 대일, 1994; 오창익, 「수로부인」, 『흔들리는당신에게』, 나라, 1996; 유안진, 「수로부인」, 『지는 꽃을 보며』, 어문각, 1986; 이경교, 「호산리 수로부인」, 『향기로운 걸림』, 하이퍼북, 2001; 이동재, 「한 인물 지나가다-수로부인에게」, 『세상의 빈집』, 문학과경계사, 2003; 이준후, 「아우라지, 수로부인」, 『아우라지, 추억에 대하여』, 시와시학사, 1999; 이희자, 「수로부인」, 『혼 놓은 바람 떨트리면』, 마을, 1999; 장호, 「실종자 10 수로부인」, 『장호 시전집』, 베틀북, 2000; 정석교, 「수로부인, 꽃 꺾어 바치오며」, 『꽃비 오시는 날 가슴에 꽃잎 띄우고』, 시와시학, 2011; 최규창, 「오늘의수로부인」, 『환상변주곡』, 고요아침, 2007; 최상호, 「수로부인에게」, 『고슴도치 혹은 엔두구 이야기』, 시학, 2008.

20) 이창민은 〈헌화가〉 관련 현대시를 원전 활용의 의도와 방법을 기준으로 삼으면 여섯 가지 유형으로 분류된다고 설명하고 있다. (이창민, 「향가 현대시화의 맥락과 의미-〈헌화가〉관련 현대시 유형 분류」, 『한국문학이론과 비평』 제37집, 한국문학이론과 비평학회, 2007.)

　　어서 백발로 폭삭 늙어버리고 싶은 오후였다/
　　　　　　　－복효근, 〈헌화가에 부쳐〉, 『마늘촛불』, 심지, 2009

　복효근의 시 〈헌화가에 부쳐〉를 원형적 상징에 기대어 본다면 동
서양과 고금을 막론하여 꽃을 꺾어 바치는 것은 구애(求愛)나 고백(告
白), 혹은 사랑의 행위로 풀이할 수 있다. 아마 그 때문에 원 텍스트
에서도 젊은 하인들이 쉽게 나서지 못했을 것이며 그 순간 노인이
나선다. 노인은 이제 사랑에 대해선 세속(世俗)적이거나 육체적인 탐
욕(貪慾)을 떠나서 담담하게, 그리고 탈속(脫俗)한 경지에서 바라보고
있다는 해석이 가능하다. 노인은 색탐(色貪)이 아니라 그야말로 순수
한 도를 마음속에 지니고 있다고 볼 수 있다. 불교에서 득도(得道)의
과정을 '심우도(尋牛圖)'로 설명을 한다. 득도와 마음을 '소'에 비유하
여 잃어버린 소를 찾아서 소를 길들이고 결국에는 소를 아무렇게나
방목(放牧)해도 스스로 알아서 길을 찾아 집으로 돌아오게 되는 과정
으로 설명하는 것이다. 복효근의 시 〈헌화가에 부쳐〉에서 '잡은 암
소 놓아도'를 불교의 심우도와 관련지어 해석할 수 있다.
　아름다운 여자를 아름답다고 보는 것은 노인도 마찬가지이다. 그
러나 탈속한 경지에서야 비로소 아무런 거리낌이나 사심이 없이 꽃
을 꺾어 바칠 수가 있는 것이라고 화자는 강조하고 있다. 화자는 그
럴 수 있는 정신적 경지를 가치 있는 것으로 설명한다. 이 시에서 시
적화자는 사심(私心)이 없으니 아내가 곁에 있어도 죄스럽지 않음을
이야기한다. 또한 그런 욕망을 없애기 위해서 시적화자는 빨리 자신
이 늙어서 무욕의 경지에 이르고 싶다고 마무리를 하고 있다.
　향가 〈헌화가〉는 노옹이 지닌 젊은 여인에 대한 애정갈구와 욕망
의 노래라고 한다면 현대시 복효근의 〈헌화가에 부쳐〉는 세속적인

삶을 초월한 정신적인 해탈의 강조를 서술하고 있다. 또한 불교의
심우도와 관련지어 해석하면서 모든 욕망과 집착을 버리고 원형(原
形)적인 삶으로의 복귀(復歸)를 희구(希求)하고 있다.

2) 홍해리 〈헌화가〉

그대는 어디서/ 오셨나요/ 그윽히 바윗가에 피어 있는 꽃/

봄 먹어 짙붉게 타오르는/ 춘삼월 두견새 뒷산에 울어/ 그대는 나리에
발 담그고/

먼 하늘만 바라다 보셨나요/ 바위병풍 둘러 친/ 천 길 바닷가 철쭉꽃/

바닷속에 흔들리는 걸/ 그대는 하늘만 바라다 보고/ 볼 붉혀 그윽히
웃으셨나요/

꽃 꺾어 받자온 하이얀 손/ 떨려 옴은 당신의 한 말씀 탓/ 그대는 진
분홍 가슴만 열고.

-홍해리, 〈헌화가〉, 『투망도』, 선명문화사, 1969

홍해리 시인의 시적 출발은 현실세계에 대한 탐구보다는 심미적
세계의 가치 추구가 우선이라고 말할 수 있다. 시인의 미의식(美意識)
은 현실적 가치와 심미적(審美的) 가치가 충돌한 경우, 때로는 비장
미(悲壯美)를 보이기도 하지만 대부분의 경우에 있는 세계와 있어야
하는 세계를 조화롭게 보려고 하는 우아미(優雅美)가 우세하다. 그런
면에서 홍해리는 형식적으로는 고전주의자이며, 기질적으로는 낭만
주의자이면서 전통에서 새로운 미학적 가치를 찾는 이 시대의 미학
주의자라고 할 수 있다.[21] 홍해리의 〈헌화가〉는 꽃을 꺾어 바친 노

---

21) 신현락, 「해리(海里), 무하유지향(無何有之鄉)을 찾아서」, 홍해리 시선집, 『시인
이여 시인이여』, 우리글, 2012, 202쪽.

인의 노래인 향가 〈헌화가〉의 시적공간과 상황을 충실하게 재현하고 있다. 거기에 시적심상을 한층 강화하여 연모(戀慕)의 감정을 고조하고 있다. '짙붉게 타오르는 진분홍 가슴'의 시각적 심상과 '두견새 울음'의 청각적 심상을 결합하여 화자의 감정을 충실히 보여주면서 인간의 애정에 대한 욕망을 실증적으로 설명하고 있다. 또한 청자를 수로부인으로 설정하여 시적화자가 지닌 연모의 정을 한층 높이고 있다.

이 시의 화자는 수로부인의 아름다움 그 자체에 관심을 두기 보다는 수로부인의 내면세계를 그리는 데 주력하고 있다. 이 시에서 '춘삼월 두견새'와 '천 길 바닷가 철쭉꽃'은 자연물일 뿐 아니라 수로부인의 처지를 드러내는 비유(比喩)의 대상이라고 할 수 있다.[22] 현대시에서 수로부인의 아름다움을 찬양한 작품들은 대부분 수로부인 설화를 충실하게 재현했다면, 홍해리의 〈헌화가〉에서는 수로부인의 설화를 확장하는 과감함을 보여준다. 또한 그 관심의 초점을 수로부인의 내면으로 전환하여 궁금증을 증폭시켜 풀어내고 있다. 〈헌화가〉가 변용된 기존의 현대시들이 대부분 원 텍스트에 집착하여 애정문제에 중점을 두었다면 홍해리의 시에서는 수로부인의 내면(內面)을 집중적으로 탐구하여 여인이 낯선 사내에게 가지는 감정을 섬세하게 그려냄으로써 인간이 지닌 본연의 모습에 충실히 접근하여 독자들의 공감을 느끼게 하였다.

---

22) 이성우, 「수로부인의 변신—삼국유사 수로부인 설화와 현대시」, 『비교문학』 31집, 한국비교문학회, 2003, 7쪽.

3) 권천학 〈수로부인 1〉

  누가 알랴/황홀을 꿈꾸는 내 순수의 기다림을//시린 눈웃음에 혼이 바셔/길 잃은 꽃무지들/

  눈 먼 꽃 바람 아래 풋정 풀어가며/하루살이 집을 짓고//두견이 몇 마리 날아와/

  헛웃음을 토해 쌓는 꽃그늘 속에/길 잘못 든 짐승들을 달래어 가며/진다홍 얼룩을 지우다보면/ 설핏 저무는 봄/ 그 섧은 빛깔 속에 감추어진 내 기다림을/ 누가 알랴//

  분홍빛 그리움으로 꽃국 끓여대는 봄 기슭/속 깊이 타오르는 봄을/누가 알랴//

-권천락, 〈수로부인 1〉,
『가이아부인은 와병중』, 한국문학도서관, 1994

  권천학의 시 〈수로부인 1〉은 원 텍스트의 시적정서를 충실히 재현하기 보다는 인물의 확장된 심리를 표현하는 일에 주력하고 있다. 그러나 원 텍스트에서 노옹과 수로부인을 중심으로 서사(敍事)를 진행한 것과 마찬가지로 현대시 〈수로부인 1〉에서도 수로부인과 노옹을 중심으로 서사하면서 그들의 내면을 중심으로 풀어나간다. 원전 활용의 의도에서 해석을 추구하되 주제 내용보다는 인물 심리를 추정(推定)하는 데 중점을 둔 작품이 여기에 해당한다. 인물 심리 서술을 골자로 하는 유형이기는 하지만 그 주지는 어디까지나 원전(原典) 해석에 있는 까닭에 특정 화법이 선호되지는 않는다.[23] 시의 전반적인 분위기는 봄과 어울려져 여인의 그리움을 한층 실감나게 보여주고 있다. 시적화자는 내면 깊은 곳에 그리움을 간직하고 있고 여전

---

23) 이창민, 「향가 현대시화의 맥락과 의미-〈헌화가〉관련 현대시 유형 분류」, 『한국문학이론과 비평』 제37집, 한국문학이론과 비평학회, 2007, 68쪽.

히 그리움의 대상이 찾아와주기를 간곡(懇曲)히 기다리고 있다. 다만 그것을 표면으로 내세우기 보다는 내면 깊은 곳에 지니고 있는 욕망과 그리움을 결합하여 내용을 파악할 수 있게 한다.

원 텍스트가 노옹의 욕망을 중심으로 수로부인의 아름다움을 그리고 있다면 권천학의 시 〈수로부인 1〉에서는 수로부인을 중심으로 여인이 지니고 있는 욕망과 인간이 지니고 있는 근원적인 그리움과 기다림의 모습을 섬세하게 설명하고 있다.

4) 곽재구 〈헌화가〉

아낙이여/ 화순군 한천/ 섬진강 서러운 가을 강변에/ 꽃잎처럼 가슴의 붉은 울음 쏟아버리고/

햇멍석 위 한짐의 고추만/ 붉디붉은 가을햇살로 쏟아내고 있구나/ 구름 가고 물 흘러가는 곳/

마음 또한 흘러/ 한 발짝 멈출 수 없는데/ 아낙이여 그대 펼쳐놓은 서러운/ 마음 가을강 물살 위에/

오늘은 누구의 한맺힌 슬픔들이/ 저리도 검붉은 울음으로/ 되살아나고 있는가/ 사랑은 흘러 쉬지 않는 곳/ 섬진강 은물나루 자갈길을 걸으면/ 찢긴 발바닥 뜨거운 피에 젖어도/ 홀로 가는 울음으로 알지 못하고/ 슬픔인 양 피를 토하는 강물 곁에서/ 찢어진 한 송이 들국을 던져본다.

–곽재구, 〈헌화가〉, 『사평역에서』, 창비, 1999

곽재구의 〈헌화가〉는 원 텍스트의 제목을 그대로 차용하고 있다. 그러나 원 텍스트와는 어떤 연결고리도 찾을 수 없다. 원 텍스트와 유기적 연결을 찾을 수 없는 작품이지만, 제목을 그대로 차용(借用)한 이유는 작품에 대한 호기심과 흥미를 유발하기 위한 시도라고 할 수 있다. 시의 맥락과 원전의 사연 간에 존재할 지도 모르는 은폐(隱

閑)된 연관성에 대해 숙고하는 과정에서 작품의 심층적 의미가 좀 더 풍부해 질 가능성도 충분하다.[24] 그러나 곽재구 시에서의 헌화(獻花)는 고단한 삶을 사는 여인에 대한 애처로움과 위로를 주고 싶은 의미로 해석할 수 있다. 여인에게 꽃을 주는 행위는 무엇보다 큰 위로이면서 찬양의 의미이기 때문이다. 원 텍스트에서 노옹이 수로부인의 아름다움에 반하여 꽃을 주었다고 설명한다면 곽재구의 시에서는 직접적으로 꽃을 주는 행위는 드러나 있지 않지만 시적 정황으로 시적화자는 현실의 고단함 속에서 한(恨)을 지닌 여인에게 마음의 위로와 기쁨을 전달하고자 하는 시도를 보여준다. 여인은 여전히 한을 지닌 존재로 규정하면서 감각적인 시어를 사용하여 한층 그 분위기를 고조시킨다. 원 텍스트에서는 노옹을 중심으로 이야기를 서술했다면 이제 시적 대상인 여인에게 집중하여 여인의 삶에 대하여 한층 적극적인 서사를 하고 있다.

〈헌화가〉를 재창조한 현대시인들은 〈헌화가〉를 새롭게 풀어가고자 시도하였다. 그러나 창작자들 대부분 늙은 노옹이 미모의 수로부인에게 꽃을 준다는 다소 신비하면서 낭만적인 원 텍스트의 이야기에 치중하고 있는 것은 분명한 사실이다. 다만 시적 정황이나 인물들을 현대인의 감각에 맞게 변형하려는 노력은 엿보인다. 이와 같은 노력은 시에서 보여주는 현실에 대한 깊은 탐구이며 다양한 해석이다. 이는 시대적 사유와 함의파악에 적극적으로 동참하려는 의지의 산물로 볼 수 있다. 단지 노옹이 꽃을 꺾어주는 행위가 단순한 의미일 것이라고 볼 수 있겠지만 그 내면에 존재하고 있는 사안은 우리가 헤아리지 못하는 욕망의 장치라고 해석이 가능하다.

---

24) 위의 논문, 75쪽.

또한 〈헌화가〉를 현대시로 변용한 작가들은 인간이 지니고 있는 가장 근원적인 사안에 집중하고 있다는 것을 살필 수 있다. 인간이라면 누구나 지니고 있는 애정에 대한 갈구와 욕망, 그리움을 바탕으로 하여 그것에 대하여 끊임없는 동조(同調)를 하면서 동시에 그것을 수반하여 존재하는 삶의 고통까지도 재현하려고 노력하였다.

또한 대중들은 관념적인 문제에만 단순히 치중하는 것이 아니라 현실적인 문제에 우선순위로 자리매김을 하고 있다. 그들이 지니고 있는 사유의 가치와 삶의 변화는 시시각각 이루어지고 있으며, 그 실제적인 상황을 파악하기 위한 노력을 가져야 한다.25)

3. 뮤지컬 - 〈수로부인〉

뮤지컬과 문학은 같은 줄거리를 다루는 매체이지만 그 표현 양식이나 제작방식은 전혀 다르다. 뮤지컬은 보는 이야기지만 서사는 읽는 이야기이다. 뮤지컬은 구체적이고 현실적이며 객관적인 영상으로 이야기하는 데 비하여, 서사는 관념적이고 은유적이며 주관적인 심적 환기작용을 이용해 이야기하고 있다.26) 뮤지컬 〈수로부인〉 역시 서사를 바탕으로 전달되고 있다.

뮤지컬 〈수로부인〉은 '말괄량이'의 모습을 지닌 캐릭터를 주인공으로 내세워서 2011년 8월 7일 인각사(麟角寺) 학소대에서 공연되었다. 뮤지컬〈수로부인〉은 〈손순매아〉와 〈단군〉에 이어 인각사에서

---

25) 하경숙, 「향가 제망매가의 실체와 현대변용의 면모」, 『동방학』 22권, 동양고전연구소, 2012, 308쪽.

26) 유육례, 「서동요의 현대적 변용」, 『고시가연구』 제21집, 한국고시가문학회, 2008, 251쪽.

주관하는 세 번째 작품으로『삼국유사』를 소재로 한 뮤지컬이다. 인
각사는 일연(一然)이 머물면서『삼국유사』를 저술한 사찰로 유명한
곳이다. 그런 의미에서『삼국유사』의 가치27)를 재조명하기 위하여
사찰(寺刹)에서는 공연예술인 뮤지컬을 선택해서 대중들의 시선을
모으고자 했다.

  뮤지컬 〈수로부인〉은 인각사의 주지 도권스님이 직접 대본을 쓰
고 작사를 했다. 틈틈이 대본을 쓰면서 공식적인 오디션을 통하여
대구지역의 유능한 배우들을 선발했다. '수로부인'으로 분(分)한 주
연배우 권미희는 가야금 산조 및 병창 전수자다. 수로부인을 위해
꽃을 꺾어 바치는 '견우옹'은 조성진 마임씨어터 빈탕노리 대표가 출
연하고 수로부인의 연인인 '순정'은 고봉조 경산1대학 방송연예과 외
래교수가 맡았다. 노래패 '시노래풍경'에서 활동하는 백진우가 곡을
썼고 무용은 김나영 아리무용단이 맡았다. 유자효 시인이 작사가로
참여 했고, 음악은 백진우 재즈밴드가 라이브로 연주하였다.

  벼랑에서 꽃을 꺾는 장면을 연출하기 위해 실경(實景)을 활용한 점
도 원 텍스트를 충실히 재현하기 위한 시도이므로 눈여겨 볼 수 있
다. 뮤지컬 〈수로부인〉은 인각사의 명물인 학소대 절벽을 무대로 삼
아서 공연이 이루어졌다. 도권스님이 수 천 만원의 비용과 그에 값
하는 발품을 팔아가면서 공연을 준비하였고 그 열정을 바탕으로 성
공리에 이루어진 작품이다. 『삼국유사』가 만들어진 인각사에서 그간
잊고 있던 민족정서의 원형을 고취시키려는 도권스님의 의지가 극명
하게 드러난 작품이기도 하다.

---

27) 한국에서는 일연의 불교적인 저작에 의해 한국의 신화가 보존되어 한국서사문학
   의 역사적 전개에 절대적 영향을 주었다는 사실은 이미 학자들에 의해 크게 긍정
   되었다. (정상균,『한국중세서사문학사』, 아세아문화사, 1972, 98쪽.)

뮤지컬 〈수로부인〉에서는 무엇보다 고대의 남녀평등(男女平等)을 재조명하는 방식을 사용하는 것에 의미를 부여할 수 있다. 그리하여 우리의 관념 속에만 존재하던 고대인의 생활상을 실제적으로 확인할 수 있게 하는 사실이 흥미롭다. 또한 원 텍스트와 마찬가지로 신라 제33대 성덕왕 당시 강릉태수 순정공의 아내 수로부인과 얽힌 이야 기를 모티브로 삼아서 공연하는데, 무엇보다 삼국통일 이후 유교를 통치이념으로 삼으면서 퇴색했던 고대 신라(新羅)의 남녀평등 사상 을 재조명해서 관심을 모았다. 극중의 수로는 화랑이 되기를 꿈꾸는 말괄량이로 그려지고 있다. 미인으로 이름난 수로를 얻고자 무수한 장정들이 경합을 하고 결국 순정과 수로가 혼인(婚姻)을 하지만 순정 은 유교(儒敎)이념을 강요하고 수로는 고대의 남녀평등을 주장하면 서, 조건과 결합하는 현실세계의 결혼으로 고민하는 수로를 보여준 다. 뮤지컬 〈수로부인〉은 유교이념을 강요하는 순정과 남녀평등을 굽히지 않는 수로의 신경전을 그리면서 거기에 이상과 현실 사이에 서 번민(煩悶)하는 수로의 내면을 해학적인 서술로 담았다. 뮤지컬 〈수로부인〉에서 보여주는 수로부인은 유교의 가치관을 따르지 않으 면서 자기주장이 뚜렷한 여성의 모습을 그리고 있다. 그러나 한편으 로는 내면의 순수한 사랑을 꿈꾸는 여성으로 그려내고 있다.[28]

향가 〈헌화가〉가 뮤지컬 〈수로부인〉으로 변용되어 공연되면서 원 텍스트가 지니고 있는 주제적 측면을 그대로 이행하기 보다는 그동 안 드러나지 않았던 남녀평등사상과 민족의식의 고취라는 확장된 주 제가 뮤지컬 속에서 재현되고 있다. 그러나 원 텍스트를 바탕으로 작품의 새로운 스토리를 구축하는 것은 대중으로 하여금 작품에 대

---

28) 뮤지컬 〈수로부인〉, 「불교신문」 2011. 7월30일, 2740호.

한 공감과 이해를 얻게 하려는 적극적인 시도이다. 뮤지컬 〈수로부인〉에서는 원 텍스트의 인물형을 세밀히 분석하여 공연콘텐츠에 부합하도록 현실적인 인물형으로의 변형을 시도하였다. 고전서사를 바탕으로 현대문화에 접목시키는 작업은 대단히 어려운 일이지만, 작품이 원래 지니고 있는 주제와 이 시대와의 간극(間隙)을 메우면서 다시 살려내야 하는 점이 관건이라고 할 수 있다.[29)]

뮤지컬 〈수로부인〉에서는 기존의 원 텍스트가 지니고 있는 모호하고 규정하기 어려운 인물형을 현실의 실정에 맞게 재해석하여 능동적이고 적극적인 인물형으로 표현하고 있다. 대중들의 공감을 얻기에는 다소 모호(模糊)한 원 텍스트를 바탕으로 흥미 있는 스토리라인을 접목하여 대중들에게 재미를 주었다. 이런 측면에서 뮤지컬 〈수로부인〉은 원 텍스트의 시공을 충실하게 재현하면서 노옹과 수로부인의 모호한 애정문제에만 집중하는 것이 아니라 그들이 지니고 있던 현실적인 삶의 문제와 관심을 현대인의 시각에 맞게 철저하게 배합하여 보여주었다. 또한 뮤지컬 〈수로부인〉을 통해서 그동안 수면위로 떠오르지 않았던 남녀평등사상과 민족의식을 함양할 수 있는 계기가 만들어졌으며 대중들에게 신선한 감동을 주었다.

Ⅳ. 현대적 변용의 가치

고전문학은 하나의 실체로 존재하는 것이 아니라 현재의 나와 관련을 가질 때 의미가 있는 것이다.[30)] 〈헌화가〉도 관계적 의미를 가

---

29) 김풍기, 「고전문학 작품의 정체성과 그 현대적 변용」, 『고전문학연구』 제30집, 한국고전문학회, 2006, 13쪽.

진 고전으로서 현대에까지도 창작자들에 의해 수용되고 생산되었다. 창작자들은 현재의 상황과 사회적인 가치를 형성하면서 시대에 맞추어서 〈헌화가〉를 가치 있는 작품으로 형상화하였다.

이와 같은 변용은 과거 문학 텍스트를 이해하는 과정이 단지 과거의 문화를 바탕으로 한 과거의 문학 텍스트의 정확한 이해, 올바른 해석으로만 이루어지는 것은 아니며 과거의 문학 텍스트에 대한 이해는 항상 현재에 대한 이해와 결부(結付)되어 있기에, 그 의미는 미확정적인 것이며 특정한 역사 시기와 행위자에 따라 변화가능 한 것이다.31) 〈헌화가〉 역시 적층문학으로 창작자의 당대 상황을 중심으로 다양한 형식을 통해서 재창조되고 있다. 또한 향유자들이 수용하면서 자신의 실천적 움직임과 이데올로기의 방향을 설정하고 있다. 원 텍스트가 지니고 있는 의미를 중심으로 현대적인 시각으로 다시 복원하는 작업은 여전히 흥미로운 일이다. 그러나 원작을 단순 반복하는 일은 비생산적인 행위이다. 원작이 제기한 문제의식이 오늘날 설득력(說得力)을 얻기 어렵다면 원작에서 제기한 문제의식을 오늘날의 시선으로 변형하여 담아 낼 필요가 있다.32)

〈헌화가〉는 여전히 규명(糾明)하기 어려운 모호한 성격을 지닌 매력적인 노래이다. 낭만적이면서도 신비한 성격을 지닌 노래이기도 하지만 욕망을 지닌 다채로운 성격의 노래이기도 하다. 그러나 신라 향가 〈헌화가〉에서도 문제가 되던 애정의 사안들은 여전히 현대의

---

30) 김흥규, 「고전문학교육과 역사적 이해의 원근법」, 『현대비평과 이론』, 한신문화사, 1992, 51쪽.
31) 황혜진, 『춘향전의 수용문화』, 월인, 2007, 139쪽.
32) 이명현, 「문화콘텐츠 스토리텔링 서재로서 고전서사의 가치」, 『우리문학연구』 25집, 우리문학회, 2008, 112쪽.

대중들에게 풀리지 않는 의혹으로 호기심을 증폭시키고 있다. 향가 〈헌화가〉에서 젊은 여인에 대한 노옹의 친절과 헌신이라는 서사구조는 현실의 대중에게 신비성과 흥미를 갖기에는 충분한 소재로 작용한다. 이 노래는 애정을 추구하는 인간의 보편적 정서를 기본으로 하여 현대인의 정서에 부합하도록 지속적으로 변용되어 소통(疏通)되고 있다. 고전작품의 가치는 지속적으로 대중의 관심과 열광의 대상이 될 수 있는데, 현대의 독자들은 일상사에 대한 상세한 묘사와 현실생활에 대한 깊은 관심, 그에 대한 사실적이고 구체적인 표현은 사실주의 정신의 매개항이 된다는 점에서 근대성이 반영된다.[33]

이처럼 현대의 대중들은 외형적인 이야기보다는 일상적이고 보편(普遍)적인 사안에 많은 관심을 표현한다. 이런 보편적인 이야기들은 무겁기 보다는 공유하기에 편안한 장점을 지니고 있어서 오랜 세월을 거쳐서 삭제(削除)와 첨가(添加)를 반복하여 끊임없이 수용되어 자리하고 있다. 다만 장르와 표현의 방법이 다를 뿐이지 대중들에게 쉽게 공감을 얻을 수 있는 것들이라고 볼 수 있다.

오늘날 현대 사회는 욕망으로 점철되어 있다. 한 개인이 무엇을 욕망한다는 것은 그 개인이 지금의 자기 자신으로 만족하지 못해 자기 자신을 초월하고자 하는 것인데, 이 때 초월은 자기가 욕망하게 되는 대상을 소유함으로써 가능하다는 것이다.[34] 이런 욕망은 현대인에게 무기력과 고독을 가져오는 결과와 더불어 비틀어진 욕망을 추구하게 하고 허탈함을 가져온다. 대중은 어떤 식으로든 그 공허감(空虛感)을 채우기 위해서 분주히 움직인다. 이때의 대중문화는 대중

---

33) 강명혜, 「고전문학의 콘텐츠화 양상 및 문화콘텐츠를 위한 수업모형」, 『우리문학연구』 제21집, 우리문학회, 2006, 12쪽.
34) 한길사 편집부, 『가자 고전의 숲으로』, 한길사, 2008, 205쪽.

의 공허함을 공격하여 자본의 이익을 취하기 위하여 자극적이고 환상적인 소재를 찾아 나선다. 이미 여러 차례 대중의 검증(檢證)을 받은 향가 〈헌화가〉는 욕망이라는 화두로 대중을 사로잡기에 충분한 소재를 제공하면서, 다양한 장르로의 변용을 통하여 현대인이 지닌 욕망을 상세히 피력하게 된다.

〈헌화가〉를 현대적으로 변용한 작품에는 그동안 잠재되어 있던 인간의 일상과 욕망의 재현, 내면의 갈등을 선명하게 보여준다. 그리하여 한층 더 인간의 본성(本性)에 주목하면서 현실의 장치에 몰입하게 만든다. 또한 현대적으로 변용한 작품에서는 남성과 여성의 위상을 명확하게 보여준다. 과거로부터 적극적인 의사표현을 하고 구애행위를 하는 것은 보통 남성의 전유물(專有物)이라고 여겨져 왔지만 〈헌화가〉를 현대적으로 변용한 작품에서는 여성도 자신의 욕망을 당당하게 표출하면서 적극적으로 내면의 감정을 따르는 위치에 있다. 이에 반하여 남성들은 외환위기, 고용불안, 경쟁사회 속에서 하루하루 불안감을 안고 살아가면서 점차 자신의 위치가 불안해지고 욕망을 관철(貫徹)시키기에는 무기력해지고 있음을 깨닫게 되면서 위로와 안정을 찾고자 노력한다. 남성은 억눌려 있는 욕망의 돌출(突出)구를 찾기 위해 안간힘을 쓰고 그들 역시 진정한 인간의 가치와 행복을 깨닫기 위한 무언가에 정착하고자 한다. 〈헌화가〉에는 불신과 위기로 점철된 오늘의 현실을 구체적으로 형상화한다. 대중은 정서적으로 안정을 추구하고자 하는 심리가 점차 강화(强化)되고 있다. 기존의 저항과 일탈(逸脫)의 형식에서 위안(慰安)을 찾던 대중은 더 이상 이같은 문화적 코드에 정착하지 않고 정서적인 안정을 찾을 수 있는 원형적이고 본래적인 것에 반응하고 회귀(回歸)하기를 소망한다. 그리하여 여전히 규정하기 어려운 문제를 안고 있기는 하지만

본래적이고 순수한 함의를 지닌 향가 〈헌화가〉에 집중하고 새로운
방식을 찾고 있는 것이다.

V. 맺음말

　〈헌화가〉가 형성되었던 시절의 사회적 상황을 넘어서 이제 다른
사회적, 문화적 문맥에 처한 수용자는 이해의 연쇄에 자신을 개방하
고 있으며, 끊임없이 재문맥(再文脈)화되고 탈문맥(脫文脈)화된다는
사실은 〈헌화가〉가 관계적 가치를 지니고 있는 고전이라는 사실을
알려준다.[35] 〈헌화가〉가 지니고 있는 가치는 현대에 이르러서 창작
자들에 의해서 변용되는 통시적(通時的)인 상황을 규정할 수 있을 때
비로소 그 가치는 형상화(形象化)되며, 궁극적으로 향유(享有)층인 대
중이 자신의 관계와 연계해 낼 수 있을 때 완성될 수 있다. 〈헌화가〉
는 현대에 와서 다층(多層)적으로 해석하고 있다. 이러한 상황은 〈헌
화가〉가 문학의 보편적 주제를 지니고 있거나 뛰어난 서정성을 바탕
으로 기인(起因)하는 것만을 의미하지 않는다. 다만 각 시대의 이데
올로기 안에서 그 관계를 규정할 수 있는 필요조건을 지니고 있으며
그러한 가치체계를 찾아야 한다. 에코는 수용자가 익숙한 메시지의
통사적(統辭的) 차원을 쉽게 파악하면서 다시 한번 가상의 세계로 파
고 들어가 정신적 친화(親和)성을 느끼며 작품과 대화를 나눌 수 있
다고 한다.[36] 특히 문화적 상황과 미디어의 환경이 달라진 현실에
서, 고전텍스트를 현대적으로 변용하는 작업은 그리 편안한 작업은

---

35) 황혜진, 앞의 책, 145쪽.
36) U. 에코·조형준역, 『대중의 영웅』, 새물결, 1994, 29쪽.

아니다. 그러나 전통적 문학 유산을 바탕으로 풍부한 문학적 소재를 보장(保藏)받을 수 있다면, 고전 텍스트의 가치와 의미를 논하는 것은 더 이상 불필요하다. 〈헌화가〉의 변용된 장르와 현대적으로 수용된 작품에서 알 수 있듯이 원본의 가치와 의미를 충실히 지켜나가는 한편, 현실과 적극적으로 소통하는 장르와 다양한 방법론을 모색하고 구축하는 작업을 통해서 문화적 가치와 현실의 맥락(脈絡)은 사실적으로 구현할 수 있다. 이런 점에서 〈헌화가〉의 현대적인 변용 양상을 관찰하고 살피는 작업은 인문학적 가치를 높이는 데 매우 필수적이다. 그러나 〈헌화가〉가 현대에 와서 변용된 작품들의 특징을 살펴보면 다양한 장르로의 소통을 통해서 원전을 구체화하고 다양한 주제로의 확장을 보여주고 있다. 그러나 고전문학을 현대에 맞게 변용을 하는 작업에 있어서 무엇보다 원작에 대한 심도 깊은 이해를 중심으로 해야 할 필요성을 제기한다. 원 텍스트를 바탕으로 새로운 서사를 만들고, 원 텍스트의 효과를 그대로 이행한다는 것은 원작의 재창조에 있어서 가장 바람직하다고 볼 수 있다.[37) 〈헌화가〉는 신라의 노래이면서 민중의 노래로 그 유연성(柔軟性)을 검증받고 현대에 이르러서까지 대중들의 사랑을 받고 있다. 그리하여 대중의 생활이나 시대상황을 충실히 묘사(描寫)하면서 깊은 감동을 주고 있는 것도 사실이다.

〈헌화가〉를 현대소설로 재창조한 박범신의 소설 『은교』는 현실에서 지니고 있는 미묘한 감정과 사안들을 욕망이라는 화두로 풀어나가고 있다. 또한 젊음에 대한 동경과 미묘한 사건들에 대하여 적극

---

37) 하경숙, 「정읍사의 후대적 전승과 변용 양상」, 『동양고전연구』 제47권, 동양고전학회, 2012, 102쪽.

성을 띠는 새로운 노인형을 보여주면서, 가려져있던 현대인의 삶의 단면을 형상화하여 대중의 반성을 유도하고 있다.

〈헌화가〉를 현대시로 변용한 작가들은 인간이 지니고 있는 근원적인 사실에 집중하고 있는 동시에 그 내면에 존재하는 삶의 고통까지도 재현하려고 시도하고 있다. 그리하여 대중에게 현실적인 사안에 집중하여 그들이 지닌 사유의 가치와 삶의 변모를 사실적으로 설명하였다.

뮤지컬 〈수로부인〉에서는 모호한 원 텍스트에 흥미 있는 스토리 라인을 접목하여 대중들에게 흥미를 부여하고, 남녀평등사상과 민족의식(民族意識)을 함양할 수 있는 기회를 대중들에게 선사했다.

이처럼 향가 〈헌화가〉는 다양한 장르를 통하여 현대적으로 변용한 작품이나 콘텐츠에서 작가의 세계관이 분명하게 설정하고 있으며 그것은 대중들과 이분(二分)화 되는 것이 아니라 오히려 일치를 이루고자 하는 모색(摸索)이다. 그렇지만 다양한 장르로의 소통은 원 텍스트의 매력과 가치를 훼손(毀損)할 가능성도 대단히 높다. 그러기 위해서는 원전에 대한 세밀한 연구와 이해를 바탕으로 해야 한다.

고전문학 작품은 고리타분한 과거의 유물로만 치부할 것이 아니라 새롭게 실현되고 소통하여서 현재까지도 변모하고 있다는 사실을 주지해야 한다. 고전의 현대적인 변용은 매우 흥미로운 작업이면서 원 텍스트의 바른 이해를 전제로 해야 한다는 것을 명심해야 한다. 〈헌화가〉는 외로운 사색가이며 길을 잃은 대중들에게 삶의 방향을 제시하면서 인생의 참된 의미를 구축하고자 하는 소중한 작품이면서 여전히 다양한 콘텐츠로의 변모를 열어둔 세련된 작품이다.

〈정읍사〉의 후대적 전승과 변용 양상

Ⅰ. 머리말

한국문학사에서 〈정읍사〉는 행상을 나간 남편에 대한 아내의 지고지순한 사랑을 보여주는 노래로 오랜 세월 동안 대중에게 사랑을 받는 대상이 되었다. 〈정읍사〉는 백제시대 때 지어진 작자 미상의 곡으로 보고 있다. 이 노래는 멀리 행상을 나가서 돌아오지 않는 남편에 대한 안위(安危)를 걱정하는 아내의 심정이 섬세하게 담겨져 있다. 이 노래는 『악학궤범』 권5 시용향악정재조(時用鄕樂呈才條)에 〈동동〉·〈처용가〉·〈정과정〉 등의 고려가요와 함께 실려서 전하고 있다. 『고려사』·「악지」 속악조에 기록된 정읍사는 본래 백제 속악이었으나 고려 때부터 중종 때까지 계속 궁중에서 속악으로 가창되다가, 남녀사이의 음사(淫辭)라고 지탄받고 폐기되자, 기녀들에 의해 민간으로 전승되었다[1]가 조선시대에 한글로 정착한 것으로 볼 수 있다.

〈정읍사〉는 한국인에게 매우 친숙한 백제가요이다. 그러나 〈정읍사〉는 여전히 다양한 논의가 이루어지고 있지만 그 속에서 합의점에

---

1) 김승찬·권두환, 『고전시가론』, 한국방송통신대학 출판사, 1987, 161쪽.

도달하지 못하고 있는 상황이다. 연구자간의 견해가 다양하게 제기되고 있는데, 〈정읍사〉에 대한 연구2)는 그동안 창작시기와 시대를 밝히는 문제와 어석연구에 치중하였고, 그것의 전승과정에 대한 논의 역시 활발하게 진행되지 못했다.3) 그러나 그 속에서 〈정읍사〉는 다양한 해석을 가능하게 했으며 그 변용 역시 다채롭게 이루어지고 있다.

〈정읍사〉와 관련된 연구는 음악, 문학, 영상, 지역문화, 스토리텔링 등의 다양한 방면에서 활용되고 있는데, 그 다양한 가치가 흥미롭다고 할 수 있다. 그러나 여전히 핵심이 되고 있는 문제는 〈정읍사〉의 창작시기, 텍스트의 서정성 고찰, 문화적 배경 탐구, 지역문화 텍스트로서의 활용 가능성이라고 할 수 있다.4) 〈정읍사〉는 오래전부터 우리 문학사에서 매우 가치 있는 작품임에도 불구하고 그 창작과 향유에 있어서는 기존의 틀에서 벗어나지 못했다. 또한 그 가

---

2) 정병욱, 『망부석의 悲曲-정읍사』, 자유문학 5권 10호, 통권 43호, 자유문학자협회, 1960; 최정여, 「정읍사재고」, 『계명논총』 3, 계명대 출판부, 1966; 박병채, 『고려가요의 語釋연구』, 이우출판사, 1965; 이유기, 『중세국어와 근대국어 문장 종결형식의 연구』, 역락, 2001; 지헌영, 「정읍사의 연구」, 아세아연구 4권 1호, 아세아문제연구소, 1961; 김쾌덕 『고려노래속가의 사회적 배경』, 국학자료원, 2001; 최남희, 『고대국어형태론』, 박이정, 1996; 김형규, 『고가요주석』, 일조각, 1968; 김완진, 「정읍사 해석에 대하여」, 『향가와 고려가요』, 서울대학교출판부, 2000; 김형기, 「정읍사 풀이에 따른 가설」, 『한국언어문학』(11), 한국언어문학회, 1973.; 이희승, 「정읍사풀이에 대한 의문점 二三」, 『백제연구』, 충남대학교 백제연구소, 1971; 최철, 「고려 국어가요의 작품론-정읍사」, 『고려국어가요의 해석』, 연세대학교출판부, 1996.

3) 임미선, 「정읍의 창작시기와 전승과정」, 『한국음악연구』 제42권, 한국국악악회, 2008, 279쪽.

4) 서철원, 「백제 문화권의 정읍사와 고려속요의 기원」, 『국어문학』 44권, 국어문학회, 2008, 266쪽.

치를 인정받지 못한 것도 매우 안타까운 사실이다. 그것은 〈정읍사〉의 창작 시기가 다른 고려의 속요들보다 훨씬 앞설 것이라는 개연적 추론은 가능했지만, '백제의 문학'으로서 어느 시기에 기속시켜야 할지 확정하지 못했다[5]는 사실 때문이다. 그러나 〈정읍사〉가 문헌으로 정착되어 현재까지 전승되는 동안 여러 장르를 통해서 교섭이 이루어졌고, 변용되어 전하는 작품들을 살펴보면 그 속에 이어져 온 대중성과 유연성을 무시할 수 없다.

〈정읍사〉는 다른 고전시가(詩歌)와 마찬가지로 오랜 시간동안 유동과 적층이라는 과정을 통해서 형성되었다. 남편에 대한 지고지순한 아내의 정절(貞節)을 드러내고 있다는 점에서 현재까지도 추앙받을 뿐만 아니라 시공을 초월하여 후대에까지도 지속적으로 전해질 가치가 충분하다. 〈정읍사〉가 지니고 있는 세련된 가치는 문학의 소재로 사용되기에 활용도가 높을 뿐만 아니라 현재에 이르러서도 다양한 위치에서 변용의 가능이 인정되었으며, 여러 장르로의 전환과 변이가 이루어지고 있다. 무엇보다 우리는 〈정읍사〉를 단지 백제가요로만 설명할 것이 아니라 지속적으로 발전하고 있는 텍스트라는 사실을 집중하면서, 그 속에 포함된 가치를 발견하는 일에 목표를 두어야 한다. 현재 〈정읍사〉는 현대시·현대소설·뮤지컬 등 여러 장르로의 원활한 소통을 통하여 수용(受用)되는데, 이는 복잡한 현대사회를 살아가는 대중들에게 강렬한 메시지를 전달하고 있는 것으로 판단된다.

본고에서는 백제가요 〈정읍사〉를 통하여 후대 전승의 양상을 살펴보고자 한다. 특히 현대적으로 변용된 작품을 통하여 그 속에 담겨진 작품의 가치와 특성을 고찰하고자 한다. 그리하여 원전의 의미를 이

---

5) 서철원, 위의 논문, 269쪽.

해하면서 그 함의(含意)를 고취하는 데 그 목적을 기여하고자 한다.

Ⅱ. 〈정읍사〉의 수용과정과 후대 전승

1. 수용과정

〈정읍사〉는 통일신라 경덕왕(景德王) 이후 구백제(舊百濟) 지방의 노래로 추정된다. 현존하는 유일한 백제 가요이며, 한글로 기록되어 전하는 가요 중 가장 오래 된 것이다. 그 내용은 정읍현(井邑縣)에 사는 행상인의 아내가 밤늦도록 남편이 돌아오지 않자, 높은 산에 올라가 먼 곳을 바라보며 남편의 귀가길에 행여나 해(害)를 당하지 않을까 걱정하는 마음을 나타낸 노래인데, 남편을 기다리던 아내는 결국 언덕에서 돌이 되었다고 전하는 애달픈 노래이다. 〈정읍사〉는 다른 고대의 시가(詩歌)들과 마찬가지로 설화(說話)를 근간으로 하는 작품이다. 이 작품 역시 설화와 함께 전승되어서 전달되고 있다. 무엇보다 설화를 통한 작품의 이해는 독자로 하여금 작품에 대한 이해의 증진과 원전에 대한 탐구의 기쁨을 마련해준다.

『고려사』에 전하는 배경설화는 다음과 같다.

정읍(井邑)은 전주(全州)의 속현이다. 정읍에 사는 사람이 행상을 나가서 오래 되어도 돌아오지 않자 그의 처가 산위의 돌에 올라가 바라보면서, 남편이 밤길을 가다 해를 입을까 두려워함을 진흙물의 더러움에 부쳐서 이 노래를 불렀다고 한다. 후대에 전하기를 그 여자는 고개에 올라가 남편을 바라보다가 망부석(望夫石)이 되었다고 한다.[6]

---

6) 井邑 全州屬縣 縣人爲行商久不至 其妻登山石以望之 恐其未夜行犯害 托泥水之汚

〈정읍사〉는 고려시대에서 조선 초기까지 속악(俗樂)의 가사로 가창
되다가『악학궤범』권5 〈무고(舞鼓)〉조에 한글로 기록되어 전하는 조
선악장의 한 형태로 볼 수 있다. 『악학궤범』에는 노랫말이『대악후
보』에는 악곡이 실려 있다. 백제가 아닌 고려의 노래라는 주장도 있
다. 이 노래가 어느 시대에 속하는 것인가의 문제는 노랫말로서의
〈정읍사〉, 악곡으로서의 〈정읍〉 그리고 연주 가창되고 춤도 곁들여
지는 정재라는 종합예술체로서의 〈무고〉라는 세 가지 층위를 구분하
여 접근해야 하는데, 고려 노래라는 주장은 대체로 악곡으로서의 〈정
읍〉과 정재인 〈무고〉와 관련된 후대의 자료들을 노랫말로서의 〈정읍
사〉에까지 확대 적용시켜 얻어진 결과이다. 그러나 현전하는『악학궤
범』소재의 〈정읍사〉가 백제 때 그대로인 것으로 보기는 어렵다.[7]
백제계의 노래가 구비전승(口碑傳承)되어 오랜 세월을 거쳐서 고려의
악장으로 채택되고, 다시 궁중의 정재무악으로 편입되어, 그 연출에
적합하도록 노래의 곡과 가사가 변이되었을 가능성은 배제할 수 없
다. 〈정읍사〉는 후렴구의 반복, 고려가요의 분연체의 형식, 향가의
결구의 감탄사와 비슷한 여음구, 시조 원형을 두루 갖추고 있어서 그
정의를 한마디로 내리기가 어렵다. 또한, 조선조에 이르러 한글로 기
록되면서 〈정읍사〉가 당시의 상황과 현실에 맞게 재창조가 된 가능성
을 배제할 수 없다. 결국 정읍은 백제가요에 연원을 두고 고려시대에
재창작되었으며 고려시대 무고정재를 창제할 때 그 노래와 음악이 반
주악으로 채택된 것으로 볼 수 있다.[8]

후에는 다소 변형된 과정을 거쳐서 고려의 말에는 급암 민사평이

以歌之 世傳有登岾望夫石云(『高麗史』卷71 樂志2)

7) 신현규, 『고려사 악지』, 학고방, 2011, 298쪽.

8) 임미선, 앞의 논문, 279쪽.

소악부(小樂府)의 형식을 통해서 가창하였고, 조선후기에는 실학자 성호 이익이 〈정읍사〉라는 제목의 악부로 재창작하여 전달하였다. 이로 미루어 후대작가들은 각자의 방식으로 대중들에게 이 노래를 전달하고자 고심을 했다고 판단할 수 있다. 그것은 무엇보다 이 노래가 지니고 있는 세련된 함의와 주제의 보편성이라고 설명할 수 있는데, 당대 사회의 민중들 사이에서 널리 유행하기에 충분한 요소를 내포하고 있었다. 이처럼 〈정읍사〉는 아내의 기다림이라는 정서를 바탕으로 세대를 초월하여 대중들에게 감동을 주었고, 또한 보편적 정서는 세대적인 감성과 맞물려 시대를 재현하는 부분에 있어서 성공을 거두었고, 문학적인 장치로 호평(好評)을 받고 있다. 원 텍스트는 다음과 같다.

	井邑詞(原文)	(현대어)
前腔	둘하 노피곰 도ᄃᆞ샤	달님, 높이높이 돋으셔서
	어긔야 머리곰 비취오시라	멀리멀리 비추어 주옵소서.
	어긔야 어강됴리	
小葉	아으 다롱디리	
後腔	숟져재 녀러신고요	시장을 다니시는가요?
	어긔야 즌ᄃᆡ를 드ᄃᆡ욜셰라	진흙탕을 디디올까봐 두렵습니다.
	어긔야 어강됴리	
過篇	어느이다 노코시라	어느 곳에 놓아 두셨습니까.
金善調	어긔야 내 가논ᄃᆡ 졈그롤셰라	내 가는 곳에 날이 저물까 두렵습니다.
	어긔야 어강됴리	
小葉	아으 다롱디리	〈樂學軌範, 卷5〉

이 노래는 사자(死者)의 노래이다. 남편을 기다리다가 그의 아내는 결국 생(生)을 마감한다. 그러나 인간은 죽음 이상의 것을 정착시키는데 그것이 노래가 된 것이다. 그러나 백제의 한 아내의 죽음을 비극적이고 설화적인 요소로만 설명하는 것은 단순한 의미로의 죽음으로만 받아들이기 때문이다. 그러나 단순히 표상(表象)적으로 보여 지는 이유가 아니라 심층적인 것이 있다고 추정해 볼 수 있다. 아내가 목숨을 담보로 남편을 기다리는 이유는 그 무엇인가 설명해야 할 현실적 문제나 이유가 있었던 것은 아닌지 생각해 볼 필요가 있다. 〈정읍사〉가 백제시대부터 현재까지 다시 재현되고 있다는 사실은 그 누구도 부정할 수 없다. 고대문학에서 검토된 시대의 제도나 관습, 사회상과 고대인의 사유체계를 배제하고 작품을 설명하는 것은 결코 그 누구도 자유로울 수 없는 것이다. 〈정읍사〉 역시 당시 사회를 추정해볼 수 있는 하나의 이유가 되며, 우리말 민요를 통해서 조선시대에 이르기까지 그들 생활의 정서가 녹아서 전달되었다는 사실을 기억해야 한다. 이처럼 〈정읍사〉는 아내가 가진 한(恨)의 정서를 통해 그들이 당면했던 사회적 현실과 연계시킬 수 있다. 단순히 행상을 나간 남편에 대한 아내의 그리움과 안타까움으로 노래를 설명할 것이 아니라 힘겨운 삶을 살았던 민중의 모습을 형상화하면서, 그들이 공감할 수 있는 문제를 내포하고 있을 가능성이 높다는 사실을 염두에 두어야 한다.

2. 후대 전승

〈정읍사〉는 다양한 형성과정과 전승체계를 거쳐서 조선시대에 이르러서는 비로소 완성된 악부형식으로 가창되어 향유되었다. 악부는

중국을 기원으로 한(漢) 무제(武帝)가 설립한 관청(官廳)의 이름이었
다. 그러나 사회분위기를 문제 삼아 폐지를 했으나 이후로는 시체(時
體)명인 악부시(樂府詩)로 정착될 만큼 대단히 인기 있는 장르로 유통
되었다. 악부(樂府)는 혼란한 시대를 살아가는 지식인이 백성들의 고
통을 간접적으로 느끼며 억압된 분위기를 깨고자 하는 현실대응책의
한 방편으로, 백성들 사이에 불리는 진실한 삶의 반영인 민요를 통
해서 백성들의 삶의 본질이 투사된 메시지를 전달하고자 했다.9) 또
한 악부라는 유연한 형식을 빌려서 사회와 개인의 심리적 욕구를 절
실하게 반영하고 있다고 할 수 있다. 악부는 지식인의 손을 빌리기
는 하였지만, 당대 민간에서 널리 불려 함께 공유되던 노래의 한역
이므로 거기에는 민간생활의 애환과 그들의 사상과 감정이 그대로
반영되어 있다.10)

1) 급암 민사평의 〈소악부〉

黑雲橋亦斷還危	검은 구름다리는 끊어지고 위태로운데
銀漢潮生浪靜時	은하수는 물이 불어 고요하구나
如此昏昏深夜裏	이처럼 어둡고 고요한 밤중에
衚頭泥滑欲何之	온통 진흙인 길거리를 어디라 가려는고

　　　　　　　　　　　　　-『급암시집』 권3, 「소악부」, 네 번째 수

급암(及菴) 민사평(閔思平·1295~1359)은 고려시대의 문신이다. 민
사평이 살던 고려 후기는 신흥사대부 문인들의 활동이 활발했던 시

---

9) 최정선, 「소악부 고려가요의 갈등과 합일」, 임기중 엮음, 『고려가요의 문학사회
　학』, 경운출판사, 1993, 397쪽 참조.
10) 최정선, 위의 논문, 400쪽.

기이다. 또한 민사평이 활동하던 고려 후기를 살펴보면 내적으로는
권문세족과 신흥사대부 사이의 마찰이 극심해지고 외부적으로는 외
세의 압력이 가중되고 있던 시기로, 왜적 및 홍건적의 침입과 동시
에 원·명 교체에 따른 변동이 심하던 때이다. 이런 혼란한 시기에
자신들의 기반을 견고히 다지고자 했던 신흥사대부들은 민중들에게
지지를 얻고자 하여 한층 더 민간의 동향과 백성들의 삶에 대하여
관심을 보인다. 그들은 민중이 겪는 삶의 애환과 민간풍속, 남녀의
애정문제 등을 문학으로 담으려는 시도를 했고, 그 노력의 산물로 7
언절구의 '소악부'가 발생하였다. 다시 말하면 문자가 없던 시절 문
인들은 민간에 떠돌던 노래를 한시로 표현하고자 노력하는 과정에서
'소악부'를 창작하게 된 것이고, 피폐한 민심의 반영·민중의 정조나
의식세계, 삶의 양태가 사대부적 시각에 의해 굴절됨이 없이 그대로
반영되고 있다.[11] 그리하여 민중을 기반으로 자신의 입지를 굳건히
하려던 사대부가 그들의 전략의 일종으로 소악부를 사용했다는 사실
을 추리할 수 있다.

　급암의 소악부는 원텍스트를 한시(漢詩)화하면서도 한시로서의 독
자적인 측면을 지니고 있다. 이 작품에서도 원가의 구문을 한시의
구문으로 변용해 놓으면서 작자의 상징성을 가미해 놓고 있다.[12] 원
텍스트의 충실한 이행을 바탕으로 작가의 적극적인 창의성이 무엇보
다 돋보인다고 할 수 있다. 이 작품은 현재까지 전하는 고려가요가
없어서 추측이 어렵지만 『고려사』·「악지」 백제가요 편에 수록된
〈정읍사〉와 그 유사성을 찾아 볼 수 있다.[13] 〈정읍사〉의 주제와 유

---

11) 박혜숙, 『형성기의 한국악부시 연구』, 한길사, 1991, 85~86쪽.
12) 박혜숙, 위의 논문, 150쪽.
13) 김미영, 「소악부의 국문학사적 가치에 대한 연구」, 공주대 대학원 석사학위논문,

사하며 특히 마지막 구절이 원 텍스트와 지나치게 유사하다는 점이다. 그러나 남편에 대한 아내의 애틋함을 설명하고 있는 원 텍스트와 달리 급암의 시에서는 정치적인 사안(事案)에 중점을 두고 있다. '끊어진 다리, 기울어진 은하수, 캄캄한 밤과 진흙 거리'라는 은유적 표현은 당대의 복잡하고 무질서한 정치적 현실을 표현하고 있는 것으로 추리할 수 있다. 특히 '진흙인 길거리'라는 표현은 정치의 비정(非情)함과 고통스러움을 풍자하고 있다. 이를 통하여 민사평은 상류층에 대한 질타(叱咤)와 아울러 백성들과의 친화력을 바탕으로 일종의 중간계급으로 자리매김을 하려고 했던 고려말 신흥사대부의 정치적 입지나 야심을 분명하게 보여주고 있다. 또한 형식적이고 천편일률적 문학의 틀에서 벗어나서 당대 대중들이 지니고 있는 감정의 흐름을 정확히 읽어 가면서 자신의 정치적인 목적과 교화의 방안으로 소악부를 활용하고 있다. 이를 통해 고려시대는 무엇보다 역사적 변이(變移)나 정치적인 변동이 활발하게 이루어지고 있는 격동의 시기라는 사실을 알려 주면서 소악부의 가치를 한층 높이는 시기라고 할 수 있다. 또한 소악부를 이용해서 민중이 이해하기 쉬운 형식을 기반으로 그들의 믿음을 얻고 정치적인 세력을 다지고자 했던 정치적 의도가 다분히 보여진다.

2) 성호 이익 〈정읍사〉

秋泉咽山河	가을 샘물 온 산에서 흐느끼는데
兩地同明月	님 계신 곳에도 저 밝은 달은 있으리라
同明月	밝은 달은 함께 볼진대

2001, 70~71쪽.

凄風苦雨幾年離別　　찬바람 궂은 비 맞으며 몇 해나 떨어져 있어나
等閒黃葉知時節　　　무심한 단풍잎은 시절을 알리건만
泥塗漠漠行人絶　　　막막한 진창길엔 행인마저 끊겼네
行人絶　　　　　　　오가는 사람마저 없으니
魂飛滄海貝宮珠闕　　이 혼은 푸른 바다 용궁으로 날아들리라
　　　　　　　　　　　　　　　　　　　　　-『해동악부』

　성호(星湖) 이익(李瀷·1681~1763)은 조선 후기 대표적인 실학자이
다. 17세기 중후반에 미수 허목(許穆)이 남인의 학맥을 형성함에 있
어서 중추적인 역할을 했다면, 그 학풍은 이황(李滉)에서 이익으로
계승되었다. 그의 부친 이하진은 경신환국(庚申換局)이 일어나면서
유배되었고, 집권 노론의 정치보복으로 인하여 부친과 형을 잃으면
서 당쟁에서 자유로울 수 없었다. 이익은 조선후기 권력의 핵심이던
서인세력을 견제하고 혼란한 정치상황에서 은거하던 남인의 전형적
인 모습이라고 할 수 있다. 17세기 후반에 이르러 복례(復禮)를 화두
로 여러 차례의 예송들, 경신환국(1680)과 갑술환국(1694) 등과 같은
정치적 부침을 겪으면서 현실의 절망을 몸소 체험한다. 그들은 정치
적 현실 속에서 울분과 소외감을 분출하기 위하여 악부라는 문예양
식을 선택했다. 정계에서 제거되고 비주류로 은거하는 남인에 속했
던 이익은 급진적인 개혁보다는 우회적인 방법으로 가장 조선에 적
합한 소재를 활용하여 작품을 설명하고자 했다.
　성호의 악부시 〈정읍사〉의 시적화자는 원 텍스트와는 다른 태도
를 보이면서 자신의 처지를 하소연으로 일관하고 있다. 그것은 남인
(南人)과 서인(庶人)으로 대변되는 당시 정치상황을 상징하면서 결국
은 당쟁(黨爭)에서 패배한 남인의 상황을 '산에서 흐느끼면서 임을

그리워하는 모습'으로 형상화하였다. 그가 시의 전반에서 사용하고 있는 시어는 변함없는 연군지정(戀君之情)과 아울러 자신의 처지를 나타낸다. 부조리한 정치 현실 속에서 축출된 자신의 고통스러운 입장을 표명하기 위하여 작품 속에서 우회적인 수법으로 일관하고 있다. 또한 정계에서 축출되면서 자연스럽게 현실 속에서도 타인들과 단절된 자신의 상황을 드러내면서 유연한 문체인 악부를 빌려서 다시 정계로 돌아가고 싶은 정치적인 욕망을 은유적으로 비추고 있다.

이익은 정치의 비정함을 견고한 시적 표현을 통해서 보여준다. 당쟁의 소용돌이 속에서 자신을 찾아주지 않는 군주의 모습을 '임'으로 부각시키고, 그것을 남녀의 애정문제로 비유하였다. 그러나 겉으로는 인간의 애정문제에 호소하는 듯 보이면서, 내적으로는 시대현실의 통찰을 보여주지만 그것이 적극적인 방안의 제시라고는 보기 어렵다. 비록 실학적인 사고를 지니고 있다고 하더라도 복잡한 현실과 모순된 정치체제를 단숨에 바꾸기엔 다소 무리가 있다. 그의 작품 속에는 17세기부터 소수를 제외하고 정계에서 축출된 남인들의 소외감과 무력감이 강하게 투영되어 있고, 그런 감정을 악부라는 문체를 통해서 완성하고 있다. 또한 자신들의 패배감을 드러내는 것은 역으로 정계에서 회복하고자 했던 그들의 신념을 보여주는 한 형태라고 볼 수 있다.

〈정읍사〉는 당대의 시대적 상황을 추리해볼 수 있는 주요한 작품이다. 문자가 없던 시절 한문을 빌려서 한역(漢譯)을 하고, 조선인들까지 악부로 구가한 것을 보면 분명히 그 안에는 그들의 정서를 대변하는 매체가 존재하고 있음을 짐작할 수 있다. 〈정읍사〉에서는 단순히 부부의 애정문제만으로 제한한 것이 아니라 그들이 처한 시대적, 역사적 상황까지도 설명하고 있다. 또한 노래를 통해서 그들의

처지를 추론할 수 있으며, 현실을 실제적으로 형상화하여 그 가치가
인정되어서 현재까지도 추앙받고 있다.

III. 〈정읍사〉의 현대적 전승과 특성

〈정읍사〉를 다양한 장르로의 수용과 변용을 모색(摸索)하는 방법
에 있어서 무엇보다 작가의 태도나 서사(敍事)방법에 주의를 기울일
필요가 있다. 작가가 작품을 창작하는 방식이나 작품에 대한 서술자
의 서사태도를 형상화하는 방식은 창작의 상황이나 목표에 따라 다
른 차원의 방향을 강구하면서 설명할 수 있다. 그러나 작가는 작품
속에서 무엇보다 등장인물과 배경에 대한 개별적인 지식을 풍부히
가짐과 동시에 그 개별성 속에서 그 시대의 핵심을 치는 특성을 형
상화해야 한다.[14] 또한 고전문학은 시공을 극복하여 누구나 공감하
고 전승할 만한 타당한 가치를 가진 산물(産物)이라고 볼 수 있으므
로, 무엇보다 이를 어떻게 활용해야 하는지가 핵심이다. 따라서 고
전문학은 첨단의 다원화시대를 살아가는 현대인에게 삶의 방향을 살
피는 주요한 형식이라고 볼 수 있다. 디지털 시대와 고전문학은 별
개의 관계가 아니라 상호보완적인 기능을 가진 의미 있는 자산이다.
고전문학은 최첨단의 디지털콘텐츠를 통하여 다양한 형식으로 시대
와 장소 그리고 사회를 초월하여 인류 공통의 가치를 제공한다.

앞으로 논의할 현대소설·현대시·뮤지컬을 통하여 혼란한 시대현
실을 재현하면서 〈정읍사〉의 설화적인 요소를 제외하고 인물의 인
간적인 모습, 한(恨)과 그리움을 형상화하는 방식을 채택하고 있다.

---

14) 최혜실, 『문화콘텐츠 스토리텔링을 만나다』, 삼성경제연구소, 2006, 119쪽.

그 속에서 현실을 살아가는 대중의 구체적인 상황을 점검하고, 대중이 직면하고 있는 개인과 공동체의 모습을 구현하고자 한다. 이를 통해 작품에서 시사하는 바를 살피고, 우리가 극복해야 할 방안들에 대하여 천착하고자 한다.

1. 현대소설 – 〈정읍사〉 – 문순태 『정읍사 – 그 천년의 기다림』

문순태(文淳太, 1941.3.15~) 의 2001년에 출간된 소설 『정읍사–그 천년의 기다림』은 원전을 바탕으로 섬세하게 서술하고 있다. 이 소설은 백제가요 〈정읍사〉를 바탕으로 확장된 서사 중심의 이야기로 풀어나간다. 소금장수 아버지를 따라 다니던 도림은 아버지가 돌아가시자 병든 어머니를 모시고 풍수(風水)와 약초(藥草)가 풍부한 샘바다로 이주를 하고, 근처 산에서 약초를 캐며 생활을 한다. 그러던 중 동네에서 제일 아름다운 월아를 사모하게 된다. 월아에게는 혼인을 약속한 해장이 있었지만 그와 내기를 하고 살아 돌아온 도림은 월아와 혼인을 하게 된다. 혼인 후, 소금 장사를 하는 도림은 월아를 남겨 두고 행상길에 나선다. 그때마다 도림이 떠나는 길목에서 발길을 떼지 못하는 월아는 매일매일 도림을 기다린다. 그러던 중 도림은 장삿길에서 징병을 당하게 되고 그는 신라군들과 싸우다 얼굴에 흉칙한 상처를 입게 된다. 결국 집으로 가는 것을 포기한 도림은 전쟁터에 나갈 것을 결심하며, 전쟁에서 승리를 하고 집으로 돌아가겠다고 다짐한다. 월아는 도림을 기다리는 동안 거의 실신한 상태에서 정읍사를 부르게 되는데, 결국은 돌아오지 않는 남편을 기다리다 월아가 망부석이 되어 버린다.

원 텍스트에서 장사를 하러 나간 남편을 이 소설에서는 전쟁터로 끌려간 사람으로 묘사하면서, 시대적 배경은 의자왕 때로 설정된다. 작가는 사랑하는 임을 기다리다 죽음을 맞게 된 백제 여인의 아름다운 마음이 기다림의 상징성과 잘 맞아떨어져야만 한다고 하면서 백제 여인의 고결한 정절과 아름다운 부덕을 드러내고 싶어 가사 내용에 충실하려고 했다고 전한다.[15)]

현대소설로 재창조한 문순태의 『정읍사— 그 천년의 기다림』은 원전의 기본모티프를 매우 충실하게 이행하고 있다. 다만 원전에서 규정하기 어려운 사안들을 구체적인 지명과 시대적 배경을 도입하여 상세한 이해와 아울러 극적인 변용을 사용하고 있다. 부대설화에서 아내가 행상을 나간 남편에 대해 안타까움을 노래하다 망부석이 되었다는 것을 기반으로 하듯이 문순태의 소설 역시 남편을 그리워하던 주인공 월아가 망부석(望夫石)이 되었다고 서술하면서 설화를 충실하게 재현하였다. 원 텍스트에서 '한(恨)'을 기반으로 이야기를 풀어간다면, 문순태의 소설에서는 '기다림'에 중점을 두면서 '한'의 정서까지 이야기를 풀어나가고 있다. 현대인의 가벼운 만남과 경박한 태도를 조소(嘲笑)하듯 이 소설에서는 기다림의 정서를 최대한 보여주면서 현대인들의 급박한 일상을 되돌아보게 하는 기회를 제공하고 있다. 또한 원 텍스트를 훼손하지 않으면서 정읍지방의 세련된 문화와 풍물 등을 세심하게 묘사하고자 노력하고 있다. 또한 문순태의 소설에는 '한(恨)'이 중층적으로 그려지고 있는데 이 소설 역시 한(恨)이 사건의 모티프뿐만 아니라 주인공의 성격, 심리적 특성, 그리고 서사 구도까지도 견인할 뿐 아니라 종국에는 '해한'과 '풀림'이라는 주제적 측면까지도 포괄하고 있다.[16)]

---

15) 문순태, 『정읍사—그 천년의 기다림』, 이룸, 2001, 311쪽.

이 소설은 시종일관 삶의 목적과 희망을 잃어버린 현대인들로 하여금 삶에 대한 강한 의욕과 태도의 필요성을 경고하고 있다. 만남과 이별이 가볍게 이루어지는 경박한 세태속의 독자들에게 진정한 애정의 가치와 아울러 자신의 삶에 대한 적극적인 관심과 모색의 필요성을 진지하게 부여한다.

현대인들은 무력감에 빠져서 인간이라면 누구나 겪어야 하는 통과의례 중에서 '사랑과 죽음'을 소홀하게 생각하고 있다. 이는 대중이 반성해야 할 부분임을 소설 속에서 각인시켜 주고 있다. 이 소설은 삶의 여유로움과 기다림의 의미를 재현(再現)해주면서 현대인들에게 진정한 삶의 가치와 기다림의 미학을 전달한다.

현대소설로 재창조한 문순태의 『정읍사 - 그 천년의 기다림』은 원전의 기본모티프를 충실히 이행하면서 진정한 만남과 기다림을 갖지 못하는 대중의 현실을 연결시키고 있다. 그로 인하여 작품의 주제적 확장을 가져왔으며, 작가는 대중의 경박한 태도와 현실에 대한 안타까움을 적극 표명(表明)하고 동시에 시급한 반성의 필요성을 촉구한다.

2. 현대시 - 〈정읍사〉

1) 이혜선 〈어머니의 간장사리〉

시어머니 제사 파젯날/ 베란다 한 구석에 잊은 듯 서 있던 간장 항아리 모셔와/
작은 병에 옮겨 부었다 /20년 다리 오그리고 있던 밑바닥을 주걱으로 긁어내리자/

---

16) 박성천, 「문순태 소설의 한의 서사적 특징」, 『현대문학이론연구』 31권, 현대문학이론학회, 2007, 194쪽.

연갈색 사리들이 주르륵 쏟아진다//

툇마루도 없는 영주땅 우수골 낮은 지붕 아래/

허리 구부리고 날마다 이고 나르던 /체수 작은 몸피보다 더 큰 꽃숭어리들/

알알이 갈색 씨앗 영글어/환한 몸 사리로 누우셨구나//

내외간 살다보면 궂은 날도 있것제 /묵은 정을 햇볕 삼아 말려가며 살아라

담 너머 연기도 더러 챙기며/ 사리 하나 품고 살거라//

먼 길 행상 가는 짚신발 행여나 '즌데를 디디올세라' /명일동 안산에 달하 노피곰 돋아서 비추고 있구나/ 가시울 넘어 맨발로 달려오신/ 어머니의 간장사리.

—이혜선, 〈어머니의 간장사리〉, 진단시동인회,
『둥둥항아리둥』, 시문학사, 2011

이혜선의 시 〈어머니의 간장사리〉에서는 평범하고 일상적인 어휘를 사용하여 독자들에게 친숙함과 동시에 감동을 준다. 이 시에서 작가는 시어머니의 제사를 마치고, 간장을 작은병으로 옮기는 일상적인 행위를 통하여 이야기를 풀어간다. 이 시에서 '간장'은 시종일관 시어머니의 모성(母性)을 상징하면서, 그동안 어머니의 생명활동의 증거로 볼 수 있다. 그것은 비록 시어머니가 이승의 사람이 아니라는 사실에도 제한을 두지 않는다. '간장'을 통하여 표상된 헌신적인 모성은 비록 이승에는 존재하지 않는 어머니이지만 모성(母性)은 여전히 현실 속에서 자리 잡고 있음을 추리할 수 있다.

시적화자는 시어머니의 말을 빌려서 삶의 가치관에 대하여 설명한다. 부부는 어려움도 함께 극복해야 하며, 이웃이나 공동체와 어울려 사는 삶이 필요하다고 강조하고 있다. 이 시에는 무엇보다 삶에 대한

섬세한 묘사가 두드러진다. 이혜선의 시에서는 대체로 인간에 대한 따뜻한 관심과 통찰이 담겨져 있고, 그 세계의 근저에는 생명성과 아울러 아날로지(analogy)의 통찰과 감성이 풍부하게 담겨져 있다.

이혜선의 〈어머니의 간장사리〉는 백제가요 〈정읍사〉를 차용하는데 원 텍스트의 시어들을 부분적으로 이용하지만, 주제적 변용(變容)을 가지고 있다는 점은 무엇보다 주의를 해야 한다. 원 텍스트에서는 남편에 대한 아내의 사랑을 중심으로 이야기 했다면, 이혜선의 시에서는 어머니의 자식에 대한 사랑으로 주제가 변이 되었다. 또한 그 모성은 단지 현실에만 국한된 것이 아니라, 이승을 떠나서 저승에 존재하더라도 늘 한결같다. 위험(危險)과 환난(患難)속에 살아가는 자식을 행상에 나가는 것으로 비유하고 또한 그 자식을 위해서 저승에서부터 맨발로라도 달려오는 어머니의 헌신적인 애정은 모성의 위대함과 가치를 설명한다.

백제가요 〈정읍사〉와 이혜선의 〈어머니의 간장사리〉를 비교하면, 이혜선의 작품에서 사용된 시어나 시적 분위기는 원 텍스트를 충실히 반영하고 있다. 그러나 시의 흐름이나 모티프에서는 원전을 부분적으로 차용(借用)을 하여 모성의 위대함을 강조한다. 이혜선은 원전을 차용하되 새로운 정서와 어머니의 사랑을 강조하는 작품으로 변용시키고 있다. 또한 고전의 이야기를 현대적인 시간과 공간의 적절한 활용으로 새로운 생명과 정신을 추구하고 있으며, 모성(母性)은 시공을 초월하여 지속된다는 사실을 대중들에게 일깨워주면서 정서적인 호소력을 높이고 있다.

2) 홍해리 〈정읍사〉

① 사내의 말

나라가 저자요/저자가 젖었으니/내 어찌 젖지 않을 수 있으니/

밝디 밝던 달빛 사라지고/어둔 길 홀로 돌아가네/한낱 꿈길이라는 인생살이/

눈물나라일 뿐인가/떨어진 미투리/버선목의 때/가래톳이 서도록 헤매여도/

술구기 한 두 잔에 정을 퍼주는/들병이의 살꽃/한 송이 꺾지 못하고/

빈대 벼룩에 잠 못 이룰 제/주막집 흙벽마다/붉은 난초만 치네/풀어진 신들메/

황토길 넘어가는 칼칼한 목/정 어리는 주모/방구리 인 통지기/아래품 해우채도 못 되는/

등짐만 허우적이며/저자거리에 젖어 있는/나, 이제 돌아가네/어긔야 어강됴리/아으 다롱디리!//

② 계집의 말

달 돋는 밤이 오면/산 위에 서네//고갯마루 목 빠지게/머리푼 달빛만이 천지에 가득하고//

저자거리 아랫녘 장수/허방다리 허물어지던//당신의 그림자/중다버지 떠돌이 더펄더펄//

밤이면 눈물로 젖고/낮이면 돌로 서네//가슴에 지는 꽃잎 새 되어 날아/젖은 날개 퍼덕일 때//당신 계신 젖은 나라/햇빛나라 금빛나라//어긔야 어강됴리/아으 다롱디리! /

－홍해리, 〈정읍사〉, 『대추꽃 초록빛』, 동천사, 1987

홍해리의 시 〈정읍사〉는 원 텍스트의 원형을 보호하면서 재창조 되었다. 진단시[17] 동인으로 활동하고 있는 홍해리는 다른 진단시의 동

인들과 마찬가지로 우리의 역사와 전통에서 시를 찾고자 했다. 이 시
는 원 텍스트의 제목을 그대로 사용하면서 사내와 계집을 화자로 규
정하여 이야기하는 시적전개를 보여주고 있다. 그러나 원 텍스트와는
확연히 다른 점을 보이고 있다. 이 시는 남편의 개인적 신변의 문제를
다룬 것이 아니라 그가 처한 시대적 상황을 설명하고 있다. '나라가
저자'라는 표현에서도 알 수 있듯이 시대는 대·내외적으로 혼잡하고,
어지러운 상황임을 짐작할 수 있다. 이 시는 남편이 단순히 위험에
처하거나 변심(變心)으로 인하여 아내에게 돌아가지 않는 것이 아니
라 그럴 수밖에 없는 처지에 대하여 현실적인 개연성을 부여하고 있
다. 또한 위의 시는 원 텍스트에서 사용하던 후렴구를 그대로 사용하
여 시적 분위기를 이끌어가면서 정돈된 분위기를 조성한다.

이에 답가 형식으로 진행되는 계집의 말에서는 시의 정서적 호소
력을 높이기 위해 아내를 인고(忍苦)하는 여성의 모습으로 섬세하게
형상화하고 있다. 원 텍스트의 그리움과 한을 충실히 계승하면서도
시적화자의 어조는 한층 단호해지고, 체념의 정서는 짙어지고 있다.
원 텍스트에서는 남편에 대한 '기다림'의 정서를 나타내고 있다면 이

---

17) 「진단시」 동인은 우리나라의 동인들 중 드물게도 우리 정신에 대한 전통에의 천
착에 주력해 왔다. 「진단시」의 두드러진 특질은 1982년부터 시작된 테마시의 제
작으로, 매호마다 공동의 테마를 내걸고 동인 전체가 개성적이고 창조적인 작업
에 임해 왔다. 테마시란 우리의 역사·전통·민속 등의 특징적인 사물이나 작품,
유물 등을 글감으로 제시하고 이를 재평가·재해석하는 방식이다. 사화집 1집부
터 서동, 수로부인, 온달, 백결선생 등 설화적인 것과 동막, 배비장, 정읍사, 놀
부, 춘향 등 고전과 연관된 것, 도깨비, 말뚝이, 서낭당, 꽃상여, 장승, 피리, 지
게, 등잔 등 토속적인 것을 제재로 가리고 작품화한 것이다. 진단시 동인이었던
임보는 테마시가 "우리의 전통 문화 속에서 새로운 가치를 발견하여 한국 현대시
속에 우리 정신을 심으려는 의도로 시도"된 것임을 밝히고 있다. (송정란, 「삼국
유사와 현대시-서동요」)

시에서는 전통적이고 상징적인 시어를 통하여 설명하면서 다소 몽환
(夢幻)적인 분위기를 나타낸다. 그러나 시적 소재를 확장시키고 다양
화함으로써 독자는 원전보다는 한층 유대감을 높일 수 있다. '달빛,
꽃잎, 새, 햇빛, 금빛나라'등의 친근하고 소박한 시어를 사용하여 서
정적 분위기를 고조하는 한편 원 텍스트가 지닌 비극성과 거리감을
다소 축소했다고 볼 수 있다.

백제가요 〈정읍사〉와 홍해리의 〈정읍사〉를 비교하여 살펴보면,
홍해리 작품에서 사용된 시어나 시적 분위기는 원 텍스트를 반영하
고 있지만 시대적인 상황과 아울러 사건의 개연성을 강조한다. 홍해
리는 인간의 감정에만 호소하기 보다는 그럴 수 밖에 없었던 구체적
인 원인을 재현하기 위하여 노력하고 있다. 원전에서 규명하기 어려
웠던 사안들을 새로운 사건의 실마리와 함께 제시하면서 작품에 대
한 이해도와 완성도를 넓혔다고 할 수 있다.

3) 조예린 〈정읍별사〉

두레박- 정읍별사 1

질끈 동안 허리가/낮엔 부끄러워//치렁치렁 달린 눈매/낮엔 쑥쓰러워//
우물 속 달빛 긷는/정읍 처자야//삼경에도 잠 못 들어/달로 뜨는 마음//
두레박에/ 네 얼굴을//둥실 떠 가렴

손거울- 정읍별사 2

오늘도 저자 거리/사십 리를 헤매었네/등짐의 무게는 어제런 듯/여전
하고/
객수(客愁)의 언저리에/어리이는/달빛//보름장이던가,/해장술 한 잔에/
바꿔 마신 면경을/젖은 소매 끝으로 닦고/ 또 닦던/전주처자 주막처

녀/눈에 고여 오네//

　서울 인사동의 달밤- 정읍별사 3

　그날 밤/낯선 거리의 술집/고아하게 늙어/서글프고 반갑던 동양의 달빛 아래/
　그대의 노래/처음 들었더이다/죽순 같은 성벽(性癖)을 째고 나오는/그대 맑은 가락이/
　그리 쾌히도 하던 참말 속에/그렁그렁 할 제/무엇인지/성대(聲帶)에 맞히는 그리움 있어/
　청청 푸른 달빛 속/내사,/ 기룬 사념(思念) 한 가락으로/그만 화안하게 풀리고 말더이다./

-조예린, 〈정읍별사〉, 『바보당신』, 시와시학, 1996

　조예린의 시 〈정읍별사〉는 원 텍스트를 충실히 이행한 작품으로 볼 수 있다. 〈정읍별사〉는 연작시이다. 1편은 남편을 기다리는 아내의 마음을 섬세한 어조로 풀어가고 있다. '달'의 시선을 빌려 '정읍처자'의 '달로 뜨는 마음'을 '둥실'이라고 설명하고 있다. 2편은 힘든 여정을 겪는 남편의 객창감(客窓感)을 설명하는데, 아내와 전주처자를 대비시켜서 객지(客地)에서 겪는 서러움을 구체적으로 형상화하고 있다. 3편은 정읍사를 현대의 인사동 거리로 치환(置換)하여 현실적인 변용으로 설명하고 있다. '청청 푸른 달빛 속'에서 시간의 차이를 초월하는 것처럼 보여주면서 화자의 정서를 묘사하고 있다.

　이 시는 조예린 시인이 지닌 전통에 대한 인식을 구체화하고 있으며 고전시가 〈정읍사〉를 감각적인 시어로 변환하여 서사하고 있다. '아내-남편-시인'의 내면으로 변주(變奏)되는, 시 공간을 넘나드는 상상력의 유목은 〈정읍사〉의 원형을 풍요롭게 재창조하고 있다. 이와 더불어 1편의 우물과 달빛, 2편의 달빛과 면경, 3편의 푸른 달빛으로 이어지는 이미지의 연금술은 인용된 세편의 정읍별사를 유기적(有機的)으로 연결시킨다.[18] 이렇듯 조예린은 원 텍스트를 충실히 이행함과 동시에 새로운 상상력을 가미하고 있다. 또한 서사적 측면의 확대를 가능하게 하여 원 텍스트를 충실히 이행하면서 현대의 대중들이 쉽게 이해할 수 있는 공간을 끌어 들여서 정서적인 동화(同化)를 쉽게 이루어냈다. 그리하여 현대 사회를 살아가는 대중들에게 대중이 겪는 현실의 고통을 되짚어보게 하는 성찰의 의미를 지니고 있다.

〈정읍사〉를 재창조한 현대 시인들은 〈정읍사〉를 새롭게 변용하고자 시도하였다. 그러나 창작자들이 대부분 아내가 남편을 기다리다 '한'을 품고 돌이 되었다는 원 텍스트의 내용에 안주하려는 것은 사실이다. 다만 시적 인물을 다양하게 풀어내면서 그들의 처지를 실증적으로 재현하려는 노력을 기울였고, 기존의 우리가 지니고 있던 감상에만 사로잡힐 것이 아니라 현실적으로 처한 사건이나 문제들에 대하여 인식하기를 바라고 있다. 그것은 단지 획일적인 탐구에서 그치는 것이 아니라 다층적인 해석을 기대하는 시도라고 볼 수 있다.

남편을 기다리다가 돌이 된 아내의 비극적인 러브스토리에 집중하기 보다는 인간이 지니고 있는 '그리움'이라는 원형(原形)적 감정을 추적해가면서, 행상을 나가는 고된 삶을 살아가는 남편과 그를 기다리는 아내의 모습을 시로 투영하여 인간에 대한 눈높이로 맞추고 이해하고 있음을 보여 주고 있다. 또한 남녀의 애정에 국한된 해석의 틀을 극복하고자 모색하고 있으며, 현실적이고 실증적인 인간의 모습에 관심을 두고 있다. 그것은 현대인을 단순히 관념(觀念)적 사유

---

18) 고인환, 『공감과 곤혹사이』, 실천문학사, 2007, 315쪽.

에만 집착하는 군상이 아니라 실제 생활에 대한 탐구를 하고 모색하고 있음에 비중을 둔다는 사실을 주지하는 기회가 되었다. 아울러 현대시의 작가들은 현대의 대중의 삶에 대하여 끊임없이 관찰하고 그들에게 세심한 애정을 보내면서 아울러 대중이 자신의 삶에 대한 통찰력을 갖기를 바란다.

3. 뮤지컬 – 〈달하 노피곰 도다샤〉

정읍시와 정읍사예술회관에서 뮤지컬 〈달하 노피곰 도다샤-정읍사〉를 선보였다. 2007년 10월에 정읍사예술회관에서 공연 되었던 이 작품은 전문적인 뮤지컬 제작프로덕션 시스템에 의해서 기획되고, 배우 오디션을 통해 발탁된 전문 배우들로 구성하여 막을 올렸다.

뮤지컬 〈달하노피곰 도다샤〉는 월하와 진천의 비극적인 러브스토리이다. AD.660년 당나라의 점령군에게 짓밟힌 정촌마을을 배경으로 이야기는 진행된다. 백제 마지막 왕인 의자왕의 방탕한 모습은 백제의 멸망을 초래하고 사람들은 나라를 되찾기 위하여 부흥군에 합류한다. 월하는 진천과 이별하려는 순간, 월하를 짝사랑하던 막지로 인하여 진천은 남겨지게 되고, 막지는 부흥군에 합류한다. 살아남은 부흥군은 막지의 지휘아래 점령군이 되어 마을로 돌아온다. 당나라는 진천의 천보노 만드는 기술을 요구하고 진천만 희생한다면 모두가 살 수 있다고 하면서 진천의 희생을 강요한다. 결국 진천은 마을 사람들을 대신하여 끌려가지만, 점령군은 마을을 불태우고 월하는 미쳐간다. 홀로 남은 월하는 임산한 몸으로 산에 올라가 꽃들과 대화를 한다. 마지막 월하의 출산은 "백제여 다시 일어나라"로 대변되고 보름달을 품에 안은 월하는 사랑하는 님을 기다리다 망부석

으로 되어간다.[19]

백제의 속악가사 〈정읍〉이 뮤지컬로 공연되면서 원 텍스트가 지니고 있는 주제적 측면은 그대로 전승(傳承)되고 있다. '임에 대한 간절한 그리움과 기다림'은 그대로 뮤지컬 속에서 재현되고 있다. 그러나 원 텍스트와는 달리 작품의 새로운 스토리의 구축은 대중으로 하여금 흥미를 느끼기에 충분하였다.

또한 백제(百濟)라는 시대적 배경을 바탕으로, 백제가 멸망(滅亡)한 후 백제부흥운동의 시점을 통해서 혼란한 상황을 강조한다. 거기에 남녀 간의 사랑을 극대화시킬 수 있는 시간적 배경을 설정되게 된다. 또한 공간적 배경도 작가가 백제시대 구역 체제를 비롯하여 망부석과 관련된 설화가 전승되는 정읍지역에 대한 면밀한 조사와 고증(考證)작업을 통해서 좀 더 세부적인 공간 배경으로 점촌마을, 대장간으로 창조해낸다.[20] 뮤지컬 〈달하 노피곰 도다샤〉는 원 텍스트와 달리 등장인물을 확대하여 기존의 텍스트 구조를 공연콘텐츠에 적합하도록 작업을 하였다. 이런 시도는 내적 원형(原形)성을 충실히 반영한 결과물이라고 할 수 있다. 이 작품의 갈등관계는 점촌 마을의 젊은 연인들과 당나라 특별대로 확장하였는데, 시대적 상황을 고려한 갈등관계의 설정도 있겠지만, 백제를 멸망시킨 신라로 설정할 시 한민족(韓民族)이라는 의식 속에서 희석되어버릴 수 있는 단점을 극복하기 위한 작가의 의도가 담겨져 있다.[21]

고전문학을 현대문화의 원천(源泉)소스로 활용하려는 시도는 무척

---

19) http://cafe.naver.com/jeongeupsa

20) 김만석, 「삼국시대 속악가사의 문화콘텐츠화 방안연구」, 『문화재』 41권, 국립문화재연구소, 2008, 39~40쪽.

21) 김만석, 위의 논문, 40쪽.

가치있지만 작품이 본래 지니고 있던 주제와 현실의 시대와의 간극(間隙)을 어떻게 메우면서 살려낼 수 있는 것이 핵심이라 하겠다.[22] 뮤지컬 〈달하 노피곰 도다샤〉에서는 기존의 원 텍스트가 가진 주제를 차분하게 이행하고 있다. 거기에 대중들이 공감하기에는 원 텍스트가 빈약하다고 규정하고 탄탄한 스토리라인을 더하여 대중들의 공감을 얻고자 시도했다. 고전시가가 현대적으로 변용될 경우 단순히 현대와 고전 텍스트의 표피(表皮)적인 결합에 그칠 것이 아니라 그 안에 흐르는 정서, 세계관, 미의식 등에 중심을 두면서 원전이 가지고 있는 내적 정신을 최대한 온전히 계승할 수 있도록 하는 데 주목해야 한다.[23] 이런 측면에서 뮤지컬 〈달하 노피곰 도다샤〉에서는 구체적인 시간과 공간을 활용하여 비극적인 러브스토리에만 국한하지 않고 시대를 초월한 민족의식의 고취를 함양시키는 데 목적을 두고 있다. 또한 민족의식을 우리 시대와 동떨어진 과거의 것으로 치부하는 것이 아니라 현실을 살아가는 대중들에게 생생한 감동을 주고 있다.

Ⅳ. 후대 전승의 의미와 가치

문학은 디지털 매체를 매개로 하여 다른 문화적 갈래들과 접속함으로써 위기를 가능성으로 역전시킬 수 있다. 문학과 문화의 '접속'

---

22) 김풍기, 「고전문학 작품의 정체성과 그 현대적 변용」, 『고전문학연구』 제30집, 한국고전문학회, 2006, 13쪽.

23) 정인숙, 「정읍사 공연예술적 변용과 문화콘텐츠로서의 가능성」, 『한국문학이론과 비평』 36집, 한국문학이론과 비평학회, 2007, 143쪽.

에 대한 다원적 인식을 매개로 문학과 문화를 바라보는 시각의 다양
성으로 표출되었고, 그것은 다시 '해석'과 '판단'의 다양성으로 귀속
(歸屬)되었다.[24] 이처럼 문학은 다른 문화들과 접촉하면서 끊임없이
현실을 가시화하고 서사하였다. 무엇보다 고전문학 속에는 인간에
대한 끊임없는 의문이 제기되고 있다. 그것은 단순히 당시대에만 국
한되는 것이 아니라 시대와 공간을 뛰어 넘어 보편성과 특수성을 보
유하면서 대중들을 자연스럽게 이끌어나가고서 삶의 가치를 강조하
기도 한다. 그러나 무엇보다 고전문학에 내재되어 있는 보편성을 바
탕으로 고전작품의 가치는 지속적으로 대중의 관심과 열광의 대상이
될 수 있는데, 현대 독자들의 일상사에 대한 상세한 묘사와 현실생
활에 대한 깊은 관심, 그에 대한 사실적이고 구체적인 표현은 사실
주의 정신의 매개(媒介)항이 된다는 점에서 근대성이 반영된다.[25]

　이처럼 대중들은 피상(皮相)적인 세계에 대한 관심을 갖는 것이 아
니라 일상적이고, 보편적인 이야기에 많은 흥미를 가지고 있다. 이
런 보편성을 지닌 이야기들은 오랜 시간 동안 삭제와 첨가를 통해서
대중들의 가슴속에서 숨을 쉬고 있다. 다만 장르와 표현상의 특질만
달리 할 뿐이지 그 주제는 대중이라면 누구나 피해갈 수 없는 탄생,
이별과 사랑, 죽음의 이야기로 네버엔딩 스토리(Never ending story)
라고 불리면서 계속적으로 순환(循環)할 뿐이다.[26] 〈정읍사〉는 하나
로 설명하기 어려운 아름다운 노래이다. 낭만과 환상을 지닌 이야기

---

24) 해석과 판단 비평공동체, 『문학과 문화디지털을 만나다』, 산지니, 2008, 6쪽.
25) 강명혜, 「고전문학의 콘텐츠화 양상 및 문화콘텐츠를 위한 수업모형」, 『우리문학
　　연구』 제21집, 우리문학회, 2006, 12쪽.
26) 강명혜, 「〈黃鳥歌〉의 의미 및 기능」, 『온지논총』 11집, 온지학회, 2004;「상대시
　　가의 의미 및 기능」, 『한겨레어문연구』 2집, 한겨레어문학회, 2003;「죽음과 재
　　생의 노래 〈공무도하가〉」, 『우리문학』 18집, 우리문학회, 2005.

이기도 하지만 비극성을 가진 죽음의 노래이기도 하다. 그러나 백제 가요 〈정읍사〉에서 다루고 있는 애정의 문제는 대중에게 여전히 관심의 대상이 될 수밖에 없다. 〈정읍사〉에서 아내의 남편에 대한 변함없는 애정과 정절이 망부석으로의 변이(變移)를 가져오는 서사구조는 그 호기심과 신비성을 바탕으로 대중의 흥미를 갖게 하기에는 충분하였고, 그런 신비성은 후대에 이르러서 많은 장르에서 소통이 되고 있다. 그 이유는 무엇보다 각박하고 단절된 자기중심의 현실(現實)을 살고 있는 후대인들에게 애정과 희생이라는 주제가 그들의 귀감(龜鑑)이 되기에 충분하다고 판단되기 때문이다. 이 노래는 고려시대와 조선시대에 까지 걸쳐서 자신들의 정치적인 상황을 표명하려는 위정자(爲政者)가 지닌 의지의 산물임과 동시에 변함없는 애정(愛情)의 추구라는 인간의 감성(感性)을 자극하는 유연한 요소를 지닌 작품이다. 이 정서는 인류의 공통된 욕망이며 인간의 보편적인 정서라고 할 수 있는데 이것은 이야기의 원형들로 표상될 수 있다.27)

오늘날 현대 사회는 '자율'이라는 환상을 지닌 개인들의 공동체라고 할 수 있다. 개인은 진정으로 원하는 것을 선택하고 고유한 이미지를 만들며 개성적인 삶을 창조한다. 그러나 이미 호르크 하이머(M.Horkheimrt, 1895~1973)와 아도르노(T.W.Adorno, 1903~1969)라는 독일 철학자들이 『계몽의 변증법』이라는 저술을 통해 현대사회는 하나의 거대한 문화산업체계이고 현대인은 복잡한 거미줄에 걸려 바둥거리는 벌레와 같은 존재라고 설명하면서 현대인의 처지를 이방인에 비유하고 있다.28) 이런 현대인은 정서적 무력감과 고독에 휩싸이게

---

27) 하경숙, 「고대가요의 후대적 전승과 변용 연구」, 선문대학교 박사학위논문, 2011, 145~146쪽 참조.
28) 한국철학사상연구회, 『지식의 바다에서 헤엄치기』, 동연, 2006, 314~315쪽 참조.

되면서 얻는 마음의 병으로서 존재론적이고 형이상학적인 난치병을 앓고 있다.29) 과거에는 사회적 존재로서의 친족체계를 이루었다면 현대의 인간은 공동체에서 점차 벗어나서 분리된 하나의 개체로 인정되면서 자유를 보장받는 한편 고독감에 휩싸이게 되면서 정서적으로 위로와 안정을 추구하는 욕구가 확대된다.30) 대중은 어떤 식으로든 위로와 안정을 찾고자 한다. 〈정읍사〉를 현대적으로 변용한 작품에서는 분명하게 수면위로 떠오르지 않았지만 인간의 일상에 대한 관심과 위로가 나타나 있으며 지속적으로 나타나는 한결같은 부부의 애정과 기다림의 모습을 통해서 일회적인 사랑에 길들여진 현대인의 처지를 대비시키고 깊은 성찰과 반성을 유도하고 있다. 아울러 현대인들에게 진정한 애정의 가치를 깨우치게 하고, 불신과 위기로 점철된 오늘날의 부부들에게 경종의 메시지를 울린다. 그리하여 부부의 사이가 더 이상은 수동적이거나 의무나 방어가 되어서는 안 된다는 사실을 주지시켜준다.31) 국가라는 그물망이 날로 헐거워지는 상황에서 부부로 기반이 된 '가족'이라는 사적인 상호부조 네트워크는 더 매력적으로 다가오고 있다.32) 이런 정서적인 측면은 날로 강화되고 있다. 기존의 저항과 일탈의 형식이라고 부르짖으며 사용하던 불륜(不倫)의 코드로 장식된 작품들은 대중에게 더 이상 추앙이나 매력의 대상이 아니다. 현대인들은 왜곡되고 비틀어진 관계에 염증(厭症)을 느끼고 더 이상 반응을 보이지 않는다. 그들은 다시 원형(原形)적인 것으로 회귀하기를 소망한다. 그리하여 가장 본질적이고 근원적인

---

29) 진교훈 외, 『인격』, 서울대학교출판부, 2007, 396쪽.
30) 하경숙, 앞의 논문, 133쪽.
31) 진동선, 『사진 영화를 캐스팅하다』, 효형출판사, 2007, 118쪽.
32) 크리스티안 슐트, 『사랑의 코드』, 푸른숲, 2008, 212쪽.

함의에 집중을 하면서 시대가 겪고 있는 고통과 소외를 극복하고 내면의 정화(淨化)와 재생(再生)을 꿈꾼다.

V. 맺음말

〈정읍사〉는 단순히 고대가요로 가창되는 것으로 그치는 것이 아니라 다양한 장르로의 모색을 통하여 생명력을 지속하고 있다. 백제가요 〈정읍사〉는 오랫동안 대중들에게 가창되어 오면서 내재된 보편적인 정서나 작가의 주제적 변이는 문학적 콘텐츠로서도 그 가치를 높이 평가받게 했다. 〈정읍사〉가 '간절히 남편을 기다리는 처(妻)의 노래'라는 소극적인 여성을 노래했다면, 현대적으로 변용한 작품들에서는 여성들은 소박한 결혼을 넘어 기다림 속에 내재하고 있는 여성의 개성적 심리를 밝히고자 하는[33] 부분으로 변용하여 현대의 독자로 하여금 흥미를 느끼게 했다. 그동안 우리는 기술의 비약적인 발전에 비해 우리만의 콘텐츠를 확보하고 있지 못하다는 문제의식, 바로 이 점이 최근 한국 고전문학 작품에 눈을 돌리는 요인 중의 하나로 작용하고 있다.[34]

그러나 〈정읍사〉가 후대에 와서 변용된 작품들을 살펴보면 다양한 장르로의 모색을 통하여 구체적이고 현실적인 시대의 모습을 보여주면서 작가의 정서적 산물을 생산하기도 한다. 그러나 고전문학을 후대에 와서 변용을 하는 작업은 무엇보다 원작을 최대한 훼손(毀損)하지 않아야 한다는 것에서 우리는 그 누구도 부정하지 않는다.

---

33) 이사라, 「정읍사의 정서구조」, 김대행 외, 『고려시가의 정서』, 개문사, 1990, 93쪽.
34) 김풍기, 앞의 논문, 15쪽.

원 텍스트를 바탕으로 새로운 서사를 만들고, 원 텍스트의 효과를 그대로 이행한다는 것은 원작의 재창조에 있어서 가장 바람직하다고 볼 수 있다. 〈정읍사〉는 민중의 노래이면서 궁중의 노래이기도 하다. 시간과 공간, 성별과 계급을 초월하여 가창되었다. 그것은 이미 오래전에 그 유연성을 검증(檢證)받았다는 증거이고, 세대를 초월해서 현재까지도 대중의 관심의 영역에서 벗어나지 않았다는 의미이다. 이처럼 〈정읍사〉를 후대에 와서 변용한 창작자들은 단순히 백제나 고려의 노래로만 규정하지 않고 현실의 노래로 가창하려는 적극적인 의지를 보여준다. 그리하여 대중의 현실이나 시대의 모습을 충실히 반영하면서 지향하는 바를 성실하게 묘사하고 있다.

급암 민사평의 〈소악부〉에서는 당대의 혼탁한 정치상황을 임과 이별한 여인의 모습에 비유하여 유연한 설명을 하면서 자신이 겪은 시대의 울분을 발설하고 있다. 정통 남인 성호 이익의 〈악부〉에서는 표면적으로는 원 텍스트와 동일하게 남녀가 겪는 이별의 애절함을 노래하는 듯 보이지만 내면에는 서인으로 인하여 정계에서 축출된 그들의 정치상황과 남인으로 겪는 무력감이 존재할 수밖에 없다. 〈정읍사〉는 고려시대와 조선시대에 걸쳐서 정치 상황을 짐작할 수 있는 코드로 작용(作用)하면서 민간의 풍속을 통해 자신들의 처지를 표상하기 위하여 유연한 방식인 악부의 형식을 채택하고 있다. 악부로 변용된 〈정읍사〉에서는 단순한 남녀의 애정문제로 다루는 것이 아니라 그들이 처한 사회적 문제를 내포(內包)하여 자신들의 울분을 정중하면서 우회(迂回)적인 방식으로 토로하고 그 기저에는 정권의 핵심이 되기를 원하는 그들의 기대심리가 포함되어 있다.

문순태의 소설 『정읍사－그 천년의 기다림』에서는 원 텍스트를 근간으로 하여 섬세하게 서술하는 한편 만남을 가볍게 여기는 경박한 현실의 대중들에게 진정한 애정의 가치와 의미를 형상화하면서 삶의 여유와 기다림의 가치를 설명하고 이를 통해 기다림의 미학을 깨닫게 하는 계기를 마련한다.

이혜선의 시 〈어머니의 간장사리〉에서 사용된 시어나 시적 분위기는 원 텍스트와 유사하다. 원 텍스트의 시어를 부분적으로 차용하여 자식을 걱정하는 어머니의 이야기로 전환하면서 모성의 위대함이라는 주제의 변이를 가지고 왔다. 또한 고전의 이야기를 현대적인 시간과 공간을 적절하게 배합하여 모성의 의미를 깨닫게 하고 함께 사는 삶의 가치를 강조하는 시인의 신념이 그대로 담겨있다.

홍해리의 시 〈정읍사〉는 원 텍스트의 제목을 그대로 사용하면서 사내와 계집의 이야기로 노래하면서 그들이 처한 시대적 상황을 섬세하게 보여준다. 원 텍스트의 그리움과 한을 충실히 계승하고 있지만, 시적화자의 어조는 한층 단호해지고 있다. 아울러 시적화자의 체념은 더욱 짙어지고 있다. 원 텍스트를 남편에 대한 '기다림'의 정서라고 규정하면서, 여전히 전통적이고 상징적인 시어를 통해서 그 정서를 이어가고 있다. 다만 비극성보다는 몽환적인 분위기로 서사(敍事)를 전환하였다.

조예린의 시 〈정읍별사〉는 원 텍스트를 충실히 이행하면서 현대의 대중들이 쉽게 이해할 수 있는 공간을 끌어 들여서 대중과 정서적인 동화(同化)를 이루어내고 있다. 거기에 대중이 겪고 있는 현실의 모습과 고통을 되짚어보면서 성찰(省察)의 의미까지 함축하여 서술하고 있다.

이처럼 〈정읍사〉를 재창조한 현대의 시인들은 기존의 대중이 지니고 있던 감상의 틀에만 사로잡혀 있는 것이 아니라 대중이 현실적으로 처한 상황들이나 정서에 대하여 인지하기를 바라고 있다. 특별한 방안을 강구(講究)하고 있지 않지만, 섬세한 서사를 통해서 현대인들에게 전하는 메시지는 작가들이 대중에게 쏟는 세심한 배려와 애정을 느낄 수 있다.

뮤지컬 〈달하 노피곰 도다샤−정읍사〉에서는 원 텍스트의 단순한 이야기 구조를 바탕으로 탄탄한 스토리라인을 더하여, 시간과 공간을 구체화 시키고, 대중의 이해를 돕는다. 단순히 비극적인 러브스토리에만 국한하는 것이 아니라 시대를 초월하여 우리민족이라면 누구나 공감하는 민족의식과 동질성에 대한 고취를 함양시키기 위하여 노력하였다.

이처럼 〈정읍사〉를 다양한 방법으로 후대에 와서 새롭게 변용한 작품이나 콘텐츠에서는 작가가 지향하는 세계관이 뚜렷하게 보이고 있으며, 그것은 대중들의 삶과 괴리되는 것이 아니라 오히려 일치하고 있다. 그러나 다양한 장르로의 소통은 원전이 지니고 있는 가치와 의미를 고취한다는 매력을 지니고 있지만, 세밀한 통찰과 견고한 접근이 없이는 오히려 가치의 삭감을 가져온다.

고전문학 작품은 단순히 과거시대의 산물(産物)로만 그치는 것이 아니라 새롭게 창작되어서, 소통하고 있으며 현재에도 변모(變貌)하고 있다. 이러한 사실을 바탕으로 고전의 현대적 변용은 단순히 대중들에게 흥미와 친근감을 부여하는 것이 아니라 올바른 텍스트의 이해를 바탕으로 이루어져야 가치가 빛을 더한다. 〈정읍사〉는 현대 대중들의 삶에 집중하면서 양심을 잃고 방황하는 대중들에게 참된 가치를 부여하는 동시에 경종(警鐘)의 메시지를 울리면서 여전히 다채로운 콘텐츠로의 활용을 시도하고 있다.

고려가요 〈쌍화점〉의 후대전승과 현대적 변용

Ⅰ. 머리말

　〈쌍화점〉은 〈만전춘별사〉와 더불어 남녀의 색정적 사랑을 나타내
는 대표적인 고려가요로 인식되어 왔다. 쌍화점(雙花店)은 상화점(霜
花店)이라고도 부르는데, 고려 충렬왕(忠烈王:재위 1274~1308) 때의
가요로 작자미상의 곡이다. 문헌에 따르면 충렬왕 때 궁중의 연회에
서 연행한 작품으로 『악장가사』에 실려 전하고 있다. 남녀 사이의
노골적인 성관계를 노래한 것으로 조선 성종 때에는 '남녀상열지사'
또는 '음사(淫辭)'라고 하여 사람들이 기피하자 약간의 개작(改作)을
했다.

　인간이 살아가는 곳이라면 늘 존재하는 사랑과 욕망의 모습을 매
우 격정적으로 형상화하여서 당대사회에서는 매우 파격적이고 용납
하기 어려운 작품으로 인식되었다. 그래서 조선시대 유학자들로 하
여금 '남녀상열지사(男女相悅之詞)'라는 손가락질을 받았지만 생명력
은 유지되어 후대로 전승되었고 현재까지도 전해지고 있다. 〈쌍화
점〉에 대한 당대적인 비판은 늘 은밀함을 요구하던 사랑과 욕망의
화두를 수면위로 끌어올린 과감성과 시대에 대한 도전으로 치부한

결과로 볼 수 있다. 인간이라면 누구나 겪게 되는 사랑과 만남, 이별 등의 보편적인 소재를 다룬 여타의 고려가요에 비하여 〈쌍화점〉은 대단히 문제작으로 여겨졌다고 볼 수 있으며, 따라서 현재에 와서도 여전히 〈쌍화점〉과 관련된 연구는 그 의견이 분분하다.

〈쌍화점〉과 관련된 기존의 연구는 역사, 문학, 연극, 영상 등의 다양한 방면에서 모색되고 있는데, 그 담론 또한 다채롭다고 할 수 있다. 핵심이 되는 문제는 구조와 가창방식, 작자시비와 수용에 대한 의혹, 성(性)적 욕망을 중심으로 역사·심리·민속학적인 문제, 〈쌍화점〉과 관련된 다른 텍스트들과의 상관관계, 시가(詩歌)적 전승과 미학적인 부분 등 다각적으로 이루어지고 있다.[1]

고려가요는 오래전부터 우리 문학사에 가장 우위를 차지하는 장르

---

1) 김대행, 「쌍화점과 반전의 의미」, 『고려가요·악장연구』, 태학사, 1997; 황보관, 「쌍화점의 시상구조와 소재의 의미」, 『한국고전연구』 19, 한국고전연구학회, 2009; 김기영, 「쌍화점의 내외 공간과 화자의 이중성고찰」, 『어문연구』 43, 어문연구학회, 2003; 양희찬, 「쌍화점의 구조에 대한 재고」, 『국어문학』 34, 국어문학회, 1999; 여증동, 「쌍화점 연구」 2,3, 『국어국문학』 47·53, 국어국문학회, 1970·1971; 정갑준, 「쌍화점의 공연 및 공연공간에 대하여」, 『한국극예술연구』 26, 한국극예술연구회, 2007; 고정희, 「쌍화점의 후대적 변용과 문학치료적 함의」, 『문학치료연구』 5, 한국문학치료학회, 1996; 어강석, 「구조적 상관성으로 본 쌍화점」, 『고전문학연구』 38집, 한국고전문학회, 2010; 최은숙, 「쌍화점 관련 텍스트에 나타난 소문의 구성 양상과 기능」, 『동양고전연구』 39, 열상고전학회, 2010; 강명혜, 「풍요의 노래로서의 쌍화점─쌍화점 연구Ⅱ」, 『고전문학연구』 11집, 한국고전문학회, 1996; 나정순, 「고려가요에 나타난 성과 사회적 성격─ 쌍화점과 만전춘별사를 중심으로」, 『한국고전여성문학연구』 6집, 한국고전여성문학회, 2003; 신영명, 「쌍화점의 어조와 미의식」, 『우리어문연구』 8권, 우리어문학회, 1996; 정운채, 「악장가사의 쌍화점과 시용향악보의 쌍화곡과의 관계 및 그 문학사적 의미」, 『인문과학논총』 26, 건국대학교 인문과학연구소, 1994; 이정선, 「쌍화점의 구조를 통해 본 성적 욕망과 그 의미」, 『대동문화연구』 71집, 성균관대학교 대동문화연구, 2010; 박상영, 「쌍화점의 암론 특성과 그 문학사적 함의」, 『국어국문학』 159집, 국어국문학회, 2011.

임에도 불구하고 그 창작과 향유에 있어서 그 가치를 부여받지 못한
것은 사실이다. 고려가요의 대부분이 일반 대중들 사이에서 구전(口
傳)되던 민간의 대중가요로서 발생한 시기나 그 작자도 알 수 없었
고, 규정할 만한 양식도 없이 가창되었다. 또한 그것을 기록할 고유
문자가 없던 우리 조상들은 한역을 하거나 곡명(曲名)정도만을 기록
하다가 문자창제이후에 이르러 『악학궤범』·『시용향악보』·『악장가
사』 등에 수록하였다. 고려가요는 인간의 다양한 모습을 생생하게
노래로 전달하여 끊임없이 생산과 전승의 과정을 거쳐 문자창제 후
비로소 정착할 수 있었다. 또한 수용자의 기호나 취향, 사회적 제도
의 영향권 아래에 놓이게 되어, 처음 제시된 작품에서 상당히 변모
된 모습과 내용으로 이행되어 갔을 것이 틀림없다.2) 그러나 〈쌍화
점〉이 문헌으로 정착되어 현재까지 전해지는 동안 여러 장르를 통해
서 교섭이 이루어졌고, 다양하게 변형(變形)되어 재구성된 작품을 통
해서 알 수 있듯이, 그 내면의 존재하는 생명력에 관하여 부정할 수
없다.

　〈쌍화점〉은 여타의 고려가요와 같이 오랜 시간에 걸쳐서 유동과 적
층의 작업을 통해 이루어졌다. 인간 본연의 감정을 여과 없이 드러내
고 있다는 점에서 높이 평가받고 있을 뿐만 아니라 시공을 초월하여
그 의미와 생명력이 지속되는 수준 높은 문학작품이라는 점에는 누구
도 이의를 제기할 수 없다. 〈쌍화점〉이 지니고 있는 문학적 소재의
다양성은 현재까지도 다양한 측면에서 수용되고 있으며, 여러 장르로
의 변형을 꾀하고 있다. 〈쌍화점〉은 단순히 고려가요로만 논의할 문

---

2) 구사회, 「고려가요의 생산과 수용」, 임기중 엮음, 『고려가요의 문학사회학』, 경
　운출판사, 1993, 99쪽.

제가 아니라 계속해서 새롭게 재창조되고 변형이 이루어지고 있다는 사실에 집중해야 하며 내재된 의미를 파악하는 것에 중점을 둘 수가 있다. 현재 〈쌍화점〉은 현대시, 현대소설, 영화, 뮤지컬 등의 여러 장르와 교섭을 통해 수용되면서 최첨단의 시대를 살아가는 현실의 대중들에게 강렬한 메시지를 전달하고 있다.

본고에서는 고려가요 〈쌍화점〉의 후대적 전승의 면모를 살펴보고, 현대적으로 변용된 각각의 장르를 통하여 작품이 가진 특성과 의미를 이해하고 후대작가들의 안목을 살피면서 작품이 지니고 있는 다양한 함의와 그 상황을 규정하고자 한다. 그리하여 원전이 지니고 있는 세련된 가치를 다시 한번 배양(培養)하고자 한다.

Ⅱ. 〈쌍화점〉의 수용과정과 후대 전승

1. 수용과정

고려가요는 작가와 연대를 추정할 수 없는 민간의 가요로 구전(口傳)되다가 당시 음악의 담당자인 악공(樂工)이나 기녀(妓女)들을 통하여 궁중속악으로까지 수용되었고, 전승되어져 조선조로 이어졌다. 고려시대의 기녀나 악공들은 조선시대에 비해서 문화적 역할에 있어서 주도적이었고, 시·노래·춤을 비롯하여 문학의 창작자로서 큰 비중을 차지하고 있었다. 그들은 당시 유행하던 민중의 노래를 수집하여 수용자의 기호나 취향에 맞게 가창하거나 개작(改作)하면서 전달하였다. 그러나 조선시대에 와서는 궁중으로 유입된 고려가요가 일정한 의식의 절차에 따라서 의례적인 행사에만 사용되었고, 음악은 일종의 사회적 교화차원에서 유교의 제도장치에 속박이 되었다. 유교적 이데올로기나 백성교화차원에서 일부의 작품이 개작되거나 변용을 이루었는데 후대에 이르러서는 남녀상열지사 혹은 음사라고 취급되어 버려진 고려가요들이 기녀(妓女)들에 의하여 민간(民間)에서 그 상황에 맞게 민요나 가사 혹은 시조 등으로 가창되어 전승되기도 하였다. 그리하여 고려가요는 향유자들의 구미에 맞게 일방적으로 그들의 관점에 따라 가창되거나 변이되어 수용되었다고 볼 수 있다.

〈쌍화점〉은 고려가요 중에서 대표적인 음사(淫辭)로 손꼽힌다. 〈쌍화점〉에서 다루고 있는 인간의 성적 욕망을 여러 텍스트에서는 편사 혹은 개작의 과정을 거쳐서 전해지고 있다. 〈쌍화점〉은 『악장가사(樂章歌詞)』, 『대악후보(大樂後譜)』, 『악학편고(樂學便考)』에는 국문 가사인 〈쌍화점〉으로, 『시용향 악보』에는 〈쌍화곡(雙花曲)〉이라는 한문 가사로 실려 있다. 『고려사』 「악지」에는 〈삼장(三藏)〉으로 〈쌍화점〉의 2장이 한역(漢譯)되어서 전해졌는데 후에 민사평이 〈소악부(小樂府)〉로 다시 창작하여 전달되었다. 이 노래가 〈악부〉로 채택되는 데에는 당시 민중들 사이에서 널리 가창되었고 그들이 공감하는 메시지가 포함되어 있다는 사실을 알 수 있다.

또한 『고려사』 「악지」 〈삼장〉과 뒤에 실린 〈사룡(蛇龍)〉과의 연관성을 통해서 그 관련사항을 점검하기도 하고, 후에는 다소 변형의 과정을 거친 서포 김만중의 〈악부〉를 통해서 다시 수용되기도 하였다. 이처럼 〈쌍화점〉은 다양한 형태의 텍스트를 기반으로 하여 그 연관성을 살필 수 있다. 또한 〈사룡〉은 후대에 이르러서는 시조를 통하여 그 기원을 보여주기도 하였다. 이처럼 〈쌍화점〉은 '성(性)'을 기반으로 하여 시공(時空)을 초월한 인간의 생활 속에서 존재하는 보편의 정서적 기반을 같이 하는 작품으로 시대적 감성과 상황을 실제적으로 보여주는 하나의 문학적인 장치라고 이야기할 수 있다. 원 텍스트는 다음과 같다.

쌍화뎜雙花店에 쌍화雙花 사라 가고신딘
휘휘回回 아비 내 손모글 주여이다
이 말숨미 이 뎜店밧긔 나명들명
다로러거디러 죠고맛감 삿기 광대 네 마리라 호리라
더러둥셩 다리러디러 다리러디러 다로러거디러 다로러
긔 자리예 나도 자라 가리라
위 위 다로러 거디러 다로러
긔 잔 딕マ티 덦거츠니 업다

삼장스三藏寺애 블 혀라 가고신딘
그 뎔 샤쥬社主ㅣ 내 손모글 주여이다
이 말스미 이 뎔밧긔 나명들명
다로러거디러 죠고맛간 삿기 샹좌上座ㅣ 네 마리라 호리라
더러둥셩 다리러디러 다리러디러 다로러거디러 다로러
긔 자리예 나도 자라 가리라
위 위 다로러거디러 다로러
긔 잔 딕マ티 덦거츠니 업다

드레 우므레 므를 길라 가고신딘
우믓 룡龍이 내 손모글 주여이다
이 말스미 이 우믈밧긔 나명들명
다로러거디러 죠고맛간 드레바가 네 마리라 호리라
더러둥셩 다리러디러 다리러디러 다로러거디러 다로러
긔 자리예 나도 자라 가리라
위 위 다로러거디러 다로러
긔 잔 딕マ티 덦거츠니 업다

술풀 지븨 수를 사라 가고신딘
그 짓 아비 내 손모글 주여이다
이 말스미 이 집밧긔 나명들명
다로러거디러 죠고맛간 싀구비가 네 마리라 호리라
더러둥셩 다리러디러 다리러디러 다로러거디러 다로러
긔 자리예 나도 자라 가리라
위 위 다로러거디러 다로러
긔 잔 듸ᄀ티 덦거츠니 업다

고려 속요 〈雙花店〉의 내용은 고려 말 궁중 연회의 자리나 귀족들의 연회 장소에서 에로틱한 성적 상상력을 고조시켜 참가자들의 유흥을 극대화하는 상황에서 주효(奏效)했을 만큼 난교와 관음증적 모티프를 보여주고 있다.[3] 그러나 〈雙花店〉에 담겨진 성적 욕망을 도덕과 윤리적인 측면에서만 놓고 부정적인 차원으로만 접근하지 말고, 궁중에서 민간에 이르기까지 함께 즐기는 문화의 일환으로 보는 시각도 필요하다고 본다.[4]

2. 후대 전승

고려가요 〈雙花店〉은 다양한 형성과정과 전승체계를 거쳐서 조선시대에 이르러서는 악부(樂府)로 가창되어 유통되기도 하였다. 악부는 사회의 분위기를 문제삼아 폐지하였으나 악부의 대중성을 바탕으

---

3) 이영태, 「소통의 즐거움을 위한 장치, 쌍화점」, 『쌍화점, 다섯 개의 시선』, 다인 아트, 2010, 69~71쪽.
4) 이정선, 「쌍화점의 구조를 통해 본 성적 욕망과 그 의미」, 『대동문화연구』 제71집, 성균관대학교 유교문화연구소, 2010, 134쪽.

로 널리 향유되어서 시체명인 '악부시(樂府詩)'로 정착하였다. 악부는
『시경』의 4언체를 벗어나서 새로운 시형이라는 유연성을 바탕으로
보편화 되었다.

1) 급암 민사평의 소악부

三藏精廬去點燈	삼장정려에 가 등불을 켜는데
執吾纖手作頭僧	나의 여린 손 쥐는 작두승이로다
此言若出三門外	이 말이 삼문 밖에 나가면
上座閑談是必應	상좌의 한담이 틀림없으리로다

–『급암(及庵先生)전집』, 「소악부 다섯째 수(首)」

급암(及庵) 민사평(閔思平, 1295~1359)은 고려시대의 문신이다. 충정
왕(재위 1349~1351)을 따라 원나라에 갔던 공로를 인정받아서, 공신의
칭호를 받았다. 시서를 좋아하고 학문에 뛰어나, 문명(文明)을 떨쳤
다. 고려사 악지 〈속악조〉에서 〈삼장〉은 충렬왕조에 지어진 노래로
설명하고 있다. 왕은 군소배(群小輩)를 가까이 두면서 연락(宴樂)을 좋
아했다. 행신 오기(吳祈)와 김원상(金元祥), 내료 석천보(石天補)와 석
천경(石天卿) 등은 색(色)으로 군주를 즐겁게 해주고자 했다. 관현방
(管絃房)의 태악재인(太樂才人)으로도 부족하다고 여겨서 관기로 미모
과 기예를 갖춘 자를 선발하고, 또 성안에 있는 관비와 무당으로 가무
를 잘하는 자를 선택하여 궁중에 등록해서 두어두고는 비단옷을 입히
고 마종립을 씌운 남장(男粧)을 구성하여 이 노래를 가르친 후 군소배
들과 밤낮으로 가무를 즐기며 난잡한 생활을 하니 군신 사이에 예를
찾기 어려워졌다.5) 이 작품은 원 텍스트인 고려가요 〈쌍화점〉과 대
체로 유사하다. 당시 권력층이었던 승려와 신원(身元)이 분명하지 않

은 여인과의 애정문제를 다루면서, 퇴폐적인 당시의 성윤리를 보여주고 있다. 그것을 통해서 평민의 현실적인 모습을 짐작할 수 있게 한다. 급암이 살던 당시에는 전통적 문학 장르보다는 악부가 행하게 되었는데, 형식적이고 천편일률(千篇一律)적인 틀에서 벗어나고자 했던 시도이다. 또한 당시에 유행하던 속요풍의 한문학 장르가 출현되기를 기대했기 때문이라는 사실을 주지할 수 있다. 또한 소악부는 당시의 민풍에서 떠돌던 민요나 민담을 한역하여 이를 확장시켜 보려는 의지의 산물이다. 민사평의 소악부는 민요적인 성격을 강하게 지니고 있다는 것이 특징이다. 민사평의 소악부는 남녀 간의 연정(戀情)을 다룬 것이 많으며, 사회풍자적인 성격이 훨씬 적게 나타나고 있다.[6] 민사평은 당대 대중들이 갖고 있는 감정의 흐름을 정확하게 파악하고 표현했다. 당시 성문제에 대한 관심의 폭을 대중적인 방법을 취하여 설명하고 있다. 이를 통하여 평민이 지니고 있던 성규범과 가치를 보여주면서 아울러 그것을 판단하는 기준을 보여주고 있다. 또한 고려시대는 무엇보다 성(性)을 즐길 수 있던 것으로 미루어 여성의 사회적 지위를 보장 받던 시대라는 것과 아울러 적극적인 애정공세를 펼 수 있었던 개방적인 현실임을 짐작할 수 있다.

2) 서포 김만중의 雙花店

삼장과 사룡 두 노래는 은 고려 충렬왕때에 나왔다 그 시에서 말하기

---

5) 右二歌 忠烈王朝所作 王狎群小好宴樂 倖臣吳祈金元祥内僚石天補天卿等 務以聲色容悅 以管絃房太樂才人爲不足 遣倖臣諸道 選官妓有姿色伎藝者 又選城中官婢及女巫善歌舞者 籍置宮中 衣羅綺戴馬鬃笠 別作一隊稱爲男粧 教閱此歌 與群小日夜歌舞記.(『고려사』 제71권, 志25권, 樂2, 俗樂.)

6) 어강석, 「민사평 한시의 두 양상」, 『한국한시연구』 제5권, 한국한시학회, 1997, 167쪽.

를(三藏有蛇二歌出於高麗忠烈王時 其詩曰)

三藏寺裡燒香去	삼장사에 등불을 켜러 갔더니
有社主兮執余手	사주가 내 손을 잡더이다
倘此言兮出寺外	만일에 이 말이 절 밖으로 나가면
謂上座兮是汝語	상좌여 이는 네 말이라 하리라
有蛇銜龍尾	뱀이 용의 꼬리를 물고
聞過太山岑	태산 봉우리를 넘어갔다고 들었도다
萬人各一語	만인이 각각 한마디씩 하더라도
斟酌在兩心	짐작은 두 마음에 달려 있도다
其語雖俚而殊有古意	그 시를 쓴 어휘가 비록 비루하나 독특하게 옛 뜻이 있다.
今輒擬而稍演之云	지금은 문득 비기나 점점 스며드는 것 같다.
君演三藏經	그대는 삼장의 경문(삼장경)을 연의하고(만들고)
妾散諸天花	저는 모든 하늘(제천)의 꽃을 흩뿌리겠습니다.
天花撩亂殊未央	눈발은 요란하나 특별히 아직 선명치 않고
井上梧桐啼早鴉	우물가 오동나무에는 이른 갈까마귀 지저귀네
不愁外人說長短	밖 사람이 장단을 말한다고 근심치 말라
傳茶沙彌是一家	사미(소녀 승려)에게 차를 건네니 이가 일가라네
玉石無定質	옥과 돌은 정해져있는 성질이 없고
妍媸無正色	곱고 추한 것 또한 정해진 것이 아니네
玉石在人口	옥석은 사람들의 입 속에 있는 것이며,
妍媸在君目	곱고 추한 것은 모두 그대의 눈에 있는 것이라네
日月本光明	해와 달은 본디 빛이 나 밝고
讒言自成膜	헐뜯는 말은 절로 무릎 꿇게 한다네. (其二)

　　　　　　　　　　　　　　　　　－김만중, 『서포(西浦)선생집』 권2, 악부

서포(西浦) 김만중(金萬重, 1637~1692)이 살았던 17세기 조선의 상황은 양란(兩亂)을 겪은 이후로 급격한 사회적 변화와 피폐해진 민심, 당쟁(黨爭)의 소용돌이가 맞물린 매우 혼란한 시기였다. 조정은 붕당 간의 당파싸움이 끊이지 않았으며, 권력을 획득하기 위하여 이른바 예송논쟁과 정치적 환국을 겪으면서 혼란은 가중된다. 김만중은 서인 (庶人)계 노론인 송시열(宋時烈), 송준길(宋浚吉), 이유태(李惟泰) 등과 정치적 뜻을 도모(圖謀)하면서, 남인(南人)에 대해서는 심하게 배척을 하였다. 그는 짙은 당색(黨色)을 드러내면서 정치적 어려움을 겪게 되었다. 김만중은 격렬한 당쟁(黨爭)을 겪는 동안 현실의 한계를 느끼면서 현실비판적인 자세를 취하였다. 그리하여 새로운 사회질서와 문화의식이 배양되기를 희구했다. 그 강구책의 하나로 우리나라의 역사, 풍속, 시가 등을 적극 수용하여서 주체성을 배양하고자 했다. 그것을 통해 민중의 현실을 보여주는 수법을 사용하고 현실주의적 성취에 기여하였다. 그러나 이 시에 나타난 시적화자의 태도는 원 텍스트의 세속적이고 통속적인 자세를 취하던 현실적 태도와는 매우 다른 입장을 고수하고 있다. 1수의 시 전반에 사용되고 있는 시어들을 통해서 불교로의 귀의(歸依)를 짐작할 수 있다. 부조리한 현실세계에 대한 자신의 입장을 표명하기 위한 우회적인 수법을 사용하고 있는 것인지 혹은 현실세계에서 지나치게 지친 자신의 심정을 토로하고 있는 것인지 명확하게 짐작하기는 어려우나 사대부가 겪는 현실적인 고통을 우회적인 수법을 통해 보여주기 위하여 유연한 문체인 악부를 이용해 자신의 정치적인 뜻을 피력하고자 했을 확률이 높다.

그것은 2수에서 입증하고 있다고 볼 수 있는데, 타인들의 참언(讒言)에 의해서 정계에서 축출된 자신의 상황을 은유적으로 표현하고 있음을 짐작할 수 있다. 김만중이 정치의 비정함을 표현하려고 한 것은 무엇보다 삶속에서 자리하고 있는 인간의 원초적 정서라고 할 수 있는 정치적 욕망을 가진 그의 내면적 의식이 우의(愚意)라는 견고한 시적 관습을 만났기 때문이었을 것이다.[7]

고려가요는 민요적인 성격을 띠는 반면 사회의 변화와 개인이 개성적으로 변모하는 사유(思惟)의 상을 추정해 볼 수 있는 일종의 방안이다. 〈雙花店〉은 고려시대의 당대 상황을 추리할 수 있는 하나의 계기로 인식할 수 있으며, 한역의 과정을 거쳐서 우리말 민요를 통해서 조선인들의 사이에서 그들의 정서를 대변하기 위한 사실로 사용하고 있다는 사실을 집중할 필요가 있다. 〈雙花店〉에서는 '성(性)'의 문제만을 다루는 것이 아니라 그들이 처한 시대와 정치적·사회적 문제를 직면하고 있다고 볼 수 있다. 또한 노래를 통해서 그들의 삶의 모습을 보여주고 있으며 현실을 실증적으로 반영하고 있다는 상징적인 의미로 인하여 현재에까지도 전승(傳承)되면서 높이 평가받고 있다.

Ⅲ. 〈雙花店〉의 현대적 변용

고려가요 〈雙花店〉을 다양한 장르로의 변형을 하는 방법에 있어서 작가가 작품 속에서 드러내고자 하는 방향이나 취향 혹은 작가가 서술자의 상황을 구현하는 방법이나 그 창작을 하는 목적의식에 따라 각각의 지향은 같을 수 없다.[8] 또한 단순히 역사물, 풍속 등의 소

---

7) 김병국, 「서포 김만중의 시세계」, 『한국문화』 제14집, 규장각한국학연구소, 1993, 57쪽.

8) 하경숙, 「향가 제망매가의 실체와 현대변용의 면모」, 『동방학』 제22권, 동양고전연구소, 2012, 298쪽.

재를 취할 때 근본적인 가치나 미학적 가치를 찾아낼 수 없다.[9] 고
전문학은 세대를 초월하여 모두가 관심을 갖고 있는 문제에 대하여
관심을 표명하는 것은 분명하지만 이를 수용하는 방식에 대하여는
다양성을 제시할 수밖에 없다. 급속도로 발달하는 미디어 시대 속에
서 고전문학의 위치는 점차 위태로울 수 있다. 그러나 다양한 콘텐
츠의 창고로 불리는 고전문학은 최첨단으로 발달하는 현대사회의 모
습을 다양하게 보여주면서 인문학의 가치를 한층 높일 수 있는 가능
성이 충분하다. 앞으로 서술하게 되는 현대시·현대소설·영화로 변
용된 〈쌍화점〉에서는 현대인의 사실적인 생활상을 보여주면서 대체
로 성(性)의 타락(墮落)만을 중심으로 삼았던 화제에서 탈피하여 현대
인이 처한 현실의 모습과 인간적인 처지에 집중을 하고자 한다. 또
한 그 현실적인 문제를 형상화하여 우리가 살고 있는 현대사회의 모
습과 가치체계를 살펴보고 우리가 나아갈 바를 적극적으로 모색(摸
索)하고자 한다.

1. 현대시

고려가요 〈쌍화점〉을 모티프로 삼고 있는 현대시[10]는 대부분이

9) 최혜실,「한중일의 화해와 교류를 꿈꾼다」. 최혜실 공저,『신지식의 최전선』3,
  한길사, 2008, 155쪽.
10) 김석규, 〈쌍화점 별사〉,『태평가』, 빛남, 2001; 김시종, 〈쌍화점〉,『自由의 女神
  像』, 보성, 2004; 박경석, 〈新羅-세째마당〉,『아내의 잠』, 민음사, 1987; 신원
  선, 〈쌍화점〉,『하나님은 릴리스를 살해했다』, 예니, 1997;유병근, 〈새 쌍화점〉,
  『곰팡이를 뜯었다』,동남기획, 2001; 이희중, 〈카페 쌍화점에서-낮은 시대는 낮
  은 노래를 키운다〉,『참 오래 쓴 가위』, 문학동네, 2002. 이정록, 〈쌍화점〉,『정
  말』,2010, 창비; 신각현, 〈쌍화점〉,『아름다운 이별』, 오늘의 문학사, 2010.

원 텍스트의 전범적인 해석에서 벗어나서 자유로운 상징체계를 지니고 있으며 적극적으로 서사하고 있다.

1) 이희중 〈카페 쌍화점에서-낮은 시대는 낮은 노래를 키운다〉

아무도 사랑의 빛깔을 믿지 않는다/오로지 붉은 서로의 몸을 보고 싶을 뿐

뜨거운 땀과 입김 속에서/손목과 가슴과 더 부드러운 몸을 오래 붙잡고 싶을 뿐 그 속에 깊이 몸을 숨기고 싶을 뿐/은밀한 눈빛을 준비하지 않았다면 그대는 절대로 이 카페에 들어올 수 없다네/아침은 지난밤의 모든 일을 지워주지자고 난 자리를 돌아보지 말 것/기억은 일종의 고질, 영원히 이어질 뿐인 지금 내일은 더 이상 없으므로/내일을 위해 오늘을 포기할 수는 없다네

기우는 세상, 구르는 사람, 자취 없는 사랑이여/밤마다 하수도가 넘치는 시대에는 끝없이 오늘의 담배를 피워야 하고/자욱한 연기 속 어딘가 있을/오늘의 짝을 찾을 뿐, 단지 오늘만을 위해 붉은 몸을 가진 그/어쨌든 시간이 흐른다는 것은/얼마나 다행스러운가 또 새로운 오늘 밤이 기다린다네/아직도 잃을 것이 있는 그대는/절대로 이 카페에 들어올 수 없지/기우는 시대에는 함께 기울기/어두운 시대에는 함께 어둡기/쌍화를 팔지 않는 카페, 그러나/스스로 쌍화가 될 사람들, 이윽고/축축한 시대에 뿌리를 내리고 피운 붉은 꽃들/깃처럼 가벼운 육체만이 꽃이 될 수 있다네/그러나 기억하라/어두운 시대는 어두운 삶을 낳는 법/ 어두운 삶은 어두운 노래를 낳는 법 오늘이 이토록 어두웠음을/낮아서 낮아서 기쁠 수밖에 없었음을/그들은 이 지독한 꽃의 시대를/노래를 보고 가늠하리라

　　　　-이희중, 〈카페 쌍화점에서-낮은 시대는 낮은 노래를 키운다〉,
　　　　　　　　　『참 오래 쓴 가위』, 문학동네, 2002.

이희중의 시적어조는 단호하면서도 부드럽고 냉철하면서도 천진

스러우며 엄정하면서도 고적하다. 그러나 제각기 서로 대위되는 요소들은 그의 성정의 다양한 층위에서 비롯되는 것이 아니라 '지금, 여기'의 삶의 가치와 의미를 직시하고 발견하며 향유하고자 하는 동일한 목적을 향한 과정의 산물이다.11) 이 시는 오늘날의 에로티시즘의 만연한 현실을 풍자하면서 독자에게 주고자 하는 메시지가 극명하게 내재되어 있다.

이 시는 명령의 화법으로, 미래에 대한 환상과 이데올로기를 강조하기보다는 현재적인 삶에 집중하기를 강조하고 있다. 또한 내일을 위한 담보가 되어 버린 삶을 버리고 '새로운 오늘밤'을 맞이하는 것이다. 즉 삶의 주체가 되는 시적화자의 의지가 중심이 되기를 바란다고 할 수 있다. '카페 쌍화점'이라는 공간은 원 텍스트에 등장하는 〈쌍화점〉과 같이 은밀한 공간으로 규정된다. 다만 현대시에서는 시간까지 확장하는 서사를 보여주고 있다. 원 텍스트에서 가지고 있던 현실적이고 개인적인 문제의 심각성을 벗어나서 작가는 우리 사회에 만연화 된 성행위와 심각한 성도덕의 부재에 대하여 심각한 목소리로 설명하고 있지만 대부분의 대중들은 충격적인 반응을 보이지 않은 채 새로운 소식이 아닌 흔해빠진 일상의 일로 통하고 있다. 현대인의 무딘 현실인식은 이처럼 위험 수의를 넘긴 지 오래되었다.12) '카페 쌍화점'은 오늘날 우리 시대의 현재성을 표상(表象)하면서 절망적인 육체적 꽃이 존재하는 당대성의 상징으로 형상화되고 있다.13)

---

11) 홍용희, 「살아 있는 현재의 구현과 향유」, 이희중, 『참 오래 쓴 가위』, 문학동네, 2002, 62쪽.
12) 박노준, 「속요 그 현대시로의 변용」, 『도남학보』 제80호, 도남학회, 2000, 158쪽.
13) 나정순, 『우리고전 다시쓰기-고전시가의 현대적 계승과 변용』, 삼영사, 2005, 239쪽.

이희중의 〈카페 쌍화점에서-낮은 시대는 낮은 노래를 키운다〉와 고려가요 〈雙花店〉을 비교하여 살펴볼 때, 이희중의 작품에서 사용된 시어나 작품의 분위기는 매우 현대적이고 관념적이지만, 시의 전체적인 흐름에서 흐르는 색정(色情)적인 분위기는 원 텍스트에서 크게 벗어나지 않는다고 할 수 있다. 또한 시대의 비극적 문제까지도 확장되게 설명하면서 적극적으로 현실을 통찰하고 있다.

2) 이정록 〈雙花店〉

밤 깊은 3차 술자리, 휴대전화가 떤다 "아빠, 큰일났어요 엄마 방에서 이상한 소리가 들려요 아빠도 없는데" 술이 확 달아난다 술집 벽에 붙은 야한 달력 속 오토바이에 시동이 걸린다 "노크하지 말고 조용히 현관에 가봐 아니다 노크해봐 아빠처럼 꼭 헛기침하고" 술집 주방에서 들려오는 파전 뒤집는 소리마저 불안하다 그때 다시 부르르, 문자가 뜬다―아빠, 들어올 때 감기약― //"잠깐만 실례!" 거수경례에 콧노래까지 흥얼대며 술집을 나선다 눈보라 치는 새벽 한시, 어딜 가서 감기약을 사나? 24시 편의점에 들러 겨우 雙和湯을 산다 취한 눈에 자꾸 雙花店이 깜박거린다 비틀비틀, 2차에 들렀던 단골 술집 문을 밀친다 "아줌마 금세 보고 싶어 왔어요 먹다 남은 감기약 있으면 꿔줘요 아내가 지금 야한 드라마 더빙하고 있다네" //약봉투에 낯설고도 아득한 아내 이름을 쓰고는, 雙和湯 두 병을 포갠다 어떻게 따스하게 배달하나? 세상도 메뉴도 나 없이는 절대 안되지, 3차 술자리로 돌아와서는 통닭 한 마리 급배달시킨다 ―나 대신 애쓴 닭 날개에 뽀뽀 한번 해주게―고개 처박고 문자를 찍는다 "아내의 신음소리여! 사라져라" 우쭐대며 건배사를 외치자, 게슴츠레하던 동태눈들에 일제히 쌍심지가 켜진다

―이정록, 〈雙花店〉, 『정말』, 창비, 2010.

이정록의 〈쌍화점〉은 인간적 삶의 진실이 드러난다. 이정록의 시
는 흔히 입담, 풍자, 해학의 세계라고 평가되지만, 실제로 그 세계의
근저에는 유머와 해학 못지않은 비감이 흐르고 동시에 생명이 다양
한 형식으로 관계 맺고 있다는 아날로지(analogy)의 비전이 전제되어
있다.14) 이 작품 역시 일상적이고 평범한 소재들을 통해서 인간의
삶을 살펴보고 꿰뚫어 보고 있다. 무엇보다 이정록의 「쌍화점」에서
화자는 해학적인 사고를 드러내면서 서술하고 있지만 그 내면에 면
밀한 사유(思惟)상을 엿볼 수가 있게 된다. 원 텍스트와 마찬가지로
불륜(不倫)의 상황을 짐작하게 하는데 이정록의 〈쌍화점〉에서도 아
내의 성행위를 형상화 하여 타락한 성적관계와 그것에 대한 비판을
보여주며 화자의 소외된 모습을 반영하고 있다고 볼 수 있다. 또한
원 텍스트에서 시적화자는 가는 곳마다 목격자를 지목하여 소문발설
금지를 당부하지만 돌아온 반응은 그곳에 목격자 자신도 참여하겠다
는 언사(言辭)이다.15) 현대시 〈쌍화점〉에서는 원 텍스트의 상황을
세밀하게 변환시킨 작품이라고 볼 수 있다. 아내의 불륜현장을 목격
하는 딸에게 진상을 확인시키는 등의 적극적인 인물형을 보여주면서
한층 적극성인 양상을 띠고 있다. 이정록의 〈쌍화점〉에서는 고려가
요의 제목을 그대로 차용(借用)하면서 색정(色情)적인 분위기에 중점
을 두기 보다는 현대적인 대중의 모습과 생활상을 재현하면서 인간
의 내면에 존재하는 금기(禁忌)라는 욕망과 현실의 불안감을 한층 더
현대인의 감각에 맞추어서 사실적으로 보여주고 있다. 원 텍스트에
서는 성적인 욕망에 대한 관심과 소문의 진상파악이라는 호기심에

---

14) 고봉준, 「시 그리고 사물의 부재」, 『창작과 비평』 통권 149호, 창작과 비평사,
   2010, 419쪽~420쪽.
15) 이정선, 앞의 논문, 129쪽.

중점을 두었다면, 이정록의 시에서는 현대인이 처해 있는 부조리한 현실과 실생활 속에서 겪고 있는 불안감과 체험을 사실적이고 실감 나게 보여주고 있다.

3) 노영임 〈쌍화점〉

훈김 자욱한 만두집 미닫이문 들어설 때/반대머리 사내는 재바르게 만두 빚으며

이마에 쓱 땀 닦는 척 힐끔 눈길 건넨다//소매 걷어붙인 팔뚝 살집처럼 허연 반죽

둥글게 파문 일어 얇게 번진 만두피에/제 속내 꾹꾹 눌러 담아 요리조리 돌려놓고//

무쇠 솥 가득 뜸들여 소댕이 밀친 순간/세상에나! 뜨거운 김 속치마처럼 확 벗겨내자

만두꽃 막 터질 듯이 저리 통째로 벙글어//마음 온통 부풀어 속살 훤히 비칠라

살짝 손끝만 대도 앗, 뜨거 후끈할 때/저만치 훔쳐보던 눈 엉큼스레 웃는다.

-노영임, 〈쌍화점〉, 『오늘의 시조』, 고요아침, 2008.

노영임의 〈쌍화점〉은 원 텍스트의 배경과 시적정황을 가장 충실히 이행을 하고 있다. 만두집을 배경으로 하면서 남녀의 미묘한 감정을 풀어내는 이 시는 강렬하면서도 에로티시즘적인 분위기를 시 전반에서 보여주고 있다. 시의 흐름이나 모티프에서는 원전과 일치하면서 인간의 가장 원초적인 욕망인 엿보기에 중점을 두고 있다. 이를 통해 관음증(voyeurism, 觀淫症)에 사로잡힌 현대인의 모습을 우회적인 수법으로 풀어나가고 있다고 할 수 있다. 노영임은 원 텍스

트의 제목을 그대로 차용하면서 무엇보다 일상적이고 평이한 시어를
통해서 원 텍스트의 분위기를 차분하게 재현하면서 극대화하고 있
다. 뿐만 아니라 인간의 욕망을 현실적으로 형상화시켜서 그 효과를
최대한 작품으로 끌어 들이고 있다. 사실적이고 객관적인 묘사를 하
는 획일적인 해석을 요구하는 것이 아니라 다양한 해석을 가능하게
하는 열린 장치를 부여하고 있다.

2. 현대소설 – 정한숙 『쌍화점』

현대소설 정한숙의 『쌍화점』은 텍스트에서 제목만을 차용했을 뿐
네 개의 단락으로 이루어진 여로(旅路)형 소설로 구성되어 있다. 더운
날씨에도 불구하고 충성을 바칠 주인을 찾는 사나이는 겨우 섬길만한
주인을 찾게 된다. 그러나 주인은 맹목적인 복종만을 강요한다. 감옥
의 죄수와 같은 느낌을 받아서 주인을 떠나기로 결심한 사나이는 길을
나서고 새로운 여정이 시작된다. 그 길에서 벙어리와 장님을 만나게
된다. 괴팍하고 특이한 성격을 지닌 이들은 일행이 되어서 길을 동행
(同行)하는데, 세 사람은 '경춘옥'이라는 술집에 들리게 되고 그곳에서
일하는 '경춘'을 두고 장님과 벙어리가 실랑이를 하는 우스운 상황이
벌어지게 된다. 또 다시 길을 걸으면서 발견하게 되는 주막에서, 주모
를 시켜 술상을 마련하고 장님과 벙어리는 술자리를 즐긴다. 그러면
서 다시 길을 나서려고 할 때 장님은 자신이 길을 안내하겠다고 하고
벙어리는 들리지도 않는 고함을 지르면서 그를 멈추게 한다. 그들 일
행이 간 술집은 '쌍화점'이었고, 술집 색시가 부르는 '쌍화점'이라는
노래를 들으면서 다시 새벽길을 떠난다.

고려가요 〈쌍화점〉의 각 연이 계층을 대표하는 인물들에 관하여 서

술했다면, 정한숙의『쌍화점』에서는 사회적 약자인 장님과 벙어리라
는 인물을 통해서 서술해간다. 이것은 단순한 신체의 약점을 지닌 자
들을 서술한 것이 아니라 현실을 제대로 살피지 못하고 말하지 못하는
현대인에 대한 조롱과 풍자라고 할 수 있다. 소설에 등장하는 자신의
의견만을 내세우는 장님과 벙어리의 경박한 태도를 통해서 현대인의
모습을 치환(置換)할 수 있다. 또한 자신의 의견을 적극적으로 내세우
지 못하는 사나이는 우유부단한 인간형으로 설명할 수 있다.

　이 소설에서는 무기력한 태도로 현실을 살고 있는 현대인들에게
경종을 울리며 지녀야 할 올바른 태도에 대하여 이야기하고 있다.
지금의 현실을 살아가는 대중에게 현실을 단지 '성(性)'에 대한 욕망
과 탈출구로만 풀어나가야 할 것이 아니라, 시대에 대한 적극적인
관심과 통찰이 이루어져야 하며 모색해야 한다는 사실을 설명한다.
즉 인지(認知)할 수 있는 존재인 인간을 비롯하여 사회적 약자인 장
님과 벙어리가 서로 어울려서 소통할 수 있는 현실이 절실하다고 강
조한다. 또한 현실을 살고 있는 대중이 반성해야 할 태도를 보여준
다. 이 시대를 일종의 정상적으로 인지할 수 없는 벙어리와 장님에
게 맡겨진 시대로 비유하면서 대중이 직시하고 개선해야 할 방향이
무엇인지 적극적으로 모색되어야 한다.

　이 소설의 제목이 '쌍화점'인 것은 마지막 단락에서 표면적 이유를
찾을 수 있고, 경춘과 장님이 서로 손을 잡아끄는 육감적인 대목에
서도 찾을 수 있다. 이면적으로 주인을 찾는 시대의 고난 속에서 어
둠을 상징하는 공간으로 '쌍화점'을 설정하고자 한 듯하다. 또한 결
말에서 알 수 있듯이 주인이 없는 시대에 훼손된 인물들로 하여금
그들이 찾아 나가는 방황의 한가운데 힘겨운 고난의 상징으로 '쌍화
점'을 묘사하고 있다.16)

현대소설로 재창조한 정한숙의 『쌍화점』은 원전의 기본모티프를 충실하게 이행하기 보다는 대중의 처해있는 현실과 실제적인 상황을 결부지어서 주제의 변용과 확장을 가져왔다고 볼 수 있고, 그들의 반성을 촉구하고 있다.

3. 영화 - 〈쌍화점〉

2008년 개봉된 유하 감독의 영화 〈쌍화점〉은 고려가요의 제목을 그대로 차용했다. 영화 〈쌍화점〉은 고려말 배경의 사실적인 묘사를 중심으로 하고 있다. 외부적으로는 원나라로부터 자주성을 강화하고 정치적으로는 권문세족으로부터 왕권강화를 도모했던 공민왕과 그의 제위시절에 존재했다는 특별관청 '자제위(子弟衛)'를 모티프로 하고 있다. 〈쌍화점〉은 2008년 한국영화에서 가장 충격적인 작품으로 손꼽혔다. 조인성, 주진모라는 매력적인 배우들의 출연과 아울러 금기된 사랑이라는 소재와 자극적인 성애(性愛)장면이 제작단계부터 화제를 불러 모았고 개봉 후에는 대중의 관심을 끌기에 충분했다.

영화의 줄거리는 다음과 같다. 공민왕(주진모 분)은 왕권의 강화와 신변의 보호를 위해 정예의 청년으로 이루어진 친위부대를 양성한다. 왕은 친위부대의 홍림(조인성 분)을 정인(情人)으로 생각하면서 깊은 사랑을 준다. 후사를 얻지 못해서 왕권이 흔들리고 몽고의 내정간섭과 섭정에서 독립하기 위해서 공민왕은 홍림에게 왕후인 노국공주(송지효 분)와의 대리합궁(合宮)을 명령하게 되고 비밀리에 왕권을 이을 원자(元子)를 얻고자 한다. 어린 나이에 고려로 시집을 왔으나,

---

16) 나정순, 앞의 책, 237~238쪽.

왕의 사랑을 홍림에게 빼앗기고 좌절감을 가진 왕후는 수치심과 자존심의 훼손임에도 불구하고 왕의 제안을 받아들여 홍림과의 합궁을 하게 된다. 몇 번의 합궁으로 인하여 홍림과 왕후는 격정적인 사랑이 싹트게 되고 홍림은 왕에 대한 죄책감으로 힘들어 하지만 한편으로는 왕후에 대한 욕망과 사랑은 점차 확대된다. 이 사실을 알게 된 왕은 홍림을 거세하고, 왕이 왕후를 죽인 것으로 착각한 홍림은 왕을 죽이기 위해서 궁에 침입한다. 마지막까지 홍림의 마음을 되돌리고 싶었던 왕은 결국 홍림의 칼에 의해서 최후를 맞이한다. 홍림 역시 죽은 줄 알았던 왕후가 살아 있음을 알게 되고 자신의 칼에 의해 숨을 거둔 공민왕을 바라보면서 최후를 맞이한다는 비극적인 이야기이다.[17]

영화 〈쌍화점〉은 고려속요 〈쌍화점〉이 지니고 있던 작품 자체의 문학적 의미를 영화 시나리오에서 담보하고, 쌍화점이 사회적 관계망에서 새롭게 조명되는 사회학적, 역사학적, 인문학적 의미들은 픽션(fiction)이라는 장르 안으로 수용, 담보하고 재조직하는 대신, 영화의 대표적인 모티프는 에로티즘으로 잡아 관객을 만난 것이다.[18] 영화에서도 원 텍스트와 마찬가지로 금기된 사랑과 성적인 욕망에 집중을 하고 있는 것은 사실이다. 그러나 영화 〈쌍화점〉에서는 현대 대중의 감각에 맞게 동성애라는 자극적인 소재를 전반에 끌어 들여서 신분의 경계를 초월한 사랑과 삼각관계로 인한 비극적인 결말로 그 서사를 확대시켜서 보여주고 있다. 영화 〈쌍화점〉은 원 텍스트를 차분히 이행한 작품으로 보기는 어렵다. 〈쌍화점〉의 원 텍스트에서

---

17) 김진택, 「에로티시즘과 시선의 존재론속의 쌍화점」, 『쌍화점 다섯 개의 시선』, 다인아트, 2010, 157~158쪽 참조.

18) 김진택, 앞의 논문, 164쪽.

각 연의 등장하는 인물들은 고려사회의 계층을 대변하고, 그들은 모두 여성 화자를 대상으로 음란한 행위를 하면서 적극적인 애정표현을 보여주는 남성중심의 서술이었지만, 영화 〈雙花店〉에서는 여성의 주체적 성적 욕망과 결정에 집중을 하고 있다. 전통적인 규범과 가치관은 대부분의 여성을 타자로서의 관계에서만 존재가치와 존재의의를 찾도록 해왔고 스스로도 사회화 기관을 통하여 그것을 내면화 해왔다. 여성에 대한 이런 규정과 가족의 남성중심적인 사회제도는 여성이 자신의 자아에 대한 인식을 갖는 것을 어렵게 해왔다.[19] 그러나 영화 〈雙花店〉에서 왕비는 자신과의 육체적 관계를 갖은 홍림에게 애정을 느끼면서 자신의 성적 주체성을 찾게 된다. 인간은 몸을 가지고 있는 존재이기 때문에, 그 몸을 타자에게 보여줄 때 비로소 온전한 존재가 되는 것이다.[20] 현대 사회에서 기존의 남성 중심적이고 가부장적인 제도는 점차 여성의 주체성이 확장되면서, 여성의 성적 욕망 또한 은밀한 곳에서 논하는 담론이 아니라 당당히 수면위로 떠오르게 되었다. 억압되었던 섹슈얼리티의 동요를 드러내는 흔적으로 불륜의 형식이 사용된다. 그리고 이 형식을 통해 가부장적 가정의 균열과 여성의 육체에 드리워진 금기의 억압성이 드러난다.[21] 이런 사회현실을 반영하듯 영화 〈雙花店〉에서는 여성의 숨겨졌던 성적 욕망을 발현하면서 자신의 정체성을 찾아가는 여성중심의 현실적 상황을 대변하고 있으며 현대 여성의 모습을 우회적으로 설명하고 있음을 알 수 있다.

---

19) 하경숙, 『기녀시조속에 나타난 섹슈얼리티 양상』, 선문대학교 석사학위논문, 2004, 12쪽.
20) 이재복, 『한국문학과 몸의 시학』, 태학사, 2004, 21쪽.
21) 박숙자, 「비감한 욕망, 불륜의 형식」, 한국여성연구소, 2001, 105쪽.

Ⅳ. 후대 전승의 의미와 가치

문학은 사회와 동떨어진 채로 진공상태에 존재하지 않는다. 문학과 사회는 끊임없이 상호작용을 하기 마련이다. 문학이 사회·문화적 자장에서 자유로울 수 없다.22) 이처럼 문학이 사회현상에 대하여 끊임없이 서사하고 가시화하여 보여주고 규정화한다. 고전문학 속에는 인간의 본질에 대한 문제의식을 담고 있다. 시대를 초월하기도 하고, 시대적 한계를 안고 있기도 하다. 시대적 한계를 걷어내고, 시대를 초월하는 요소를 건져내어, 그 점을 곰곰이 되새김질 하다보면 자연스레 삶의 지혜를 터득할 수 있는 길을 엿볼 수 있기도 하다.23) 텍스트를 읽어 나가면서 실제저자의 의도를 전혀 배제할 수는 없지만 수용주체인 관객/독자는 실제 저자의 마음 상태를 직접 추측하기보다는 텍스트의 의도를 일관성 있게 추론해 나간다.24) 이처럼 문학작품 특히 고전작품의 가치에 따른 지속적인 생명력은 현대에 와서도 끊임없이 독자의 관심과 애정의 주체가 되면서 그 변용의 핵심은 독자가 중심이 되어 이루어지고 있다. 고전문학의 전승과 변용양상은 후대적 수용의 특질로 설명할 수 있다.

이처럼 현대의 대중들은 평이하고 복잡하지 않은 이야기들에 열광한다. 이런 보편적이고 원형적인 이야기들은 오랜 시간동안 동서고금을 막론하고 대중의 삶과 더불어 공존하고 있다. 쌍화점은 규정하기

---

22) 이수곤, 「불륜담의 시대적 변전 양상 고찰–조선 후기 문학과 현대문학의 비교」, 『비교문학』 52권, 한국비교문학회, 2010, 102쪽.
23) 이수곤, 「인문교양으로서의 고전시가 강좌의 한 예」, 『한국고전연구』 22집, 한국고전연구학회, 2010, 158쪽.
24) S. 채트먼, 한용환·강덕화 역, 『영화와 소설의 수사학』, 동국대출판부, 2001, 304쪽.

어려운 다채로운 성격을 지닌 가요이다. 〈쌍화점〉이 다루고 있는 애정의 문제는 여전히 인간이 갖고 있는 관심의 영역이다. 고려가요 〈쌍화점〉에 내포된 금기와 욕망은 소문에서 비롯되었다고 보는 서사의 실마리 역시 인간의 호기심을 자극하기에 충분하였고, 그러다보니 후대에 와서도 많은 장르에서 사용되고 있다. 그 이유는 단절과 무연 사회에서 살고 있는 후대인이 원하는 소통과 유연을 내포하고 있기 때문으로 판단된다. 그 속에서 고려시대와 조선시대까지 걸쳐서 자신들의 목적을 이루기 위해 정치적 상황과 소통하고자 했던 위정자의 의지를 엿볼 수 있었다. 또한 그 소통과 유연의 중심에는 항상 사랑과 이별을 얻으려는 정서가 포함되어 있다. 이 정서는 인류의 공통된 욕망이며 인간의 보편적인 정서이다. 그러한 정서는 이야기의 원형들로 형상화될 수 있다.25)

오늘날 현대 사회는 경제제일주의와 물질만능주의로 심각한 고통을 겪고 있다. 빠른 속도로 진행된 경제발전은 현대인에게 물질적인 풍요를 가져다주었지만, 사회의 많은 문제점들을 확산(擴散)시켰다. 모든 것을 경제적인 논리로만 평가하는 시류(時流)에 편승(便乘)하여 우리 문화는 점차 선과 악에 대한 감각을 잃어가고 있다. 공동체와 조직, 가족이 중시되던 이전의 가치관은 여지없이 허물어져 '나'라는 존재의 개념이 크게 부각되는 시기로 변화하였다. 조화와 균형이 미덕이 되던 공동체 지향의 이념이 개성과 독창성을 내세운 개인 중심으로 이동하였다.26) 이러한 각박한 현실 속에서 개인의 일탈 욕망을

---

25) 하경숙, 『고대가요의 후대적 전승과 변용 연구』, 선문대학교 박사학위논문, 2011, 145~146쪽 참조.
26) 안남연, 「한일 불륜소설 연구」, 『한국문예비평연구』 제19집, 한국현대문예비평학회, 2006, 181쪽.

충족시키는 일은 그리 어렵거나 번거로운 것은 아니다. 원 텍스트가 가지고 있는 성적 욕망과 일탈을 바탕으로, 현대에 변용된 작품들은 인간의 일탈에 대한 욕망과 현실적인 문제를 연관시켜서 서술하고 있다. 불륜은 인류 통성에 기반 한 행위인지도 모르겠다. 동서고금을 막론하고 여기저기에 산재해 있음이 확인된다. 그리고 인간은 누구나 자기애(自己愛)를 가지고 있는데, 바로 여기에 바탕을 둔 행위가 불륜이기 때문이다.27) 다만 유교적 질서가 팽배했던 기존의 사회적 분위기에서는 수면으로 드러나지 않았지만 개인주의가 보장된 현대사회에서는 수면 위로 끌어올린 것 뿐 이다. 또한 〈쌍화점〉을 현대적으로 변용한 작품에서는 분명하게 가시화(可視化)하지 않았지만 그 내면에 인간의 일상에 대한 끊임없는 관찰과 일탈이 담겨있어 시대적인 성찰이 필요하다는 것을 보여주고 있다. 대체로 작품 속에서 나타나는 관음증은 불륜에 대한 사회적 시각을 대변함과 동시에 관객들에게 일종의 대리만족 혹은 현실에서의 재현을 자극하고 부추기는 역할을 했다.28) 이런 일탈과 저항을 형식의 방편으로 사용하는 작품에서는 불륜이라는 코드를 이용한다. 저항과 일탈을 바탕으로 하는 불륜에 대하여 현대인의 도덕적인 판단은 이미 그 기능을 상실했다. 불륜은 오히려 자기발견과 일상의 탈출구라고 부르짖으면서 일상에 대한 저항의 기준으로 불리고 있는 것이 현실이다. 〈쌍화점〉을 현대적으로 변용한 작품 속에서 관찰되는 일탈과 엿보기의 모습은 현대인의 나락한 현실을 세밀하게 재현하면서 깊은 성찰과 반성을 요구하고 있다.

27) 게르티 제어, 한미라 옮김, 『불륜의 심리학』, 소담출판사, 2009, 32쪽.
28) 채윤정, 「불륜에 대한 관음증: 한국영화에 나타난 외도 문제」, 『1999년도 한국사회학회 후기사회학대회 발표문 요약집』, 한국사회학회, 1999, 160쪽.

V. 맺음말

　고려가요 〈쌍화점〉은 단순히 궁중연회에서 쓰이던 가창(歌唱)물로
만 그치는 것이 아니라 다양한 장르로의 변형을 통하여 대중성을 검
증받고 있다. 고려가요 〈쌍화점〉은 오랜 세월을 거쳐서 대중에게 사
랑을 받은 작품으로 원형적인 정서가 내재되어 있어 작가의 주제적
확장을 통해 문학적 콘텐츠로서 그 가치를 인정받을 수 있다. 고려
가요 〈쌍화점〉에는 주로 사실적인 배경을 바탕으로 벌어지는 이색
적인 성행위, 그것에 대한 은밀한 엿보기, 소문 등을 독자의 상상을
통해 그것이 주는 성적(性的) 흥미를 느낄 수 있도록 배치했다. 그리
하여 작품 전편에서 시상구조와 소재가 함께 상호작용하면서 독자로
하여금 성적인 담화가 주는 흥미를 느끼게 했다.29) 그러나 〈쌍화점〉
이 후대에 와서 변용된 작품들은 다양한 장르간의 소통을 통하여 구
체적이고 사실적인 현실의 모습을 보여주면서 작가가 지향하는 세계
관에 대하여 묘사하고 있다. 고전문학을 단순히 과거의 산물로만 이
해하면서 대중화시키는 것은 매우 위험한 행위이다. 무엇보다 작품
에 대한 세심한 분석과 아울러 원작의 주제가 지금 현실을 살고 있
는 우리의 관심사와 어떻게 연결될 수 있는가를 논의해야 한다. 고
전문학은 언제나 현대적으로 새롭게 구성할 필요가 있다. 고전이 시
공을 초월하여 인간의 정서를 순화시키고 큰 감동을 주는 것은 사실
이지만 그 사이에 간극이 없다고는 이야기할 수 없다.30) 그 간극을

---

29) 황보 관, 「〈쌍화점〉의 시상구조와 소재의 의미」, 『한국고전연구』 19집, 한국고전
　　연구학회, 2009, 322쪽.
30) 김풍기, 「고전문학 작품의 정체성과 그 현대적 변용」, 『고전문학연구』 제30호,
　　한국고전문학회, 2006, 28~29쪽 참조.

조절하기 위해서는 무엇보다 원전에 대한 세심한 이해를 바탕으로 해야 한다. 고려가요 〈쌍화점〉이 지니고 있는 대중성은 세대를 초월해서 그 생명력이 지속될 수 있고 독자의 관심에서 벗어나지 않을 것이라고 확언할 수 있다. 이처럼 〈쌍화점〉을 후대에 와서 변용한 창작자들은 고려시대의 고려가요를 과거의 것으로만 한정하지 않고 현실의 산물로 이해하려는 적극적인 자세를 취하였다. 그리하여 자신이 처한 현실의 상황을 설명하면서 자신이 지향하는 바를 적극적으로 모색하고자 하였다.

급암 민사평의 악부(樂府)에서는 당시 권력층과 신원(身元)이 분명하지 않은 여인과의 애정문제를 다루면서, 퇴폐적인 당시의 성윤리를 보여주고, 평민의 현실적인 모습을 짐작할 수 있게 한다. 서포 김만중의 악부에서는 원 텍스트의 세속적이고 통속적인 자세를 취하던 현실적 태도와는 다른 입장을 취하면서 부조리한 현실세계에 대한 자신의 입장을 표명하고 있다. 〈쌍화점〉은 고려시대의 당대 상황을 추리할 수 있는 하나의 계기로 인식할 수 있으며, 한역의 과정을 통해 조선인들은 그들의 질서를 저항할 수 있었다. 악부로 변용된 〈쌍화점〉에서는 '성(性)'의 문제만을 다루는 것이 아니라 그들이 직면해 있는 사회적 문제와 삶의 모습을 형상화 하고 있다.

이희중의 시 〈카페 쌍화점에서-낮은 시대는 낮은 노래를 키운다〉에서는 은밀하고 절망적인 시대의 아픔을 제시하고 있다. 이희중의 작품에서 사용된 시어나 작품의 분위기는 매우 현대적이고 관념적이지만, 시의 전체적인 흐름에서 흐르는 색정적인 분위기는 원 텍스트에서 크게 벗어나지 않는다고 할 수 있다.

이정록의 시 〈쌍화점〉에서는 일상적이고 평범한 소재들을 통해 인간의 삶을 현실적으로 재현하면서 인간의 내면에 존재하는 금기라는 욕망과 현실의 불안감을 현대인의 감각에 맞추어서 사실적으로 보여주고 있다. 노영임의 시 〈쌍화점〉은 일상적인 시어를 사용하면서 원 텍스트의 분위기와 아울러 인간의 엿보기 욕망을 현실적으로 형상화시킨 작품으로 설명할 수 있다.

정한숙의 소설 『쌍화점』에서는 장님과 벙어리의 경박한 태도를 통해서 현대인의 모습을 치환(置換)하고 있다. 인지할 수 있는 존재인 인간과 사회적인 약자인 장님과 벙어리가 어울려서 서로가 소통을 하면서 살 수 있는 현실이 필요하다고 강조하면서 우리가 개선해야 할 시대상황과 의지에 적극적으로 표명하고 있다.

영화 〈쌍화점〉에서는 여성의 숨겨졌던 성적 욕망을 보여주면서, 자신의 정체성을 찾아가는 모습을 통해 여성중심의 현대사회와 결부시켜서 그 상황을 상세하게 대변하고 있다.

이처럼 다양한 도전을 통해 후대에 와서 새롭게 변용된 문학작품이나 콘텐츠에서는 작가가 지향하는 주제를 극명하게 드러내고자 노력했고, 양심을 잃은 시대에 대한 세밀한 통찰과 아울러 견고한 경고의 메시지가 담겨 있다. 고려가요 〈쌍화점〉은 단순히 과거시대의 문학작품으로만 한정하여 단절하지 않았고, 후대에까지 두루 소통을 하는 노력을 보이면서 후대작가들은 원전이 지니는 다양한 함의에 대하여 접근하려고 모색하였다. 그것은 단순히 문학적인 접근만을 이룬 것이 아니라 문학, 역사, 공연, 철학에 이르기까지 다양한 방면에서의 교섭을 가능하게 했다. 그런 작업을 통해서 원전(原典)이 지니고 있는 세련된 가치와 상징체계를 면밀히 살펴서 작품의 의미를 확대시킬 수 있다.

참고문헌

제1부

1. 기초 자료

강준흠, 『삼명시화』, 민족문학사 연구소 한문분과 옮김, 소망출판사, 2006.

김부식, 『三國遺事』, 상·하, 이병도 옮김, 을유문화사, 1996.

李　瀷, 『성호선생전집』 권20, 한국문집총간198~200, 한국고전번역원, 1997.

_____, 『성호선생전집』 권26, 한국문집총간198~200, 한국고전번역원, 1997.

이복휴, 『해동악부』.

일　연, 『三國史記』, 김원중 옮김, 을유문화사, 2002.

최　표, 『古今注』.

한치윤, 『海東繹史』 제47권, 『藝文志』 6.

허　진, 『說文解字』, 서명출판사, 1997.

2. 단행본

강명혜, 『고려속요 사설시조의 새로운 이해』, 북스힐, 2002.

고현철, 『탈식민주의와 생태주의 시학』, 문학시대사, 2005.

곽리인, 『환희불』, 이자르, 2001.

구효서, 『공무도하가』, 문학세계, 1991.

_____, 『노을은 다시 뜨는가』, 책세상, 2007.

권혁웅, 『황금나무 아래서』, 문학세계사, 2001

김　훈, 『공무도하』, 문학동네, 2009.

김동욱, 『국문학사』, 일신사, 1988.

김명순, 『조선후기 한시의 민풍 수용 연구』, 보고사, 2005.

김병모, 『김수로왕비의 혼인길』, 푸른숲, 1999.

김승찬·손종흠, 『고전시가론』, 한국방송대학출판부, 1993.

김영덕, 『중국역사와 문학』 상, 학문사, 1996년.

김영미, 『18세기 전반 향촌 양반의 삶과 신앙』, 이화여자대학출판사, 2007.

김영수, 『고대가요 연구』, 단국대학교출판부, 2007.

김영숙, 『한국영사악부 연구』, 경산대학교출판부, 1998.

김욱동, 『문학을 위한 변명』, 문예출판사, 2002.

김태준, 『조선문학사』, 태학사, 1999.

나경수, 『향가의 해부』, 민속원, 2004.

나정순, 『우리 고전 다시 쓰기 고전시가의 현대적 계승과 변용』, 삼영사, 2005.

데스몬드 모리스, 박성규 역, 『인간의 친밀 행동』, 지성사, 2003.

로즈메리 잭슨, 서강여성문학연구회 옮김, 『환상성-전복의 문학』, 문학동네, 2001

민영현, 『선과 한』, 세종출판사, 1995.

박기현, 『우리 역사를 바꾼 귀화 성씨』, 역사의 아침, 2007

박종석, 『현대시 분석 방법론』, 역락, 2005.

박철희, 김시태 엮음, 『문예비평론』, 문학과 비평사, 1988.

서성교, 『한국형 리더쉽을 말한다』, 원앤원북스, 2011.

송희복, 『말의 신명과 역사적 이성』, 문학아카데미, 2001.

신현규 외, 『문학의 이해』, 보고사, 1998.

_____, 『한국문학과의 흐름과 이해』, 아세아문화사, 2002.

심경호, 『한국 한시의 이해』, 태학사, 2000.

아리시마 다케오, 『나쓰메소세키에서 무라카미하루키까지』, 글로세움, 2003

아서 클라인만, 비나다스, 안종설 역, 『사회적 고통』, 그린비, 2002

안대회, 『18세기 한국 한시사 연구』, 소명출판사, 1999.

안문길, 『공무도하가』, 자유지성사, 1996.

안자산, 『조선문학사』, 한일서점, 1922.

양진오, 『한국소설의 논리』, 문학시대사, 1998.

엄경희, 『빙벽의 언어』, 새움, 2002.

에리히 프롬, 이용호 역, 『건전한 사회』, 백조출판사, 1983.

오세정, 『설화와 상상력』, 제이앤씨, 2008.

오출세, 『한국민간신앙과 문학연구』, 동국대학교출판부, 2002.

유성호, 『한국 시의 과잉과 결핍』, 역락, 2005.

유해춘, 『장편서사연구』, 국학자료원, 1995.

이가원, 『한국한문학사』, 민중서관, 1961.

이능우, 『고전시가론고』, 선명문화사, 1966.

이명선, 『조선문학사』, 조선문학사, 1948.

이성무, 『조선의 사회와 사상』, 일조각, 1999.

이어령, 『노래여 천년의 노래여』, 문학사상사, 2003.

이철원, 『공무도하가』, 세훈문화사, 1999.

임동확, 『사람이 꽃 보다 아름다운 이유』, 코나투스, 2005.

임재해, 『민속문화의 생태학적 인식』, 당대, 2002.

임철규, 『왜 유토피아인가』, 민음사, 1994.

장덕순, 『국문학통론』, 신구문화사, 1960.

章培恒 駱玉明, 『중국문학사(상)』, 復旦大學出版社, 2005.

정 민, 『초월의 상상』, 휴머니스트, 2002.

정병욱, 『한국고전시가론』, 신구문화사, 1999.

정은경, 『디아스포라 문학』, 이룸, 2007.

정태섭, 『성 역사와 문화』, 동국대학교출판부, 2002.

조기영, 『한국시가의 자연관』, 도서출판 북스힐, 2005.

조동일, 『한국문학통사 1』, 지식산업사, 2000.

조용훈, 『에로스와 타나토스』, 살림, 2005.

진교훈, 『인격』, 서울대학교출판부, 2007.

질베르 뒤랑, 『문화산업과 스토리텔링』, 다할미디어, 2007.

한국서사학회, 『영화서사 자세히 읽기』, 한국문화사, 2011.

한수영, 『소설과 일상성』, 소명출판사, 2000.

허남춘, 『황조가에서 청산별곡 너머』, 보고사, 2010.

홍기돈, 『인공낙원의 뒷골목』, 실천문학사, 2006.

황위주,『악부시의 개념과 양식적 특징』, 남명학연구원, 2007.

황패강·윤원식,『한국고대가요』, 새문사, 1986.

C.A.S.윌리암스, 이용찬 외 공역,『중국문화 중국정신』, 대원사, 1989.

Jean Baudrillard, 하태환 엮음,『Simulacres et Simulation』, 민음사, 2001.

3. 논문

강명혜,「〈황조가〉의 의미 및 기능-〈구지가〉·〈공무도하가〉의 연계성을 중심으
　　로」,『온지논총』제11집, 온지학회, 2004.

＿＿＿,「고전문학의 문화콘텐츠화 양상 및 문화콘텐츠화를 위한 수업 모형」,『우리
　　문학연구』제21집, 우리문학회, 2007.

＿＿＿,「고전시가와 스토리텔링」,『온지논총』제16집, 온지학회, 2007.

＿＿＿,「죽음과 재생의 노래-〈공무도하가〉」,『우리문학연구』제18집, 우리문학
　　회, 2005.

강윤혁,「TV프로그램의 장르확장에 관한 연구」,『한국콘텐츠학회 2007 춘계 종합
　　학술대회 논문집』제5권 제1호, 2007.

구사회,「〈헌화가〉의 '자포암호'와 성기신앙에 대하여」,『국제어문』제38집, 국제
　　어문학회, 2006.

＿＿＿,「〈공무도하가〉의 성격과 디아스포라 문학」,『한민족문화연구』제31집, 한
　　민족문화학회, 2009.

＿＿＿,「〈황산별곡〉의 작자 의도와 문예적 검토」,『한국언어문학』제59집, 한국언
　　어문학회, 2006.

김남석,「미처 꽃 피지 못한 상징의 언어」, 월간『문학과 창작』10월호, 문학아카데
　　미, 2003.

＿＿＿,「젊은 시인들의 의식세계」, 해석과 판단 해석공동체 외,『2000년대 한국문
　　학의 징후들』, 산지니, 2007.

김덕수,「문화산업으로서의 문학산업」,『현대문학이론연구』제25권, 현대문학이론
　　학회, 2005.

김미나,「악부의 발화 양상 연구」,『반교어문연구』제19집, 반교어문학회, 2005.

김성기,「〈공후인〉의 작자에 대한 연구」,『고시가연구』제13집, 한국고시가문학회,

2004.

_____, 「〈황조가〉의 연모대상과 창작시점」, 『고시가연구』 제8집, 한국고시가문학회, 2001.

김성언, 「〈구지가〉의 해석」, 장덕순, 『한국문학사의 쟁점』, 집문당, 1999.

김승찬, 「〈구지가〉」, 『한국상고문학론』, 새문사, 1987.

김열규, 「〈구지가〉 재론」, 『한국고전시가작품론』, 집문당, 1995.

김영수, 「〈구지가〉의 신해석」, 『동양학』 제28집, 단국대학교 동양학연구소, 1998.

_____, 「〈황조가〉 연구 재고」, 『한국시가연구』 제6집, 한국시가학회, 2000.

_____, 「〈공무도하가〉 신해석」, 『한국시가연구』 제3집, 한국시가학회, 1998.

김영숙, 「이복휴의 역사의식과 해동악부의 양상」, 『동방한문학』 제14집, 동방한문학회, 2001.

_____, 「조선시대 영사악부연구」, 『해동악부집성』, 여강출판사, 1990.

김유미·이승하, 「한국 대중가요에 나타난 '가시리'연구」, 『대중서사연구』 제24권, 대중서사학회, 2010.

김유진, 「〈원천강본풀이〉의 신화적 성격과 현대적 변용 양상」, 『아동청소년문학연구』 제6권, 한국아동문학연구회, 2010.

김종대, 「'〈구지가〉'의 성격과 전승양상에 대한 소고」, 『중앙민속학』 제3집, 중앙대학교 한국민속학연구소, 1997.

김종회, 「유년의 기억과 현실 체험」, 구효서, 『노을은 다시 뜨는가』, 책세상, 2007.

김진희, 「'나'를 넘어 '경계'를 지우며, 시쓰기」, 『실천문학』 제42권, 실천문학사, 1996.

김철운, 「공자—죽음에서 삶의 희망을 봄」, 『양명학』 제19권, 한국양명학회, 2007.

김학성, 「〈공후인〉 신고찰」, 『관악시문연구』 제3집, 서울대국문과, 1978.

_____, 「〈황조가〉의 작품 성격」, 『한국고전시가작품론』 제1집, 집문당, 1992.

_____, 「고대가요와 토템적 사유체계 : 〈황조가〉와 그 배경설화의 기호론적 의미」, 『대동문화연구』 제22집, 성균관대학교 동아시아학술원 대동문화연구원, 1988.

김형섭, 「이복휴 역사산문에 형상화된 인물」, 『한국어문학연구』 제47집, 한국어문연구학회, 2007.

_____, 「한남 이복휴의 화이론」, 『한문학보』 제14권, 우리한문학회, 2006.

남재철, 「〈공무도하가〉의 국적」, 『한국시가연구』 제24집, 한국시가학회, 2008.

류종국, 「〈공무도하가〉논-낙부의 원전 탐구를 통한 접근」, 『국어문학』 제37집, 국어문학회, 2002.

박혜숙, 「이학규의 악부시와 김해」, 『한국시가연구』 제6집, 한국시가학회, 2000.

서수생, 「〈공후인〉신고」, 『어문학통권』 제7호, 한국어문학회, 1961.

서영숙, 「'남편- 아내'형 서사민요의 구조적 특성과 의미」, 『한국민요학』 제14집, 한국민요학회, 2004.

성기옥, 「상고시가」, 『한국문학개론』, 새문사, 1992.

_____, 「〈공무도하가〉와 한국서정시의 전통」, 박노준 편, 『고전시가 엮어 읽기』, 태학사, 2003.

송팔성, 「한국고전문학 다큐멘터리의 제작 방향에 대한 제언」, 『원광대학교 인문학연구소 논문집』 제6집, 원광대학교 인문학연구소, 2005.

신연우, 「제의관점에서 본 유리왕 〈황조가〉 기사의 이해」, 『한민족어문학』 제41집, 한민족어문학회, 2002.

신옥희, 「한국 문화의 현대적 변용과 여성의 윤리적 과제」, 『한국여성학』 제13집, 한국여성학회, 1997.

신현규, 「'水路夫人'條 '水路'의 正體와 祭儀性 研究」, 『어문논집』 제32집, 중앙어문학회, 2004.

신현숙, 「연극에서 문화상호주의에 관산 소고(1)」, 『인문과학연구』 제4집, 덕성여대인문과학연구원, 1998

심치열, 「『구운몽』의 현대적 계승과 변용 연구-한승원의 『꿈』을 중심으로-」, 『고소설연구』 제16집, 한국고소설학회, 2003.

안기수, 「영웅소설의 창작기법과 작가의식 연구」, 『우리문학연구』 제17집, 우리문학회, 2004.

안민정, 「한국 전기소설의 환상성 연구-『금오신화』의 경우」, 선문대학교 대학원 박사학위논문, 2011.

우미영, 「광기와 광인의 문화적 의미고찰」, 『문화변동과 인간 그리고 문화연구』, 깊은샘, 2001.

유종국, 「〈공무도하가〉론-악부의 원전 탐구를 통한 접근」, 『국어문학』 제37권,

국어문학회, 2002.

이기현, 「악부시의 범주설정과 유형분류」, 『한국시가연구』 제6집, 한국시가학회, 2000.

이영태, 「〈공무도하가〉의 배경설화에 나타난 광부 처의 행동」, 『민족문학사연구』 제33권, 민족문학사연구소, 2007.

이은봉, 「고대 한국인의 죽음관」, 『한국민속학연구론』 제15집, 거산, 1998.

이은주, 「실업자들의 현실에 대한 사회적 구성」, 『사회이론』, 통권 제25호, 한국사회이론학회, 2003.

이종출, 「〈황조가〉논고」, 『한국고시가연구』, 태학사, 1989.

이현일, 「삼명시화로 본 18세기 한시사 고찰」, 『한국민족사연구』 제27집, 한국민족사연구소, 2005.

이희경, 「서사무가 바리공주의 현대적 재해석－전승본과 김선우의 소설「바리공주」비교, 영상, 게임, 무대예술로의 현대적 변용을 중심으로」, 『동서언론』 제13집, 동서언론학회, 2010.

임주탁·주문경, 「〈황조가〉의 새로운 해석」, 『관악어문연구』 제29집, 서울대 국어국문학과, 2004.

전용숙, 「황석영 소설의 유토피아지향성연구」, 대구대학교 교육대학원 석사학위논문, 2002.

정무룡, 「〈황조가〉연구」 1, 『청천강용권박사송수기념논총』, 태화출판사, 1986.

정주화, 「재현이미지의 존재방식에 대한 연구; 현실과 가상세계의 분화과정을 중심으로」, 수원대학교 대학원 석사학위논문, 2004.

조기영, 「〈공무도하가〉의 주요쟁점과 관련기록의 검토」, 『강원인문논총』 제12집, 강원대학교 인문과학연구소, 2004.

조성진, 「신흠의 악부 인식과 민족시가의 재인식」, 『한국시가연구』 제25집, 한국시가학회, 2008.

조용호, 「〈황조가〉의 구애민요적 성격」, 『고전문학연구』 제32호, 한국고전문학회, 2007.

최규수, 「고시가연구의 '현재적' 위상과 '미래적' 전망」, 『한민족어문학』 제38집, 한민족어문학회, 2001.

최신호, 「〈공후인〉이고」, 『동아문화』 제10집, 서울대학교 동아문화연구소, 1971.

최현식, 「'파문'의 기원과 궤적-권혁웅, 「황금나무 아래서」」, 『문학세계사』, 2001.

최혜실, 「한·중·일의 화해와 교류를 꿈꾼다」, 최혜실외 공저『신지식의 최전선3』, 한길사, 2008.

한창협, 「조선 후기 한시에 나타난 사실성에 대한 고찰」, 『국어문학』 제44권, 국어국문학회, 2008.

허남춘, 「〈황조가〉 신고찰」, 『한국시가연구』 제5집, 한국시가학회, 1999.

허명복, 「고대가요에서 와카의 탄생」, 아리시마 다케오, 『모노가타리에서 하이쿠까지』, 글로세움, 2003.

현승환, 「〈황조가〉 배경설화의 문화배경적 의미」, 『백록논총』 제1집, 백록어문학회, 1992.

_____, 「〈공무도하가〉 배경설화와 무혼굿」, 『한국민속학』 제52권, 한국민속학회, 2010.

황패강, 「〈구지가〉고」, 『국어국문학』 제29집, 국어국문학회, 1965.

제 2 부

1. 기초 자료

『고려사』, 『서포(西浦)선생집』, 『급암(及庵)선생전집』

『급암시집』, 『성호시집』, 『악학궤범』

『삼국유사』

2. 단행본

R.스콜스·김상욱역, 『문학이론과 문학교육』, 하우, 1996.

S. 채트먼, 한용환·강덕화 역, 『영화와 소설의 수사학』, 동국대출판부, 2001.

U.에코·조형준역, 『대중의 영웅』, 새물결, 1994.

강태권, 『동양의 고전을 읽는다』3, 휴머니스트, 2006.

게르티 제어, 한미라 옮김, 『불륜의 심리학』, 소담출판사, 2009.

고인환, 『공감과 곤혹사이』, 실천문학사, 2007.

김승찬·권두환, 『고전시가론』, 한국방송통신대학 출판사, 1987.

김지하, 『한예감에 가득 찬 숲 그늘』, 실천문학사, 1999.

김태길, 『공자 사상과 현대사회』, 철학과 현실사, 1998.

김학성, 『한국고전시가의 연구』, 원광대학교 출판국, 1980.

김현실, 『한국 패러디 소설연구』, 국학자료원, 1996.

나정순, 『우리고전 다시 쓰기-고전시가의 현대적 계승과 변용-』, 삼영사, 2005

문순태, 『정읍사-그 천년의 기다림』, 이룸, 2001.

박노준, 『신라가요의 연구』, 열화당, 1982

_____, 『향가여요의 정서와 변용』, 태학사, 2001.

박범신, 『은교』, 문학동네, 2010.

박혜숙, 『형성기의 한국악부시 연구』, 한길사, 1991.

신현규, 『고려사 악지』, 학고방, 2011.

윤영옥, 『신라시가의 연구』, 형설출판부, 1982.

이금희, 『한국 문학과 전통』, 국학자료원, 2010.

이어령, 『신화속의 한국정신』, 문학사상사, 2003.

이재복, 『한국문학과 몸의 시학』, 태학사, 2004.

임기중, 『고전시가의 실증적 연구』, 동국대학교출판부, 1992.

진교훈 외, 『인격』, 서울대학교출판부, 2007.

진동선, 『사진 영화를 캐스팅하다』, 효형출판사, 2007.

최 철, 『향가의 문학적 해석』, 연세대학교출판부, 1990.

최혜실, 『한중일의 화해와 교류를 꿈꾼다』 최혜실 공저, 신지식의 최전선3, 한길사,
       2008.

_____, 『문화콘텐츠 스토리텔링을 만나다』, 삼성경제연구소, 2006.

크리스티안 슐트, 『사랑의 코드』, 푸른숲, 2008.

한국철학사상연구회, 『지식의 바다에서 헤엄치기』, 동연, 2006.

한수영, 『소설과 일상성』, 소명출판사, 2000.

해석과 판단 비평공동체, 『문학과 문화디지털을 만나다』, 산지니, 2008.

황혜진, 『춘향전의 수용문화』, 월인, 2007.

3. 논문

강명혜, 「〈황조가〉의 의미 및 기능」, 『온지논총』 제11집, 온지학회, 2004.

_____, 「고전문학의 콘텐츠화 양상 및 문화콘텐츠를 위한 수업모형」, 『우리문학연구』 제21집, 우리문학회, 2006.

_____, 「상대시가의 의미 및 기능」 『한겨레어문연구』 제2집, 한겨레어문학회, 2003.

_____, 「죽음과 재생의 노래 〈공무도하가〉」, 『우리문학』 제18집, 우리문학회, 2005.

고봉준, 「시 그리고 사물의 부재」, 『창작과 비평』 통권 149호, 창작과 비평사, 2010.

구명숙, 「김후란 시에 나타난 "가족"의 의미와 현실 인식−『따뜻한 가족』을 중심으로 − 」, 『한국사상과 문화』 제51권, 한국사상문화학회, 2010.

구사회, 「〈헌화가〉의 '자포암호'와 성기신앙」, 『국제어문』 제38집, 국제어문학회, 2006.

_____, 「고려가요의 생산과 수용」, 임기중 엮음, 『고려가요의 문학사회학』, 경운출판사, 1993.

김만석, 「삼국시대 속악가사의 문화콘텐츠화 방안연구」, 『문화재』 41권, 국립문화재연구소, 2008.

김명신, 「한·일 드라마 비교를 통한 문화읽기 : 한국과 일본 여성의 일과 사랑, 근친혼, 원조교제 비교로 본 문화적 접근성과 차이」, 동의대 대학원 석사논문, 2005.

김미영, 「소악부의 국문학사적 가치에 대한 연구」, 공주대 대학원 석사학위논문, 2001.

김병국, 「서포 김만중의 시세계」, 『한국문화』 제14집, 규장각한국학연구소, 1993.

김영지, 「'소외'의 감옥에 갇힌 현대인들−원고지와 동물원 이야기를 바탕으로」, 『동서비교문학저널』 제24호, 한국동서비교문학학회, 2011.

김옥란, 「여성연극의 상업성과 진정성−여성 극작가 김숙현을 중심으로−」, 한국미래문화연구소, 『문화변동와 인간 그리고 문화연구』, 깊은샘, 2001.

김진택, 「에로티시즘과 시선의 존재론속의 쌍화점」, 『쌍화점 다섯 개의 시선』, 다인아트, 2010.

김풍기, 「고전문학 작품의 정체성과 그 현대적 변용」, 『고전문학연구』 제30집, 한국
　　고전문학회, 2006.

김혜은, 「번역시가로서의 소악부 형성과정과 번역방식고찰」, 『한국시가연구』 제31
　　집, 한국시가학회, 2011.

김흥규, 「고전문학교육과 역사적 이해의 원근법」, 『현대비평과 이론』, 한신문화사,
　　1992.

박경수, 「현대시의 고전시가 패러디 양상과 담론-〈제망매가〉와 〈청산별곡〉의 패러
　　디를 중심으로」, 『국제어문』 38집, 국제어문학회, 2006.

박노준, 「속요 그 현대시로의 변용」, 『도남학보』 제80호, 도남학회, 2000.

＿＿＿, 「향가, 그 현대시로의 변용(Ⅰ)-「獻花歌」, 「薯童謠」를 대상으로」, 『한국시
　　가연구』 제5집, 한국시가학회, 1999.

박숙자, 「비감한 욕망, 불륜의 형식」, 『여성과 사회』, 한국여성연구소, 2001.

서철원, 「백제 문화권의 정읍사와 고려속요의 기원」, 『국어문학』 44권, 국어문학
　　회, 2008.

신현규, 「수로부인 조 수로의 정체와 제의성 연구」, 『어문논집』 32집, 중앙어문학
　　회, 2004.

안남연, 「한일 불륜소설 연구」, 『한국문예비평연구』 제19집, 한국현대문예비평학
　　회, 2006.

유경환, 「헌화가의 원형적 상징성」, 『새국어교육』 63권, 한국국어교육학회, 2002.

유육례, 「서동요의 현대적 변용」, 『고시가연구』 21집, 한국고시가문학회, 2008.

이명현, 「문화콘텐츠 스토리텔링 서재로서 고전서사의 가치」, 『우리문학연구』 제25
　　집, 우리문학회, 2008.

이사라, 「정읍사의 정서구조」, 김대행 외, 『고려시가의 정서』, 개문사, 1990.

이성우, 「수로부인의 변신-삼국유사 수로부인 설화와 현대시」, 『비교문학』 31집,
　　한국비교문학회, 2003.

이수곤, 「불륜담의 시대적 변전 양상 고찰-조선 후기 문학과 현대문학의 비교」,
　　『비교문학』 52권, 한국비교문학회, 2010.

이승남, 「수로부인은 어떻게 아름다웠나- 삼국유사 수로부인조의 서사적 의미소통
　　과 헌화가의 함의」, 『한국문학연구』 37집, 동국대학교 한국문학 연구소,
　　2009.

이영태, 「소통의 즐거움을 위한 장치, 쌍화점」, 『쌍화점, 다섯 개의 시선』, 다인아트, 2010.

이완형, 「〈월명사 도솔가〉조의 이해와 도솔가의 성격」, 『어문학』 제88권, 한국어문학회, 2005.

이은경, 「죽음과 노년에 대한 문학적 연구—김태수 희곡작품을 중심으로」, 『드라마연구』 제36호, 드라마학회, 2012.

이정선, 「쌍화점의 구조를 통해 본 성적 욕망과 그 의미」, 『대동문화연구』 제71집, 성균관대학교 유교문화연구소, 2010.

이창민, 「향가 현대시화의 맥락과 의미—〈헌화가〉관련 현대시 유형 분류」, 『한국문학이론과 비평』 제37집, 한국문학이론과 비평학회, 2007.

이혁구, 「탈근대사회의 가족변화와 가족윤리」, 『한국가족복지학』 4호, 한국가족사회복지학회, 1999.

임미선, 「정읍의 창작시기와 전승과정」, 『한국음악연구』 제42권, 한국국악악회, 2008.

장준영, 「이하와 기형도, 그 죽음의 미학」, 『외국문학연구』 제27집, 한국외국어대학교 외국문학연구소, 2007.

정인숙, 「정읍사 공연예술적 변용과 문화콘텐츠로서의 가능성」, 『한국문학이론과 비평』 36집, 한국문학이론과 비평학회, 2007.

조성면, 「상품의 미학과 리메이크의 계보학: '삼국지'의 경우」, 『21세기 문학』, 2007.

조성진, 「신흠의 악부 인식과 민족시가의 재인식」, 『한국시가연구』 제25집, 한국시가학회, 2008.

조제웅, 「정지용 시의 여성상 연구」, 『한민족어문학』 제56권, 한민족어문학회, 2010.

채윤정, 「불륜에 대한 관음증: 한국영화에 나타난 외도 문제」, 『1999년도 한국사회학회 후기사회학대회 발표문 요약집』, 한국사회학회, 1999.

최정선, 「소악부 고려가요의 갈등과 합일」, 임기중 엮음, 『고려가요의 문학사회학』, 경운출판사, 1993.

최 철, 「고려 국어가요의 작품론—정읍사」, 『고려국어가요의 해석』, 연세대학교출판부, 1996.

하경숙, 「고대가요의 후대적 전승과 변용 연구」, 선문대학교 박사학위논문, 2011.

_____, 「〈공무도하가〉의 현대적 변용 양상」, 『동양고전연구』제43권, 동양고전학
      회, 2011.

_____, 「기녀시조 속에 나타난 섹슈얼리티 양상」, 선문대학교 석사학위논문,
      2004.

_____, 「향가 제망매가의 실체와 현대변용의 면모」, 『동방학』22권, 동양고전연구
      소, 2012.

허련화, 「김동리 소설의 근친상간 모티프 연구」, 『한국현대문학연구』제34권, 한국
      현대문학회, 2011.

현승환, 「〈헌화가〉배경설화의 기자의례적 성격」, 『한국시가연구』제12집, 한국시
      가학회, 2002.

홍용희, 「살아 있는 현재의 구현과 향유」, 이희중, 『참 오래 쓴 가위』, 문학동네,
      2002.

황보관, 「〈쌍화점〉의 시상구조와 소재의 의미」, 『한국고전연구』제19집, 한국고전
      연구학회, 2009.

찾아보기

하경숙(河慶淑)

선문대학교 인문대학 국어국문학과 졸업
동 대학원 석·박사과정 수료
문학박사
현재 대림대학교, 선문대학교 강사

논문
「기녀시조 속에 나타난 섹슈얼리티 양상」
「고대가요의 후대적 전승과 변용 연구-〈공무도하가〉·〈황조가〉·〈구지가〉를 중심으로」
「기봉 백광홍의 현실인식과 문학세계」
「악부시 〈황조가〉의 성립과정과 문예적 특질」
「〈공무도하가〉의 현대적 변용 양상」
「고려가요 〈쌍화점〉의 후대전승과 현대적 변용」 그 외 다수

soul1977@naver.com

한국시가문학연구총서20
한국 고전시가의 후대전승과 변용 연구

2012년 10월 31일 초판 1쇄 펴냄

저 자 하경숙
발행인 김흥국
발행처 도서출판 보고사

책임편집 한나비
표지디자인 이유나

등록 1990년 12월 13일 제6-0429호
주소 서울특별시 성북구 보문동7가 11번지 2층
전화 922-5120~1(편집), 922-2246(영업)
팩스 922-6990
메일 kanapub3@chol.com
http://www.bogosabooks.co.kr

ISBN 978-89-8433-319-2 93810
ⓒ 하경숙, 2012

정가 18,000원